血のペナルティ

カリン・スローター
鈴木美朋 訳

FALLEN
BY KARIN SLAUGHTER
TRANSLATION BY MIHO SUZUKI

ハーパー
BOOKS

Published by K.K. HarperCollins Japan, 2017

血のペナルティ

おもな登場人物

ウィル・トレント――ジョージア州捜査局特別捜査官
フェイス・ミッチェル――同。ウィルのパートナー
イヴリン・ミッチェル――麻薬捜査課の元刑事。フェイスの母親
ジェレミー／エマ――フェイスの息子と娘
ジーク・ミッチェル――フェイスの兄
アマンダ・ワグナー――ウィルとフェイスの上司
サラ・リントン――グレイディ病院の医師
アンジー・トレント――ウィルの妻
ミセス・レヴィ――イヴリンの家の隣人
スパイヴィ／フィン／アレクサンダー／ハンフリー／ホプキンズ／クリステンセン――イヴリンの元部下。元刑事
リカード・オーティズ／マーセラス・エステヴェス――ヒスパニック系のギャング
イグナチオ・オーティズ――〈ロス・テキシカーノズ〉のボス
ヘクター・オーティズ――イグナチオの弟
ベニー・チュー／ヒロノブ・クウォン――アジア系のギャング
ロジャー・リン――〈イエロー・レベルズ〉のボス
ジュリア・リン――ロジャー・リンの妹。通称リン・リン

世界中の図書館員さんへ
みなさんのおかげで作家になれた子どもを代表して

土曜日

1

フェイス・ミッチェルは、ミニの助手席にバッグの中身をぶちまけ、食べ物を捜した。細かな糸屑《いとくず》にまみれたガム一枚と、いつ紛れこんだのかわからないピーナッツ一粒のほかに、口に入れられそうなものはなかった。キッチンの戸棚に栄養補助バーが一箱あるのを思い出したとたん、胃袋から錆《さ》びついた蝶番《ちょうつがい》のきしむような音がした。

午前中に受けたコンピューター研修は三時間で終わるはずだったが、最前列でくだらない質問ばかりする間抜けのせいで、一時間半も延びた。ジョージア州捜査局《GBI》では、他地域の機関にくらべて捜査官向けの研修がやたらと多い。捜査官は、定期的に犯罪の統計値を頭にたたきこまれる。テクノロジーの進化にもついていかなければならない。年に二度、射撃のテストに合格する必要がある。強制捜査や銃乱射事件の訓練は実戦さながらの迫力で、その後数週間は夜中にトイレへ行くたびに、ドアの陰を確認せずにはいられなくなる。フェイスも普段は捜査局の徹底ぶりをありがたく思っている。だが今日は、生後四カ月の娘のもとに早く帰りたくてたまらず、正午までには戻ると母親に約束したことが気になってしかたがなかった。

車のエンジンをかけたとき、ダッシュボードの時計は一時十分だった。フェイスはぶつぶつ文句を言いながら、パンサーヴィル・ロードの本部前の駐車スペースから車を出した。ハンズフリーで、母親に電話をかける。車のスピーカーからは、サーッという雑音が返ってきた。いったん電話を切り、もう一度かけなおした。今度は話し中だった。

フェイスは通話中の音を聞きながら、指でハンドルを小刻みにたたいた。母親はいつもボイスメールを使っている。だれでも使っている。最後に話し中の音を聞いたのはいつだったか。どんな音だったか忘れかけていたほど昔だ。電話会社になにかあって、混線しているのかもしれない。電話を切り、三度目の正直でもう一度かけてみた。

やはり話し中だ。

フェイスは、母親からメールを着信していないかブラックベリーを片方の手で確認した。母のイヴリン・ミッチェルが警官を辞めたのは、勤続四十年まであと少しというときだった。アトランタ市警に対する世間の評価はさまざまだが、時代に乗り遅れているという批判は当てはまらない。イヴリンは、携帯電話がショルダーバッグほどの大きさだったころから使っていた。娘より早くEメールを使えるようになった。二十年前からブラックベリーを携帯している。

それなのに、今日はなんの連絡もよこさない。

　フェイスは携帯電話のボイスメールをチェックした。歯のクリーニングの予約に関する歯科クリニックからのメッセージを保存してあるほかに、新しいものは届いていなかった。ひょっとしたら、イヴリンはエマのものを取りに自宅へ来ているかもしれないので、そちらの固定電話にかけてみた。自宅は実家と同じ通りにある。エマのおむつの替えがなくなったのかもしれない。哺乳瓶が足りないのかもしれない。自宅の電話は呼び出し音に続いて、フェイス自身の声の留守番電話が応答した。

　電話を切り、ふと後部座席を見やった。空っぽのチャイルドシートがある。プラスチックの枠の上に、小さなピンクのシートがのっているのが見えた。

「ばか」フェイスはひとりごちた。もう一度、母親の携帯電話にかけた。息を詰め、呼び出し音を三回まで数えた。ボイスメールが応答した。

　咳払い《せきばら》をしなければ、声が出なかった。自分でも声が震えているのがわかる。「お母さん、いまそっちへ向かってるんだけど。エマを散歩に連れていったところかな……」州間高速道路に入りながら、空を見あげた。アトランタまであと二十分ほどの距離だが、林立する高層ビルの細長い首に白くふわりとしたスカーフをかけたように、雲がたなびいているのが見える。「とにかく、折り返し電話して」頭の隅を不安にちくちく刺されながら告げた。

　食料品店。ガソリンスタンド。薬局。イヴリンの車には、フェイスのミニの後部座席にあるチャイルドシートとまったく同じものを取りつけている。きっと、イヴリンは買い物に出かけているのだ。約束の時刻を一時間以上過ぎている。だから、エマを連れて出かけた……だったら、娘にメッセージを残したはずだ。イヴリンは職業柄、いつでも連絡がつくようにしていたし、退職してからもその習慣は続いていた。手洗いに行くときすら、かならずだれかに知らせる。フェイスも兄のジークも、子どものころはよくそのことを茶化した。母親の居場所は、知りたくなくてもいつも知らされていた。知りたくないときにこそ知らされていた。

フェイスは手のなかの電話を見つめたが、それで母親と連絡が取れない理由がわかるはずもなかった。なんでもないことに気を揉《も》んでいるだけかもしれないとは思う。固定電話はなんらかの理由でつながらなくなっているのかもしれない。それなら、あちらから電話をかけようとしないかぎり気づかない。携帯電話は電源を切っているのか、充電が切れたのか、もしくはその両方の可能性もある。イヴリンのブラックベリーは車かバッグのなかにあり、着信のバイブに気づかなかったのかもしれない。フェイスは前方の道路とブラックベリーのあいだで視線を行き来させてメールを打った。音声で文字を入力する。

「もうすぐかえる。おそくなってごめん。でんわして」

メールを送信し、バッグの中身が散らかっている助手席にブラックベリーを放った。つかのまためらい、ガムを口に入れた。糸屑が舌にまつわりつくのもかまわず、噛《か》みながら運転する。ラジオをつけ、すぐにまた切った。アトランタへ近づくにつれて交通量が減っていった。雲の切れ間からまぶしい日光が差す。車内の気温はじりじりと上昇した。

十分が過ぎても、フェイスはあいかわらずじりじりとした焦燥を抱え、車内の暑さに汗ばんでいた。サンルーフを少しあけて風を取りこんだ。胸騒ぎがするのは、娘と引き離されたことによる単純な分離不安のせいにちがいない。仕事に復帰して、まだ二カ月しかたっていない。それでも、毎朝実家にエマをあずけたあと、発作に襲われたような気持ちになる。視界がぼやける。心臓がどきどきする。百万匹の蜂が飛びこんできたかのように、頭のなかでブンブンとうるさい音がする。仕事中も普段よりいらいらし、とりわけパートナーのウィル・トレントに八つ当たりしてしまう。彼はその苦役に耐えうる忍耐力の持ち主か、そうでなければ、ついに我慢の限界を超えてフェイスを絞め殺したときのために、もっともらしいアリバイを考えているにちがいない。

大学一年生になった息子のジェレミーが幼かったころ、ここまで不安になったことなどあっただろうか。フェイスは十八歳でポリス・アカデミーに入学した。当時、ジェレミーは三歳だった。あのとき、沈みゆくタイタニック号に残された唯一の救命具をつかむように、警察官になるしかないと思った。映画館の裏で判断を誤った二分間と、あのころすでにあきれるほど男の趣味が悪かったせいで、フェイスは思春期に入ったとたん、通常の段階を踏むことなく一気に母親になった。十八歳になるころには、安定した収入を得てアパートメントを借り、自分の思いどおりにジェレミーを育てたいと夢見ていた。毎日仕事に行くことは、自立へのステップだった。保育所にジェレミーを置いていくのは、ささやかな代価だと思っていた。

三十四歳になり、住宅ローンと車の支払いと、自力で育てなければならないふたり目の赤ん坊を抱えたいま、ほんとうなら実家に引っ越し、母親を頼りたかった。実家なら、いつでも冷蔵庫をあければ食料があり、自分で買う必要がない。夏は電気代を気にせずエアコンをつけることができる。昼まで寝て、一日じゅうテレビを観《み》ていられる。ついでに、十一年前に亡くなった父親が生き返り、朝食にパンケーキを焼き、おまえはきれいだと言ってくれないだろうか。

もちろん、そんなことはありえない。イヴリンは引退生活を孫の子守に費やすことに不満はないようだが、フェイスは生活が楽になるという幻想は抱いていない。フェイス自身が年金受給年齢に達するまで、まだあと二十年ほどある。ミニの支払いはあと三年残っているのに、保証期間はそれよりずっと前に終わる。この先、最短でも十八年間はエマを養わなければならない。それに、ジェレミーが幼かったころとちがい、いまは左右ちがうソックスをはかせたり、ガレージセールで買ったお古を着せたりするわけにはいかない。このごろの赤ん坊は、きちんとコーディネートした格好をしている。哺乳瓶はビスフェノールA《BPA》不使用のものでなければならず、アーミッシュ派の善良な農家が作っている有機認証済みのアップルソースを食べさせなければならない。ジェレミーがジョージア工科大学で建築を専攻すれば、あと六年は教科書を買いそろえ、洗濯をしてやることになる。なによりも気がかりなのは、ジェレミーには真剣につきあっているガールフレンドがいることだ。やたらと腰まわりが豊かで、出産適齢期まっただなかの年上の女だ。ひょっとすると、フェイスは三十五歳になる前に、おばあちゃんになるかもしれない。

その可能性を頭からなんとか押しのけようとしたが、体が不快に火照った。運転しながら、もう一度バッグの中身を確かめた。ガムを噛んでも空腹はおさまらない。胃袋はあいかわらず不機嫌そうになっている。グローブボックスのなかを手探りした。なにもない。ファストフード店に立ち寄って、せめてコーラでも買ったほうがいいのかもしれないが、今日はユニフォームを着ている――カーキ色のチノパンツに、真っ黄色のＧＢＩのロゴが大きく背中に入ったブルーのシャツ。このあたりは、法執行機関の人間がうろつくのに最適な地区ではない。警官の姿を見て逃げていく者がいれば追いかけないわけにはいかず、そうするとまともな時刻に帰宅するのが難しくなる。それに、直感が早く母親のもとへ帰れと言っている――いや、しきりにせっついている。

もう一度、母親に電話をかけた。実家の固定電話、携帯電話はもちろん、普段はメールの送受信にしか使っていないブラックベリーにもかけてみた。どれもやはり応答がない。最悪の事態が次々と頭に浮かび、みぞおちのあたりがぎゅっと縮まった。パトロール警官だったころは、子どもの泣き声で隣人が異変に気づいたという現場に何度も呼び出された。父親が駆けつけると、母親がバスタブで足をすべらせて動けなくなっていたことがある。赤ん坊は、だれかうっかり大けがをしたり、心臓発作を起こしたりしていたこともある。赤ん坊は、だれかに気づいてもらうまで、横たわったまま泣き叫ぶしかない。だれにも慰めてもらえずに泣いている赤ん坊ほど、胸が痛むものはない。

フェイスは、恐ろしい想像をしてしまった自分を叱りつけた。最悪の事態を予想するのは、警官になる前からずっと得意だった。お母さんは大丈夫に決まっている。エマはいつも一時半ごろから昼寝をする。エマを起こさないように、電話の電源を切っているのかもしれない。もしかしたら、郵便を取りに出たときに、近所の人に捕まったのかもしれないし、隣に住むミセス・レヴィがごみを出すのを手伝っているのかもしれない。

そう自分に言い聞かせながら高速道路を降りたものの、ハンドルを握る手は汗でぐっしょりとしていた。三月らしい穏やかな好天なのに、汗が止まらない。エマや母親が心配だからというだけではなく、ましてや息子の出《で》っ尻《ちり》ガールフレンドが気になるせいでもない。フェイスは一年近く前に糖尿病と診断された。血糖値に細心の注意を払い、正しく食事をし、いつも軽く食べられるものを携帯するようにしている。今日は例外だ。おそらく、そのせいで妙なことばかり考えてしまうのだろう。とにかく、なにか食べなければならない。それもできれば、母と娘のそばで。

　ふたたびグローブボックスのなかを探ったが、やはり空っぽだった。昨日、裁判所の外で待機中に、一本だけ残っていた栄養補助バーをウィルにあげたのが、もはや遠い昔のことのようだ。彼が自動販売機で買ったべとつく菓子パンにがっつくのを眺めるよりはと、バーを分けてやったのだ。ウィルはまずいと文句を言いながらも、残さずにたいらげた。そのせいで、いまフェイスは困っている。

　黄信号にもスピードを落とさず、住宅と商店が混在する通りをできるだけすばやく走り抜けた。道幅の狭いポンセ・デ・レオン・アヴェニューに入る。立ち並ぶファストフード店やオーガニック食品のスーパーマーケットの前を通り過ぎた。じりじりとスピードをあげ、ピードモント・パークと接する曲がり道を飛ばす。ふたたび黄信号を無視したとたん、交通監視カメラのフラッシュがバックミラーに映った。前方をのんびりと横切る人影があり、フェイスはブレーキを踏んだ。さらに二軒のスーパーマーケットの前を通り過ぎ、最後の信号の前に差しかかったとき、ありがたいことに信号が赤から緑に変わった。

　イヴリンは、フェイスと兄が育った家にいまでも住んでいる。平屋のランチハウスは、シャーウッド・フォレストという地区にある。アトランタ屈指の高級住宅地アンスリー・パークと州間高速道路八五号線に挟まれ、風向きによっては絶え間ない車の音がうるさい。今日は風向きがいいのか、新鮮な空気を取りこもうと窓をあけると、子ども時代の象徴でもある耳慣れた車の音がかすかに聞こえた。

生まれたときからずっとシャーウッド・フォレストに住んでいるフェイスは、この地区を設計した人々に対する根深い憎悪を抱いている。シャーウッド・フォレストは第二次世界大戦後に開発され、復員兵たちが低金利ローンを利用して煉瓦《れんが》のランチハウスを買って住み着いた。設計者は、ロビン・フッドのシャーウッドの森を臆面もなく再現しようとした。左に曲がってライオネル・レーンに入り、フライア・タック・ロードを横切り、右に曲がってロビン・フッド・ロードを走る。分岐点を右へ進み、ドンカスター・ドライヴがバーンズデイル・ウェイにぶつかるところにある自宅の私道をちらりと横目でチェックしたのち、ようやくリトル・ジョン・トレイルにある実家の私道に乗り入れた。

イヴリンのベージュのシヴォレー・マリブが、ボンネットを通りに向けてカーポートに停まっていた。とにかく、その点は普段どおりだ。フェイスは、母親がボンネットを奥にして駐車したところを見たことがない。パトロール警官だったころの名残だ。パトロール警官は、呼び出されたらすぐさま車を出せるように、つねに備えておかなければならない。

母親の習慣についてじっくり考えている場合ではない。私道にミニを入れ、マリブと鼻を突きあわせるように駐車した。外に降り立ったとたん、両脚がずきずき痛んだ。この二十分間ほど、全身の筋肉という筋肉がこわばっていたようだ。家のなかから、大音量の音楽が聞こえた。ヘヴィメタルだ。母親はいつもビートルズを聴いているのだが。フェイスは勝手口へ向かいがてら、マリブのボンネットに手のひらを当ててみた。エンジンは冷えている。電話をかけたとき、母親はシャワーを浴びていたのかもしれない。まだメールも携帯電話の着信記録も見ていないのだろう。いや、けがをしたのかもしれない。勝手口のドアに、血の手形がついているし。

フェイスは、はっとして手形を見なおした。

血の手形は左手のものだった。ドアノブから四十五センチほど上についている。ドアはきちんと閉まっていなかった。おそらくキッチンのシンクの上にある窓から差しこんでいる日光が、ドアと柱の隙間から漏れている。

フェイスはまだ自分がなにを目にしているのか理解できずにいた。子どもが母親と手のひらを合わせるように、手形の前に自分の手を掲げた。イヴリンのほうがフェイスより手が小さい。指も細い。薬指の先は、ドアに触れなかったようだ。指があるべき場所には、血の塊がこびりついている。

突然、音楽が途切れた。静かになったとたん、フェイスのよく知っている喉を鳴らす幼い声が聞こえた。放っておいたら、やがて号泣に発展する声だ。その声はカーポートのなかで響いたので、フェイスはつかのま自分が音をたてているのではないかと思った。また同じ声がした瞬間、フェイスはさっと振り向いた。エマの声だ。

シャーウッド・フォレストのほかの家は、ほとんど建てなおされたり、改修されたりしているが、ミッチェル家は建てられたときからまったく変わっていない。部屋の配置はわかりやすい。三部屋の寝室、居間、ダイニングルーム、キッチン。勝手口の外が、屋根だけで囲いのないカーポートだ。フェイスの父親、ビル・ミッチェルが、カーポートを挟んで物置を建てた。堅牢《けんろう》な造りで――ビルはなにごとにも妥協しなかった――金属のドアには鍵がかかり、一カ所しかない窓は安全ガラスがはまっている。物置にしては頑丈すぎるのではないかとフェイスが気づいたのは、十歳のときだった。年下のきょうだいがいる男の子特有の哀れみのこもった口調で、ジークが物置のほんとうの目的を教えてくれた。

「ばかだなあ、母さんの銃の置き場だからだよ」

フェイスはマリブの脇を走り抜け、物置のドアを引いた。鍵がかかっている。窓からなかを覗《のぞ》いた。安全ガラスの針金が、フェイスの目には蜘蛛《くも》の巣のように映った。作業台と、その下に重ねた園芸用土の袋が見えた。園芸道具も決まったフックにかかっている。芝の手入れをする道具も、いつもの場所にきちんとしまってあった。作業台の下に、ダイヤル錠のついた黒い金庫がボルトで固定してある。扉があいている。イヴリンの、グリップが桜材のスミス&ウェッソンがない。いつも一緒に保管されている銃弾の箱も消えている。

さっきよりも大きく喉を鳴らす音が聞こえた。床の上で、ブランケットの山が鼓動する心臓のように盛りあがってはしぼんだ。急激な冷えこみに備えて、イヴリンが植物を覆うのに使っているブランケットだ。普段は棚のいちばん上の段にたたんでしまってあるが、いまは金庫の前の壁際でこんもりとした山になっている。フェイスは、その灰色のブランケットのなかから桃色の小さな塊が突き出たことに気づいた。プラスチックの湾曲したヘッドレストは、エマのチャイルドシートにほかならない。またブランケットが動いた。小さな足がぴょこんと飛び出た。足首のまわりにレースのついた、淡い黄色のコットンのソックス。また桃色の小さな拳が覗いた。そして、エマの顔が見えた。

　エマはフェイスを見て笑った。上唇がやわらかな三角形を作った。ふたたび喉を鳴らした。今度はよろこびの声だ。

「なんてこと」フェイスは鍵のかかったドアノブをむなしく引っぱった。震える手でドア枠の上をまさぐり、鍵を探した。埃《ほこり》が降ってきた。木材のささくれが指に食いこんだ。もう一度、窓からなかを覗いた。エマは母親の姿に安心して両手を打ち鳴らした。フェイスは生まれてこのかた最大のパニック寸前なのに。物置のなかは暑い。外も暖かいくらいだ。エマが熱中症になりかねない。脱水症状を起こすかもしれない。死んでしまうかもしれない。

　フェイスはあわてふためき、鍵が落ちているかもしれないと思い、両手と両膝をついた。ひょっとしたらドアのむこうへすべりこんでしまったのか。チャイルドシートの下部が、金庫と壁のあいだに無理やり押しこまれているのが見えた。チャイルドシートはブランケットの山で隠してある。金庫の陰に。

　金庫に守られている。

フェイスは動きを止めた。呼吸の途中で肺が縮こまった。あごが針金できつく閉じられていたかのようにこわばった。のろのろと体を起こす。目の前のコンクリートに、点々と血の滴が残っている。目で追うと、勝手口まで続いている。血の手形まで。

エマが物置に閉じこめられている。イヴリンの拳銃がなくなっている。家まで血痕が続いている。

フェイスは立ちあがり、わずかにあいている勝手口のほうを向いた。自分の荒い呼吸の音以外、あたりは静まり返っている。

だれが音楽を止めたのだろう？

フェイスは車へ走った。運転席の下からグロックを取り出す。弾倉をチェックし、体の脇にホルスターをとめた。携帯電話を助手席に置き忘れていた。それを引っつかみ、トランクをあけた。ＧＢＩの特別捜査官になる前は、アトランタ市警殺人捜査班の刑事だった。非公開の緊急連絡番号は、指が覚えている。通信係が質問するひまも与えなかった。早口で以前のバッジ番号をまくしたて、実家の住所を言った。

一瞬、ためらってから告げた。「コード３０」言葉が喉に詰まりかけた。コード３０。この暗号を使ったのははじめてだ。警察官が緊急支援を要請する際に使う。つまり、仲間の警官が重大な危機に瀕《ひん》している、ひょっとすると死んでいるかもしれないという意味だ。

「娘が家の外の物置に閉じこめられてるの。コンクリートの地面に血痕が認められ、勝手口のドアに血の手形がついてる。おそらく、母が家のなかにいる。さっきまで音楽が鳴っていたのに、いまは聞こえない。母は退職警官。たぶん母は——」喉に握り拳のような塊がこみあげた。「助けて。お願い。助けをよこして」

「コード30、了解」通信係は張りつめた声で応答した。「外で応援を待ってください。絶対に、家に入らないで——繰り返します、家に入らないでください」

「了解」フェイスは電話を切り、後部座席に放った。トランク内にショットガンを固定しているラックの錠を鍵であけた。

GBIは全捜査官に少なくとも二種類の銃器を支給している。グロック23は四〇口径のセミオートマチックで、装弾数は弾倉十三発と薬室一発。レミントンM870は、ダブル・オー・バック四発を装填《そうてん》できる。フェイスは銃床の前にサイドサドルを装着し、さらに六発を収納している。一発のシェルには八個の散弾が封入されている。散弾の直径は九ミリ程度だ。

グロックは一度引き金を引くと一発の弾丸を発射する。レミントンは八発だ。

GBIの規定では、グロックの薬室につねに一発装填するよう定められているので、装弾数はつねに十四発になる。従来型のマニュアルセーフティは備えていない。捜査官は法律上、自分や他人の生命が危険にさらされている場合のみ、殺傷力の高い武器の使用を認められている。発砲する意志がなければ引き金を引いてはならず、相手を殺す意志がなければ発砲してはならない。

ショットガンも拳銃と同じ目的で使用されるが、使い方がちがう。トリガーガードの後方にあるセーフティはクロスボルト式で、すばやく解除できる。薬室は空にしておく。周囲の者に、弾をこめて発砲する準備をする音を聞かせるためだ。その音がしたとたんに大の男が膝をつくのを、フェイスは何度も見た。

セーフティを解除しながら、家のほうを振り向いた。正面の窓のカーテンが小さく揺れた。人影が廊下を走っていく。

片方の手でショットガンのハンドグリップをスライドさせながら、カーポートへ歩いていった。ガチャッという頼りがいのある音がコンクリートに反響した。流れるような動きで銃床を肩に当て、銃身をまっすぐ前方に向ける。ドアを蹴りあけ、しっかりとショットガンを構えてどなった。「警察だ！」

その声は雷鳴のように屋内に響き渡った。声はフェイスの体の奥底にある暗い場所からこみあげた。二度と切ることのできないスイッチが入るのを恐れて、いつもはそんな場所が自分のなかにあることを忘れたふりをしている。

「両手をあげて出てきなさい！」

だれも出てこない。家の奥で物音がした。キッチンに入ったとたん、視界が鮮明になった。カウンターの血痕。パン切りナイフ。床にも血痕がある。抽斗《ひきだし》や棚の扉が開いたままになっている。壁の固定電話は、ねじれた首縄で吊《つ》るされているかのようにぶらさがっている。イヴリンのブラックベリーも携帯電話も、床の上でばらばらになっていた。フェイスはミスをしないよう、ショットガンを構えたまま、指は引き金の脇に添えていた。

母親とエマのことを考えていなければならないはずだが、頭のなかでは、繰り返し同じ言葉が浮かんだ。人間と出入口。住宅に突入する際に、もっとも大きな脅威となるものがそのふたつだ。人間がどこにいるか——犯罪者も、それ以外の人も——把握し、あらゆるドアに注意しなければならない。

フェイスはくるりと体の向きを変え、洗濯室に銃口を向けた。床の上に、男がうつ伏せに倒れていた。黒い髪。黄色っぽい蝋《ろう》のような肌。くるくる回転する遊びをしている子どものように、両腕を体に巻きつけている。そばに銃器はない。後頭部は血にまみれ、ぐちゃぐちゃに崩れていた。脳のかけらが、洗濯機に散っている。壁の穴は、男の後頭部を通り抜けた銃弾があけたものだろう。

ふたたびキッチンのほうを向いた。ダイニングルームへ入る開口部がある。フェイスはしゃがみ、そちらへさっと体を向けた。

だれもいない。

頭のなかに、家の見取り図が浮かんだ。左側に居間がある。右側には広い玄関ホール。まっすぐに延びた廊下。突き当たりがバスルームだ。廊下の右側に寝室が二室。反対側にも一室――母親の部屋だ。母親の部屋には小さなバスルームと、裏庭へ出るドアがある。廊下に面したドアのなかで、母親の寝室のドアだけが閉まっていた。

フェイスはそのドアを目指して歩きはじめたが、すぐに立ち止まった。

人間と出入口。

心の目に、言葉の刻まれた石碑が見えた。いわく、〝潜在的な危険に向かう前に、それ以外は安全であることを確認せよ〟

フェイスはしゃがんで左側を向き、居間に入った。壁沿いに視線を移動させ、裏庭に出るガラス戸を確認した。ガラスは割れていた。そよ風がカーテンを揺らしている。室内はめちゃくちゃに荒らされていた。何者かが、なにかを捜していたようだ。抽斗が壊れている。クッションが切り裂かれている。フェイスのしゃがんだ場所からは、ソファのむこうの少し離れたところにウィングバックチェアがあるのが見えた。室内と廊下を何度も交互に見やって安全を確認し、先へ進んだ。

廊下のいちばん手前のドアは、フェイスが以前使っていた寝室だ。ここも荒らされていた。古い机の抽斗が舌のように突き出ている。マットレスが切り裂かれている。エマのベビーベッドもばらばらに壊れていた。毛布がまっぷたつに引き裂かれている。エマが生まれてからずっと、ベッドの上に吊るしてあったモビールが、ごみのようにカーペットの上に落ちていた。フェイスはそれを見たとたんに燃えあがった怒りを呑みこんだ。無理やり捜索を続けた。

　クローゼットのなかとベッドの下を手早くチェックした。いまではイヴリンの書斎になっているジークの部屋も、同じように調べた。床に書類が散らばっていた。机の抽斗は壁に投げつけてある。バスルームのなかも見てみた。シャワーカーテンはあいている。リネンの棚も扉が開いたままだった。タオルとシーツが床の上に放り出されている。

　母親の寝室のドアの左側に立ったとき、最初のサイレンの音が聞こえた。距離はあるが、まちがいない。パトカーの到着を、応援を待つべきだ。

　だが、フェイスはドアを蹴破り、くるりと反転して腰を低くした。ショットガンの引き金に指をかける。男がふたり、ベッドの足側にいた。ひとりはひざまずいている。ヒスパニック系で、ジーンズしか身につけていない。裸の胸は、有刺鉄線で鞭《むち》打たれたかのようにずたずたに切られていた。全身が汗で光っている。脇腹も殴られたのか、黒ずんだ傷や赤い傷が並んでいた。両腕も上半身もタトゥーで覆われている。胸に彫られたものがもっとも大きい。赤と緑のテキサスのひとつ星のマークに、ガラガラヘビが巻きついている意匠。アトランタのドラッグマーケットを二十年前から牛耳っているメキシコ系ギャング、〈ロス・テキシカーノズ〉のメンバーらしい。

　もうひとりの男はアジア系だ。タトゥーはない。真っ赤なアロハシャツにチノパンツ。ヒスパニック系の男と向かいあって立ち、頭に銃を突きつけている。銃把が桜材のスミス

&ウェッソン、5ショット・リボルバー。母親のものだ。

フェイスはショットガンの銃口をアジア系の胸に向けた。冷たく硬い金属が、自分の体の延長のように感じる。しばらく前から、心臓がすさまじい勢いで拍動していた。全身の筋肉が引き金を引きたがっている。

フェイスは早口で尋ねた。「母はどこ？」

アジア系の男は、南部訛《なま》りのある鼻声で答えた。「撃ってみろよ、こいつに当たるぜ」

そのとおりだ。フェイスはふたりから二メートルも離れていない廊下に立っている。ふたりの男も固まっている。アジア系の男を狙って撃っても、それた散弾が人質に当たる恐れがある――人質を殺してしまうかもしれない。それでも、フェイスはショットガンをおろさず、引き金にかけた指をはずさなかった。

アジア系の男は人質の頭に銃口をぐいと押しつけた。「ショットガンを捨てろ」

サイレンの音がだんだん大きくなっている。パトカーは第五管区のピーチツリー・ストリートからやってくる。「あの音が聞こえる？」頭のなかの地図では、パトカーはノッティンガム・ウェイに入った。一分以内に到着するはずだ。「母がどこにいるのか言いなさい。パトカーが来る前に死にたくないでしょう」

アジア系の男はまた頬をゆるめたが、拳銃はしっかりと握りしめていた。「おれらの目的はわかってるはずだ。そいつをよこせば、あの女を解放してやる」

フェイスにはなんのことかさっぱりわからなかった。母親は、夫に先立たれた六十三歳の女性だ。この家でもっとも価値があるものは、いま三人がいる土地にほかならない。アジア系の男は、フェイスの沈黙をはぐらかしと受け取った。「この若造のせいで親が死んでもいいのか？」

フェイスは、理解したふりをした。「そんな単純なこと？　取引をしたいの？」

男は肩をすくめた。「おれたちにおとなしく出ていってほしけりゃな」

「嘘よ」

「嘘じゃねえよ。公平な取引だ」サイレンがさらに大きくなった。通りでタイヤが甲高い音をたてた。「ほら、早くしろ。時間がない。取引するのかしないのか？」

男に取引をするつもりなどないはずだ。すでにひとり殺している。そしていま、ふたり目を撃とうとしている。話がまったく通じていないと気づかれたら、こっちも胸に一発撃ちこまれて終わりだ。

「取引する」フェイスは左手でショットガンを前に放り投げた。

射撃練習場の教官は〇・一秒まで計れるストップウォッチを使うので、フェイスは自分の右手が〇・八秒で脇のホルスターからグロックを抜くことができるのを知っている。アジア系の男が足元に落ちたショットガンに気を取られた瞬間、フェイスはグロックを抜いて引き金に指をかけ、男の頭を撃った。

男の両腕がさっとあがった。拳銃が落ちる。男が床に倒れたときには、すでに絶命していた。

玄関のドアが破られた。フェイスが玄関ホールのほうへ振り向いたと同時に、完全武装した突入班がどっとなだれこんできた。フェイスは寝室に目を戻し、ヒスパニック系の男が逃げたことに気づいた。

裏庭へ出るドアがあいている。フェイスは外に走り出た。ヒスパニック系の男はチェーンの柵を飛び越えるところだった。スミス&ウェッソンを握っている。ミセス・ジョンソンの家の裏庭で、孫姉妹が遊んでいた。姉妹は拳銃を持った男が走ってくるのを見て、悲鳴をあげた。男は子どもたちの六メートルほど手前にいる。あと四メートル。子どもたちに銃口を向けて拳銃を発砲したが、弾は子どもたちの頭上を飛んでいった。壁の煉瓦のかけらが地面に飛び散った。子どもたちはもはや恐怖で声も出ずに凍りつき、逃げることもできずにいる。フェイスは柵の前で止まり、グロックを構えて引き金を引いた。

ヒスパニック系の男は、胸を糸でぐいと引っぱられたかのようにのけぞった。一秒間は立っていたが、がっくりと膝を折り、仰向けに倒れた。フェイスは柵を跳び越えて男に駆け寄った。男の手首をかかとで踏みつけ、拳銃を捨てさせた。子どもたちはふたたび悲鳴をあげはじめた。ミセス・ジョンソンがポーチに出てきて、アヒルの雛《ひな》のようにふたりを抱えあげた。ちらりとフェイスを見やり、ドアを閉める。ショックを受け、怯《おび》えた目をしていた。ジークとフェイスは子どものころ、よくホースを持ったミセス・ジョンソンに追いまわされたものだ。ここは安全な場所だったのに。

フェイスはグロックをホルスターにしまい、スミス&ウェッソンをパンツの後ろに差しこんだ。ヒスパニック系の男の両肩をつかむ。「母はどこ?」厳しく問いつめた。「母をどこへやったの?」

男は口をあけた。銀色の詰めものをした歯の根本から、血がにじみ出ている。男は薄笑いを浮かべていた。人でなしは笑っているのだ。

「母はどこ?」男の血だらけの胸に手のひらを当てると、肋骨《ろっこつ》が折れているのが感じ取れた。男が痛みに叫び声をあげた。フェイスは手を強く押しつけ、肋骨をぎりぎりとこすりあわせた。「どこにいるの?」

「捜査官!」若い警官が片方の手をついて柵を跳び越えた。拳銃の銃口を地面に向けて持ち、走ってくる。「容疑者から離れてください」

フェイスはヒスパニック系の男に、さらに顔を寄せた。男の肌が発している熱が伝わってくる。「母がどこにいるのか言いなさい」

男の喉が動いた。もう痛みは感じていない。瞳孔が十セント硬貨並みに開いている。まぶたが震えた。口角がぴくぴくと引きつっている。

「どこにいるのか言いなさい」声を出すたびに、焦燥があらわになっていく。「ああもう

──頼むから──早く言いなさい！」

男の呼吸の音は、肺をテープで貼りあわせたかのようにべたついていた。唇が動く。なにかささやいたが、フェイスには聞き取れなかった。

「なに？」フェイスは男の吐き出す唾液がかかるほど、口元に耳を寄せた。「もう一度言いなさい」小声で命じる。「早く言って」

「アルメッハ」

「なに？」フェイスは繰り返した。「いまなんて言った？」男の口があいた。言葉ではなく、血があふれ出た。「いまなんて言ったの？」フェイスは叫んだ。「もう一度言いなさい！」

「捜査官！」警官がまた大声をあげた。

「ああっ！」フェイスは両手で男の胸を押し、心臓をふたたび動かそうとした。男を生き返らせたくて、握りしめた拳を強くたたきつけた。「言いなさい！」とどなる。「言えってば！」

「捜査官！」フェイスは腰にだれかの両手が巻きつくのを感じた。いきなり抱きあげられた。

「放して！」フェイスは警官に思いきり肘鉄を食らわせ、石のようにどさりと落ちた。芝生を這《は》い、一部始終を目撃していたはずの男のそばへ戻った。人質か。殺人犯か。どちらにしろ、この男は、母親がどうなったのか知っているこの場で唯一の証人なのだ。

フェイスは男の顔を両手で挟み、生気の消えてしまった瞳を見つめた。「ねえ、言ってよ」手遅れだとわかっていても、懇願せずにいられなかった。「お願いだから」

「フェイス？」アトランタ市警にいたころパートナーだったレオ・ドネリー刑事が、柵のむこう側に立っていた。息を切らしている。両手でいちばん上のチェーンをつかんだ。安物の茶色いスーツのジャケットが、風ではためいた。「エマは無事だ。錠前師を呼んだ」漉《こ》し器にかけた糖蜜のように、ねっとりとした声だった。「しっかりしろ。エマには母親が必要なんだぞ」

フェイスはレオの背後を見やった。そこらじゅうに警官がいる。家の周辺や庭を調べている紺色の制服がぼやけて見えた。窓越しに、銃を構えて部屋から部屋へ移動し、「異状なし」と確認の声をあげる突入班を目で追った。競いあうようなサイレンの音があたりを満たす。パトカー。救急車。消防はしご車。

通報が広がったのだ。コード３０。警察官が緊急事態で助けを必要としている、という暗号が。

男性三名が射殺された。赤ん坊が物置に閉じこめられた。母親が行方不明。

フェイスはしゃがみこんだ。震える両手で頭を抱え、泣きたいのをこらえた。

2

「では、彼は言うんだよ、ガレージで車のオイルを交換していて、あんまり暑かったからパンツを脱いだんだと……」

「あら」サラ・リントンはサラダをつつきながら、おもしろがっているふりをした。

「ぼくは言ってやったんだ。〝いいか、ぼくは医師だ。とやかく言うつもりはない。だから正直に……〟」

サラはデイル・ダガンの口が動くのを見ていた。ありがたいことに、ランチタイムのピザレストランは騒がしく、声がよく聞こえない。低く流れる音楽。客の笑い声。厨房《ちゅうぼう》のカウンターを皿がすべる音。デイルの話はたいしておもしろくないし、目新しくもない。サラは小児科医としてアトランタのグレイディ病院の緊急治療室《ER》に勤めている。その前は十二年間、小さいが活気のある大学町で自分のクリニックを経営し、パートタイムで郡の検死官も兼務していた。ある種の器具や工具や家事用品やガラスの置物などが人体に入って取れなくなってしまったケースなら、いくらでも見たことがある。

それなのに、まだデイルは話を続けている。「しばらくして、看護師がポータブルレントゲンを持ってきた」

「まあ」少しは興味を持っているように聞こえただろうか。

デイルがにっこりと笑った。前歯と側切歯のあいだにチーズが挟まっている。悪く思ってはいけない。デイル・ダガンはいい人だ。ハンサムではないけれど、まあまあの外見だから、彼が医学部を出ていると知ったとたんに魅力的に見えるようになる女はそれなりにいるだろう。サラは、ちょっとやそっとではなびかないけれど。それに、いまはひどく空腹だ。このくだらないブラインドデートをお膳立てした友人に、印象をよくするにはピザよりサラダにしろと言われたからだ。

「で、レントゲンを撮影したら、そこになにが写っていたかというと……」

ソケットレンチでしょ。そう思った直後、デイルはようやくオチを明かした。

「ソケットレンチだよ！　信じられないだろう？」

「嘘みたい！」サラは無理やり笑い声をあげたが、ねじ巻き式の玩具《おもちゃ》の声のように聞こえた。

「それなのに、まだ足をすべらせたと言い張るんだ」

サラは舌を鳴らした。「よほど勢いよく尻もちをついたのね」

「まったくだ」デイルはふたたびサラに笑いかけ、ピザにかぶりついた。

サラはレタスを嚙んだ。デイルの頭上のデジタル時計は、二時十二分と数秒を表示している。赤いLEDの数字を見ていると、ほんとうならいまごろ家でバスケットボールの試合を観ながら、洗濯物の山をたたんでいたのにと思って苦々しい気持ちになった。どれくらい時計を見ずにいられるか、ひとりでゲームをしてみたが、すぐに我慢できなくなり、秒を刻む時計を眺めてしまう。最長記録は三分二十二秒。次こそはと記録更新を誓い、サラダを口に運ぶ。

「ところで」デイルが言った。「きみはエモリー大を出たんだって？」

サラはうなずいた。「あなたはデュークでしょう？」

案の定、デイルは医学雑誌に掲載された論文やシンポジウムの基調講演など、自分の業績について長々と語った。サラはまた熱心に聞いているふりをして、時計を見るなと自分に言い聞かせながら、デイルがなにか質問したくならないように、牧草地の雌牛並みにのろのろとレタスを咀嚼《そしゃく》した。

ブラインドデートはこれがはじめてではないし、あいにくこれよりもっと退屈だったものも経験している。ただ、今日ははじまって六分で、もうだめだと思った。時計で確認したのでまちがいない。注文したものがテーブルに運ばれてくるより先に、たがいの自己紹介がすんでしまった。デイルは離婚歴があり、子どもはなく、妻とは円満に別れ、ひまがあれば病院で寄せ集めたメンバーとバスケットボールを楽しむ。サラはジョージア州南部

親と暮らすことを選んだ。二頭のグレーハウンドを飼っているが、以前飼っていた猫は実家で両親と暮らすことを選んだ。夫は四年半前に亡くなった。

たいていの場合、この最後の話をすると沈黙がおりるのだが、デイルはよくあることだと言わんばかりに聞き流した。サラは最初、あれこれ詮索しないデイルを好ましく思ったが、どうやら彼は自分の話をするのに夢中なだけらしいと考えなおし、でもやはりそんなふうに決めつけるのはよくないと自分を戒めた。

「ご主人はどんな仕事をしていたのかな？」

レタスを頬張っているときに、不意に尋ねられた。もぐもぐとレタスを噛み、呑みくだしてから答えた。「警察官だったの。郡警察の署長」

「めずらしいね」サラがつい怪訝《けげん》な顔をしたらしく、デイルは弁解した。「その、医者じゃないっていうのがね。いや、医者じゃなかったと言うべきか。ホワイトカラーじゃなかったんだ」

「ホワイトカラー？」非難がましい口調になってしまったが、抑えられなかった。「父は配管工よ。妹もわたしも、父の手伝いを――」

「ちょっと待ってくれ」デイルは降参だというように両手をあげた。「言い方がまずかった。肉体労働は尊いことだと思うよ、ね？」

デイル医師の専門が何科か知らないが、サラ自身は毎日、肉体労働に勤《いそ》しんでいる。

彼はなにも気づかず、まじめくさった口調で言った。「ぼくは警察官を心から尊敬している。国に尽くしている人もね。軍人とかさ」そわそわとナプキンで口を拭った。「危険な仕事だからね。ご主人は殉職したの？」

サラはうなずき、時計に目をやった。三分十九秒。惜しい。

デイルはポケットから携帯電話を取り出し、ディスプレイを眺めた。「申し訳ない。ぼくは待機中《オンコール》なんだ。呼び出しがないか確認したくて」

サイレントモードで電話がかかってきたふりをしないだけましだが、次の展開はわかっている。「むきになってごめんなさいね。ちょっと話しづらいことなの」

「残念だったね」いかにも慣れた口調は、サラもERで何度も聞いている。「つらかっただろう」

サラは舌の先を噛んだ。礼儀正しい返し方がわからなかった。天気の話でもしようと思いついたときには、時間がたちすぎていて、ますます気まずくなった。思案の末に、サラは口を開いた。「あの、ええと。そろそろ——」

「失礼」デイルはさえぎった。「手洗いに行ってくる」

出し抜けに立ちあがった勢いで、椅子が後ろに倒れそうになった。サラは、店の奥へそそくさと歩いていく彼の後ろ姿を見送った。考えすぎかもしれないが、彼が非常口の前で足を止めたような気がした。

「ばか」フォークをサラダの皿に置いた。

もう一度、時計を見た。二時十五分。デイルがトイレから戻ってくれれば、二時半までに解散できる。アパートメントまでは歩いて帰れる距離なので、ぎこちない沈黙にえんえんと耐えながらデイルに車で送ってもらう必要はない。勘定はレジで注文したときにすませている。十五分あれば家に帰り着き、バスケットボールの試合がはじまる前に、ワンピースを脱いでスウェットの上下に着替えることができる。でも、胃袋が鳴っている。帰るふりをして引き返し、ピザを注文しようか。

時計がもう一分進んだ。サラは駐車場を眺めた。デイルの車とおぼしき〝DRDALE〟というナンバープレートがついたグリーンのレクサスがある。がっかりすべきか、ほっとすべきか、よくわからない。

三十秒が過ぎた。そのあとさらに二十三秒間、トイレまでの通路は無人だった。歩行器につかまった老女が、通路を少しずつ歩いていく。付き添いの人はいない。

サラはうなだれ、頭を手で支えた。デイルは悪い人ではない。穏やかだし、わりに健康だし、高給取りだし、髪はたっぷり残っているし、歯にチーズが挟まっていることに目をつぶれば、清潔そうだ。けれど、それだけではだめなのだ。自分のほうに問題があるのではないだろうか。自分のほうが、『高慢と偏見』のミスター・ダーシーのアトランタ版になっている。いったん相手のことがよく思えなくなったら、ずっとそのままだ。自分の考え方を変えるより、蒸気船を方向転換させるほうがよほど簡単だ。

もっとがんばるべきなのかもしれない。二十五歳だったのは遠い昔で、いまや四十歳の重苦しい吐息に首筋をなでられている。ただでさえ身長が百八十センチもあるので、交際相手の候補がかぎられている。赤褐色の髪と青白い肌も、男性に大人気というわけではない。仕事は残業が多い。料理はどうしても苦手だ。どうやら雑談をこなすこともできなくなったらしく、亡くなった夫の話になっただけですぐカッとする。

たぶん、理想が高すぎるのだ。結婚生活は完璧ではなかったけれど、幸せだった。全身全霊で夫を愛していた。彼を失ったことで、自分も死にそうになった。けれど、ジェフリーが亡くなって五年近くたったいま、正直なところ孤独でさびしい。だれかと一緒にいることが恋しい。男性特有のものの考え方や、ときどき驚くほど優しいことを言ってくれるところが恋しい。きめの荒い肌の感触が恋しい。ほかのいろいろなことも。けれど残念なことに、最後に男の腕のなかで白目をむきそうになったときは、快楽に悶《もだ》えたのではなく、退屈と闘っていた。

自分が極端なまでに、救いがたいまでに、みじめなまでに、男性とつきあうのが下手なのだという事実を直視せざるをえない。たいして経験も積んでいない。思春期からこちら、切れ目なく決まった相手がいたからだ。最初にボーイフレンドができたのはハイスクールのときで、大学卒業まで続いた。大学院では同級生とずっとつきあっていた。そのあとジエフリーと出会ってからは、ほかの男には目もくれなかった。三年前の悲惨な一夜の情事を除けば、ずっとひとりだった。唯一、この人ならうまくいくかもしれないと思った人には妻がいる。おまけに警察官だ。

しかも、その人はいま、三メートルと離れていないレジの前にいる。

ウィル・トレントは、黒いランニングショーツに、広い肩が際立つ黒い長袖のTシャツという格好だった。砂色の髪は、最後に会った数カ月前より伸びている。あのとき彼は、サラが故郷の小児科クリニックで診ていた患者に関係する事件を捜査していた。サラが捜査に首を突っこんだので、しかたなく手伝わせてくれたのだ。それでなんとなくいい雰囲気になったものの、事件が解決すると、彼は妻のもとへ戻ってしまった。

ウィルは並外れて観察眼が鋭い。店に入ってきた瞬間にサラがテーブル席にいることに気づいたはずだ。それなのに、サラに背中を向けて、壁の掲示板に貼ってあるチラシを見つめている。彼が振り向くのを待つのに、時計で時間を計る必要はない。

彼は別のチラシに目を移した。

サラはヘアクリップをはずし、髪を肩にふわりとおろした。それから席を立ち、彼のほうへ歩いていった。

ウィル・トレントについて知っていることがいくつかある。百九十センチはある長身で、ランナーらしく引き締まった体と、サラの知る男性のなかでだれよりもきれいな脚の持ち主。母親は、彼が一歳にもならないときに殺された。だれにも引き取られず、ずっと児童養護施設で育った。職業はGBIの特別捜査官。サラの知りあいのなかでも群を抜いて頭がいいが、おそらく読み書き障害《ディスレクシア》があり、読み書きの能力は小学二年生レベルだ。

サラはウィルと肩を並べ、彼がさっきからじっと見ているチラシを眺めた。「おもしろそうね」

ウィルは驚いたふりをしたが、かわいそうなほど演技が下手だ。「ドクター・リントン。ぼくはその……」チラシから連絡先のメモを破り取る。「バイクを手に入れたいと、前から考えていたんだ」

サラはチラシにさっと目を通した。ハーレー・ダビッドソンの細密なイラストの上に、メンバー募集中と書いてある。「バイク好きレズビアンのグループは、あなたには関係ないと思うけど」

ウィルの笑顔が引きつった。彼は読み書きができないことをひた隠しにしている。サラに気づかれてからも、あいかわらず認めようとしない。「女性と知りあうのに手っ取り早い方法だろ」

「知りあいたいの?」

もうひとつ、ウィルの特性を思い出した。彼は言葉に詰まると、ぴたりと黙りこんで口をきかなくなる。その結果、サラですら普段は楽しく会話の弾むデートをしているように思えるほど、ぎこちない沈黙がおりることになる。

　ありがたいことに、ウィルの注文したものができあがった。彼がタトゥーとピアスだらけのウェイトレスからピザの箱を受け取るあいだ、サラは後ろで待っていた。若いウェイトレスは、熱い視線としか言いようのない目つきでウィルを見た。本人はまったく気づいていない様子で、受け取ったピザが注文どおりのものか確かめている。

「じゃあ」ウィルは親指で結婚指輪をまわした。「もう行かなくちゃ」

「ええ」

　ウィルは動こうとしない。サラもその場に立っていた。店の外で犬が吠《ほ》えはじめた。開いた窓から、けたたましい声が聞こえてくる。入り口のそばに、客が連れてきたペットをつなぐ支柱と水のボウルがあることは、サラも知っている。ウィルの妻がベティという小さな犬を飼っているが、散歩や餌やりはほとんどウィルがやっていることも知っている。吠え声がさらにうるさくなった。それなのに、ウィルはまだじっとしている。

　サラは言った。「チワワの声みたいだけど」

　ウィルはしばらく耳を澄ましてうなずいた。「そうみたいだ」

「待たせたね」デイルがやっと手洗いから戻ってきた。「じつは病院から電話がかかって……」ウィルの顔を見あげた。「どうも」

　サラはふたりをたがいに紹介した。「デイル・ダガン、こちらはウィル・トレント」

ウィルは硬い表情でうなずいた。デイルもうなずき返した。犬はまだ吠えている。耳をつんざくような、切羽詰まった声だ。ウィルの顔つきから察するに、あの犬の飼い主だと知られるくらいなら死んだほうがましだと思っているようだ。サラは彼が少しかわいそうになった。「デイル、病院へ帰らなければならないんでしょう。ランチをごちそうさま」

「どういたしまして」デイルは身を乗り出し、いきなりサラの唇にキスをした。「また電話するよ」

「ええ」サラは口元を拭いたいのを我慢して答えた。男ふたりがふたたびこわばった顔でうなずきあうのを見て、ドッグランに一本しかない消火栓になったような気がした。

デイルが駐車場を歩いていくあいだも、ベティの声はますますやかましくなった。ウィルはぶつぶつとなにかつぶやき、ドアを押した。片腕でピザの箱を水平に持ち、反対の手で引き綱をほどいてベティを抱きあげた。とたんに、吠え声がやんだ。ベティはウィルの胸に顔を押しつけた。ぺろりと舌を出す。

サラはベティの頭をなでてやった。小さな背中に、まだ新しい縫合の跡が縦横に走っている。「どうしたの?」

ウィルはまだ口元を引き締めていた。「ジャッククラッセルとやりあってね」

「ほんとうに?」ジャッククラッセルの前脚に鋏《はさみ》でもついていないかぎり、こんな傷跡が残るはずはないのだが。

ウィルはベティに目をやった。「こいつを連れて帰らないと」

サラはウィルの家に行ったことはないが、自分と同じ通りに住んでいることは知っている。「右へ行くんだっけ？」と訊《き》いて、言いなおした。「こっち？」

ウィルは黙っていた。嘘でごまかせるかどうか考えているらしい。

サラはたたみかけた。「リンウッドに住んでるんじゃないの？」

「きみの家とは反対方向だ」

「わたしは公園を突っ切ればいいから」有無を言わせずに歩きだした。ふたりは黙ったまま、ポンセ・デ・レオン・アヴェニューを進んだ。沈黙が気にならないほど車の音がうるさいが、排気ガスですら、うららかな春の一日に影を落とすことはできない。手をつないで通りを歩くカップル。ベビーカーを押している母親。四車線の道路を走って横断するランナー。朝方、空を覆っていた雲は東へ移動し、淡い藍色の空が覗いている。そよ風がやむことなく吹いている。サラは背中で両手を握りあわせ、歩道の壊れた部分を見おろした。

街路樹の根が、老人のふしくれだった爪先のようにコンクリートを持ちあげている。

サラはウィルを見やった。ひたいの汗が日差しを浴びて光っている。彼の顔には傷跡がふたつあるが、サラはその原因を知らない。上唇は、裂けてしまったのを適当に縫いあわせたらしく、口元だけ不良っぽい感じがする。もうひとつの傷跡は、あごの左側から襟のなかへ続いている。サラはウィルとはじめて会ったとき、腕白な子ども時代の名残だろうと思ったが、州の保護下で育ったということを知ったいまでは、深刻な事情があったのではないかと考えている。

ウィルがこちらをちらりと見たので、サラは目をそらした。彼は言った。「デイルはいい人そうだ」

「ええ、そうね」

「医者なんだろう」

「そうよ」

「キスも上手らしい」

サラはほほえんだ。

ウィルはベティを抱えなおした。「デート中だったみたいだけど」

「今日がはじめてなの」

「そんなふうには見えなかったな」

サラは足を止めた。「奥さまは元気にしてるの、ウィル？」

すぐには返事がなかった。彼はサラの背後を見ていた。「もう四カ月、顔を見ていない」

サラはなぜか裏切られたような気がした。妻がいなくなったのに、ウィルは電話もくれなかったのだ。「別居したの？」

ウィルは走ってきたランナーに道を空けた。「いや」

「どこにいるのかわからないの？」

「そういうわけじゃない」

アトランタ都市圏高速交通局のバスが歩道の脇に止まり、エンジンのアイドリングの音があたりを満たした。サラは、一年ほど前にアンジー・トレントと会ったことがある。南欧風の容貌と、凹凸のはっきりした体つきは、世の母親が身持ちの悪い女に気をつけろと息子に言い聞かせるときに思い浮かべる女性像にぴたりと当てはまる。

バスが発車した。サラは尋ねた。「じゃあどこにいるの？」

ウィルは長々と息を吐いた。「彼女はしょっちゅういなくなるんだ。癖みたいなものだ。いなくなって、しばらくして帰ってくる。しばらく家にいて、またいなくなる」

「どこへ行くの？」

「さあ」

「どこへ行くのか訊かないの？」

「訊かない」

サラは納得したふりをしなかった。「なぜ訊かないの？」

ウィルは通りに目をやり、走り過ぎる車を眺めた。「こみ入った事情があるんだ」

サラは手を伸ばしてウィルの腕に触れた。「話して」

ウィルはまじまじとサラを見た。片方の腕に小さな犬、もう片方の腕にピザの箱を抱えた姿は、間が抜けていた。

サラは距離を詰め、彼の腕に置いた手を肩に移した。シャツ越しに、引き締まった筋肉と体温を感じた。明るい日差しのもと、瞳が信じられないほど青く見える。やわらかそうな金色の繊細なまつげ。あごの線に沿って、剃《そ》り残した髭《ひげ》がある。サラはウィルより少しだけ背が低い。背伸びをして、真正面から彼の目を見つめた。

「話して」

ウィルは黙ったまま、サラの顔に視線を走らせた。しばらくじっと口元を見て、また目を合わせる。

ついに口を開いた。「きみは髪をおろしているほうがいいな」

そのとき、通りの真ん中で黒のSUVが急停止し、サラは返事もできなかった。SUVは二十メートルほど道路をすべってぴたりと止まり、いきなり方向転換した。甲高い音をたててタイヤがアスファルトをこする。焼けたゴムのにおいが漂ってきた。SUVは、サラとウィルの前で停まった。窓があく。

ウィルの上司、アマンダ・ワグナーがどなった。「乗って!」

ふたりは動くこともできず、ぽかんとしていた。クラクションが一斉に鳴り響く。何本もの拳が突きあがる。サラはアクション映画のなかに入りこんでしまったような気がした。

「早く！」アマンダがたたみかける。

「すまないけど――」ウィルが言いかけたときには、サラはベティとピザの箱を受け取っていた。彼は靴下のなかから家の鍵を取り出し、サラに渡した。「ベティは空き部屋に閉じこめておいてくれ、そうじゃないと――」

「ウィル！」これ以上待たせたらまずいと思わせるような口調だ。

サラは鍵を受け取った。ウィルの体温で温まっている。「行って」

ウィルはすぐさま駆け出した。彼がSUVに飛び乗ったと同時に車が発進し、片方の足が路面をかすめた。またクラクションが鳴った。４ドアのセダンが尻を振っている。後部座席に十代の女の子が乗っているのがサラにも見えた。女の子は悲鳴をあげているのか、口を大きくあけていた。さらに別の車が後ろから走ってきて、間一髪でセダンをよけた。サラと女の子の目が合い、その直後、セダンはコントロールを取り戻して走り去った。

ベティがぶるぶる震えているが、サラも同様だった。ベティをしっかりと抱きしめて頭に唇を押し当て、なだめながらウィルの家のある通りを目指した。サラもベティも、心臓が激しく鼓動していた。理由はどちらだろうか――もしアマンダが現れなければウィルとどうなっていたか考えているからなのか、それともアマンダの車が大事故を引き起こしかけたせいなのか。

帰宅したらテレビのニュースで、なにがあったのか確かめなければならない。ウィルがどこへ向かったにせよ、きっとマスコミの車が追いかけるはず。アマンダはGBIでもかなり上の立場だ。ただの思いつきで部下を車で捜しまわったりしない。ウィルのパートナー、フェイスも、いまごろ現場へ駆けつけているのだろうと、サラは思った。

ウィルの自宅の番地を聞くのを忘れていたが、幸いベティの首輪に迷子札がついていた。それがなくても、通りを歩いているうちに、私道に停めたウィルの黒いポルシェが見つかった。古いモデルだが、完全に修復してある。今日、洗車したばかりのようだ。タイヤは鈍い輝きを帯び、長いボンネットに、前を通るサラの姿が映った。

サラは、ウィルの家をはじめて見てほほえんだ。赤煉瓦の平屋で、ガレージがついている。玄関のドアは黒く塗装してある。ノブや蝶番は淡い黄色。芝生は手入れが行き届き、土の地面との境がくっきりし、生け垣は刈りこまれている。前庭のミモザの木を囲むように花壇があり、色とりどりの花が咲いている。アンジー・トレントは庭いじりが趣味の緑の指の持ち主なのだろうか。パンジーは丈夫な植物だが、世話がいらないわけではない。聞いたかぎりでは、ミセス・トレントは庭の手入れをするために、まめに家に帰ってくるタイプではないようだ。そのことを自分がどう思っているのかつかめないが、そもそもウィルの妻のことはよくわからない。それでも、母親の声が頭の奥でしつこく告げている。いい、いい、いなくなっても、奥さんは奥さんよ。

玄関までの小道を歩いていくうちに、ベティがもぞもぞしはじめた。サラはしっかりと抱きしめ直した。ただでさえ気が滅入《めい》る一日を最悪なものにするのは簡単だ――たったいま、往来のど真ん中でキスをしたくてたまらなかった男の妻が飼っている犬を逃がすだけでいい。

　サラはかぶりを振り、ポーチの階段をのぼった。自分には、ウィルのことをこんなふうに考える権利はない。アマンダ・ワグナーが邪魔してくれたことをありがたく思うべきだ。ジェフリーは、結婚してすぐのころに浮気をした。そのことで、ふたりの仲は引き裂かれそうになり、修復するのに何年も努力しなければならなかった。よくも悪くも、ウィルはみずから結婚することを選んだのだ。それも、つかのま燃えあがったロマンスなどではない。彼はアンジーと一緒に育った。子どものころ、児童養護施設で出会ったのだ。ふたりには二十五年近い歴史がある。サラが割りこむ余地はない。それに、いくらひとりでいるのがわびしくても、ほかの人に自分が体験したのと同じ痛みを味わわせたくはない。

　鍵はするりと鍵穴におさまった。玄関に入ると、涼しい風に出迎えられた。ベティを床におろして引き綱をはずした。自由になった犬は家の奥へまっすぐ走っていった。

　好奇心を抑えられず、サラは家の表側の部屋を見てまわった。ウィルの趣味はいかにも男っぽい。アンジーが内装に口出ししていたとしても、見た目にはわからない。ダイニングルームの中央、ガラスのシャンデリアの真下に、ピンボールマシンが主役のように置いてある。どうやら修理中らしい――床に蓋が開いたままの道具箱が置いてあり、そのそばに電子部品がきちんと並んでいる。室内は機械油のにおいがする。

居間のソファは濃いブラウンの人工スエードで、同じ素材の大きなオットマンもある。壁は淡いベージュだ。しゃれた黒いリクライニングチェアのむかいには、五十インチのプラズマテレビがあり、その下にはさまざまなオーディオ機器がきちんと積み重なっている。なにもかもがあるべき場所におさまっていた。どこもかしこも塵《ちり》ひとつなく片付き、ソファにうずたかく積まれた洗濯物の山もない。明らかに、ウィルのほうがサラより家事が得意だ。まあ、たいていの人がそうだけれど。

廊下を挟んですぐむかい側の広い部屋の隅に、ウィルのデスクがあった。クロムメッキと金属。サラは、ルーペの柄を指でなぞった。ノートパソコンとプリンターの脇に、書類がきちんと重ねてあった。色付きのファイルの束の上に、カラフルなマーカーのセットがある。小さな金属のカップに、輪ゴムやクリップが色とサイズ別に分けて入っている。

このような道具立てを目にするのは、はじめてではない。ウィルは字が読めないわけではないが、ひどく時間がかかり、読みまちがいも多い。彼は色付きのマーカーやクリップを手がかりに、中身を読まずに目当ての書類やファイルを見つける。巧妙な方法だが、おそらく子どものころにみずから編み出したのだろう。きっとウィルは、教室の後ろにじっと座って教師の話を丸暗記している子どものひとりだったにちがいない。ただし、テストの日が来ても、暗記した知識をなにひとつ答案用紙に書くことができない——もしくは、書く気力が湧かない。

　サラはピザの箱をキッチンへ持っていった。ほかの部屋と同じように、キッチンも深いブラウンが基調になっている。サラのキッチンとちがい、御影石《みかげいし》のカウンターはきちんと片付き、コーヒーメーカーとテレビ以外のものはしまってある。冷蔵庫に牛乳とカップゼリーのパックしか入っていないところは同じだ。サラは冷蔵庫の上段にピザの箱を入れ、家の奥へベティの様子を見に行った。最初に空き部屋を見つけた。天井の電灯は消えているが、レザーのリクライニングチェアの後ろのフロアランプは灯《とも》っている。リクライニングチェアの脇に、寝椅子のような形をした犬用のベッドがあった。隅に水とドライタイプのドッグフードが置いてある。この部屋の壁にもテレビが備えつけられ、その下に折りたたみ式のトレッドミルがあった。

　部屋は薄暗く、壁は居間のアクセントカラーだったブラウンに塗ってある。サラは天井の明かりをつけた。驚いたことに、壁沿いに本棚が並んでいた。タイトルを指でなぞる。古典的な作品に混じって、まじめな女子大学生が一年生で読むようなフェミニズムの書籍があった。どの本も背にしわが寄り、読みこまれていることがわかる。ウィルの家に本棚があるとは意外だ。読み書き障害があっては、分厚い小説を読むことは果てしない苦役ではないか。オーディオブックならわかる。サラはひざまずいて、高級そうなＢＯＳＥのプレイヤーのそばに積んであるＣＤケースを眺めた。ウィルはサラよりよほど趣味がいい

――サラが普段、不眠症の患者にすすめるようなノンフィクションや歴史ものばかりだ。一枚のケースからはがれかけたステッカーを押さえると、〝フルトン郡立図書館収蔵品〟と書いてあった。

コツコツと爪が床をたたく音がして、ベティが廊下に戻ってきたことがわかった。サラはまずいところを見られたような気がして、顔を赤らめた。ベティを抱きあげようと立ちあがったとたん、驚くほどのスピードで逃げられた。サラはベティを追いかけ、バスルームの前を通り過ぎて次の部屋に入った。ウィルの寝室だ。

ベッドは整えてあり、ダークブルーのシーツに同色のブランケットがかかっていた。ヘッドボードはなく、壁に枕が一個だけ立てかけてある。ベッドサイドテーブルも電気スタンドも一台だ。

ほかの部屋とちがい、寝室は殺風景な感じがした。サラはロマンティックな雰囲気がまったくないことにほっとしたが、その理由はあえて考えないようにした。壁は白い。絵も飾っていない。この部屋にもテレビがあり、その脇のチェストの上に、ウィルの腕時計と財布があった。ジーンズとTシャツが、ベッドの足側のベンチに広げてある。たたんだ黒いソックスもあった。ベンチの下にブーツが置いてある。サラはTシャツを取った。コットンの長袖。ウィルが着ていたのと似ている黒いTシャツ。

ベティがベッドに跳び乗って枕を押し倒し、巣のなかの鳥のようにちんまりと座った。

サラはTシャツをたたみ、ジーンズの隣に戻した。自分のしていることは、ストーカー行為と紙一重だ。Tシャツのにおいを嗅いだり、抽斗を漁《あさ》ったりはしなかったけれど。空き部屋にこの子を閉じこめて早く出ていかなければと思いながら、ベティを抱きあげた。寝室を出ようとしたそのとき、電話が鳴った。留守番電話が応答した。部屋の奥でウィルの声がした。

「サラ？　そこにいたら出てくれ」

サラは寝室のなかに引き返し、受話器を取った。「いま帰ろうとしていたところよ」

ウィルの声は張りつめていた。電話越しに、赤ん坊の泣き声と複数の人間の大声が聞こえる。「いますぐ来てくれないか。フェイスの家に。いや、フェイスの実家のほうだ。深刻な事態なんだ」

サラはアドレナリンの急激な分泌で五感が研ぎ澄まされるのを感じた。「フェイスは大丈夫？」

「大丈夫じゃない」ウィルはすぐさま答えた。「住所を言うよ」

サラは紙とペンを探すつもりで、とっさに抽斗をあけた。そこには、父親がガレージの道具箱の底に隠していたような雑誌が入っていた。

「サラ？」

抽斗が閉まらない。「書くものを探してくる。ちょっと待ってて」

アメリカじゅうを探しても、コードレス電話を使っていないのはウィルくらいではないだろうか。サラは受話器をベッドに置き、ウィルのデスクから紙とペンを取ってきた。

「どうぞ」

ウィルはだれかが大声でなにか言い終えるのを待っていた。それから、低い声で住所を言った。「シャーウッド・フォレストだ。アンスリー・パークの北側。わかるか?」

アンスリー・パークまでは、ほんの五分ほどだ。「調べればわかる」

「ぼくの車を使ってくれ。キーは勝手口の横のフックにかけてある。マニュアル車は運転できるか?」

「ええ」

「マスコミがもう集まっている。だれでもいいから警官にぼくの要請で来たと伝えてくれれば、現場に入れる。警官以外のだれとも口をきかないでくれ。いいか?」

「わかった」サラは電話を切り、両手でサイドテーブルの抽斗を閉めた。ベティがまた枕の上に座っている。サラはもう一度抱きあげた。寝室を出ようとして、ふと足を止めた。別れたとき、ウィルはランニングショーツをはいていた。ジーンズを持っていったほうがよさそうだ。サラはジーンズの後ろポケットに腕時計と財布を入れた。拳銃はどこにしまってあるのかわからないけれど、これ以上、あちこち探るのはよくない。

「手伝いましょうか?」

　サラは全身に戦慄が走るのを感じた。アンジー・トレントが寝室のドア枠にさりげなく手のひらをついてもたれていた。カールした濃い褐色の髪が肩にかかっている。メイクは完璧だった。ネイルも完璧。タイトスカートと胸元のあいたシャツを着たアンジーは、ウィルの抽斗に入っていた雑誌の表紙を楽勝で飾ることができそうだ。

「あの――わたし――」しどろもどろになったのは、十二歳のとき以来だ。

「あたしたち、会ったことがあるでしょ？　あなたは病院で働いてる」

「ええ」サラはベッドから離れた。「ウィルは緊急事態で呼び出されたの。わたしはあなたの犬を連れて帰ってほしいと頼まれて――」

「あたしの犬？」

　ベティの胸がうなり声で震えだしたのを感じた。

　アンジーは不快そうに口をゆがめた。「それ、どうしたの？」

「この子は……」サラは、突っ立っている自分がばかみたいに思えてきた。ウィルのジーンズを片方の腕で抱えた。「この子を空き部屋に入れて、出ていくところだったの」

「そう」アンジーはドア口をふさいでいた。わざとのろのろと脇へ退いてサラを通し、空き部屋までついてきて、サラがベティを犬用ベッドにのせてドアを閉めるのを見ていた。

　サラは玄関から出ていこうとして、ウィルの車のキーを取りに行かなければならないことを思い出した。声が震えそうになるのを、なんとかこらえた。「ウィルに、車に乗ってきてくれと言われているの」

アンジーは腕組みをした。薬指に指輪はないが、親指に銀色の指輪がはまっている。

「そう」

サラはキッチンへ戻った。顔が火照り、汗ばんでいた。テーブルの脇に、さっきはなかったダッフルバッグがある。ウィルの車のキーは、彼の言ったとおり、勝手口の横のフックにかかっていた。サラはそれを取り、廊下に立っているアンジーに一挙手一投足を見張られているのを意識しながら書斎に戻った。心臓が喉元にせりあがり、できるだけ早足で玄関へ向かったが、アンジー・トレントはあっさり解放してくれなかった。

「あんた、いつから彼と寝てるの？」

サラはかぶりを振った。こんなことになるなんて。

「いつからあたしの夫と寝てるのかって訊いてるの」

サラは恥ずかしさのあまりアンジーの顔を見ることができず、ドアに視線を向けた。

「誤解よ。嘘じゃない」

「あたしの家で、あ、あたしが、い、い、あたしの夫と寝てる寝室で、あんたを見つけたのよ。どう言い訳するつもり？　ぜひ聞きたいわ」

「誤解だって言ったでしょう――」

「警官が好きなんだ？　そうなんでしょ？」

サラは心臓が一瞬止まったような気がした。

「死んだ旦那は警官だったんだって？　だからいまでも警官にときめくとか？」アンジーは嘲笑した。「ウィルは絶対にあたしと別れないから。玩具ならよそで見つけて」

サラはなにも言えなかった。悪夢のような展開に言葉も出ない。あたふたとドアノブに手を伸ばす。

「ウィルはあたしのために自傷したの。あの人から聞いてる？」

早くドアをあけたくて、サラは手の震えを抑えこもうとした。「急いでるの。失礼」

「彼はあたしの目の前で、剃刀《かみそり》で腕を切ったの」

手が動かない。頭はいま聞いたことを理解しようとむなしくあがいている。

「あんな大量の血を見たのは、後にも先にもあのときだけ」アンジーが言葉を切った。

「あんたね、あたしが話をしているときはせめてこっちを見なさいよ」

見たくなかったが、サラは振り返った。

アンジーの口調はそっけないが、見返すのが怖くなるほど、瞳は憎悪に満ちていた。

「そのあいだ、あたしはずっとウィルを抱きしめてた。この話、彼から聞いた？　あたしがどんなふうに抱きしめてたか聞いてる？」

まだ声が出ない。

アンジーは左腕をあげ、むき出しの肌を見せた。わざとらしいほどゆっくりと手首から肘まで右手の人差し指でなぞった。「傷は深くて、剃刀が骨を引っかいていたそうよ」楽しい思い出話をしているかのように、顔をほころばせた。「ウィルはあたしのためにやったの。あんたのためにそこまでやると思う？」

いまではサラもアンジーを見つめている以上、なにか言わずにはいられない。時間が過ぎていく。ピザレストランのデジタル時計の秒を刻む数字がぼんやり頭に浮かぶ。ついにサラは咳払いをした。声が出るかどうか、自信がない。「そっちの腕じゃないわ」

「え？」

「傷跡があるのはね」アンジー・トレントのぽかんとした表情に、いい気味だと思った。「反対の腕よ」

両手がじっとりと汗ばみ、ドアノブをまわすのも苦労した。内心びくびくしながら、急いで外に出た。アンジーが追いかけてくるならまだしも、大声で嘘つき呼ばわりされるのが怖かった。

ほんとうは、ウィルの腕の傷跡など見たことがない。腕そのものを見たことがないからだ。彼はいつも長袖のシャツを着ている。決して袖をまくりあげたり、カフスのボタンをはずしたりしない。だから、サラはすでに知っていることを頼りに推測したにすぎない。ウィルは左利きだ。あの不愉快な妻に囃《はや》し立てられながら自傷したとすれば、左腕ではなく右腕を切り裂いたはずだ。

3

ウィルはTシャツの襟ぐりを引っぱった。警察の移動指揮車のなかは、息をする余地もないほど制服組とスーツ組で混みあい、猛烈に暑かった。それに、耐えがたいほど騒々しい。電話があちこちで鳴っている。ブラックベリーの着信音もする。パソコンのモニターには、地元のニュース専門局三局の実況が映っている。おまけに十五分前からずっと、アマンダ・ワグナーが三つの管区の現場指揮官をどなりつけている。アトランタ市警の警察本部長がもうすぐ到着する。ＧＢＩの局長も。管轄権をめぐるいがみ合いは、ますます激しくなるばかりだ。

そのあいだ、だれも捜査に取りかかることができない。

ウィルはドアをあけた。薄暗い車内に日光が差しこんだ。アマンダはつかのまどなるのをやめたが、ウィルがドアを閉めると、さらに声を荒らげた。ウィルは金属のはしご段の上で新鮮な空気を深々と吸い、現場を眺めた。大事件が起きると、いつも現場はあわただしくなるのに、いまはだれもが所在なさそうに命令を待っている。刑事たちは覆面パトカーのなかでメールをチェックしている。六台のパトカーが通りの端を封鎖していた。近所の人々がポーチから様子をうかがっている。アトランタ市警の犯罪現場捜査課《CSU》のワゴン車が到着している。GBIの鑑識の車もある。消防はしご車は、あいかわらずミッチェル家の前になナめに止まっていた。救急隊員は、救急車の後部バンパーにもたれて煙草《たばこ》を吸っている。さまざまな制服の男女がそれぞれの緊急車両に寄りかかり、指揮車のなかでなにが起きているのか意にも介さないそぶりで雑談していた。

ところが、ウィルが通りに降り立つと、たちまちだれもが敵意のある視線を投げてきた。しかめっつらが伝染していく。腕組みをする者がいる。だれかがぼそりと悪態をつく。歩道に唾を吐く。

アトランタ市警にウィルの味方はほとんどいない。

ヘリコプターの音がうるさい。ウィルは空を見あげた。報道のヘリコプターが二機、現場上空でホバリングしていた。それだけではない。十分ごとにSWAT隊の黒いMD500が通過する。蚊を思わせるそのヘリコプターの機首には、赤外線カメラが搭載されている。鬱蒼《うっそう》と茂った森のなかや屋内にいる人間の体温を感知し、犯人の居場所を教えてくれる。すばらしい機器だが、何千人もの罪のない住人がうろついている住宅地ではなんの役にも立たない。せいぜい、自宅のソファに座って、自分たちの頭上を飛んでいるSWATのヘリコプターをテレビで観ている人々の赤いシルエットが映るだけだろう。

ウィルは早くサラが来てくれないかと思いながら、人混みのなかを捜した。道端でアマンダに捕まったときに頭がまともに働いていれば、サラに一緒に来てくれないかと頼んでいたのだが。フェイスが助けを必要としていることくらい、予期してしかるべきだった。フェイスはパートナーだ。彼女を守り、支えてやるのが自分の役目だったのに。遅きに失したかもしれない。

アマンダがなぜこんなに早く銃撃事件について知ったのか定かではないが、最後の一発が放たれて十五分もたたないうちに現場に到着した。ミッチェル家の前で車を止めたとき、錠前師が物置のドアをあけようとしていた。フェイスは檻《おり》に閉じこめられた動物のようにうろうろしながら娘が救出されるのを待ち、娘をみずからの腕に抱いてからも、しばらく行ったり来たりしていた。だが、ウィルに気づいたとたん、とめどなくしゃべりはじめた。裏の住人のミセス・ジョンソンのこと、兄のジークのこと、物置は自分が子どものころに父親が建てたこと、そのほかわけのわからないたくさんのことをだらだらといつまでも話した。

最初、ウィルはフェイスがショック状態にあるのだと思ったが、ショック状態の人間は、常軌を逸したようにぺらぺらしゃべりながらうろついたりしない。血圧が急激にさがり、普通は立っていられなくなる。そして、犬のようにあえぐ。前方の一点をぼんやりと見つめる。話し方がひどくゆっくりになり、聞いているほうも理解するのが難しくなる。フェイスはショック状態ではなさそうだが、一時的に錯乱しているのか、それとも糖尿病が関係しているのか、ウィルには判じかねた。

さらにまずいことに、その時点で警官が二十人は集まっていた。彼らは、惨事に見舞われた人間の特徴をよく知っている。フェイスの様子はその特徴に当てはまらない。彼女は泣いていない。震えていない。怒ってもいない。完全に混乱して、おかしくなっている。意味不明なことばかりしゃべっている。なにがあったのか証言できない。捜査官に現場を見せ、死体について説明することができない。役に立たないどころの話ではない。なにを訊いても、答えはフェイスの頭のなかに閉じこめられているのだから。

ほどなく、ひとりの警官が、フェイスは酒に寄っているんじゃないかとつぶやいた。だれかがさっそくパトカーから酒気検知器を持ってきた。

アマンダの行動はすばやかった。フェイスを引っぱって前庭の芝生を突っ切り、隣家のドアをノックし――裏庭に男の死体が転がっているミセス・ジョンソンの家ではなく、ミセス・レヴィという老女の家だ――フェイスを休ませてくれと、命令するも同然の口調で家主に言った。

そのころには、指揮車が到着していた。アマンダはすぐさま車に乗りこむと、ただちにこの事件の捜査権をGBIに譲れと要求しはじめた。管轄区の指揮官相手に、縄張り争いに勝てないことは承知のうえだ。法律上、GBIが勝手に介入して捜査権を引き継ぐことはできない。通常は市警の検死官、地区検事、警察本部長のだれかがGBIに支援を要請する。捜査に行きづまったか、予算や人員を取られたくないか、どちらかの場合がほとんどだ。今回の事件の捜査権を市警からもぎ取ることができるのは州知事だけだが、ジョージア州の政治家ならだれでも州都に楯突《たてつ》くのはまずいと答えるだろう。アマンダは捜査権を求めてどなり散らしているが、それには意図がある。彼女は、ほんとうに怒っているときは大声を出さない。うなるような低い声になるので、次々と繰り出される侮辱も耳を澄まさなければ聞き取れない。アマンダはいま、時間を稼いでいる。フェイスのためだ。

アトランタ市警の幹部にとって、フェイスはもはや警官ではない。目撃者だ。参考人だ。容疑者だ。彼女が射殺した男たちについて、イヴリンが拉致された理由について、市警は聴取したがっている。彼らは田舎者の集団ではない。アメリカ国内でも有数の優れた警察組織だ。アマンダが騒がなければ、いまごろフェイスは市警に連行され、グアンタナモのテロリストのように尋問攻めにされていたにちがいない。

それも当然だ。シャーウッド・フォレストは、よく晴れた土曜の午後にいきなり銃撃事件が起きるはずのない地区だ。高級住宅地のアンスリー・パークが、石を投げれば届く距離にある。あたり一帯に網を投げれば、アトランタ全体の固定資産税による歳入の八割をもたらす地区を囲いこむことができる——自宅敷地内にテニスコートや離れのある大金持ちが住んでいるような地区だ。裕福な人々は、犯罪が起きればかならず責任の所在を明らかにしようとする。だれかが責任を取らなければならない。アマンダに打つ手がなければ、そのだれかはおそらくフェイスになる。ウィルにはなすすべもない。

レオ・ドネリー刑事が両足でアスファルトをこするように歩いてきた。口から煙草がぶらさがっている。煙が目に入った。レオはウィンクして煙をさえぎった。「あの女がベッドであげる声は聞きたくないな」

アマンダのことだ。彼女はあいかわらず大声をあげているが、ドアが閉まっているので、なにを言っているのかはわからない。

レオは続けた。「いや待てよ。聞く価値はあるかもしれん。年を食った女はベッドじゃすごいからな」

ウィルは身震いしたくなったのをこらえた。アマンダが六十代半ばだからではなく、レオが明らかに本気で考えているからだ。

「ほんとうは、勝ち目はないとわかってるんだろう？」

ウィルはパトカーに寄りかかった。レオはフェイスと六年間、パートナーとして組んでいたが、面倒な仕事はほとんどフェイスが担ってきた。レオはまだ四十八歳だから、どう考えても老人ではないが、長年の警察勤めのせいで老けこんで見える。肌が黄ばんでいるのは、肝臓に負荷がかかりすぎているからだ。前立腺癌《がん》は克服したものの、治療はそれなりにつらかったはずだ。レオは悪い男ではないが、だらしない。中古車のセールスマンならかまわないが、警官にとって無精は命取りになりかねない。フェイスはレオから離れることができて幸運だ。

レオが言った。「この前あんたと一緒に捜査してからこっち、ここまで最悪な現場は見ていないな」

ウィルは現場を見渡した。指揮車の発電機のハム音と、テレビ局の中継車から聞こえてくる金属的なモーター音。両手をベルトにかけ、突っ立っている警官たち。雑談を交わしている消防士たち。活気がみじんもない。ウィルはレオに話を聞くしかないと判断した。

「そんなにひどいのか？」

「おたくのとこのCSUのやつ、なんて名前だったか――チャーリーか？」レオは自分でうなずいた。「さっき、なんだかんだとうまいこと言って、家に入っていったぞ」

チャーリー・リード特別捜査官は、GBIの科学捜査班のリーダーで、あらゆる手を使って現場に入りこむ。「有能だからな」

「有能な警官はいくらでもいる」レオはウィルから数十センチ離れてパトカーに寄りかかった。口からハアっと息を吐いた。「フェイスが酒飲みとは知らなかったよ」

「彼女は飲まない」

「ピルか？」

ウィルは精一杯、嫌悪をあらわにしてレオをにらんでやった。

「おれはどうしてもあいつから話を聞きたいんだ」

ウィルはつい、あざけりの混じった口調で返してしまった。「あなたが捜査の責任者なのか？」

「生意気な言い方はよせ」

レオと話しても無駄だ。彼が現場にいられるのもいまのうちだ。アトランタ市警の本部長が到着すれば、レオをさっさと道路に蹴り出して、みずから捜査班を率いるに決まっている。レオは、うまくすればコーヒー係くらいはさせてもらえるだろう。

「ほんとうのところ」レオが言った。「フェイスはやばいんじゃないのか？」

「大丈夫だ」

レオは煙草を最後にもう一度吸い、吸い殻を地面に捨てた。「隣の家のばあさんが震えあがってる。危うく目の前で孫が撃ち殺されるところだったんだからな」

ウィルは努めて無表情を保った。事件のあらましは聞いたが、全部を知っているわけではない。突入班の連中はなにもすることがなくて、五分で退屈してしまった。錆びたパイプから水が漏れるように、現場の詳細が少しずつ伝わってきた。家のなかに二体の死体。隣家の裏庭にもう一体。フェイスは拳銃を二丁所持していた——自分のグロックと、だれかのスミス&ウェッソン。彼女のショットガンが寝室の床に転がっていた。現場に着いたばかりの警官が、フェイスが凧《たこ》みたいに舞いあがっているのをその目で見たと話しているのが聞こえ、ウィルは立ち止まって耳を澄ませた。

ウィルにとって、ふたつだけたしかなことがある。ひとつは、家のなかでなにがあったのかわからないこと、もうひとつは、フェイスの行動はまちがっていなかったことだ。

レオは咳払いをして、アスファルトに痰《たん》を吐いた。「ジョンソンのばあさんが言うには、裏庭で悲鳴があがるのを聞いた。キッチンの窓から覗くと、銃を持った男が――ヒスパニック系のやつだ――孫を狙っていた。男が発砲して、弾は壁の煉瓦に当たった。フェイスが走ってきて、柵の前から男を射殺した。孫は救われた、と」

ウィルは胸のなかの重い塊がいくぶん軽くなるのを感じた。「フェイスがいたおかげで、子どもたちは助かったんだ」

「隣人が目撃者になってくれて、フェイスこそ助かったたな」

ウィルは両手をポケットに突っこもうとして、ランニングショーツをはいていたことを思い出した。

レオが喉を鳴らして笑った。「新しい制服はなかなかいいじゃないか。ヴィレッジ・ピープルのポリスマンになるのか？」

ウィルは胸の前で腕を組んだ。

「〈ロス・テキシカーノズ〉」レオが言った。「裏庭の男はメンバーだった。胸も腕もタトゥーだらけだ」

「アジア系だ。ふたりともな。ギャングのメンバーかどうかはわからない。そんなふうには見えないんだ。格好がちがう。体はきれいだ――タトゥーがない」レオはのんびりと二本目の煙草に火をつけた。大量の煙を吐き出してから、話を続けた。「あそこにいるスコット・シェファードから聞いたんだが――」突入班の装備をつけた大柄な若者のほうへあごをしゃくった。「家の外で応援を待っていたら、銃声が聞こえた。人質事件の可能性があるわけだろう？　家のなかには、警官がひとりいる。イヴリンも数に入れればふたりだ。警官が危険にさらされている。だから、スコットたちはドアを破った」また煙草を吸う。「スコットは、廊下にフェイスが立っているのを見た。両足を広げて踏ん張り、グロックを構えていた。フェイスはスコットに気づいたが、なにも言わずに寝室へ入った。スコットたちはフェイスを追いかけて、絨毯《じゅうたん》の上に転がっている死体を発見した」レオはひたいに触れた。「フェイスはそいつのここを正確に撃ち抜いていた」

「ほかのふたりは？」

「正当な理由があったはずだ」

「その理由を知りたい。相手は丸腰だった」

「もうひとりの男が銃を持っていたんだろう。裏庭に逃げて、子どもたちに発砲したんだから」

「そのとおりだ。そっちは銃を持っていた」

「指紋は？」

「いま採取している」

自宅を賭けてもいい、指紋は二種類あるはずだ、とウィルは思った――アジア系の男のものと、ヒスパニック系の男のものと。「三人目の男はどこだ？」

「洗濯室だ。頭を撃たれていた。容赦ない一発だ。頭を半分吹っ飛ばされた。壁に三八口径がめりこんでいた」

フェイスのグロックは四〇口径だ。「スミス&ウェッソンが三八口径なのか？」

「ああ」レオは体を起こした。「イヴリンについては、なにもわかっていない。いま捜索している。イヴリンはかつて麻薬捜査課のボスだった。まあ、そのことはあんたも知ってるよな、ネズミくん」

ウィルは歯を食いしばった。人をいらつかせることにかけては、レオは有能だ。ウィルが制服組から険悪な目を向けられ、敵意をあらわにされる理由はそれなのだ。ここにいる警官はひとり残らず、ウィルがイヴリン・ミッチェルの早期退職の原因だと知っている。GBIの仕事でもっとも不愉快なものは、汚職警官の捜査だ。四年前、ウィルはイヴリンの率いる麻薬捜査課の捜査を担当した。六名の刑事が捜査で押収した現金を着服したり、賄賂を受け取って見て見ぬふりをしたりしたとして刑務所へ送られたが、イヴリン・ミッチェル警部は罪を免れ、年金も名誉も失わずにすんだ。

レオが言った。「フェイスに伝えてくれ。あと十分間は待ってやる。そのあいだに正気を取り戻して、聴取に応じろってな」ウィルのほうへ身を乗り出す。「通報の録音を聞いたんだ。あいつは家の外で待機しろと指示されていた。それなのに、どうしてなかに入ったのか、ちゃんと説明してもらわんと」

立ち去ろうとしたレオに、ウィルは尋ねた。「そのときはどんな感じだったんだ?」

レオが振り返った。

「通報したときのフェイスは。どんな感じだった?」

案の定、レオはそのことについて考えもしなかったようだ。いまはじめて思い返し、すぐさまうなずきはじめた。「ちょっと不安そうだったが、まともだった。落ち着いていた。冷静だった」

ウィルもうなずいた。「フェイスならそうだろうな」

レオはにやりと笑ったが、安堵《あんど》したからか、それともいつものように訳知り顔をしているだけなのか、ウィルにはわからなかった。「その短パン、ほんとに似合ってるぜ」レオがウィルの腕をぴしゃりとたたいた。「ぜひテレビでそのおみ足をさらすべきだ」

レオは黄色いテープの外側に立っているレポーターたちに手を振った。彼らは一斉に集まってきた。レオがなんらかの発表をすると考えたのだろう。レオがそのまま歩み去ると、多くのうめき声があがった。テープを持っている警官たちは、おざなりにレポーターの集団を押し戻した。群衆の整理など彼らにとってはどうでもいいのだと、ウィルにはわかる。警官たちは上から指示がおりてくるのを待ち構え、指揮車のほうばかり見ている。彼らもレポーターたちと同様に、なにがあったのか知りたくてたまらないのだ。いや、レポーターたち以上にそうかもしれない。

イヴリン・ミッチェル警部は、三十九年間、アトランタ市警に勤めた。苦労して秘書室から這いあがり、駐車違反の取締係から交通巡査に昇進し、ついには二二口径とプラスチックではないバッジを支給された。さまざまな〝史上初〟を成し遂げたひとりだった。史上初の単独運転を許された婦人警官、史上初の女性刑事。アトランタ市警初の女性警部補から女性警部となった。退職の理由がなんであれ、いま現場にいる警官のだれよりも多くのメダルを獲得し、表彰されている。

警察の人間は身内に対して無条件に忠実だということは、ウィルもずいぶん前に身をもって知った。そして、その忠実さが向けられる対象には明確な序列があることも知っている。それはピラミッドのようで、最下層は世界中のほかの警官であり、頂上はパートナーだ。フェイスはずっとアトランタ市警の警官だったとはいえ、二年前にGBIに転職し、いまはウィルとパートナーを組んでいる。しかも、ウィルはクラス一の人気者というタイプではない。レオはまだフェイスに味方する気持ちが残っているかもしれないが、それ以外の市警のメンバーにとって、フェイスはもはや彼らのピラミッドのなかに含まれていない。おまけに、だれよりも早く現場に到着した熱心な新米警官が、睾丸《こうがん》にフェイスの肘鉄をまともに食らい、病院へ担ぎこまれている。

そのとき、ウィルの視界の隅で、黄色い立ち入り禁止のテープがさっとあがった。サラは髪を後頭部できっちりとまとめている。リネンのワンピースがくたびれて見える。たたんだジーンズを抱えている。最初、ウィルはサラがとまどっているのかと思ったが、近づいてくるにつれて、いらだっている、それどころか怒っているようだと思いなおした。目の縁が赤い。頬も紅潮している。

サラはジーンズを差し出した。「なぜわたしを呼んだの？」

ウィルはサラの肘に手を添え、レポーターの群れから離れたところへ連れていった。

「フェイスのためだ」

サラはウィルとのあいだに距離を置き、腕組みをした。「治療が必要なら、病院へ連れていってあげて」

「それができないんだ」ウィルは、サラの冷たい口調に気を取られないようにした。「いま隣の家にいる。時間がない」

「ラジオでニュースを聞いたわ」

「ドラッグが関与している可能性がある。他言しないでくれ」ウィルは足を止めた。サラがこちらを向くのを待った。「フェイスの様子がおかしいんだ。混乱して、わけのわからないことをしゃべる。事情聴取を求められているが、あれでは——」どう話せばいいのだろう。サラを呼べと言ったのはアマンダだ。サラの夫は警官だったのだから、その夫が死んだいまでも警察の味方だと考えているのだろうか。「フェイスにとって、かなりまずい状況だ。フェイスはふたり殺している。母親が拉致されたらしい。疑われる理由が山ほどある」

「過剰防衛だったの？」

「関係のない子どもが巻きこまれそうだった。隣の家の子どもたちが撃たれそうになったんだ」ウィルは、まだわからないことについては触れなかった。「フェイスは、ひとりの頭を撃って、もうひとりは背中を撃った」

「子どもたちは無事？」

「無事だ。でも——」

指揮車の後部ドアがいきなりあいた。アンスリー・パークとシャーウッド・フォレストの管轄署を統括しているマイク・ギアリーがはしご段を駆け降りた。制服をきっちり着こんでいる。ちくちくする紺色のポリエステルの制服が、太鼓腹の上ではちきれそうだ。日焼けしたひたいに深いしわを寄せ、まぶしい日差しに目をしばたたいた。古参の例に漏れず、白いものが交じった髪を軍人風に短く刈りこんである。帽子をかぶり、振り返ってアマンダに手を差しのべた。だが、なぜかアマンダに触れる直前にその手をおろした。

「トレント」ギアリーがどなった。「いますぐパートナーの聴取をしたい。ここへ連れてこい。署へ連行する」

ウィルは、ハイヒールでがたつくはしご段をおりてくるアマンダをさっと見やった。アマンダは一度だけかぶりを振った。彼女にも、これ以上なにもできないのだ。

驚いたことに、サラが助け舟を出してくれた。「まず診察させてください」

ギアリーは邪魔されてむっとした。「あんたはだれだ?」

「グレイディのERで外傷を診ている医師です」サラは巧みに名乗るのを避けた。「ミッチェル捜査官が証拠として認められる証言ができるかどうか、評価するために来ました」片方に頭を傾ける。「証言を強要するのが市警のやり方ではないはずですよね」

ギアリーは鼻を鳴らした。「強要などしない」

サラは片方の眉をあげた。「それが公式な見解ですね? あとで、市警が医師の助言に反して強制的に聴取したなどと証言するはめになるのは避けたいので」

ギアリーはとまどい、いくぶん気勢をそがれた。普通、医師はなんとか警察に協力しようとするものだ。とはいえ、患者を危険にさらす恐れがあると見なせば、聴取を中止させる権限を持っている。それでも、ギアリーは抵抗を試みた。「どんな治療が必要なんだ?」

サラは一歩も退《ひ》かなかった。「それは診察しなければわかりません。ショック状態にあるかもしれませんし、負傷しているかもしれません。入院加療が必要な場合もあります。

いますぐ病院へ搬送し、検査を開始すべきかもしれません」サラは振り返り、救急隊に声をかけようとした。

「待て」ギアリーは悪態をつき、アマンダに言った。「あんたの引き延ばし戦略は特筆に値する」

アマンダは、わざとらしくにこやかにほほえんだ。「いつだってほめられるのはうれしいわ」

ギアリーはきっぱりと言った。「ミッチェル捜査官の血液を採取して、第三者機関で薬物検査をしてくれ。それはできるな、ドクター?」

サラはうなずいた。「ええ、もちろん」

ウィルはふたたびサラの肘を取り、隣家へ連れていった。だれにも声を聞かれない場所まで来て、すぐに言った。「ありがとう」

サラは今度もウィルから離れて私道を歩いた。玄関ポーチにたどり着くころには、サラのほうが二メートルほど先にいたが、ウィルには深い裂け目があるように感じられた。三十分前のサラとは別人のようだ。ここが犯罪現場だからかもしれないが、サラとは以前も犯罪現場で会ったことがある。彼女はかつて検死官でもあった。こういう雰囲気には慣れているはずだ。この変わりようは、いったいどうしたことだろう。子どものころから他人の顔色をうかがって生きてきたウィルも、彼女の気持ちだけは読み取れない。

ドアがあき、ミセス・レヴィが分厚い眼鏡越しにふたりをじろりと見た。着ている黄色いホームウェアの襟は擦り切れていた。細いウエストには、裾にガチョウの雛がぐるりとプリントされたエプロンをつけている。黄色の寝室用スリッパから、かかとがはみ出ていた。八十歳をゆうに超えているようだが、頭はしっかりとしているらしく、フェイスを心配しているのが見て取れた。「その人は医者なの？　医者しか入れちゃだめだと言われてるのよ」

サラが答えた。「ええ。わたしは医師です」

「そう、えらく美人だね。お入り。まったく、なんて一日だろう」ミセス・レヴィは後ろへさがり、ふたりを招じ入れた。入れ歯越しに息をするたびに、ヒューヒューと音がした。「今日の午後だけで、一年分以上の客が来たよ」

居間の床は廊下より数段低くなっていて、ミセス・レヴィがこの家を購入したときから、家具はほぼ変わっていないようだった。床には金茶色の絨毯が敷きつめられていた。マスタード色のソファは組み合わせ式で、クッションが固そうだ。立ったり座ったりが楽にできるよう、電動のリフトがついたリクライニングチェアだけが新しい。室内の明かりは、ちらちらと点滅するテレビの光だけだ。フェイスはエマを肩に抱いてソファにぐったりと座っていた。話すことが尽きたのだろう。気力も一緒に失ったようだ。フェイスが人を射殺したと聞かされたときは、ウィルは彼女がこんなふうになるとは思ってもいなかった。

フェイスはもともとほんとうに動揺すると静かになるタイプだ。だが、いまのフェイスも変だ。

静かすぎる。

「フェイス？」ウィルは呼びかけた。「ドクター・リントンが来てくれた」

フェイスは音を消したテレビを見つめるばかりで、返事をしなかった。ある意味、さっきよりも様子がおかしい。唇も顔も真っ青だ。汗で顔が光っている。金色の髪は頭にぺったりと張りついている。呼吸は浅い。エマがクックッと喉を鳴らしたが、フェイスはどうやら気づいていない。

サラは天井の明かりをつけ、フェイスの前にひざまずいた。「フェイス？　こっちを見てくれる？」

あいかわらずフェイスはテレビを見ている。ウィルはこの隙にランニングショーツの上からジーンズをはいた。後ろポケットになにかが入っていることに気づき、取り出してみると、腕時計と財布だった。

「フェイス？」サラの声が大きく強くなった。「こっちを見て」

フェイスはのろのろとサラを見た。

「エマをあずかってもいい？」

フェイスは呂律《ろれつ》がまわらなくなっていた。「ねむーてんの」

サラはエマの腰に両手を添え、そっとフェイスの肩から抱きあげた。「あらまあ。大きくなったのね」エマの目を覗きこみ、手の指と爪先、歯茎を見て、健康状態をざっと確かめた。「ちょっと脱水を起こしてる」

　ミセス・レヴィが言った。「ミルクの用意はしてるんだけど、フェイスがその子を離さないんだよ」

「いますぐミルクをいただけますか？」サラはウィルを目顔で呼んだ。ウィルはエマを受け取った。意外なほどずっしりしている。肩にエマをもたせかけた。首に当たるエマの頭は、湿った小麦粉の詰まった袋のような感触だった。

「フェイス？」サラは老人に声をかけるように、簡潔に話した。「気分はどう？」

「医者に連れてったの」

「エマを？」サラはフェイスの頬に手を添えた。「お医者さんはなんて言ってた？」

「さあ」

「わたしを見てくれる？」

　フェイスの口が、ガムを嚙むようにもごもごと動いた。

「今日は何日だっけ？　今日は何曜日か言える？」

　フェイスは顔をそむけた。「知らない」

「いいのよ」サラはフェイスのまぶたを押しあげた。「最後に食事をしたのはいつ？」

返事がない。ミセス・レヴィが哺乳瓶を持って戻ってきた。ウィルは哺乳瓶を受け取り、エマを仰向けに抱えなおした。

「フェイス？　最後に食事をしたのはいつ？」

フェイスはサラを押しのけようとした。うまくいかず、さらに力をこめた。

サラはフェイスの両手を取って話しかけつづけた。「今朝は食べた？　今朝、朝食は食べたの？」

「あっちへ行って」

サラはミセス・レヴィのほうを向いた。「あなたは糖尿病ではありませんよね？」

「いいや、でも亭主がそうだった。二十年前に死んだけどね」

サラはウィルに言った。「フェイスは低血糖症を起こしてる。フェイスのバッグはどこ？」

ミセス・レヴィが答えた。「ここへ連れてこられたときは手ぶらだった。車のなかじゃないの」

サラはまたウィルに向かって言った。「バッグに緊急時のセットが入ってるはずなの。プラスチックのケース。蓋に〝グルカゴン〟と書いてある」ケースの特徴を思い出そうとしているようだ。「長方形で、ペンケースくらいの大きさ。色は赤かオレンジ。それを持ってきてほしいの」

ウィルはエマを抱いたまま、足早に玄関へ向かい、庭に出た。シャーウッド・フォレストは、一軒一軒の敷地が広いが、なかには間口が狭く、奥行きのある家もある。ミセス・レヴィのカーポートからはイヴリン・ミッチェルのバスルームのなかがよく見えた。長い廊下に男が立っているのも見えるほどだ。ウィルは、ミセス・レヴィは隣家の銃声に気づかなかったのだろうかと、あらためて考えた。たしかに、事件に巻きこまれるのをいやがる者はめずらしくないが、ミセス・レヴィの寡黙さは気になる。

フェイスのミニのすぐそばまで行って、それも犯罪現場の一部だということに、はじめて思い至った。車のむこうに二名の警官が立っていて、カーポートのなかにも四名いる。ウィルは車のなかに目を走らせた。助手席に散らばった女性特有の持ちもののなかに、サラが言ったとおりのプラスチックのケースがあった。

ウィルは警官たちに言った。「車のなかにあるものを持ち出したい」

「ふざけるな」ひとりの警官がすかさず答えた。

ウィルは、十五キロの行軍を終えてきたかのように哺乳瓶に吸いついているエマに目をやった。「嚙むやつがいるんだ。ちょうど歯が生えかけていて」

警官たちは、まじまじとウィルを見た。しくじっただろうかと、ウィルは不安になった。養護施設で山ほど赤ん坊のおむつを替えたが、いつ歯が生えはじめるのかは知らない。エマは四カ月。口に入れるものは、母乳かミルクだけだ。ウィルの知るかぎり、なにかを嚙む必要はない。

「頼むよ」ウィルはエマを掲げ、桃色の小さな顔を警官たちのほうへ向けた。「こんなに小さい赤ん坊だぞ」

「わかった」警官のひとりが態度をやわらげた。助手席側へまわり、ドアをあけた。「どこにあるんだ？」

「赤いプラスチックのケースなんだ。ペンケースみたいな」

警官は少しも疑っていないようだった。グルカゴンのケースを取り、ウィルに差し出した。「大丈夫なのか？」

「ちょっと喉が渇いてるみたいだ」

「そうじゃなくてフェイスのことだ、間抜け野郎」

ウィルはケースを取ろうとしたが、警官は放そうとしなかった。

警官はもう一度尋ねた。「フェイスは大丈夫か？」

市警にもまだフェイスを心配する者がいるのだと、ウィルは気づいた。「ああ。大丈夫だ」

「お袋さんをかならず見つけると、ブラッドが言っていたと伝えてくれ」彼はケースを放し、ミニのドアを閉めた。

ウィルは警官の気が変わらないうちに急いで立ち去った。エマを揺さぶらないよう気をつけながら、駆け足で隣家へ戻った。ミセス・レヴィは、玄関で見張っていたようだ。ノックをしなくてもドアがあいた。

家のなかの様子が変わっていた。フェイスはソファに横になっている。サラはフェイスの頭を支え、缶のコーラを飲ませていた。

サラはすぐさまウィルを静かに叱った。「まず救急隊を呼ぶべきだったのに。血糖値がさがりすぎてる。大量に汗をかいて、意識が朦朧《もうろう》としているの。心拍も速い。油断できないわ」ウィルからケースを受け取り、蓋をあけた。なかには透明な液体を満たした注射器と、コカインに似た白い粉の入った小瓶がおさまっていた。サラは、ミセス・レヴィからもらったとおぼしき綿球と消毒用アルコールで注射器の針を拭いた。しゃべりながら、針を小瓶に刺してピストンを押した。「たぶん、フェイスは朝食を食べたきりでなにも口にしていない。家のなかで犯人と鉢合わせして興奮したせいで、急激に血糖値があがった。でも、急激にあがった血糖値はさがるときも急なの。状況を考えたら、フェイスが昏睡《こんすい》状態に陥らなかったことが不思議なくらい」

ウィルはサラの厳しい言葉を受け止めた。アマンダがなんと言おうが、三十分前に救急隊を呼び入れるべきだった。フェイスの命を心配すべきだったのに、彼女のキャリアのほうを気にしていた。「大丈夫だろうか？」

サラは小瓶を振って白い粉を溶かし、液体を注射器で吸いあげた。「それは、もうすぐわかる」フェイスのシャツをめくり、腹の皮膚をアルコール綿で消毒した。ウィルは、針が刺さり、プラスチックのシリンダーのなかをゴムのストッパーがおりていき、液体を押し出すのを見守った。

サラが尋ねた。「フェイスがふたりを撃ったとき、正常な判断力を失っていたとみなされるのを心配しているの？」

ウィルは答えなかった。

「おそらくフェイスは突然、様子がおかしくなったはずよ。呂律もまわっていなかったでしょうね。ドラッグをやっているように見えたかもしれない」サラは注射器と小瓶をケースに元どおりしまった。「みんなに事実をちゃんと見てと伝えて。フェイスは、ひとりは頭を、もうひとりは背中を正確に撃った。しかも、無関係の子どもたちがそばにいたのよ。正常な判断力を失っていたら、そんなふうに確実に撃てるわけがない」

ウィルはミセス・レヴィをちらりと見た。この話は聞かれたくない。ミセス・レヴィは、心配無用と言わんばかりに手を振った。「あたしのことはおかまいなく。このごろめっきり忘れっぽくなってね」エマに両腕を差しのべた。「ほら、おちびさんをあずかるよ」ウィルは慎重にエマをミセス・レヴィに抱かせた。ミセス・レヴィは家の奥へ姿を消した。

寝室用のスリッパが乾いたかかとをたたき、パタパタと音をたてた。

ウィルはサラに尋ねた。「糖尿病だとどうだろう？　糖尿病のせいにされないか？」

サラは冷静な口調で訊き返した。「あなたがここに来たとき、フェイスはどんな様子だった？」

「ええと……」ウィルはかぶりを振った。あんなフェイスは二度と見たくない。「正気をなくしたように見えた」

「錯乱している人やドラッグで興奮している人が、ふたりの人間をそれぞれたった一発で射殺できると思う？」サラはフェイスの肩に手を置いた。口調をやわらげて声をかけた。「フェイス、ちょっと起きあがってくれる？」

フェイスはのろのろと体を起こした。長い眠りから覚めたばかりのようにぼんやりしているが、顔色がよくなっていた。それでも、顔をしかめて両手で頭を押さえた。

サラはフェイスに言った。「しばらく頭が痛むわ。できるだけたくさん水を飲んで。血糖値を測りたいんだけど、モニターは持ってる？」

「バッグのなか」

「救急車から借りてくる」サラはコーヒーテーブルからミネラルウォーターのボトルを取り、栓をあけた。「今度は水よ。もうコーラはいい」

サラはウィルに一瞥《いちべつ》もくれずに部屋を出ていった。背中が氷の壁のようだ。ウィルはどうすればいいのかわからず、とりあえず放っておくことにして、フェイスの前のコーヒーテーブルに座った。

フェイスは水をごくごくと飲み、ウィルに話しかけた。「頭が痛くて死にそう」一連のできごとの衝撃が、ふたたび稲妻のようにフェイスを襲ったようだ。「母さんは？」立ちあがろうとしたフェイスを、ウィルは止めた。「母さんはどこ？」

「いま捜してる」

「隣の子どもたちは――」

「無事だ。頼むからじっとしててくれ、な？」

やや元気が戻ってきたらしく、フェイスは周囲を見まわした。「エマは？」

「ミセス・レヴィが見てくれている。眠っているよ。ジェレミーの大学にも電話をかけて――」

フェイスはあんぐりと口をあけた。いつものフェイスが一気に戻ってくるのが、ウィルにはわかった。「なんであの子に言ったの？」

「ぼくが話したのはヴィクターだ。いまも学部長だ。きみがジェレミーの教室に警官をやるのをいやがるのは、ぼくもわかってた」

「ヴィクターに」フェイスは唇を引き結んだ。一時期、彼女とヴィクター・マルティネスは親しくしていたが、一年ほど前に別れている。「エマのことは言わなかったでしょうね」

ウィルは、ヴィクターになにを話したのか正確には覚えていなかった。どうやら、フェイスはヴィクターに彼の娘を産んだことを伝えていないらしい。「ごめん」

「もういい」フェイスは震える手で絨毯に水をこぼしながらボトルを置いた。「ほかには?」

「きみのお兄さんを捜している」ジーク・ミッチェルは空軍基地所属の軍医で、ドイツのどこかに駐在している。「アマンダがドビンズ空軍予備役基地の知り合いに連絡した。面倒な手続きを省略できるだろう」

「あたしの携帯に……」フェイスは携帯電話をどこに置いたか思い出したようだ。「キッチンの電話のそばに、母さんが電話番号を貼ってある」

「あとで取ってくるよ。まずはなにがあったのか話してくれ」

フェイスはぎこちなく深呼吸した。自分のしたことを認めようと葛藤しているのが、ウィルにはわかった。「あたし、人をふたり殺してしまった」

ウィルはフェイスの両手を取った。その手は冷たく、汗でべとついていた。かすかに震えているが、血糖値が原因ではなさそうだ。「きみはふたりの子どもの命を救ったんだよ、フェイス」

「寝室にいた男は——」フェイスはふと黙った。「なにがあったのかわからない」

「また混乱しているのか? ドクター・リントンを呼んでこようか?」

「大丈夫」フェイスがいつまでもかぶりを振っているので、ウィルはやはりサラを呼びに行こうかと考えた。「ウィル、あの人は悪くないの。母は汚職警官じゃない」

「そのことはいま話さなくても——」

「いいえ、話さなくちゃだめ」フェイスは譲らなかった。「母は汚職警官じゃないけど、たとえそうだったとしても、退職して五年もたつ。もう市警とは関係ない。資金集めのパーティとか、イベントにも顔を出してない。以前の知り合いとは話すこともない。毎週金曜日に近所の人とトランプをする。水曜日と日曜日には教会へ行く。あたしが仕事に行っているあいだ、エマを見ててくれる。車は買って五年たってる。家のローンは払い終わったばかりよ。なにも悪いことはしていない。だから、だれかにこんな……」唇がわななきはじめた。涙がこぼれそうになっている。

ウィルは、できるだけ具体的な事実を話した。「外に指揮車が来ている。高速道路の出入り口はすべて検問している。どこのテレビ局でも、イヴリンの顔写真を放送している。アトランタ全域のパトカーにイヴリンの写真を配布した。情報屋にもなにか聞いていないか確認中だ。身代金の要求に備えて、電話はすべて傍受して逆探知の用意をした。アマンダは腹を立てたけど、きみの家の電話やメールも刑事が監視してる。ジェレミーはきみの家にいる。私服警官がついてる。きみにもだれかがつくはずだ」

フェイスも拉致事件の経験がある。「身代金の要求があるなんて、本気で考えてるの？」

「可能性がないとは言えない」

「〈ロス・テキシカーノズ〉が関与してる。なにか捜してた。母はそのために拉致されたのよ」

ウィルは尋ねた。「なにを捜してたんだろう？」

「わからない。家のなかはめちゃくちゃに荒らされてた。アジア系の男が言ったの、捜してるものと交換で母を返すって」

「つまり取引をしたいと言ったのか？」

「ええ、〈テキシカーノズ〉のメンバーに銃を突きつけて——裏庭で死んだ男よ」

「ちょっと待って」話の順序がおかしい。「ぼくにわかるように話してくれ、フェイス。犯罪現場を再現するように思い出してくれないか。最初からはじめよう。今朝は研修があったんだろう？　コンピューター研修が？」

フェイスはうなずいた。「家に帰ろうとしたときには、予定より一時間以上遅れてた」

今朝から現在までのことを、順を追って話した。母親に連絡を取ろうとしたけれど取れなかったこと、車を降りたら家のなかで音楽が鳴っていたこと。音楽が急にやんで、はじめて様子が変だと気づいたこと。ウィルは黙って聞いていた——家のなかが荒らされ、男がひとり死んでいたこと、フェイス自身もふたり射殺したこと。

話が終わると、ウィルは頭のなかでもう一度最初から映像を思い浮かべた。カーポートに立っているフェイス、車に戻るフェイス。低血糖症を起こしたにもかかわらず、フェイスの記憶は鮮明なようだ。市警に通報し、ショットガンを取り出すフェイス。その場面を想像したとき、ウィルは頭の隅に引っかかるものを感じた。フェイスは、今日ウィルが非番だと知っていた。昨日の午後、たがいに今日の予定を教えたのだから。彼女はコンピューター研修が面倒だと愚痴をこぼし、ウィルは洗車をして庭の手入れをするつもりだと話した。ウィルの自宅はここから四キロも離れていないところにある。ここへ五分以内に駆けつけることができる。

それなのに、フェイスはウィルを呼ばなかった。

「どうしたの？」フェイスが尋ねた。「あたしの話、なにか足りない？」

ウィルは咳払いした。「きみがここに到着したとき、鳴っていた音楽はなんだった？」

「AC／DC。『バック・イン・ブラック』」

それは変だ。「いつもお母さんはその手の曲を聞いてるのか？」

フェイスはかぶりを振った。まだ事件のショックがおさまらず、頭がぼんやりしているらしい。

ウィルはフェイスを集中させるために、両腕をそっとつかんだ。「もう一度思い出してくれ、いいね？」フェイスが自分と目を合わせるまで待った。「家のなかに、男の死体が二体ある。ふたりともアジア系だ。裏庭の死体はヒスパニック系。〈ロス・テキシカーノズ〉だ」

フェイスは真剣に思い出そうとしている。「寝室のアジア系の男は――派手なアロハシヤツを着てた。しゃべり方が南部っぽくて」訛りがあったのだろう。「〈テキシカーノズ〉の若者に銃を突きつけてた。いまにも若者を殺しそうだった」

「そいつは、ほかになにかしゃべったか？」

「あたしが撃ち殺したから」フェイスの唇がまたわななきはじめた。

ウィルはフェイスが泣くのを見たことがなく、いまは泣いてほしくなかった。「アロハシャツの男が、相手の頭に銃を突きつけていたんだろ。若者はすでに暴行を受けていた。拷問まがいの暴力だったかもしれない。きみは、若者が殺されるのではないかと考えた。だから、引き金を引いたんだ」

フェイスはうなずいたものの、ほんとうにそうだろうかと疑っているのが、彼女の目を見ればわかった。

ウィルは言った。「アロハシャツの男が死んで、若者は裏庭に逃げた、まちがいないか？」

「まちがいない」

「きみは若者を追いかけた。彼は銃を女の子たちに向けて発砲した。だから、きみは彼を射殺した、そうだろ？」

「ええ」

「きみは寝室で人質を守ろうとして、次に隣家の裏庭にいる女の子ふたりを守ろうとした。

それでまちがいない？」

「ええ」フェイスの声が力強くなってきた。「まちがいない」

フェイスはいつもの自分に戻ろうとしている。ウィルは、少しだけ安堵してもよさそうだと考えた。フェイスはフェイスの腕から手を離した。「規定を思い出すんだ、フェイス。自分の命、もしくは他者の命が危険にさらされている場合、銃器の使用が認められる。今日、きみは職務を遂行したんだ。ただ、そのときにきみがなにを考えていたのか、理路整然と説明できなければならない。危険にさらされている人がいたらどうするか。ただちに危険を取り除くために発砲すること。犯人を負傷させるために発砲しないこと」

「わかってる」

「応援を待たなかったのはなぜだ？」

フェイスは答えなかった。

「通信係には、家の外で待つよう指示された。でも、きみは待たなかった」

フェイスはまだ黙っている。

ウィルはテーブルに深く座りなおし、膝に腕をのせた。フェイスは信用してくれていないのかもしれない。ウィルは、イヴリンも汚職に絡んでいたと考えているが、フェイスにそのことを率直に話したことがない。それでも、汚職に関与していたのは麻薬捜査課の刑事たちだけで、彼らの上司は無関係だと、フェイスが決めつけていることは知っている。

フェイスは頭がいいけれど、この仕事には裏取引がつきものだということをまだわかっていない。ウィルが捜査したどの汚職事件でも、この手の犯罪に引き寄せられる連中の襟には金の星の記章がついていなかった。もっともフェイスは食物連鎖の最下層にいるため、賄賂を受け取ることはないのだが。

ウィルは言った。「家のなかから、なにか聞こえたはずだ。叫び声は聞こえなかったか？　もしくは銃声とか？」

「いいえ」

「不審なものを見なかったか？」

「カーテンが動くのが見えたけど、それは――」

「よかった、それでいい」ウィルはまた身を乗り出した。「つまり、きみは家のなかに人影を見た。そして、お母さんがなかにいるかもしれないと思った。お母さんが死の危険に瀕していると感じて、安全を確保するために突入した」

「ウィル――」

「聞いてくれ、フェイス。ぼくはいままで何人もの警官にまったく同じ質問をしてきたから、なんと答えるのが正解なのか知っている。聞いてるか？」

フェイスはうなずいた。

「きみは家のなかにだれかいるのを見た。そして、お母さんの命が危ないと考えて――」

「カーポートで血痕を見つけたの。勝手口のドアに。ドアに血の手形があった」

「そうだ。それでいい。突入する理由があったんだ。だれかが重傷を負っている。命が危ない。きみは銃器の使用が正当である状況に突入せざるをえず、ああいうことになった」

フェイスはかぶりを振った。「どうしてあたしにそういうことを言うの？　あなたはいつも警官が嘘をついて庇《かば》いあうのをいやがるのに」

「ぼくはきみのために嘘をついたりしていない。きみが仕事を続けられるようにしてるんだ」

「仕事なんかどうでもいい。あたしは母を連れ戻したいだけ」

「だったら、なにを訊かれてもいま話したとおりに答えろ。独房に入れられたら、お母さんを助けることはできないぞ」

フェイスの目を見ると、ショックを受けているのがわかった。いまでも充分深刻な事態がさらに悪化するかもしれないと、いまはじめて思いあたったのだ。

玄関から騒々しいノックの音がした。ウィルは立ちあがりかけたが、ミセス・レヴィのほうが早かった。両腕をぶらぶら振りながらのんびり廊下を歩いていく。エマはベッドに寝かせたのだろう。きちんと枕でまわりを囲っておいてくれただろうかと、ウィルは思った。

まずギアリー、続いてアマンダ、それから黒人と白人の初老の男がひとりずつ入ってきた。ふたりの男はどちらもふさふさした眉毛の持ち主で、きちんと髭を剃り、管理職としての輝かしいキャリアを示す真鍮《しんちゅう》とリボンでできたしろものを胸につけていた。ギアリーを重要人物に見せるためのお飾りだ。ギアリーが人気ラッパーだったら、ふたりは仲間《ポッセ》と呼ばれていただろう。彼は分署長だから、ふたりは補佐と呼ばれているが。

「どうも」ギアリーはミセス・レヴィにぼそりと声をかけ、帽子を取った。補佐もボスにならい、帽子を取って脇に挟んだ。ギアリーはフェイスのほうへ足を踏み出したが、ミセス・レヴィに止められた。

「あんたたち、お茶とクッキーはいかが?」

ギアリーがぴしゃりと答えた。「われわれはお茶会ではなく事件の捜査に来ましたので」

ミセス・レヴィはたじろぎもしなかった。「ああそう。じゃ、ごゆっくり」ウィルにウインクし、くるりと後ろを向いて廊下を戻っていった。

ギアリーが言った。「立ちなさい、ミッチェル捜査官」

フェイスが立ちあがるのを見て、ウィルは胃が締めつけられるのを感じた。いまフェイスは、さっきまでの頼りなさをみじんも見せていないが、シャツの裾はパンツから出したままで、髪も乱れている。フェイスは口を開いた。「供述します――」

アマンダが割りこんだ。「弁護士と組合の代表者が分署で待ってるの」

ギアリーが顔をしかめた。フェイスに法の代理人がついたことが気に入らないらしい。

「ミッチェル捜査官、きみは応援を待つよう指示された。ＧＢＩのやり方は知らないが、わたしの部下は指示に従うぞ」

　フェイスはアマンダをちらりと見やり、ギアリーに向かって淡々と供述した。「勝手口に血痕がついていました。家のなかに人影も見たんです。それから、母のスミス＆ウェッソンがなくなっていました。わたしは母の命が危険にさらされていると判断し、母の安全を確保するために家に突入しました」ウィルの台本のおかげとはいえ、フェイスはまったくよどみなくしゃべった。

　ギアリーが尋ねた。「キッチンの男は？」

「わたしが突入したときには、すでに死んでいました」

「寝室の男は？」

「母のリボルバーをもうひとりの男の頭に突きつけていました。わたしは人質の命を守ろうとしました」

「裏庭の男は？」

「人質です。彼は、わたしがひとり目の男を射殺したあと、リボルバーを奪いました。そのとき、玄関のドアが破られて、わたしはそっちへ気を取られました。人質の男はリボルバーを持って裏庭へ逃げ出し、幼い姉妹に向かって発砲しました。わたしはふたりを救うために彼を射殺しました」

ギアリーはどうしたものかと問いかけるように、お飾りたちに目をやった。ふたりともとくに意見はなさそうだが、ボスがなにか言えば無条件で賛成するつもりではあるようだ。ウィルは緊張した。事態が好転するか、それともさらに厳しくなるか、いまが分かれ目だ。もしかしたらイヴリン・ミッチェルに義理を立て、ギアリーの態度が軟化するかもしれない。ギアリーはフェイスに言った。「部下がきみを分署に連れていく。落ち着くのに時間がほしければ、少しだけ待とう」

彼は帽子をかぶりかけたが、アマンダに止められた。

「マイク、ひとつ思い出してほしいんだけど」さっきと同じように、にこやかに笑った。「本来、州内の薬物に関する事件はすべてGBIに管轄権があるのよね」

「つまり、この銃撃事件に薬物が関係しているという証拠があると？」

「そこまでは言っていないでしょう？」

ギアリーはアマンダをにらみながら帽子をかぶった。「なぜあなたがわたしの時間を無駄遣いしているのか、きっちり調べさせてもらおう」

「資源の使いみちとしてはとても有意義ね」

ギアリーは子分を従え、のしのしと玄関へ向かった。玄関の外では、サラがちょうどポーチの階段をのぼろうとしていた。サラはとっさに両手を背中にまわし、借りてきた血糖値モニターを隠した。

「ドクター・リントン」ギアリーはまた帽子を取った。補佐たちもすかさず従った。「先ほどはあなただと気づかなくて失礼したね」サラが名乗らなかったからじゃないかと、ウィルは思った。どうやらだれかがご注進に及んだらしい。「あなたのご主人のことは知っている。いい警官だった。いい人間だった」

サラは両手を背後にまわしたまま、プラスチックの機器をひねりまわした。彼女がギアリーたちに向けた目つきは、ウィルにも見覚えがある——話をしたくないのだ。だが、ギアリーのために、サラはそっけなく「ありがとうございます」と返した。

「なにか力になれることがあったら、遠慮なく言ってくれ」

サラはうなずいた。ギアリーが帽子をかぶると、フットボールの試合のウェーブのようにほかのふたりも次々と同じ仕草をした。

ドアが閉まったとたん、フェイスが話を再開した。「裏庭のヒスパニック系は、死ぬ前になにか言ってた」なにを言われたのか思い出そうと、口を動かす。「〝アルマ〟だか、〝アルメイ〟だか」

「アルメッハ?」アマンダが異国風の発音で尋ねた。

フェイスはうなずいた。「それです。意味はご存じですか?」

サラが口を開いたが、アマンダが先に答えた。「スペイン語のスラングで、〝金《カネ》〟のこと。もとの意味は〝ハマグリ〟。彼らは現金を捜していたのかしら?」

フェイスはかぶりを振りながら肩をすくめた。「わかりません。捜しているのは現金だと言っていたわけじゃないので。でも、筋は通りますよね。〈ロス・テキシカーノズ〉といえばドラッグ。ドラッグといえば金。母は麻薬捜査課にいた。だから、彼らは母が……」フェイスはちらりとウィルを見た。ウィルには、彼女の頭のなかが手に取るようにわかった。ウィルが捜査した汚職事件のあと、イヴリン・ミッチェルは自宅に札束を隠しているのではないかという疑惑が広まった。

みんなが黙りこむと、サラはこれ幸いと言った。「わたしはもう帰ります」フェイスに血糖値モニターを渡す。「規則正しい生活をすることね。ストレスはよくない。主治医に電話して、インスリンの用量とか、なにか調整する必要はないか、どういう徴候が出たら危ないか、相談して。いまもドクター・ウォーレスに診てもらってるの？」フェイスがうなずく。「わたしも帰り道にドクターに電話をかけて話しておく。でも、あなたも早いうちに自分で連絡して。大変なときだけど、くれぐれも規則正しく生活すること。いい？」

「ありがとう」フェイスは普段、気安く礼を言わない。この言葉は、ウィルがそれまで彼女の口から聞いたもののなかでもっとも感謝の念がこもっていた。

ウィルはサラに尋ねた。「ギアリーに言われたとおりに薬物検査をするのか？」

サラはアマンダに向かって答えた。「フェイスはあなたの部下であって、市警の人間ではありません。採血するには令状が必要ですが、市警もわざわざそこまでしたくはないのではありませんか」

アマンダは尋ねた。「もし検査をしたら、なにがわかるの？」

「フェイスが薬物を摂取していなかったこと、薬物によって正常な判断力を失っていなかったこと。採血しますか？」

「その必要はないわ、ドクター・リントン。ありがとう」

サラはそれ以上なにも言わず、ウィルに一瞥もくれずに出ていった。

アマンダが言った。「陽気な未亡人《メリー・ウィドウ》の様子を見てきたら？」

ウィルは一瞬、サラのことかと思ったが、そんなはずはないと気づいた。家の奥へミセス・レヴィを捜しに部屋を出たが、その直前にアマンダがフェイスをきつく抱きしめるのが見えた。野生のディンゴ並みの母性本能しか持ちあわせていないような女がそんなことをするとは意外だ。

フェイスもアマンダも話題にしないし、認めたことすらないが、ウィルはふたりが以前から知り合いだったことを知っている。イヴリン・ミッチェルがアトランタ市警で女性の後進のために道を切り拓《ひら》いていたころ、アマンダ・ワグナーもＧＢＩで同じことをしていた。ふたりはほぼ同じ年齢で、がむしゃらで、同じ時代を生きてきた。ふたりは一生の友人でもあったが――アマンダはイヴリンの義理の弟、つまりフェイスのおじと交際していたこともある――アマンダは汚職事件の捜査をウィルに命じた際、麻薬捜査課の責任者が自分の旧友であることを伏せていた。

ミセス・レヴィは奥の部屋にいた。そこは、彼女の趣味に関するものを放りこむ物置になっているようだった。スクラップブックを作るためのコーナーもあった。ウィルがなぜそんなものを知っているのかと言えば、若い母親が郊外の住宅で、縁を波形に切り抜いた海辺のバカンスの写真を色画用紙に貼りつけている最中に射殺された事件を捜査したことがあるからだ。この部屋には、四個の車輪がついたローラースケート靴もあった。隅にはテニスラケットが立てかけてある。ソファベッドには、さまざまなカメラが並んでいる。デジタルカメラもあるが、ほとんどはフィルムを使う旧式のものだ。クローゼットは暗室として使われているらしく、扉の上に赤いランプがある。

ミセス・レヴィは窓辺の木のロッキングチェアに座っていた。膝にエマをのせている。毛布がわりにエプロンでエマを包んでいた。裾のガチョウの雛たちが裏返しになっている。エマは目を閉じたまま、哺乳瓶を勢いよく吸っていた。その音に、ウィルは『ザ・シンプソンズ』の赤ん坊のキャラクターを思い出した。

「座ったらどう?」ミセス・レヴィが言った。「エマはすっかり元気になったみたいだよ」

ウィルはカメラを踏まないよう、気をつけてソファベッドに座った。「こちらにエマの哺乳瓶があってよかった」

「そうでしょう?」ミセス・レヴィはエマを笑顔で見おろした。「この騒ぎで、おちびさんは昼寝ができなかったんだよ」

「エマのベビーベッドもあるんですか？」

ミセス・レヴィはかすれた笑い声をあげた。「もうあたしの寝室を見たんだね」

ウィルはそこまで厚かましくないが、これを機に少し話をすることにした。「しょっちゅうエマをあずかるんですか？」

「だいたい週に何度か」

「でも、最近は？」

ミセス・レヴィはウィルにウィンクをした。「あんたはなかなか頭がいいね」

頭がいいのではなく、運がいいのだ。ミセス・レヴィの家でエマがミルクをほしがったとき、さっと哺乳瓶が出てきたのは理由があるだろうと思っただけだ。「イヴリンは最近、忙しかったんでしょうか？」

「あたしが人さまの事情を詮索するような礼儀知らずに見える？」

「なんと答えれば侮辱にならずにすむんでしょうか？」

ミセス・レヴィは笑ったが、顔つきがやわらかくなった。「イヴリンから聞いたわけじゃないけど、いい人ができたんじゃないかと思ってるの」

「それはいつごろのことですか？」

「もう三月《みつき》か四月《よつき》になるかねえ？」自分に尋ねているかのようだった。それから、きっぱりとうなずいた。「エマが生まれてすぐのころから。最初はそんなにしょっちゅう会ってるわけじゃなさそうだったんだよ。せいぜい週に一度か二度くらい。でも、十日前くらいから頻繁になった。あたしは退職してからカレンダーを見なくなったけど、先週は三日立て続けで、朝からエマをあずかってほしいって頼まれた」

「いつも朝からでしたか？」

「普通は十一時から午後二時までくらい」

三時間あれば逢《あ》い引《び》きには充分だろう。「フェイスは相手のことを知っていましたか？」

ミセス・レヴィはかぶりを振った。「イヴリンは、子どもたちには知られたくなかったと思うよ。子どもたちは父親が大好きだったからね。そりゃイヴリンだって旦那を愛してたよ。でも亡くなって十年はたつ。ひとりでいるには長い時間だね」

ウィルは、ミセス・レヴィが経験からそう言っているのではないかと思った。「たしか、あなたのご主人は二十年前に亡くなったとおっしゃっていましたね」

「そう、でもあたしはたいしてミスター・レヴィが好きじゃなかったし、あっちはあっちであたしのことはどうでもいい感じだった」ミセス・レヴィは親指でエマの頬をなでた。「イヴリンはビルを愛していたよ。長年のあいだに衝突することもあったけど、愛していたらなんてことない。相手が死んだら、自分の人生もまっぷたつになる。もとのようにつなぎあわせるには、おそろしく時間がかかる」

ウィルはつかのまサラのことを考えた。正直なところ、彼女のことはいつも頭のなかにある。ウィルの人生がニュース番組だとしたら、サラは画面下部につねに表示される文字情報のようなものだ。「イヴリンのお相手の名前はご存じですか？」

「知るわけないでしょう。訊いたこともない。でも、いい車に乗ってたよ、キャデラックのCTS‐V。クーペじゃなくてセダンだよ。なかも外も黒で、フロントグリルはステンレスでね。V8エンジンの音がすごい迫力なんだ。何ブロックか先にいても聞こえるよ」

ウィルは一瞬、ぽかんとして言葉が出なかった。「車がお好きなんですか？」

「いいや、ぜんぜん。ただ、あの人が車にいくら払ったのか知りたくて、インターネットで調べてみたんだ」

いくらだったのかあえて訊かずに待った。

「たぶん、七万五千ドルくらいだね」ミセス・レヴィが続けた。「あたしと亭主はこの家をその半分以下の値段で買ったけどね」

「イヴリンは彼の名前を教えてくれなかったんですか？」

「いい人がいることすら教えてくれなかったからね。あんたたち男がどう考えてるのか知らないけど、あたしたち女は日がな一日、男の話ばかりしてるわけじゃないよ」

ウィルはつい苦笑した。「彼はどんな外見でした？」

「まあ、髪はなかったね」当たり前のことのように言った。「ちょっとばかり太鼓腹でね。

たいていジーンズをはいていた。シャツはいつもしわが寄っていて、袖をまくりあげてた。そこはちょっと変だなと思ったのよ、イヴリンの好みはぱりっとしたなりの男だったから」

「年齢はどれくらいだと思いますか?」

「髪がなかったから、よくわからないねえ。たぶん、イヴリンと同じくらいじゃないかね」

「六十代前半ですね」

「あら」ミセス・レヴィは意外そうな顔をした。「イヴリンは四十代だと思ってたよ。でも、よく考えたらフェイスが三十代なんだからそんなはずないわね。あのおちびさんだって、もうおちびさんじゃないんでしょう?」だれかに聞かれるのを恐れているかのように、声をひそめた。「もう二十年たつんだけれど、ああいう妊娠騒ぎは忘れられないよ。おなかが目立ちはじめたころに、いろいろ噂《うわさ》が立ってね。まったく、世間ってものはねえ。だれだってちょっとはめをはずすことはあるでしょう。でもあのときイヴリンにも言ったように、女はスカートをまくりあげてたって、パンツをおろした男より早く逃げられるもんだけどねえ」

ウィルとしては、フェイスの若年出産について、子どもを手放さなかったのは異例だという以外に、とくに感想はないが、おそらく当時の近隣住民にとっては、上品な自分たちのなかに十四歳の妊婦がいること自体、一大事件だったのだろう。現代ではめずらしくもないが、あのころはたいてい、フェイスのような困った立場に追いこまれた娘は、それまで口の端にのぼったこともない病気のおばの看病に突然呼ばれたり、盲腸の手術を受けたことになったりした。ウィルのような子どもたちのいる施設に入れられる不運な少女も、少数ながらいた。

ウィルは尋ねた。「では、高級車に乗った男は六十代前半ということですね？」ミセス・レヴィがうなずく。「ふたりに仲睦《むつ》まじい様子は見られましたか？」

「いや、イヴリンはもともとこれ見よがしなタイプじゃなかったからね。さっさと男の車に乗りこんで、どこかへ出かけてた」

「頬にキスをしたりもしなかった？」

「この目で見たことはないね。そうは言っても、あたしは相手の男を紹介されてもいないんだよ。イヴリンはいつもエマをここに連れてきて、家に帰って男を待ってた」

ウィルはそのことについて少し考えた。「男は家に入ることもなかったんですね？」

「あたしの知ってるかぎりではね。このごろの人は昔とちがうんでしょう。あたしの若いころには、男は女の家のドアをノックして、車までエスコートしたものだけど。いきなり家の前に車を止めてクラクションを鳴らすなんてありえなかった」

「彼はそうしていたんですか――クラクションでイヴリンを呼んでいた？」

「そうじゃなくて、もののたとえだよ。イヴリンは窓から外を見張っていたんだと思う。男が車を止めたら、すぐに出てきていたから」

「ふたりの行き先は知っていますか?」

「知らないね。さっきも言ったけれど、二、三時間で帰ってきてたから、映画を観たり、お昼を食べたりしてたんだろうと思ってた」

毎日映画はきつい。「今日も彼は来ましたか?」

「さあね、うちの前はだれも通らなかったようだけれど。車も、人間も。パトカーのサイレンを聞いて、なにかあったらしいとはじめて気づいたくらいだよ。そのあと、当然、銃声は聞こえた。一分くらいあいだをあけて、二発ね。あたしは銃声がどんなふうに聞こえるか知ってるの。ミスター・レヴィは狩りが好きだったから。昔はどの警官もそうだったよ。あたしは獲物を料理するために連れていかれたの」ミセス・レヴィは目を天に向けた。

「ほんとうに退屈なおしゃべりばかりしてる男だった」

「あなたがいて、ご主人は幸運だ」

「もう亭主がいなくて、あたしも幸運だよ」ミセス・レヴィはエマを抱いたまま大儀そうに立ちあがった。哺乳瓶は空になっていた。それをテーブルに置き、エマをウィルに差し出した。「ちょっと抱いていてくれる?」

ウィルはエマを縦に抱き、背中を軽くたたいてやった。エマは見事なげっぷをした。

ミセス・レヴィが鋭い目をした。「赤ん坊の世話に慣れているようだね」

ウィルはここで生い立ちを話すつもりはなかった。「赤ん坊は話しかけやすいんですよ」

ミセス・レヴィはウィルの腕に触れ、クローゼットに入った。ウィルの思ったとおりだ。狭い空間は暗室になっていた。ウィルは外の光をさえぎらないよう入り口に立ち、ミセス・レヴィがL判の写真の束を手早くめくるのを見守った。彼女の両手はわずかに震えているが、脚はしっかりしているようだ。

「ミスター・レヴィはあたしの趣味を見くだしてたけど、ある日犯罪現場に呼ばれて、写真を撮れる人間を知らないかって訊かれたの。報酬は二十五ドル――写真を撮るだけで二十五ドル！　あの欲張りが、知らないと答えるわけがない。で、あたしは現場でも気絶しなかったから――ショットガンを使った殺人事件だったけどね――これからも頼むと言われたの」ミセス・レヴィはソファベッドのほうへあごをしゃくった。「そこのブローニー・シックス‐16のおかげで、あたしたちはここに住んでいられたってわけ」

ミセス・レヴィがソファベッドの上のボックスカメラを指していることは、ウィルにもわかった。そのカメラは古ぼけているが、大事にされているようだった。

「あたしはそのあと、張り込み任務を請け負うようになったの。そのころには、ミスター・レヴィは呑んだくれて仕事をクビになってた。もちろんあたしは女だけどね、男と寝るのはあたしの仕事じゃないって、連中にはなかなかわかってもらえなくてね」

ウィルは顔が赤くなるのを感じた。「アトランタ市警の仕事ですか？」

「五十八年間よ！」それほど長いあいだ仕事を続けていたということに、ウィルだけでなくミセス・レヴィ本人も驚いている様子だった。「いまじゃただのばあさんかもしれないけど、ひところはギアリーもあの男の太鼓持ちも、あたしに気をつけの姿勢を取ってたんだよ。それがいまじゃ、あのてかてか光るズボンから糸屑をつまみあげるみたいに厄介払いするとはね」べつの写真の束を取る。小鳥やペットのモノクロ写真だ。構図から察するに、かわいいから撮ったというより、こっそり隠し撮りしたものばかりらしい。「このなんとかってチビはうちの花壇を掘り起こしてたんだ」ミセス・レヴィは、鼻を土で汚した白とグレーの猫の写真をウィルに見せた。モノクロだが、ライティングが明るすぎる。猫の胸に名前と収容者番号を書いたボードさえぶらさがっていれば、完璧なマグショットだ。「ほら」ミセス・レヴィは目当ての写真をようやく見つけた。「この男だよ。イヴリンのいい人ってのは」

ウィルは、ミセス・レヴィの曲がった背中越しに写真を見た。正面の窓のブラインド越しに撮影したらしく、不鮮明だった。薄いプラスチックの羽根の隙間にレンズを突っこんで撮ったのだ。黒いキャデラックに寄りかかった背の高い男が写っていた。手のひらをボンネットにつき、前腕を外側にひねっている。車は路上に停まっていて、前輪は歩道側を向いている。ウィルも同じような停め方をした。アトランタはアパラチア山脈の山麓に位置し、坂が多い。マニュアル車に乗っている場合、車が勝手に動かないよう、タイヤを歩道の縁石側に向けて駐車する。

「なにをしてるの？」部屋の入り口に、フェイスが立っていた。ウィルはエマをフェイスに渡したが、彼女は写真のほうが気になるようだ。「なにか見たんですか？」

「この人に、いたずら猫の写真を見せていたんだよ」ミセス・レヴィは早業を使った。男の写真は花壇を掘り返す猫の写真と替わっていた。

エマがフェイスの腕のなかでもぞもぞと動いた。母親の機嫌がよくないのを感じ取ったのだろう。フェイスはエマの頬に何度か軽くキスをし、変な顔をして笑わせた。フェイスが無理をしていることは、ウィルにもわかった。目が潤んでいる。フェイスはエマをきつく胸に抱きしめた。

ミセス・レヴィが言った。「イヴリンはしぶとい人だよ。ちょっとやそっとじゃやられやしないって」

フェイスはいかにも母親らしく自然な手つきでエマを前後に揺らした。「不審な物音は聞こえませんでしたか？」

「変な音を聞きつけていたら、あたしだってでかぶつを持って様子を見に行ったよ」でかぶつとは大口径の拳銃を指すと、ウィルも知っている。「イヴリンはきっと無事に見つかる。まちがいないよ、絶対にまちがいない」

「でも――」フェイスは声を詰まらせた。「あたしがもっと早く帰ってきていれば――」かぶりを振る。「どうしてこんなことになったの？　母さんはなにも悪いことはしていないって、みんな知ってる。拉致される理由がないでしょう？」

「ときどき人間ってのは、なんの理由もないのにばかなことをするもんよ」ミセス・レヴィは軽く肩をすくめた。「あたしに言えるのは、もしこうしていればああしていればと悔やんでばかりいたら、自分がだめになっちまうよってこと」指の背でフェイスの頬に触れた。「神さまがお母さんを守ってくれると信じなさい。〝汝《なんじ》の知識に頼ってはならない〟」

フェイスは真顔でうなずいた。彼女はさほど信仰心に篤《あつ》いタイプではなかったはずだが。

「ありがとう」

アマンダのヒールがカーペット敷きの廊下をつかつかと進んでくる音が聞こえた。「これ以上、引き延ばしはできないわ」フェイスに言う。「パトカーが外であなたを待ち構えてる。できるだけ黙秘して、弁護士の指示どおりに動きなさい」

「せめておちびさんをあずからせてちょうだい」ミセス・レヴィが申し出た。「不潔な警察署なんかに連れていっちゃいけないよ。それに、ジェレミーはおむつの前と後ろもわからないだろう」

フェイスはその申し出を受けたいようだが、ためらった。「いつ終わるかわからないの」

「あたしが宵っ張りだってことは知ってるでしょう。何時でもかまわないよ」

「ありがとう」フェイスは名残惜しそうにエマをミセス・レヴィに渡した。エマのさらさらした短い髪をなで、頭のてっぺんにキスをした。そのまましばらく唇をつけていたが、なにも言わずに立ち去った。

玄関のドアが閉まると、アマンダは鋭い目をミセス・レヴィとウィルに向けた。「どうしたの？」

ミセス・レヴィはエプロンのポケットのなかから写真を取り出した。

「イヴリンを頻繁に訪ねてきた男だそうです」ウィルは説明した。ミセス・レヴィの記憶はたしかだ。男は禿頭《とくとう》で、だぶついたジーンズをはいている。シャツにはしわが寄り、袖をまくっている。ただ、ミセス・レヴィは大事なことをひとつ言い忘れていた。男はヒスパニック系だ。腕のタトゥーは不鮮明だが、〈ロス・テキシカーノズ〉のメンバーであることを示すシンボルマークだとすぐにわかった。

アマンダは写真をふたつに折り、スーツの上着のポケットに入れた。ミセス・レヴィに尋ねる。「制服組としゃべった？」

「そのうち年寄りの話を聞きに来るんじゃないの」

「あなたはいつものように、さぞ協力的なんでしょうね」

ミセス・レヴィはほほえんだ。「たいした話はできないだろうけど、連中が来るかもしれないから、焼きたてのクッキーでも用意しておこうかね」

アマンダはクックッと笑った。「気をつけてね、ロズ」ウィルについてこいと合図し、部屋を出た。

ウィルは財布を取り出し、ミセス・レヴィに名刺を渡した。「全部、ぼくの電話番号です。なにか思い出したり、エマの世話で手伝いが必要になったりしたら、電話をください」

「ありがとう」ミセス・レヴィは、もはや親切な老女らしい口調ではなくなっていたが、それでも名刺をエプロンのポケットにしまった。

ウィルは廊下の途中でアマンダに追いついた。アマンダは写真についてなにも言わず、フェイスの症状やギアリーとの舌戦について触れもしなかった。かわりに、矢継ぎ早にウィルに指示した。「あの事件の捜査に関する書類を洗いなおして」どの事件かはっきり言う必要はなかった。「証人の供述書、情報屋の報告、受刑者の悪あがきの密告、なにもかも詳しく見なおして。どんなささいなことでもかまわない。なにか見つかったら教えて」

アマンダは急に黙った。ウィルの読み書きの問題を思い出したにちがいない。

ウィルは努めて冷静に言った。「問題ありません」

アマンダがやすやすと許してくれるわけがない。「パンティをしっかりあげなさい、ウィル。助けが必要なら、いますぐ正直に言って。対処するから」

「いますぐ取りかかれます。書類はうちにあるので」

「あとでいいわ。先にやることがあるの」アマンダは腰に両手を当て、玄関ホールに立った。彼女は華奢《きやしゃ》だ。ウィルは、アマンダが首を伸ばして自分を見あげるたびに、彼女が小柄だということを思い出す。「ギアリーがぎゃんぎゃん吠えてるあいだに、ちょっとした情報を手に入れたの。裏庭で死んでいた男は、みずから名前を教えてくれたのよ。背中に〝リカード〟って大きなタトゥーが入ってた。まだ身元まではわかっていない。年齢は二十代半ば、身長はおよそ百七十五センチ、体重は七十五キロくらい。寝室で死んでいたアジア系は四十歳前後、ヒスパニック系のお友達よりやや背が低くてやせている。近所の住人ではなさそう。このために呼ばれたのかもしれない」

ウィルはフェイスの言葉を思い出した。「フェイスは南部訛りがあったと言っていました」

「対象を絞るのに、多少は役に立つかしら」

「派手なアロハシャツを着ていました。ギャングらしくない」

「それは彼の罪状にくわえなくちゃ」アマンダは廊下の奥をさっと見やり、ウィルに目を戻した。「ところで、洗濯室のアジア系はちょっと変わり種よ。パンツの後ろポケットに財布が入っていたおかげで、身元がわかったの。ヒロノブ・クウォン、十九歳。ジョージア州立大一年。母親は市内の学校の教師、ミリアム・クウォン」

「ギャングのメンバーではないんですか？」

「それはわからない。市警に母親をかっさらわれて、まだ連絡が取れてないの。明日の朝、会いに行かなくちゃ」ウィルに指を突きつける。「あわてないあわてない。わたしたちはまだ公式に捜査権を引き継いでいないわ。介入する方法が見つかるまで、あなたとわたしだけで動くのよ」

「フェイスは〈ロス・テキシカーノズ〉がなにかを捜していたと考えています」ウィルはアマンダの表情を見極めようとした。普段はおもしろがっているような、いらだっているような顔をしているが、いまは完全に無表情だ。「でも、リカードはひどく殴られていた。頭に銃も突きつけられていた。なにかを捜していたとすれば、それは生き延びる方法でしょう。まず調べるべきはアジア系のほうです」

「筋が通ってるわね」

「もっと大きな問題があります。〈テキシカーノズ〉が関与するのはわかりますが、アジア系がイヴリンになんの用があるのか？　なにが目的か？」

「当たれば百万ドルもらえるわ」

ウィルはもっと率直に言ってみた。「イヴリンは麻薬捜査課のリーダーでした。〈テキシカーノズ〉はアトランタのドラッグ市場を牛耳っている。二十年前からずっとそうです」

「そうね」

よくあることだが、煉瓦塀に頭をぶつけたような気がした。アマンダはなにか情報を持っていてもウィルに教えたくないとき、こんなふうにはぐらかす。今回はいつもより面倒だ。アマンダはウィルをいらいらさせるだけでなく、旧友を庇っているのだから。

ウィルはさらに突っこんだ。「さっき、アロハシャツの男は〝このために〟呼ばれたのではないかと言いましたね。〝このため〟とはなんですか？　拉致するため、ということですか？　それとも、イヴリンが家に隠しているものを捜すため？」

「今日はだれもかれも捜しているものを見つけられないみたいね」アマンダは言葉を切り、話が変わったことをウィルにわからせた。「鑑識のチャーリーが市警のＣＳＵに協力しているけれど、残念ながら彼の魅力も連中には通用しない。現場への立ち入りは制限されているし、監視がついている。検証の結果はくれるそうだけど。むこうの検死官は信用できないわ」

フルトン郡の検死官だ。「現場に来てるんですか？」

「まだピープルズタウンのアパートメント火災の現場検証をしてる」予算が削減されたため、検死局は業務過多でつぶれそうになっている。アトランタで複数の重大事件が同時に起きると、警察はえんえんと待たされるはめになる。「ピート・ハンソンを呼びたいのよね」

ＧＢＩの検死官だ。ウィルは尋ねた。「ピートから関係者に連絡してもらったらどうですか？」

「無理。ピートはお友達に囲まれているタイプじゃないわ。あの変人ぶりではね。彼にくらべれば、あなたですらまともに見える。サラはどうなの?」

「彼女はよけいなことを言いません」

「そんなことは知ってるわ、ウィル。あなたたちが路上でスクエアダンスをやってるのを見たのよ。そうじゃなくて、サラは検死局に知り合いがいるんじゃないかと訊いてるの」

ウィルは肩をすくめた。

「サラに訊いて」有無を言わせぬ口調だった。

電話をかけたらいやがられるような気がしたが、ウィルはひとまずうなずいた。「イヴリンのクレジットカードや電話の履歴は?」

「調べるように指示した」

「イヴリンの車にGPSはついてないんですか? 携帯電話とか」

アマンダはまたはっきりと答えなかった。「裏口を使うわ。さっきも言ったけど、わたしたちは正々堂々と捜査できないんだから」

「でも、さっきギアリーに言ったとおりじゃないですか。薬物が絡んだ事件は、ぼくたちに捜査権がある」

「イヴリンが麻薬捜査課のボスだったからといって、今回の事件に薬物が絡んでいるとは言えない。現時点では、家のなかからも遺体からも、薬物が関係していることを示す証拠は見つかっていないわ」

「あのリカードという死んだヒスパニック系、ドラッグ屋の〈テキシカーノズ〉では？」

「奇妙な偶然ね」

「ぴんぴんした〈テキシカーノズ〉の男もいましたね。イヴリン・ミッチェルは、ためらいなくその男の黒いキャデラックに乗りこんで、どこかへ行っていましたが？」

アマンダはいかにも意外そうな顔をした。「彼もメンバーだと思ってるの？」

「写真でタトゥーを確認しました。イヴリンは、少なくとも四カ月は〈テキシカーノズ〉のメンバーと会っていたんです」ウィルは口調を抑えようとした。「かなりの年配です。組織内でも上の地位にいるかもしれない。ミセス・レヴィによれば、十日前から男はほぼ毎日イヴリンを訪ねてきていた。ふたりは午前十一時ごろから男の車で出かけ、午後二時ごろに帰ってきた」

アマンダは今度もウィルの指摘を無視し、勝手に話を進めた。「あなたはイヴリンの部下の刑事六名を逮捕した。そのうち二名は去年、模範囚として仮釈放された。どちらも州外にいる――ひとりはカリフォルニア、もうひとりはテネシー。イヴリンが拉致された今日の午後は、それぞれカリフォルニアとテネシーにいた。あと二名は、セキュリティレベルがさほど高くないヴァルドスタ州立刑務所にいる。刑期はあと四年残っていて、仮釈放の予定もなし。一名は死亡――クスリの過剰摂取《オーバードーズ》。わたしは知識人の業《カルマ》と思ってるけどね。最後の一名はD&Cでダンスカードにパンチが入るのを待ってる」

ジョージア州立医療刑務所《D&C》。死刑囚。ウィルは不本意だが尋ねた。「だれを殺したんですか？」

「看守と受刑者。レイプ犯をタオルで絞め殺したの——よりによってタオルでね——そのあと、素手で看守を殴り殺した。本人は正当防衛と主張してる」

「看守に対する正当防衛？」

「なんだか担当の検察官みたいな口ぶりね」

ウィルはふたたび試した。「イヴリンは？」

「イヴリンがどうしたの？」

「彼女もぼくの捜査対象でした」

「それがなにか？」

「部屋のなかに象がいるのに、話題にしないんですか？」

「象？　なにを言ってるの、ウィル。わたしたちが相手にしているのは、象どころかサーカス団よ」アマンダは玄関のドアをあけた。薄暗いホールに、光がナイフのように差しこんだ。

ウィルはサングラスをかけたアマンダと芝生を突っ切り、イヴリンの家に戻った。制服の警官が二名、ミセス・レヴィの家へ向かっている。ふたりはウィルをにらみ、アマンダにそっけなく会釈した。

アマンダが小声でウィルに言った。「いまごろ行くのね」自分が市警の仕事を遅らせたことを忘れたかのような口ぶりだ。

ウィルは、警官たちが玄関のドアをノックしはじめてから、アマンダに尋ねた。「ミセス・レヴィを市警時代から知っていたんですか？」

「GBIに転職したあとからね。旦那殺しの容疑で、わたしが捜査したの」ショックを受けたウィルを、アマンダはおもしろそうに眺めた。「立証できなかったけど、わたしは彼女が夫を毒殺したと確信してる」

「クッキーで？」

「わたしの仮説もそれ」楽しそうな笑みを口元に浮かべ、芝生を歩いていく。「ロズは抜け目のないばあさんよ。わたしたちが束になってもかなわないほど、多くの犯罪現場を見てる。イヴリンのことも、ずっと観察してたんだと思う。彼女があなたに話したことをすべて鵜呑《うの》みにはできない。ほら――悪魔は目的のためなら聖書も引用する、でしょう？」

たしかにアマンダの、いや、シェイクスピアの言うとおりだ。それでも、ウィルは指摘せずにはいられなかった。「〈テキシカーノズ〉のメンバーがイヴリンに会いにきていたと教えてくれたのは、ミセス・レヴィですよ。写真も撮っていた」

「そうよ、それはなぜ？」

そう訊き返されて、ウィルは後頭部をはたかれたような気がした。ミセス・レヴィの写真の才能が、隣家のペットのかわいらしさのかけらもないマグショットを撮ることに発揮されていたことを思えば、たまたま黒いキャデラックに寄りかかった〈テキシカーノズ〉の男の写真を撮っていたとは、都合のよすぎる話ではないか。ミセス・レヴィは年を取っているとはいえ、頭は切れる。なにかわけがあって、こっそりイヴリンを観察していたのかもしれない。「もう一度、ミセス・レヴィに会いましょう」

「手がかりになりそうなことを教えてくれると本気で思ってるの?」

ウィルは内心うなだれた。ミセス・レヴィはゲームを楽しんでいるようだ。イヴリンの行方がわからない以上、ゲームにつきあう余裕はない。「イヴリンは、ミセス・レヴィが夫を殺したかもしれないことを知っているんでしょうか?」

「もちろん知ってるわ」

「それなのに、エマをあずけていたんですか?」

ふたりはフェイスのミニの前にたどり着いた。アマンダは両手をかざしてガラス窓に押し当て、なかを覗いた。「ロズが殺したかもしれないのは、四カ月の赤ん坊じゃなくて六十四歳の口汚い呑んだくれよ」

ウィルに言わせれば、そんな理屈が通用する場所がこの世界にあるとは思えない。

アマンダは玄関に向かった。チャーリー・リードが現場捜査官たちと話していた。なかには煙草を吸っている者もいる。ひとりは、フェイスのミニと鼻を突きあわせているベージュのマリブに寄りかかっていた。ひとり残らず高密度ポリエチレンの白い防護服に身を包んでいて、土で汚れた大小さまざまなマシュマロのようだ。髭をきれいに剃った男たちのなかで、チャーリーだけがカイゼル髭をたくわえている。彼はアマンダに気づき、グループから離れた。

「報告して、チャーリー」

チャーリーは、でっぷり太っているせいで防護服が不格好までにきつそうな、色の浅黒い男をちらりと見やった。男は煙草を最後にもう一口吸うと、吸い差しを同僚に渡した。アマンダに向かって、早口のイギリス訛りで自己紹介した。「ドクター・ワグナー、ドクター・アビディ・ミタルです」

アマンダはウィルを紹介した。「部下のドクター・トレントです」

ウィルはミタルと握手をしたものの、怪しいオンラインスクールで手に入れた学位をさらりと言われ、内心ぎょっとした。

ミタルが言った。「よかったら、現場をご案内してもかまいませんよ」

アマンダは、なにか言うことはないのかと言わんばかりにチャーリーをじろりと見た。

「ありがとう」ウィルは、自分以外のだれも礼を言わないのをわかっていた。

ミタルはウィルとアマンダに白い靴カバーを渡した。アマンダはウィルの腕につかまり、ヒールを脱いでストッキングの上から靴カバーをはいた。ウィルはうまくはけず、片足でぴょんぴょん飛び跳ねるはめになった。靴を脱いでも靴カバーは小さすぎ、ミセス・レヴィがスリッパからかかとをはみ出させていたのと同じような格好になった。

「では、はじめましょうか」ミタルはウィルたちの返事を待たなかった。先に立ってマリブの後ろへまわり、開いたままの勝手口からなかに入った。ウィルはとっさに頭をひょいとさげ、天井の低いキッチンに入った。チャーリーが後ろからウィルにぶつかり、小声で謝った。馬蹄形《ばてい》のキッチンは四人も入ると窮屈になった。一方の端はドアがなく、洗濯室に通じている。血が固まりかけるときに発する錆びた鉄のようなにおいがした。

フェイスの言うとおりだ——侵入者たちはなにかを捜していたにちがいない。家のなかはめちゃくちゃに荒らされていた。床にカトラリーが散らばっている。抽斗は抜いてそのへんに放置してある。壁にはいくつも穴があいている。携帯電話と古びたブラックベリーが、床の上でばらばらになっていた。固定電話の受話器もフックからぶらさがっている。指紋採取用の黒いパウダーと、鑑識が使う黄色いプラスチックの番号札を除けば、室内の様子は、フェイスが帰ってきて最初に目にしたものの話と一致している。死体もまだ洗濯室に残っていた。フェイスは、角を曲がった先になにがあるのかわからずに怯えていたにちがいない。負傷した母親を——それどころか最悪の事態を想像して、おののいていたはずだ。

ウィルは、自分がその場にいなかったことを悔やんだ。フェイスにとってどんなときも頼れるパートナーだと思われていなかったことを悔やんだ。

ミタルが言った。「報告書はこれから書くんですが、わたしの仮説を説明しましょうか」

アマンダは両手を体の前でぐるぐるまわし、早くしろとせっついた。「わかったことをすべて話しなさい」

命令されて、ミタルは唇をすぼめた。「ミッチェル警部は、昼食の支度をしていて襲われたと見られます」カウンターにはハムの袋や包丁、まな板が並び、イヴリンはトマトを切っていたらしい。空のパンの袋がシンクでくしゃくしゃになっている。ポップアップ式トースターのレバーはずいぶん前にあがったままだ。パンは四枚。イヴリンは、フェイスが帰ってきたらすぐ食べさせようと考えていたのだろう。

それだけならありふれた、むしろほのぼのとした光景だが、カウンターのものはすべて、血飛沫《ちしぶき》がかかっていた。トースターもパンも、まな板も。カウンターから垂れた血が、タイルの床にたまっていた。二種類の赤い足跡が、白い磁器のタイルの上に入り乱れている。ひとつは小さく、もうひとつは大きい。ここで揉みあいになったようだ。

ミタルが続けた。「ミッチェル警部は物音に驚いた。おそらくガラスの引き戸が割れる音です。そのせいで、トマトを切っている包丁で自分の指を切ってしまった」

アマンダが口を挟んだ。「キッチンでよくあるけがにしては、血の量が多いわ」

ミタルはコメントを歓迎しないらしい。またしばらく黙りこんでから先を続けた。「乳児、つまりエマはこのあたりにいたようです」イヴリンが昼食の用意をしていた場所の反対側、冷蔵庫のそばを指し示す。「カウンターのここに小さな血痕があります」古いCDプレイヤーの横を指差した。「血痕は物置まで点々と続いている。ということは、ミッチェル警部はキッチンを出たときに出血していた。警部の手形が勝手口に残っていることも、この点を裏付けている」

アマンダがうなずいた。「物音を聞いて、赤ん坊を安全な場所に隠し、スミス&ウェッソンを持って引き返したのね」

チャーリーはこれ以上黙っていられないかのように、勢いこんで補足した。「切り傷をペーパータオルで覆ったようですが、すぐに血がにじみ出てしまったようです。勝手口のドアと、スミス&ウェッソンの木の銃把に血液が付着しているので」

ウィルは尋ねた。「チャイルドシートは？」

「汚れていない。けがをしていないほうの手で運んだらしい。エマを物置に運んだときのものと思われる血痕が、カーポートを往復している。イヴリンの血だ。アビディの同僚が血液型の鑑定をしているから、すぐにわかるだろう」チャーリーはミタルをちらりと見た。「悪いね、アビー。さしでがましいことをしているかな」

ミタルは両手を広げる仕草をし、チャーリーに続けさせた。

ここからがチャーリーの好きな仕事だと、ウィルは知っている。チャーリーは得意げな足取りで開いたままの勝手口へ行き、顔の脇で銃を構えているように両手を握りあわせた。「イヴリンは家のなかに戻ってきた。くるりと振り返り、侵入者一号が洗濯室で待っているのを認め、頭を撃った。男は衝撃でかざぐるまのようにくるりとまわった。後頭部に、射出孔が見られる」チャーリーはまた向きを変え、またあの有名なチャーリーズ・エンジェル風に両手をあげた。胸を撃たれたければうってつけのポーズだ。「次に、侵入者二号がおそらくあっちから現れた」と、キッチンとダイニングルームの境の開口部を指す。「そして、揉みあいになった。イヴリンは銃を奪われた。あれがなにかわかるか？」

チャーリーの指先が向いているほうをたどると、床にプラスチックの番号札が置いてあった。チャーリーがあらかじめヒントをくれたので、そこに拳銃の形をした血の跡がうっすらと残っているのがわかった。

「イヴリンはカウンターの包丁をつかんだ。柄に彼女の血がついているが、刃にはついていない」

アマンダが割りこんだ。「イヴリンの血だけじゃないかもよ」

「そうなんです。人事の記録を確認したところ、イヴリンの血液型はＲｈプラスＯ型です。一方、包丁の刃や冷蔵庫のそばのこのあたりに付着している血液型は、ＲｈマイナスＢ型です」

ミタルが言った。「血痕の状態から見て、静脈を切られた傷です。動脈を切られたのなら、飛沫状の血痕が残るはずです。すべてのサンプルをラボに送って、DNA解析をしています。結果は一週間後には出ると思います」

血痕を眺めているアマンダの頬がかすかにほころんだ。「よくやったわ、イヴ」勝ち誇ったような口調だった。「死体のなかにRhマイナスB型は?」

チャーリーはまたミタルを見た。ミタルがどうぞと言うようにうなずいた。「派手なシャツのアジア系はRhプラスO型。どの人種にも比較的多い。イヴリンもこれです。おれもそうです。タトゥーによってリカードと呼ばれている男は、RhマイナスB型ですが、血痕が彼のものではないことは明らかです。なぜなら、彼はどこも刺されていない。たしかに、出血はしています。暴行を受けていた痕跡がある。しかし、ここにある血痕の量は――」

アマンダがさえぎった。「RhマイナスB型で、刺し傷のある人物が逃げたということね。この血液型はめずらしいの?」

「アメリカ国内の白人のうちRhマイナスB型は二パーセント以下です。アジア系はその四分の一。ヒスパニック系では約一パーセント。つまり、非常にめずらしい血液型です。ということは、死んだRhマイナスB型のリカードは、けがをしたまま行方のわからないRhマイナスB型と血のつながりがあるかもしれない」

「では、RhマイナスB型で刺し傷のある男を捜せばいいわけね」

チャーリーがはじめてアマンダを出し抜いた。「半径百五十キロ以内の病院すべてに、刺し傷のある患者が現れたら通報するように指示しました――男でも女でも、白人でも黒人でもヒスパニック系でも、とにかく刺し傷のある人物。すでに、家庭内暴力の被害者の通報が三件あり、それらは除外しました。思ったより多くの人間が刺されるらしい」

ミタルはチャーリーが話を終えたのを確認し、床を汚している血の跡を指し示した。「これらの足跡からは、小柄な女性と中肉中背の男、おそらく体重七十キロほどの男が揉みあったことがわかります。この足跡には濃いところと薄いところがあるので、足首を内側か外側にくじいているかもしれません」

アマンダは講義を中断させた。「刺し傷についてもう少し聞きたいの。傷は重傷なの？」

ミタルは肩をすくめた。「それは検死局から見解があがってくるはずです。先ほども言ったように、壁や天井に血飛沫がかかっていないということは、動脈を切断するようなけがではないと仮定できます。そうだとすれば、この血痕は頭部の外傷によるものでしょう。頭部は小さな傷でもかなり出血するので」チャーリーに目をやった。「きみもそう思うだろう？」

チャーリーはうなずいたが、補足した。「腹部を刺されても、このくらいは出血するかもしれない。この出血量でいつまでもつかはなんとも言えませんね。映画を信用するなら、そう長生きはしないでしょう。もし肺を刺されていたら、せいぜい三十分で呼吸困難に陥ります。動脈を切断していないことはたしかなので、じわじわとにじみ出るような出血です。頭部外傷かもしれないというドクター・ミタルの見解に異議はありませんが……」肩をすくめ、結局は反論した。「包丁は刃先から柄まで、全体が血で覆われている。ということは、この包丁で胴体を刺したのかもしれない」眉をひそめたミタルの顔を見て、撤回した。「もっとも、刺されたほうが包丁をつかんだせいで、手のひらを切って、そのときに刃全体に血がついた可能性もある」手のひらを上に向けて差し出した。「その場合、手のひらにも傷のあるRhマイナスB型ということになる」

アマンダは科学捜査に曖昧さを許さないので、たしかな事実だけをまとめようとした。「要するに、RhマイナスB型の犯人がイヴリンと格闘した。ふたり目の侵入者、アジア系のアロハシャツ男も、おそらくそばにいた。ふたりはイヴリンを痛めつけて銃を奪った。アジア系の男はのちに寝室で殺されることになる。三人目はリカード。最初は人質だったのが、銃を横取りした。けれど、ミッチェル捜査官のすばやい行動によって、だれも犠牲にならずにすんだ」ウィルに向きなおる。「賭けてもいいわ、暴行を受けていようがいまいが、リカードが首謀者だった。人質のふりをして、フェイスから情報を引き出そうとしたのよ」

ミタルはアマンダの決めつけに困ったような顔をした。「それはひとつの解釈ですね」

チャーリーがあわてて丸くおさめようとした。「可能性はいろいろ――」

そのとき、熱帯雨林の滝のような音がした。ミタルは防護服のファスナーをおろし、パンツのポケットのあたりを探った。携帯電話を取り出す。「ちょっと失礼」と言うと、カーポートへ出た。

アマンダはチャーリーのほうを向いた。「要点は？」

「おれは連中のお仲間には入れてもらえませんが、現時点ではアビーの見解を否定する理由はありません」

「で？」

「人種差別主義者みたいなことは言いたくないが、メキシコ系とアジア系が協力するのはめずらしい。とくに、〈ロス・テキシカーノズ〉は」

「若い子たちはそういうことにこだわらないんじゃないか」ウィルは言ったが、それが進歩なのかどうかわからなかった。

アマンダはふたりのコメントを聞き流した。「ほかには？」

「電話のそばに緊急連絡先が貼ってある」チャーリーは、数人分の名前と電話番号を書いた黄色い紙片を指差した。「勝手ながらジークに電話をかけて、折り返し連絡してほしいと伝言を残しました」

アマンダは腕時計を見た。「ほかの部屋はどうなの？　なにか見つかった？」

「おれはなにも聞いていません。アビーはあからさまに失礼なことはしないが、わざわざあっちからなにかを教えてくれることはありえない」チャーリーはいったん言葉を切った。「犯人グループがなにを捜していたにせよ、まだ見つかっていないことは明らかです。見つかっていれば、フェイスの車がおもてに止まった時点で逃げ出したはずですから」

「そして、わたしたちはいまごろイヴリンの葬儀の準備をしていたはずね」アマンダはさらりと言った。「なにを捜していたのかしら——その謎の物品は、どのくらいの大きさだと思う?」

「なんとも言えませんね。見たところ、犯人グループは家じゅうを捜している——抽斗もクローゼットもクッションのなかも。それだけ捜しても見つからないから、腹が立って破壊行動に走ったんじゃないですかね。ベッドのマットレスも切り裂かれて、赤ん坊の玩具も壊されている。すさまじい怒りが見て取れます」

「グループは何人?」

「失礼しました、ドクター・ワグナー」ミタルが戻ってきた。携帯電話をポケットに入れたが、防護服のファスナーは閉めなかった。「検死官からでした。アパートメント火災でまた遺体が見つかって、足止めを食らっていたそうです。いま、なにをお尋ねでした?」

チャーリーがかわりに答えた。アマンダにしゃべらせると、現場から追い出されるかもしれないと感じたのだろう。「犯人グループは何人いたと考えられるかと訊かれたところだ」

ミタルはうなずいた。「わたしの経験上、三人から四人と推測しています」

ウィルは、アマンダがむっとしたことに気づいた。四人以上に決まっている。そうでなければ、犯人は全員死亡し、イヴリンはみずから姿を消したことになる。

ミタルが続けた。「犯人グループは手袋をしていなかった。ミッチェル警部が抵抗するとは予想していなかったのかもしれない」アマンダが鼻で笑うと、ミタルはまたしばらく黙りこんだ。「家じゅうに指紋が残っています。もちろん、のちほどＧＢＩにも報告書を届けますが」

チャーリーが言った。「さっきラボに電話をかけました。二名の現場捜査官に指紋をデータ化して、データベースで照合するよう指示してあります。一致する指紋があるかどうか、すぐにわかりますよ」

アマンダはキッチン全体を見渡した。「イヴリンが抵抗をやめたあと、彼らはここから家捜しをはじめたんでしょう。抽斗のなかも引っかきまわされてるんだから、抽斗に入るようなものを捜していたということね」アマンダはチャーリーの顔を見あげ、ミタルに視線を移した。「タイヤの跡はないの？　足跡は？」

「手がかりにつながりそうなものはありません」ミタルはキッチンの窓辺へ歩いていき、裏庭に並べた調査済みの品々について説明をはじめた。ウィルは、床に散らばっている割れたCDをよく見た。ビートルズ。シナトラ。AC／DCはない。プレイヤーは白いプラスチックで、指紋採取用の黒いパウダーで汚れている。ウィルは親指でイジェクトボタンを押した。なかは空だった。

アマンダの声が耳に入ってきた。「犯人グループが家のなかを荒らしまわっているあいだ、イヴリンはどこにいたのかしら？」

ミタルは居間へ向かった。ウィルは、チャーリーとアマンダに続いて、床に落ちているものをよけながらミタルを追った。間取りはミセス・レヴィの家と似ているが、居間の床は沈んでいなかった。ソファとウィングバックチェアのむかいの壁は一面本棚で、小さなプラズマテレビが置いてある。画面の真ん中が三十センチほど割れている。ソファとウィングバックチェアも切り裂かれ、骨組みが折れていた。テレビの横には、レコードプレイヤーもついている古いステレオがあるが、スピーカーは壊され、ターンテーブルはアームが引きちぎられていた。数枚のレコードは、硬い靴のかかとで踏まれたようだ。

一方の壁に、曲げ木の椅子が押しつけてあった。部屋のなかで無傷のものはそれだけのようだ。コード編みの座面。脚の表面には擦り傷がある。ミタルは、脚の表面がはがれている部分を指差した。「ダクトテープが使われたようです。ミッチェル警部の足を固定してあったあたりに、粘着剤が付着していました」椅子を持ちあげ、壁から離した。黄色いプラスチックの番号札のすぐそばに、黒っぽいしみがあった。「カーペットにごく少量の血痕が残っていることから、ミッチェル警部の両手はぶらさがっていたと考えられる。指の傷は重傷ではないかもしれないが、出血が続いていた。傷にペーパータオルを巻いていたのではないかと、同僚が推測していますが、おそらく正しいでしょう」

アマンダは屈《かが》んで血のしみを見つめたが、ウィルは椅子のほうが気になった。イヴリンの両手は背中で縛られていたという。ウィルは足で椅子を前に傾け、コード編みの座面の裏を見た。そこには、血で矢印が描かれていた。

ウィルは室内に目を走らせ、矢印の先端がなにを指しているのか見極めようとした。椅子の正面にあるソファも、隣のウィングバックチェアも切り裂かれている。カーペットの下は硬材の床で、なにかを隠しているとは考えられない。イヴリンは裏庭のなにかを指したのだろうか？

シッと息を吐く音が聞こえた。ウィルはさっと目をあげ、アマンダの厳しい顔に気づくや椅子を元どおりに置いた。自分の足がなにをしているのかよく考えもしなかった。アマンダは小さくかぶりを振り、よけいなことを言うなと言外に命じた。ウィルはちらりとチャーリーを見た。椅子の座面の裏に矢印が描かれていると知ったのは三人だけで、ミタルはまったく気づかず、多孔性のものとそうではないものとでは採取できる指紋の質に差があるということを、とうとうとしゃべりつづけている。

チャーリーが口を開きかけたが、アマンダが声をかぶせた。「ドクター・ミタル、あなたの見解では、ガラスの引き戸はそのへんにあるもの、たとえば石や庭の置物などで割られたということだったわね?」チャーリーに鋭い視線を投げる。アマンダの目からレーザー光線が出たら、チャーリーの口を接着していただろうなと、ウィルは思った。「この襲撃事件が周到に計画されたものなのかどうか考えてるの。計画していたのなら、ガラスを切る道具くらい用意したんじゃない? グループで家を包囲していたのか? もしそうなら、あらかじめ間取りを調べたのか?」

ミタルは眉をひそめた。答えることのできない質問だからだ。「ドクター・ワグナー、それについては、現場検証の結果からはなんとも言えません」

「そう、じゃあ後まわしにして、わかるところから確認しましょうか。ガラスの引き戸を割るのに使われたのは煉瓦?」

チャーリーがかぶりを振りはじめた。ウィルは、チャーリーが内心で葛藤しているのを見て取った。いやでもなんでも、ミタルが現場検証の責任者だ。椅子の下に証拠が——重要な証拠があるのに、ミタルは気づいていない。チャーリーは明らかに迷っている。アマンダと一緒に仕事をするとよくあることだが、正しい行為と、アマンダに命令される行為と、どちらを優先すればいいのかわからなくなる。どちらを選ぶかによって、結果も変わる。

ミタルも首を横に振っているが、こちらはアマンダのことがさっぱりわからないからだ。

「ドクター・ワグナー、われわれは現場をすみずみまで調べましたが、いままで話した以上のものは見つかっていません」

ウィルは、市警がすみずみまで調べていないことに気づいた。「マリブは調べましたか？」

その疑問に、チャーリーは目下の悩みを忘れた。眉根を寄せる。ウィルも同じミスを犯し、フェイスのミニを調べなかった。暴行がおこなわれたのは家のなかだが、二台の車も犯罪現場の一部だ。

アマンダが真っ先に動いた。カーポートへ出ていき、引き止められる前にマリブの運転席のドアをあけた。

ミタルが声をあげた。「やめてください、われわれはまだ――」

アマンダはミタルを視線でひるませた。「トランクのなかをチェックしようとは思わなかったの？」

ミタルが黙りこんだことが、返事のかわりになった。アマンダはドランクをあけた。ウィルは勝手口のすぐ内側に立っていた。そこからなら、カーポートを高い位置から見おろせる。トランクのなかで、ビニールの買い物袋が数個、死体に押しつぶされていた。キッチンと同じように、トランクのなかも血にまみれていた――シリアルの箱は赤く濡《ぬ》れ、ハンバーガーのバンズを包んだラップから血が滴っている。死んでいるのは大柄な男だった。

トランクに入るよう、体をふたつに折りたたまれていた。髪のない頭を割られ、砕けた頭蓋骨と脳が覗いている。ジーンズにはしわが寄っていた。シャツの袖はまくりあげてある。腕には〈ロス・テキシカーノズ〉のタトゥーが入っている。

イヴリンの〝いい人〟だ。

4

ジョージア州立医療刑務所《D&C》は、アトランタから車で一時間ほど南に位置するジャクソンにある。普段は州間高速道路七五号線をまっすぐくだれば早いが、この日はアトランタ・モーター・スピードウェイでイベントをやっているらしく、道路が渋滞していた。アマンダはそれにもひるまず、ハンドルをすばやく切って路肩を出たり入ったりし、連なる車の列を追い抜いた。車道を逸れようとする車を阻止するため減速舗装した路面を走ると、SUVのタイヤがガタガタと騒々しい音をたてた。振動と騒音にさいなまれ、ウィルは思いがけず車酔いと闘うはめになった。

もっとも渋滞のひどい場所をやっと抜けた。高速道路の出口で、アマンダはもう一度路肩を走り抜け、さっさと車線に戻った。タイヤがはねる。シャシーが振動する。ウィルは胸のむかつきをやわらげたくて、窓をあけて新鮮な空気を取りこんだ。いきなり強い風を顔に浴び、肌が粟立《あわだ》つのを感じた。

すかさずアマンダがボタンを押して窓を閉め、愚かな大人や子どもを見るときの目でウイルを眺めた。車のスピードは時速百五十キロを超えている。ウィルが窓の外へ吸い出されなかったのは幸運だ。

アマンダが長いため息をついて前方の道路に目を戻した。片方の手は膝に置き、もう片方の手はハンドルをしっかりと握っている。服装は、お決まりの勝負スーツだ。スカートとジャケットは真っ青で、淡い色のブラウスを合わせている。ハイヒールもスーツとまったく同じ色だった。爪は短く切ってあるが、マニキュアをしている。白黒交じった髪は、いつもながらまるでヘルメットだ。アマンダは普段、男の部下たちよりよほど精力をみなぎらせている。だが、いまは疲れて見えた。目のまわりの小じわがいつもより目立っていることに、ウィルも気づいていた。

「スパイヴィについて説明して」アマンダが言った。

ウィルは、イヴリン・ミッチェル警部率いる麻薬捜査課の古い汚職事件に、意識を戻そうとした。ボイド・スパイヴィは、麻薬捜査課の刑事のリーダーであり、現在は死刑執行を待っている。捜査当時、ウィルはスパイヴィを一度取り調べただけだ。その後スパイヴィは弁護士の助言に従って口をつぐんでしまった。「素手で人を殴り殺したそうですが、まあありえないことではないと思います。彼はぼくより長身の大男です。体重もあっちのほうが二十キロは重そうですが、全部筋肉ですからね」

「ほとんどジムに棲《す》みついてるタイプ？」

「ステロイドで増強していると思います」

「それが影響してた？」

「手がつけられないほど激高することがあったようです。本人が思っているほど切れ者ではないけれど、彼を自供させられなかったぼくも似たり寄ったりでしょう」

「でも、刑務所送りにはした」

「彼が自滅したんです。市内の自宅の支払いはすんでいた。湖畔の別荘の支払いもすんでいた。三人の子どもたちは私立校に通っていた。妻は週に十時間働いているだけで、メルセデスの最上級モデルに乗っていた。愛人はBMWです。本人は愛人の家に新車のポルシェ911を停めていた」

「車大好き男か」アマンダはぼそりと言った。「スパイヴィはあまりおりこうさんじゃないみたいね」

「不審に思われるとは考えていなかったようです」

「まあ、たいていはそう考えるのよ」

「スパイヴィは、口は堅いです」

「わたしの知るかぎり、みんなそうだったでしょう」

　そのとおりだ。汚職事件の捜査では、グループのなかでもっとも意志の弱そうなメンバーに目をつけ、刑の軽減と引き換えに仲間の名前を自白させるのが一般的なやり方だ。だが、イヴリン・ミッチェル率いる麻薬捜査班の六名の刑事には、この手法は通用しなかった。六名全員、仲間を売らず、自分たちに容疑がかかっている事件にミッチェル警部は関与していないとの一点張りだった。全力でボスを庇っていた。あっぱれではあるが、同時にひどく歯がゆいことでもあった。

ウィルは言った。「スパイヴィはイヴリンの部下として十二年、麻薬捜査課にいました――六名のなかで最長です」

「イヴリンは信頼していたでしょう」

「そうですね。同じ莢《さや》のなかの豆ですから」

アマンダはウィルをぎろりとにらんだ。「口のきき方に気をつけなさい」

ウィルは歯を強く食いしばりすぎて、あごが痛くなった。この事件のもっとも大事な要素を無視し続けていたら、解決できるものもできないではないか。アマンダもイヴリンが潔白ではないことを承知しているはずだ。イヴリンは傍目《はため》には贅沢《ぜいたく》な暮らしをしていないが、スパイヴィと同様に、彼女にも愚かなところがあった。

フェイスの父親は保険の代理業者で、堅実な中流階級の人間だった。借金の状況もごく普通で、車や住宅のローン、クレジットカードなど、返済はきちんとしていた。ところが、捜査が進むうちに、ウィルは州外の銀行にビル・ミッチェル名義の口座があることを突き止めた。当時、ビルが死亡して六年が経過していた。それなのに、口座にはつねに一万ドル前後の預金があった。ビルの死後も毎月のように金が振りこまれ、総額は六万ドルに及んだ。明らかに見せかけの名義の口座であり、検察がまだ煙をあげている銃《スモーキング・ガン》と呼ぶたぐいの動かぬ証拠だ。ビルが死亡し、銀行口座の署名人はイヴリンだけとなった。預金はその銀行のアトランタ支店から、イヴリンのキャッシュカードで引き出されていた。ビルは事業を手広くやるタイプではなかったし、預金額は国土安全保障省に目をつけられるほどではなかった。

ウィルの知るかぎり、イヴリン・ミッチェルがその銀行口座について取り調べを受けたことはない。審理で明らかになるかもしれないと考えていたが、結局イヴリンの審理はおこなわれなかった。彼女の退官を発表する記者会見が開かれただけで、捜査は終結した。

いったんは。

アマンダがサンバイザーをおろした。サンバイザーには、乾燥機から取り出したかのような黄色の違反チケットが数枚挟んであった。日差しはアマンダに厳しい。彼女はもはやただ疲れているようには見えなかった。目元が落ちくぼみ、頬がこけている。

「なにか気になることがあるみたいね」

ウィルは人類史上最大の大声で〝はあ？〟と叫びたいのをこらえた。

「そうじゃなくて」アマンダはウィルの心が読めるのだろうか。「フェイスがあなたに助けを求めなかったのは、自分がまちがいを犯そうとしていると自覚していたからよ」

ウィルは窓の外を眺めた。

「あなたに電話をかけたら、応援を待てと指示されるとわかっていたのよ」

アマンダの言葉に、不本意ながらほっとした。

「フェイスは昔から頑固だったわ」

「彼女はなにもまちがったことはしていません」そう言わなければならないと感じた。

「さすがね」

ウィルは高速道路沿いの木立が緑色の海となって流れていくのを見ていた。「身代金の要求はあるでしょうか？」

「そうだといいけれど」身代金の要求があれば、人質が生きているという確実な証拠にならないまでも、証拠を見せるよう要求することはできる。

「動機は個人的なものじゃないでしょうか」

「どうしてそう思うの？」

ウィルはかぶりを振った。「家のなかの荒らされ方です。凶暴さ、すさまじい怒りを感じました」

「犯人グループが家捜ししているあいだ、イヴリンが黙って座っていたとは思えないわ」

「でしょうね」イヴリン・ミッチェルはアマンダ・ワグナーとはちがうが、自宅をめちゃくちゃにしている連中をわざと挑発しているところがたやすく目に浮かぶ。それなりの気性の持ち主でなければ、アトランタ市警初の女性警部になれなかっただろう。「犯人グループは金を捜していたようですね」

「どうしてわかるの？」

「ハマグリ――リカードが死ぬ直前に、フェイスに言い残した言葉です。金を示すスラングだと、あなたが言ったんですよ。ゆえに、彼らは金を捜していたということになる」

「キッチンの抽斗に入る程度の現金を？」

それもそうだ。現金はあって悪いものではないが、なにしろかさばる。元アトランタ市警の警部の身代金にふさわしい額となると、抽斗何個分になるだろうか。

「矢印は裏庭を指していましたね」

「矢印？」

ウィルはうめきたくなったのを我慢した。アマンダも普段はここまであからさまにとぼけたりしないのだが。「イヴリンがダクトテープで縛りつけられていた椅子の裏に、血で描かれていた矢印です。あなたも見たでしょう。エアコンプレッサーみたいな音を出して、ぼくを黙らせたじゃないですか」

「もっと比喩を勉強しなさい」アマンダはつかのま黙りこんだ。できるだけまわりくどいやり方で、ウィルをはぐらかそうとしているにちがいない。「イヴリンが裏庭にお宝を埋めていたと言いたいの？」

ウィルとしても、そんなことはありえないと認めるしかなかった。ミッチェル家の裏庭は、近隣の家から丸見えだ。しかも、隣人のほとんどは仕事を引退しているので、他人の生活をこっそり観察する時間ならいくらでもあるだろう。それに、イヴリンが夜中に懐中電灯の明かりを頼りにシャベルで穴を掘っているところなど想像もできない。秘密の金を銀行にあずけるイヴリンなら想像しやすいわけではないが。

「貸金庫」試しに言ってみた。「貸金庫の鍵を捜していたのかもしれません」

「イヴリンを銀行に連れていって、サインさせないと金庫室にも入れないわ。サインは本物かどうかチェックされるし、身分証の提示も求められる。犯人たちは、イヴリンを拉致した時点で彼女の写真があらゆるニュースに出ることになると、わかっていたはずよ」

ウィルは黙っていたが、アマンダの言うとおりだとしぶしぶ認めざるをえなかった。問題は同じだ。高額の現金は場所を取る。ダイヤモンドや純金は、ハリウッド映画向きだ。現実には、盗品の宝石は安く買いたたかれる。

アマンダが尋ねた。「現場検証でなにを考えた？　チャーリーはちゃんとわかってたのかしら？」

ウィルは弁護にまわった。「しゃべっていたのはほとんどミタルですよ」

「チャーリーのかわりに言い訳しなくてもいいわ。それより、わたしの質問に対する答えは？」

「マリブのトランクに入っていた〈テキシカーノズ〉の男、イヴリンの〝いい人〟。彼がすべてを難しくしています」

アマンダはうなずいた。「彼は刺されていなかった。頭を撃たれて死亡し、血液型はRhプラスB型。ということは、やはり重傷を負ったRhマイナスB型の男を捜さなければならない」

「ぼくはそんな話をしていません」ウィルは〝あなたも知っているはずだ〟と付けくわえたいのをこらえた。アマンダはウィルを後ろ手に縛ろうとしているだけでなく、目隠しをして崖へ向かって歩かせようとしている。アマンダはイヴリン・ミッチェルの罪について話そうとしないどころか、認めようとすらしない。それではフェイスを救えないし、彼女の母親を無事に連れ戻すことも絶対にできない。イヴリンは麻薬捜査課にいた。現在もほぼ毎日、アトランタを中心にドラッグ市場を独占しているギャング、〈ロス・テキシカーノズ〉の幹部と会っていた。本来ならアマンダと自分は市内から離れたりせず、ギャングを管轄している課に探りを入れ、イヴリンのここ数週間の動きを調べるべきなのだ。失うものがなにもないうえに、以前から頑固なまでに口が堅かった男に、わざわざ会いに行っている場合ではない。

「早く言いなさい、ドクター・トレント」アマンダが挑むように言った。「わたしを困らせないで」

ウィルは数秒間、プライドに従って黙っていたが、しかたなく答えた。「イヴリンの〝いい人〟ですが、彼の財布は発見されていない。身分証も現金も持っていなかった。ポケットに入っていたのは、イヴリンのマリブのキーだけです。イヴリンに借りたにちがいありません」

「それで？」

「イヴリンはふたり分の昼食を用意していた。トースターにはパンが四枚入っていました。フェイスは帰りが遅れていた。何時に帰ってくるか、イヴリンにはわからなかったが、途中で電話をくれるだろうと考えていたはずです。マリブのトランクには買い物袋が入っていた。レシートには、イヴリンがスーパーマーケットで十二時二分にデビットカードで支払いをしたと記録されている。トランクの男は、イヴリンが昼食を用意しているあいだ、買い物袋を家に運びこもうとしていた」

アマンダがほほえんだ。「あなたがりこうだってことをよく忘れるのよ。でも、たまにこういうことがあって、なぜあなたを採用したのか思い出すわ」

ウィルは意地の悪いほめ言葉を聞き流した。「イヴリンは昼食を用意していた。ふと、男友達が遅いことに気づく。外に出て、トランクのなかの死体を発見する。急いでエマを物置に隠す。ドクター・ミタルが言ったように、手を切ったあとにエマを連れ出したのなら、チャイルドシートに血がついていたはずです。イヴリンは屈強な女性ですが、怪力ではありません。チャイルドシートは子どもを乗せていなくてもかなり重い。片手であんなものをカウンターから持ちあげるのは無理だ——下手をすれば落としてしまう。もう片方の手でシートの底を支えなければならない。エマは小さいけれど、相当な重量を抱えあげなければならなかったはずです」

アマンダが補足した。「イヴリンはしばらく物置のなかにいたのよね。毛布でエマを隠す作業をしたんだから。でも、毛布に血はついていなかった。金庫のダイヤルもいじったはずよ。だけど、ダイヤルにも血はついていない。床もきれいだった。やっぱり、物置のドアに鍵をかけたあとに負傷したことになる」

「キッチンでどんなけがをするのか、ぼくは詳しくありませんが、普通は包丁を使っているときに薬指を切ったりしないでしょう。たいてい、親指か人差し指だ」

「たしかに」アマンダはバックミラーを見やり、車線を変更した。「では、イヴリンの次の行動は？」

「あなたの言ったとおりです。イヴリンはエマを隠し、金庫から銃を取り出して家のなかに引き返し、洗濯室で待ち伏せしていたクウォンを射殺した。それから、ふたり目の男、おそらく例のＲｈマイナスＢ型のだれかに組み伏せられた。銃は揉みあっているあいだに取り落とした。イヴリンは相手を刺したが、三人目のアロハシャツ男が登場した。彼がイヴリンの銃を拾い、揉みあいを制止した。イヴリンに、目当てのものがどこにあるか尋ねたが、知ったことかと一蹴された。彼らはイヴリンをダクトテープで椅子に縛りつけ、家のなかを捜しまわった」

「わかりやすい話ね」

まったくわかりにくい話だ。犯人グループの人数が多すぎて、ウィルは全員の動きをたどるのに苦労していた。アジア人二名、ヒスパニック系一名、もしくは二名——ひょっとすると、人種はわからないがもうひとりいた可能性もある——なにが目的なのか定かではないが、家のなかが荒らされ、秘密の多い六十三歳の元警官が姿を消した。

さらに不可解な疑問があるが、ウィルも口にするほど愚かではない。なぜイヴリンは助けを呼ばなかったのか？　ウィルに言わせれば、少なくとも二回、警察に通報するチャンスがあった。一度目は不審な物音を聞きつけたとき、二度目は洗濯室でヒロノブ・クウォンを射殺したあと。それなのに、彼女は逃げなかった。

「なにを考えてるの？」

正直に答えないほうがいいことくらいはわかる。「犯人グループは、なぜだれにも目撃されることなくイヴリンを連れ出すことができたんでしょうか」

「ロズ・レヴィが進んでなにかを教えてくれると思う？」

「彼女が関与していると言うんですか？」

「あなたの髪が燃えていようが見て見ぬふりをするくらい、食えないばあさんだと言ってるの」

　アマンダの口調にこもる悪意は、おそらく経験にもとづくものだろう。

「これは行き当たりばったりの犯罪じゃないわ。あらかじめ計画を練ってる。犯人グループはイヴリンの家まで歩いてきたわけじゃない。どこかにワゴン車を停めたはず。リトル・ジョン・トレイルには、曲がった細い脇道がある。そこに車を停めて、イヴリンの家の裏庭に入ったのかもしれない。家の境のフェンスをたどれば、二分で裏庭に着く」

「犯人グループの人数は？」

「現場には三人の死体があった。そのほかに負傷したRhマイナスB型の男がひとり、それから少なくとももうひとり無傷の男がいた。イヴリンが抵抗せずに連れ出されるわけがない。自分のほうが先に撃たれそうになっても抗《あらが》ったはず。だから、イヴリンを椅子に縛りつけるか、屈服させることができる程度に、腕力のある人間がいたのよ」

　ウィルは、それができるならイヴリンにけがを負わせたり、殺して死体を運び出すこともたやすかったのではないかと思ったが、口にはしなかった。「指紋の分析が終われば、人数は割り出せるでしょう。かならずなにかに触れたはずですから」

　突然、アマンダが話を変えた。「汚職事件のことで、フェイスと話したことはある？」

「ないですね。銀行口座のことも話していません。話す理由もないので。フェイスは、ぼくがまちがっていたと思っていますよ。そう思っている人は大勢いる。結局、公判は開かれませんでしたから。イヴリンは年金の受給資格も剥奪《はくだつ》されずに退職しました。だから、潔白だと決めつけるのも無理はない」

アマンダは同意するかのようにうなずいた。「トランクの男、あなたがイヴリンの〝いい人〟と呼ぶ男だけど。彼はどう関係してくるの？」

「買い物袋を運びこもうとしていたのなら、ふたりは親しかったんじゃないでしょうか」

「その可能性はあるわね」

ウィルは男の姿を思い出した。男は後頭部を撃たれていた。なくなっていたのは、財布と身分証だけではない。携帯電話もなかった。ミセス・レヴィが隠し撮りした写真に写っていた大きな金の腕時計もしていなかった。衣服はなんの変哲もないものばかりだ。ドクター・ショールのインソールを入れたナイキのスニーカー、J・クルーのジーンズ。バナナ・リパブリックのシャツは、アイロンをかける必要のない形状記憶加工のものだから、それなりに金がかかっている。黒い山羊髭《やぎひげ》には白いものが交じっていた。つるつるの頭には短い髪が生えかけていたので、お洒落《しゃれ》として大胆に剃りあげたのではなく、男性特有の髪の減少を隠したかったのだろう。腕に〈ロス・テキシカーノズ〉のタトゥーがあることを除けば、中年の危機《ミッドライフ・クライシス》にある株式仲買人と言っても通るだろう。

アマンダが言った。「麻薬捜査課に最近の状況を訊いてみた。アジア系がコカインパウダーの市場に割りこもうとしているとぼやいてた。ＢＭＦが衰退して、競争が激しくなってるの」

ブラック《B》・マフィア《M》・ファミリー《F》。アトランタからデトロイト、ロサンゼルスまでコカインの販売を取り仕切っていた。「市場は大きいですね。ファミリーは年に数億ドルの収益をあげていましたから」

「実質的に業界を動かしていたのは、〈テキシカーノズ〉よ。彼らは流通には手を出さず、供給に徹してきた。賢いやり方ね。だから、長年生き残ることができたの。チャーリーはあんなふうに言ってたけれど、連中は現金《グリーン》さえ手に入れば、ディーラーが黒だろうが茶色だろうが紫だろうがかまわないのよ」

ウィルは大規模な麻薬捜査には関わったことがない。「ぼくは彼らについてよく知らないんですが」

「〈テキシカーノズ〉は一九六〇年代半ばにアトランタ連邦刑務所で結成されたの。当時の人口統計は、現在のほぼ正反対――七割が白人で、三割が黒人だった。でも、クラックがまたたくまに変えた。無理やり白人と黒人を同じ学校へ行かせる裁判所命令なんかより、よほど速かった。当時、刑務所に服役していたメキシコ系はほんの数人だったから、自衛のために団結したのよ。よくあることでしょう」

ウィルはうなずいた。アメリカのギャングは、すべてマイノリティのグループから出発している。アイルランド系もユダヤ系もイタリア系も、生き延びるために結集した。そして、ものの二、三年で、自分たちがされてきたことよりもっとあくどい行為に手を染めるようになる。「組織の構造は？」

「きわめてゆるい。MS-13のような組織図はないわ」MS-13は世界でもっとも危険なギャングと言われているグループだ。その組織構造は軍隊に匹敵し、厳しい忠誠を求められるので、当局の潜入捜査も成功したためしがない。

「初期の〈テキシカーノズ〉は、毎日のように新聞の一面に載っていた。ときには、朝刊と夕刊の両方にね。路上の銃撃戦、ヘロイン、大麻、不法賭博、売春、強盗。名刺がわりに、殺した子どもに自分たちのしるしを残すこともあった。自分たちに逆らう人間だけじゃなく、相手の娘、息子、甥《おい》、姪《めい》まで殺すの。そして、顔を切る。ひたいを横一文字に切って、その線から垂直に、鼻を通ってあごまで縦に切るの」

ウィルは思わず自分のあごの傷跡に触れた。

「アトランタ未成年者連続殺人事件の捜査でも、容疑者リストのトップに〈テキシカーノズ〉があがったこともあった。あれは一九七九年秋だから、捜査がはじまったばかりのころね。わたしはフルトン郡、コブ郡、クレイトン郡の調整担当の助手という、お飾りみたいな仕事をしていた。イヴリンはアトランタ市警で毎日コーヒー係をやってたんだけど、被害者の親に事件を伝えに行く段になって、いきなりイヴリンが呼び出されたの。警察内部では、〈テキシカーノズ〉が顧客に広くメッセージを送っているという見方が大勢を占めていた。いま考えたらそんなばかな話はないんだけど、当時は〈テキシカーノズ〉の犯行だったらいいのにと、みんな願っていたの」ウィンカーを出し、車線を変更した。「あのころ、あなたは四歳くらいでしょう。だったら覚えてないでしょうね。ほんとうに緊張が高まっていてね。アトランタ都市圏には恐怖が蔓延《まんえん》していた」

「でしょうね」ウィルは、アマンダが自分の年齢を知っていることに驚いた。

「ところが、連続殺人事件が終結してしばらくたったころ、〈テキシカーノズ〉の内部抗争で幹部のひとりが殺されたの。彼らの結びつきは強いわ。なにがあったのか、だれが後継者になったのか、明らかにならなかった。それでも、新しくトップになった人物が、それまでの連中よりビジネス志向だということはわかった。暴力のための暴力はなくなった。ビジネスを優先して、リスクを排除していった。彼のモットーは、コカインの流通を維持し、ストリートから流血の争いをなくすこと。彼らが地下にもぐった以上、警察はありがたく見て見ぬふりをさせてもらってたってわけ」

「いま組織を仕切っているのはだれですか？」

「イグナチオ・オーティズという名前しかわかっていない。〈ロス・テキシカーノズ〉の顔よ。あとふたり幹部がいるらしいけど、まったくおもてに出てこなくて、三人そろったところは決して目撃されることがない。訊かれる前に言っておくけど、オーティズは殺人未遂で執行猶予なしの懲役七年の判決を受けて、フィリップス州立刑務所で三年を終えたところ」

「未遂？」ギャングらしくない。

「家に帰ってきたら、妻が自分の弟と寝ていたと。わざと急所をはずしたんじゃないかと、もっぱらの噂よ」

刑務所にいてもビジネスを続行することに問題はなさそうだと、ウィルは思った。「会ってみますか？」

「こっちが会いたくても、弁護士の同席なしでは会ってくれないわ。弁護士を同席させれば、彼は普通のビジネスマンで、ちょっと激情に駆られてしまっただけだと言い張るでしょうし」

「前科はないんですか？」

「若いころに何度か逮捕されたことはあるけれど、どれも微罪」

「ということは、現在も〈テキシカーノズ〉は取り締まりの網に引っかかることなく活動しているんですね」

「ときどき若い世代の教育のために、おもてに出てくるけどね。去年の父の日の殺人事件を覚えてる？」

「子どもたちの前で、喉をかき切られたってやつですか？」

アマンダはうなずいた。「三十年前なら子どもたちも殺されていたわ。以前にくらべれば慈悲深くなったと言えるかも」

「それはどうでしょうか」

「刑務所内では、〈テキシカーノズ〉は喉を切るって有名よ」

「トランクの男は食物連鎖の高位にいたはずです」

「なぜそう思うの？」

「タトゥーがひとつしかなかったので」若いメンバーたちは、自分の体をカンバスにして人生を記録する。人を殺すたびに、目の下に涙形のタトゥーを入れ、刑期を終えて出所すれば、肘や肩を蜘蛛の巣で覆う。タトゥーには〝ジョイント・インク〟と呼ばれる青いボールペンのインクが使われ、ひとつひとつに物語がある。悲惨な物語でなければ、語る必要がない。

「タトゥーのない体は、金と能力と支配力を持っていることを示します。あの男はかなり年配、おそらく六十代前半です。ということは、組織のなかでも上の地位にいた。年齢が勲章になっている。ギャングとは、確実に長生きできるライフスタイルではないので」

「ばかだったら長生きしないでしょう」

「ギャングの一員だったら長生きしない」

「わたしたちとしては、市警が彼の身元を突き止めて、情報をくれることを願うしかないわ」

ウィルはちらりとアマンダを見た。アマンダは前方の道路をまっすぐ見据えている。ウィルは、トランクの男がだれなのか、そして〈テキシカーノズ〉のヒエラルキーのどこにいたのか、アマンダが知っているような気がしてならなかった。ミセス・レヴィの写真を折りたたんでポケットにしまう様子が、どことなく変だった。あれはいわば暗号化したメッセージで、ミセス・レヴィに他言するなと伝えていたのではないか。

ウィルは尋ねた。「AC／DCを聴くことってありますか?」

「わたしがAC／DCを聴くように見える?」

「ヘヴィメタルのバンドですよね」彼らのアルバムが音楽史上に残る売上を達成したことは補足しなかった。『バック・イン・ブラック』という曲があります。フェイスがイヴリンの家の前に車を止めたとき、かかっていた曲です。ぼくはイヴリンのCDを見てみました。そのなかにAC／DCはなかったし、プレイヤーのなかも空でした」

「それがどうしたの?」

「明白じゃないですか。戻ってきた。黒い服で。あの曲は、バンドのボーカルがドラッグとアルコールで死亡したあとにレコーディングされたんです」

「陳腐な死に方って悲しいものね」

ウィルはたまたま暗記していた歌詞について、考えをめぐらせた。「テーマは復活です。変容。昏《くら》い場所からよみがえって、自分を見くだし、虚仮にした連中に、これからはそうはいかないぞと警告する。おれはクールだ。黒ずくめだ。おれはやばいぜ。やられたらやり返す」不意に、十代の自分がなぜあのレコードを擦り切れるほど聴いたのかわかった。「まあ、そんな内容です」唾をごくりと呑みこむ。「意味はないのかもしれませんが」

「ふーん」アマンダから返ってきたのは、それだけだった。

ウィルはアームレストを指で小刻みにたたいた。「イヴリンとはどこで知りあったんですか？」

「同じニグロの学校に通っていたのよ」

危うく舌が喉に詰まりそうになった。

アマンダはいままで何度も同じ台詞《せりふ》を使ったらしく、ウィルの反応にくすくす笑った。「あの石器時代には、みんなそう呼んでたわ――〝ニグロ女子交通学校〟って。女は男と分けられて、訓練を受けていたの。仕事は駐車メーターのチェックと、違法駐車に切符を切ること。ときどき、売春婦の取り調べをすることが許されたけど、男が許可したときだけで、たいてい下品なジョークがついてきた。その年の卒業生三十名のうち、白人はイヴリンとわたしのふたりだけだった」アマンダの口元になつかしそうな笑みが浮かんだ。「ふたりで世界を変えるつもりだった」

ウィルは、賢明にもそのとき思ったことを口にしなかった。アマンダは見かけよりずいぶん年齢が上だったのだ。

ところが、その驚きをアマンダに言い当てられた。「あのねえ、ウィル。わたしは一九七三年に採用されたのよ。あなたが知ってる現在のアトランタは、そういう女たちが闘って勝ち取ったものなの。一九六二年までは、黒人警官が白人を逮捕することすら許されていなかった。だれかに呼ばれるまで、バトラー・ストリートのＹＭＣＡにたむろしているしかなかったの。男ですらそうなんだから、女だったら最悪ね——つねにツーストライクで、あと一度でもへまをしたらおしまいって感じ」声が重々しくなった。「なにもかもがまちがっているなかで、まっとうなことをしようともがく毎日だった」

「あなたとイヴリンは厳しい試練を乗り越えてきたんですね」

「あなたにはわからないわ」

「だったら、話してください」

アマンダはまた笑ったが、今回はウィルの受け答えがまずかったせいだ。「わたしを尋問するつもりなの、ドクター・トレント？」

「明らかにイヴリンは〈テキシカーノズ〉の古参と個人的に親しくつきあっていた。しかもその男が死体となって彼女の車のトランクに入っていた。それなのに、なぜあなたはその話をしたがらないのか考えているんです」

アマンダは前方の道路から目をそらさなかった。「たしかに変ねえ」

「せめて事実を認めないと、捜査しようがないじゃないですか」返事はない。「ここだけの話にすればいいでしょう？　他言はしません。イヴリンはあなたの友人だ。それはわかります。ぼくもイヴリンとそれなりに話をしました。とても感じのよい人みたいだったし、フェイスを愛しているようだし」

「〝でも〟、と言いたいみたいね」

「イヴリンも部下たち同様に、金を懐に入れていた。〈テキシカーノズ〉のメンバーと知りあって――」

途中でさえぎられた。「〈テキシカーノズ〉といえば、リカードのことだけど」

ウィルはなにかを殴りつけたくて、拳を握りしめた。

アマンダはしばらく黙ったまま、いらだっているウィルを放置していた。「わたしたち、ほんとうに長いつきあいよね、ウィル。少しはわたしを信頼してくれないかしら」

「無理だと言ったら？」

「わたしはね、あなたがわたしにお返しをする機会をあげようとしてるのよ。長年あなたの奇妙なところも大目に見てきてあげたでしょう」

イヴリンのことも大目に見てやったのかと言いたかったが、ウィルはなんでもかんでも思いついたそばから口走るタイプではない。「あなたはぼくをリードにつないだ犬のように扱う」

「それはひとつの解釈ね」アマンダは一瞬黙った。「わたしがあなたを守っているんじゃないかと考えたことはないの?」

ウィルはまたあごをかき、もう何年も前にあごの線にきざみこまれた傷跡に触れた。内省することは避けているが、自分がなぜか女性とはまともな関係を結べないことは明らかだ。フェイスはまるで高圧的な姉だ。アマンダはウィルの知るかぎり最悪の母親を思わせる。アンジーはその両方だが、それがなぜまずいのかは考えるまでもない。フェイスもアマンダも辛辣で口うるさく、アンジーはそれにくわえて残酷だ。けれど、彼女たちが本気で自分を傷つけようとしたことはないと、ウィルは思っている。少なくとも、アマンダはひとつ正しいことを言っている。彼女はいつもウィルを守ってくれた。めったにないことだが、アマンダ自身の地位が危ういときですら、それは変わらなかった。

「アトランタ周辺のキャデラックの販売店すべてに電話をかける必要があります。あの男の車はホンダじゃない。高級車です。ああいうキャデラックはそう何台も走りまわっていないはずです。たぶんマニュアル車だ。4ドアのマニュアル車はめずらしい」

アマンダの答えは意外だった。「そのとおりね。手配して」

ウィルはポケットに手を入れ、携帯電話を持っていないことを思い出した。拳銃もバッジもない。そもそも、自分の車すらない。

アマンダが自分の携帯電話を投げてよこし、ブレーキをかけずにランプに入った。「サラ・リントンとはどうなってるの?」

ウィルはアマンダの携帯電話を開いた。「彼女はただの友人です」

「何年か前、サラの旦那とある事件の捜査をしたの」

「そうですか」

「あの男のかわりは大変よ」

ウィルは電話番号案内にかけ、アトランタのキャデラックの販売店の番号を尋ねた。


アマンダのあとから死刑囚監房へ続く廊下を歩きながら、ウィルはひそかに考えた。刑務所に来るのはいやだ――医療刑務所だからではなく、どんな刑務所だろうが足を踏み入れたくない。どの刑務所もコンロにかけっぱなしになっている鍋のように、暴力の気配がふつふつとたぎっているが、それはやり過ごすことができる。騒々しい音も不潔さも、どんよりとした目でじろじろ眺められるのも平気だ。耐えがたいのは、監房から漂ってくる絶望だ。

受刑者たちは、麻薬売買など闇の商売はできても、一日の終わりに人間らしい生活を送るための基本的な時間すら自由に持てない。シャワーを浴びたいときに浴びられない。トイレも監視付きだ。いつなんどき、全裸で身体検査をされ、肛門《こうもん》のなかまで調べられるかわからない。散歩もできないし、許可なく図書室から本を借りることもできない。禁制品を所持していないか、監房内をつねに点検される。車の雑誌からデンタルフロスまで、なにが禁止されているのかわからないほどだ。食事も他人が決めたスケジュールに従ってとらなければならない。消灯の時間も自分で決められない。最悪なのは、もののように扱われることだ。受刑者たちは、しょっちゅう看守にさわられる――両腕を手荒く背後へひねられたり、点呼のときに頭をぽんとたたかれたり、いきなり引っぱられたり、押し戻されたりする。彼らはなにひとつ所有できない。自分の体すら、自分のものではないのだ。

いわば地上でもっとも劣悪な養護施設だが、檻があるところが大きなちがいだ。

ジョージア州立医療刑務所は州最大の刑務所で、州の刑罰システムが受け入れる全受刑者の情報を処理するセンターとしても機能している。独房と二段ベッドの監房が八棟あり、増加する一方の受刑者を収容するための雑居房も八棟ある。すべての受刑者は入所時に健康診断と心理検査、行動観察を受ける。さらに、危険度を測定され、軽度から最重度のうちどのセキュリティレベルの刑務所に収容されるのかが決まる。

運がよければ、これらの検査は約六週間で終了し、べつの刑務所へ移送されるか、医療刑務所に正式に収容される。それまでは、一日に二十三時間は房内に閉じこめられる。つまり、外に出られるのは毎日一時間だけだ。煙草もコーヒーも、ソーダも許されない。週に一度、新聞を買うことはできる。書籍は聖書すら認められない。テレビもラジオもない。電話もない。運動場はあるが、受刑者は週に三日しか使用できない。それも、天気がよく、一日たった一時間の自由時間が少しでも残っている場合にかぎる。長く服役している者は面会が許されるが、金網で半分に仕切られた部屋で、ほかの面会者たちに混じって声を張りあげなければならない。たがいに触れることも、抱きしめることもできない。どんな形であれ、身体接触は禁じられている。

それが、最重度のセキュリティレベルだ。

刑務所内の自殺率が外の世界にくらべて三倍高いのもうなずける。受刑者たちの生活環境を考えると気の毒になるが、彼らの罪状を知れば、同情も消える。未成年者に対する強姦《ごうかん》。野球のバットを使用した暴力的な性行為。ドメスティック・バイオレンス。誘拐。暴行。銃撃。殴打。手足を切断する。刺す。切り裂く。焼く。

だが、本物の犯罪者は死刑囚監房にいる。犯した罪が凶悪すぎて、州も死刑以外に彼らを処遇する方法がわからないほどだ。彼らはほかの受刑者たちから隔離されている。生活は新入り受刑者より制限される。完全な監禁状態。まったくの孤独。一日に一時間の日光浴もない。食事はひとりでとる。独房の鉄柵の外に出られるのは、一週間に一度、シャワーを浴びるときだけだ。ときどき、だれの声も聞かずに数日が過ぎることがある。他人と肌の接触がないまま数年が過ぎることもある。

ボイド・スパイヴィは、そんな場所にいる。かつては表彰されたこともある刑事が、そんな場所で死を待っているのだ。

背後で死刑囚監房棟のドアが閉まったとたん、ウィルは背中が丸く縮こまるのを感じた。

幅が広く、視界をさえぎるものがない廊下では、百メートル先の脱走者をライフルでたやすく射殺することができそうだ。曲がり角は見通しの悪い直角で、のんびり歩く気分にはなれない。天井は高く、汗ばんだ何人もの男たちが絶えず発する熱を閉じこめている。なにもかも、金網か鉄の柵がはまっている――窓もドアも、天井の電灯も、スイッチも。

春なのに、監房棟内の温度は摂氏二十七度くらいではないかと思われた。ウィルはたちまち、吸水速乾性のランニングショーツの上に厚手のジーンズをはいてきたことを後悔した。明らかに、ランニングショーツは重ねばき用には作られていない。アマンダはまったく普段と変わらず、べとついた鉄柵や三メートルおきに非常ボタンが並んでいる壁に囲まれていても、涼しい顔をしている。ここには、凶暴な犯罪者と認定された者たちが収容される。その多くは、この期に及んで暴力を行使しても、なにも失うものがない。むしろ、GBIの幹部を殺すことができれば名誉になる。彼らが警官を逮捕した警官をどう思うのかわからないが、威信を示したい受刑者にしてみれば、たいした意味はないのかもしれない。

だから、ウィルたちに付き添っている二名の看守は、どちらも業務用冷蔵庫並みに頑丈そうな大男だった。ひとりがアマンダの前を行き、もうひとりがウィルの後ろについていたが、ウィルはそのせいで自分がかよわくなったように感じた。刑務所内に拳銃を持ちこむことは許されていないが、看守はふたりともベルトにペッパースプレーや鋼の棍棒《こんぼう》などをこれ見よがしにぶらさげていた。しかし、なによりも威力があるのは、じゃらじゃらと鳴っている無数の鍵だ。看守が歩を進めるたびに、ここから逃げるには三十もの鍵のかかったドアを抜けなければならないのだと告げている。

一行は角を曲がり、何枚目かの施錠したドアの前で、グレーのスーツを着た男に迎えられた。ほかのドアと同様に、ドア枠のそばに大きな赤い非常ボタンがある。

アマンダが手を差し出した。「ペック所長、急な依頼でしたのに、調整してくださってありがとう」

「いつでもどうぞ」日焼けした顔から白髪交じりのふさふさした髪を後ろになでつけた所長は、外見にぴったりのがらがらした声で言った。「電話一本いただければすむことです」

「お手数ですけど、服役中のスパイヴィに面会に来た人物のリストをプリントアウトしていただけます?」

ペックは迷惑そうな顔をしたが、すぐに取り繕った。「スパイヴィはここが四カ所目ですのでね。あちこち電話をかけなくては」

「ご協力に感謝します」アマンダはウィルのほうを見た。「こちらはトレント特別捜査官です。彼に観察室を使わせてください。過去にスパイヴィといろいろあったので」

「結構ですよ。ひとつ申しあげておきますが、先週、ミスター・スパイヴィの死刑執行日が決まりました。九月一日に処刑されます」

「本人は知っているんですか?」

ペックが重々しくうなずくのを見て、彼がこの業務を嫌っていることがウィルにもわかった。「受刑者にはできるだけ早く、できるだけ詳しい情報を伝えるようにしています。ミスター・スパイヴィは非常に落ち着いています。執行前のこの時期は、たいてい従順になるのですが、油断は禁物です。危険を感じたら、ただちに部屋を出てください。彼に触れてはなりません。腕が届かない距離を保つことです。安全のためにカメラで監視し、ドアの外に看守をつけます。ここにいる者たちはカッとしやすいうえに、なにも失うものがないのだということを、くれぐれもお忘れなく」

「では、わたしも負けないようにしないと」アマンダは、学生がはめをはずしがちな社交クラブのパーティに来たかのように、ペックにウィンクした。「行きましょうか」

ウィルは観察室に通された。狭くて窓がなく、物置と言ってもよさそうな、いかにも刑務所らしい部屋だった。金属のデスクにモニターが三台のっていて、隣の部屋にいるボイド・スパイヴィがそれぞれ異なるアングルで映っていた。彼が足枷《あしかせ》でつながれている椅子は、床に固定されているようだ。

四年前のスパイヴィは、ハンサムとは言えなかったが、警官特有の尊大な物腰が欠点を補っていた。お調子者だがいい警官だという評判だった——悪化の一途をたどるような状況で頼れる男。スパイヴィ自身が刑期の短縮を求めて罪を認めたあとも、彼の有罪を否定しようとした同僚がいたくらいだ。

　現在のスパイヴィは、見るからに〝既決囚〟だった。研磨した花崗岩《かこうがん》のような硬さを感じた。顔はむくみ、あばただらけだ。脂じみた長い髪をひとつにまとめて背中に垂らしている。プリズン・タトゥーが腕を覆い、首を螺旋状《らせんじょう》に這いのぼっている。太い手首は、テーブル中央に溶接されたクロームのバーに固定されていた。足首は交差している。足枷の鎖が引っぱられて直線になっていた。ウィルの見たところ、スパイヴィは独房内で日々トレーニングをしているようだ。筋肉のつきすぎた腕や分厚い胸板のせいで、あざやかなオレンジ色の囚人服の縫い目がはじけそうだった。

　死刑執行が迫っているスパイヴィにとって、体重が増えたのはいいことなのだろうか、それともよくないことなのだろうかと、ウィルは考えた。処刑された男の胸がいきなり燃えあがるなどの陰惨な事故の数々を受け、最高裁判所はついに電気椅子《オールド・スパーキー》を引退させるようジョージア州に命じた。いまでは、死刑囚は体毛を剃られて全身の穴に綿を詰められ、焼け焦げにされることはなくなったかわりに、テーブルに腕を固定され、呼吸を止め、心臓の鼓動を止め、最終的には生命活動を止める薬品を注射される。ボイド・スパイヴィには、平均的な死刑囚より多量の薬品が必要だろう。これほどの大男には、強力な薬品を組みあわせなければならないのではないだろうか。

　デスクの上の小さなスピーカーから、呟《つぶや》きこむような音がした。隣の部屋で、アマンダをまっすぐ見つめているスパイヴィがモニターに映った。アマンダは、スパイヴィのむかい側の椅子には座らず、壁にもたれていた。

スパイヴィの声は、その体格からは意外なほど高い。「おれと向かいあって座るのは怖いですか？」

ウィルはアマンダが恐怖をあらわにするのを見たことがない。いまも彼女は平然としている。「失礼なことは言いたくないんだけど、ボイド、あなたのにおいがすごいのよ」

スパイヴィはテーブルを見おろした。「週に一度しかシャワーを浴びられないので」

アマンダの口調がからかうような響きを帯びた。「それって、非人道的で異常な仕打ちね」

ウィルはスパイヴィの顔が大写しになっているモニターを見た。口元にかすかな笑みが浮かんでいた。

ハイヒールがコンクリートをたたく音を響かせながら、アマンダは椅子へ歩いていった。金属の椅子の脚が床を引っかいた。アマンダは腰をおろし、澄ました様子で脚を組むと、両手を膝に重ねた。

スパイヴィは、しばらくアマンダを眺めていた。「元気そうですね、マンディ」

「このところ忙しくてね」

「どうしたんです？」

「イヴリンのことは聞いたでしょう」

「ここにはテレビがないんでね」

アマンダは声をあげて笑った。「わたしが思いつくより先に、あなたはわたしがここに来るのを予期していたはずよ。ここではCNNもお呼びでないわ」

スパイヴィは参ったと言うように肩をすくめた。「フェイスは大丈夫ですか？」

「絶好調よ」

「どっちの男もK5だったと聞きました」

K5とは、射撃練習用の人型のターゲット上で致命傷を与える範囲を指す。「ひとりは頭だった」

「うわっ」スパイヴィはひるむふりをした。「エマは何カ月になるんですか？」

「そろそろ五カ月。残念だけど、写真を持ってこられなかったの。車にバッグを置いてきちゃって」

「どっちみち、小児性愛者に盗まれる」

「びっくりするほど失礼ね」

スパイヴィは歯を見せて笑った。欠けた歯や折れた歯があった。容赦ない殴り合いの記念だ。「フェイスが金バッジをもらった日のことは覚えてる」彼が椅子に深く座りなおすと、テーブルの上で手枷の鎖がじゃらじゃらと動いた。「イヴは懐中電灯《マグライト》みたいに輝いてましたよ」

「わたしたちはみんなそうだった」アマンダが答える様子から、ウィルは彼女が車のなかで話していたよりはるかにボイド・スパイヴィと親しかったのだと思い知った。「あなたはどうなの、ボイド？　ここの待遇はどう？」

「まずまずです」スパイヴィはふたたび笑い、ふと口を閉じた。「こんな歯ですみません。治しても意味がないと思ったんで」

「においのほうがひどいわ」

スパイヴィは恥ずかしそうにアマンダの顔をちらりと見た。「女の人の声を聞くのは久しぶりです」

「こんなことは言いたくないけど、ここ一年のうちに男に言われた言葉のなかでいちばんうれしいわ」

スパイヴィは笑った。「あなたもおれも、いろいろありますね」

アマンダはなごやかな雰囲気をしばし引き延ばした。

やがて、スパイヴィが言った。「そろそろ、あなたがここへ来た目的について話したほうがいいんじゃないですか」

「あなたの気分にまかせるわ」なんなら日がな一日しゃべっていてもかまわないような口ぶりだが、スパイヴィはアマンダの真意を受け取った。

「だれのしわざなんですか？」

「わたしたちは、アジア系のグループだと考えてる」

スパイヴィが眉根を寄せた。オレンジ色のつなぎを着せられ、地獄のような場所に暮らしていても、ボイド・スパイヴィの一部はいまだに警官なのだ。「黄色は都市圏では力を持っていません。茶色がふたたび黒を使おうと仕込んでいますからね」

「茶色も関与してる。でも、どう関わっているのかがわからないの」

スパイヴィはうなずいた。話は理解したが、なにをどう考えたらいいのかわからないようだ。「茶色はみずからの手を汚すのを嫌うんです」

「くそは低いほうへ転がるって言うし」

「サインは送ってきましたか？」イヴリンが生きているしるしのことだ。アマンダはかぶりを振った。「イヴと引き換えに、なにをほしがっているんだろう？」

「それはあなたが知ってるでしょう」

スパイヴィは黙りこんだ。

アマンダは言った。「あなたもわたしも、イヴリンが潔白だと知っている。だけど、偽の情報が出まわってる可能性はない？」

スパイヴィはカメラを一瞥し、両手を見おろした。「どうかな。イヴはみんなに守られていた。チームメイトはみんな、なにがあってもイヴのためなら命を投げ出しますよ。家族を裏切るやつはいません」

ウィルは以前から、市警もGBIもイヴリンをかばっていると感じていた。やはりそれが事実だったとわかると、やりきれない気持ちになった。

アマンダが言った。「チャック・フィンとデマーカス・アレクサンダーが出所したって知ってる？」

スパイヴィはうなずいた。「チャックは南部にいます。デマーカスは、ロサンゼルスにお袋さんの親戚がいて、頼っていったそうです」

アマンダはすでに答えを知っていたにちがいないが、それでも尋ねた。「ふたりとも、もうクスリはやってないのかしらね？」

「チャックは連続《バック・トゥ・バック》でやる癖があったんでね」ヘロインを注射し、チェイサーにクラックを吸うという意味だ。「刑務所に戻るのが先か、野垂れ死にするのが先かって感じでしょうね」

「チャックがだれかを敵にまわしたことはない？」

「おれの知るかぎりでは、ないですね。あいつは重度ですよ、マンディ。スプーンにこびりついた残り物でも手に入るなら、自分の母親だってファックする」

「デマーカスは？」

「いつまたやるかわからないにしても、いまのところは素面《しらふ》で過ごしてるんじゃないかと思います」

「電気工事の免許を取ろうとがんばってるそうよ」

「そりゃあよかった」スパイヴィは心からよろこんでいるようだった。「ハンプとホップには会いました？」ベン・ハンフリーとアダム・ホプキンズのことだ。ヴァルドスタ州立刑務所に現在も服役している。

　アマンダは言葉を選んだ。「ふたりに会ったほうがいい？」

「会ってもいいでしょうが、ふたりとももうきれいな身だと思いますよ。あと四年、刑期が残ってる。ずっとやってないでしょう。それに、そもそもあなたがたが原因でムショ暮らしを送るはめになったと思えば、あいつらもあまり協力的にはならないと思います」スパイヴィは肩をすくめた。「まあ、おれはなにも失うものがないんで」

「日にちが決まったそうね」

「九月一日です」室内の空気が一気に吸い出されたかのように、静まり返った。スパイヴィが咳払いをした。喉仏が上下に動いた。「決まると、先のことを考えるようになるんですよ」

　アマンダが身を乗り出した。「たとえば？」

「子どもの成長を見届けられないんだな、とか。孫を抱くこともない」またスパイヴィの喉仏が動いた。「おれは現場に出るのが好きだったんです。ろくでなしを捕まえるのが。

この前、夢を見ました。みんなで捜査課のワゴン車に乗っていた。イヴリンがあのくだらない曲をかけていて——覚えてますか?」

「『ウッド・アイ・ライ・トゥ・ユー』?」

「アニー・レノックス。すばらしい。いまでも目が覚めたら聴こえるんですよ。音楽なんか——もう何年だ? 四年か?——長いこと聴いていないのに」悲しげにかぶりを振った。

「あの快感はクスリと似てませんか? ドアを破って、屑どもを一掃して、次の日目を覚ましてまた同じことをする」手枷でつながれた両手をできるだけ広げた。「おれたちはそれで給料をもらってた。いやいや、こっちが金を払ってもいいくらいだ」

アマンダはうなずいたが、ウィルは、きみたちはほかにもいろんな方法で金を得ていたじゃないかと考えていた。

スパイヴィが言った。「おれはいい人間だったはずだ。でも、ここは……」室内を見まわす。「魂を汚す」

「きれいなままでいれば、いまごろあなたは自由だったのに」

スパイヴィは、アマンダの後ろの壁をぼんやりと見つめた。「録画されていたんですよ——あのふたりを殺すところを」口元に浮かんだ笑みは少しもおもしろそうではなく、暗い後悔だけが見て取れた。「おれの記憶とはちがったが、公判で録画を見せられたんです。録画は嘘をつきませんからね、そうでしょう?」

「ええ」

話を続けようとしたスパイヴィは声が出ず、二度咳払いした。「拳で看守を殴りつけて、タオルで首を絞めている男が映っていました。見世物の獣みたいに、目がらんらんと光っていて、人じゃないような叫び声をあげていた。おれは現役のころを思い出しました。自分が逮捕したろくでなしや、モンスターだと思っていた連中のことを思い出したんです。でも、看守を襲っている男をよく見たら、おれだった」ほとんどささやくような声になった。「看守を殴っているのはおれだった。ふたりも殺したのはおれだった――でもどうして？　そのとき気がつきました。おれは長年自分が闘ってきた連中とそっくりに変わってしまった」鼻をすする。目が潤んでいる。「自分が憎んだものに変わることってあるんですよ」

「そうね」

スパイヴィが殺した相手に対して申し訳なく思っているのか、それとも自分を哀れんでいるのか、ウィルにはわからなかった。その両方かもしれない。人はいつかかならず死ぬと、だれでも知っているが、ボイド・スパイヴィは正確な日時まで知らされている。どのように死ぬのかもわかっている。最後の食事、最後の排泄《はいせつ》、最後の祈りがいつになるのかも。そのあと迎えが来たら、立ちあがってみずからの足で最後に自分の身を横たえる場所へ向かわねばならないことを承知している。

彼はふたたび咳払いをして話を続けた。「黄色がハイウェイ沿いに勢力を伸ばしていると聞きました。シャンボジアのリン・リンに会うといい」ウィルはリン・リンという名前に聞き覚えがなかったが、シャンボジアがシャンブリー都市圏のビュフォード・ハイウェイ周辺の地域を指すことは知っている。アジアと中南米からの移民のメッカだ。「黄色の拠点にいきなりのこのこ入っていってはだめだ。あっちから招かれる必要がある。リン・リンに、スパイヴィがDLで頼むと言っていたと伝えてください」ダウン《D》・ロウ《L》——内密で。「くれぐれも用心してくださいよ。どうも修羅場になりそうな予感がします」

「ほかに言っておきたいことはある？」

ウィルはスパイヴィの口が動くのを見たが、言葉は聞き取れなかった。看守に尋ねた。

「いまなんと言ったか聞こえたか？」

看守はかぶりを振った。「いいや。アーメンとかなんとか言ったように見えたが」

ウィルはアマンダの反応を確かめた。彼女はうなずいていた。

「それじゃ」スパイヴィの口調から察するに、面会は終わったらしい。彼は、椅子から立ちあがるアマンダを目で追った。「おれがいちばん残念だと思ってることはなんだと思いますか？」

「なんなの？」

「女性が部屋に入ってきたときに、立ちあがって迎えられないことですよ」

「あなたはいつも礼儀正しかったものね」

スパイヴィは不揃《ふぞろ》いの歯を見せて笑った。「お元気で、マンディ。かならずイヴリンを家族のもとへ連れ戻してください」

アマンダはテーブルのむこうへまわり、スパイヴィのそばに立った。ウィルは胃が縮こまるのを感じた。看守もかたわらで緊張している。だが、心配は無用だった。アマンダはスパイヴィの頬にそっと触れてから、部屋を出た。

「すげえ」看守が息を吐いた。「いかれた女だ」

「口を慎め」ウィルはぴしゃりと言った。アマンダはいかれた女かもしれないが、自分以外の人間にそう言われるのは腹が立つ。ドアをあけ、廊下でアマンダと合流した。アマンダの顔はモニターに映っていなかったので、ウィルはいまになって彼女があの狭くて息苦しい部屋で汗をかいていたのを知った。いや、汗をかいたのはスパイヴィのせいかもしれない。

二名の看守がまたアマンダとウィルを挟んで立った。ウィルはアマンダの肩越しに、手枷と足枷をつけたスパイヴィが廊下を外股で歩いていくのを見た。付き添っている小柄な看守は、スパイヴィの腕に軽く手を添えているだけだった。

アマンダが後ろを向いた。彼女はスパイヴィが曲がり角のむこうへ消えるまで見送ってから、ぼそりと言った。「ああいう手合いがいるから、オールド・スパーキーに復活してほしいのよ」

看守たちが腹の底からあげた笑い声が廊下に響いた。アマンダは、スパイヴィに優しくしたのは見せかけだと伝えなければ気がすまないのだ。狭い部屋でアマンダが取った行動は、まったく演技には見えなかった。ウィルですら、一瞬だまされそうになったくらいだ。かつて、死刑制度についてどう思うかアマンダに尋ねたとき、気に入らないのはたった一点、処刑に時間がかかりすぎることだという答えが返ってきたのだが。

「行きますか？」看守のひとりが尋ねた。廊下の先のゲートのほうへあごをしゃくる。

「ありがとう」アマンダは彼に先導されて出口へ向かった。腕時計を見やり、ウィルに話しかけた。「もうすぐ四時。運がよければ一時間半でアトランタに帰れる。ヴァルドスタまではここから南へ二時間半の距離だけど、道路が混んでいれば四時間近くかかるわ。面会時間に間に合わない。裏から手をまわしてもいいけど、新しい所長は知らないし、知っていたとしても、夜遅くに最重度セキュリティの監房からふたりも引っぱりだしてくるようなばかなことはしないと思うの」受刑者は決まりきった日課どおりに行動する。日課を急に変更すれば、暴力沙汰が起きる危険性が増す。

ウィルは尋ねた。「やっぱり汚職事件のファイルを見なおしたほうがいいですか？」

「もちろん」アマンダは、イヴリン・ミッチェルを早期退職に追いこんだ捜査について、あれほど話したがらなかったことを忘れたかのように答えた。「明日の朝五時にわたしのオフィスに来て。ヴァルドスタへ向かいながら報告を聞くわ。片道三時間。ベンとアダムとは、三十分ずつ会えば充分でしょう――話してくれるかどうかわからないけど。とにかく、正午にはアトランタに戻って、ミリアム・クウォンに会うことができる」

ウィルは洗濯室で死んでいた若者について、ほとんど忘れていた。はっきり覚えているのは、アマンダがマンディと呼ばれるほどボイド・スパイヴィと親しいのに、それを隠していたことだ。ベン・ハンフリーとアダム・ホプキンズとも同じくらい親しいのだと考えざるをえない。そうだとすれば、アマンダは独自になにかを調べている。

アマンダが言った。「メンフィスとロサンゼルスの保護観察官に電話をかけて、チャック・フィンとデマーカス・アレクサンダーに連絡するよう依頼するわ。イヴリンが危ないから、なにか知っているのなら教えてほしいと伝えてもらうのが精一杯だけど」

「みんなイヴリンに忠実でしたが」

アマンダはゲートの前で足を止め、看守が鍵を取り出すのを待った。「ええ、そうよ」

「リン・リンとは何者ですか?」

「いずれわかるわ」

ウィルは口を開きかけたが、突然、けたたましい警報音が鳴り響いた。非常灯が点滅した。看守のひとりがウィルの腕をつかんだ。ウィルはとっさにその手を振り払った。アマンダも同じように看守から逃れたが、そこで止まらなかった。タイルのフロアをハイヒールで走っていく。ウィルも追いかけた。角を曲がったとたん、急に立ち止まったアマンダにぶつかりそうになった。

アマンダは静かだった。息を呑むこともなく、悲鳴もあげなかった。ただ、薄いコットンのTシャツ越しに爪が食いこむほど、ウィルの腕を強くつかんだ。

廊下の突き当たりに、ボイド・スパイヴィが横たわっていた。首が不自然な方向にねじれている。かたわらにいる看守の喉はざっくりと切り裂かれ、血があふれていた。ウィルは看守に駆け寄った。ひざまずいて傷口に両手を当て、止血を試みる。だが、もう手遅れだ。血はゆがんだ後光のように、床にたまっている。ウィルの目をとらえた看守の瞳は混乱と恐怖に満ちていたが、すぐにうつろになった。

5

　自宅が近くなり、フェイスはミニのスピードを落とした。もう午後八時をまわっている。この六時間、弁護士や組合代表、市警の刑事三名、ＧＢＩの特別捜査官一名に訊かれるまに、実家で起きたことを何度も説明し、同じ話を繰り返し、記録を取られ、ほとんど犯罪者の気分だった。母親が拉致された理由がなんにせよ、自分も関係があるのではないかと疑われてもしかたがないと、ある程度は理解できる。母親は過去、警官だった。フェイスは現在、警官だ。母親はひとり、フェイスはふたりの人間を――参考人になったかもしれない人物をふたりも――容赦なく射殺したと見られている。母親の行方はわからない。フェイスが取り調べるほうの立場だったら、やはり彼らと同じように根掘り葉掘り質問しただろう。

　だれかを敵にまわしたのか？　賄賂を受け取ったことはあるか？　違法行為に手を出そうとしたことはないか？　金品を受け取って、犯罪に目をつぶったことは？

　けれど、フェイスは取り調べられるほうだった。どんなに頭を絞っても、母親が拉致される理由がまったく思い浮かばなかった。取調室に閉じこめられているあいだ、なによりつらかったのが、どんどん時間が過ぎていくのに、五人もの屈強な警官が捜索にも行かず、狭苦しい取調室で無為に過ごしているとしか思えなかったことだ。

だれがこんなことをするのか？　イヴリンに敵がいたのか？　犯人グループの目的はなにか？

捜査がはじまったときと同じくらい、いまもわけがわからない。フェイスは家の前の歩道の縁石に車を寄せた。家じゅうの明かりがついている。いままでそんな無駄を許したことはない。まるでクリスマスの飾りだ。とても高価な飾り。私道には四台の車が停まっている。古いインパラは、イヴリンがマリブに買い換えたときにジェレミーに売ったものだが、二台のトラックと黒のコルベットに見覚えはなかった。

「シーッ……」車が止まったのでむずかりだしたエマに、フェイスはそっと声をかけた。法律も最低限の良識も無視し、エマを助手席に乗せていたのだ。ミセス・レヴィの家からここまではほんの数分だが、エマを隣に乗せたのは、不精をしたかったからではなく、どうしてもそうせずにはいられなかったからだ。エマを抱えあげ、きつく抱きしめた。胸に感じる幼子のトクトクという鼓動が、気持ちをなだめてくれた。エマの吐息は、箱から取り出すティッシュのように、ふわりとして心地いい。

フェイスは、いまここに、母親にいてほしかった。母親の肩に顔をうずめ、筋張った力強い両手で背中をなでてもらい、大丈夫、心配しなくてもいいよとささやいてもらいたかった。母親がジェレミーの長い髪をからかい、膝の上でエマをぴょんぴょんと跳ねさせるところを見ていたかった。なによりも、今日は最悪だったと母親に訴え、弁護士は必要ないという組合代表を信用すべきか、それとも組合は市警と親密すぎるという弁護士の話を聞くべきか、母親に相談したかった。

「どうしよう」エマの喉に口を当てたままつぶやいた。母さんがいないと、自分はだめだ。涙がこみあげてきたが、いまだけは我慢しなかった。実家に足を踏み入れてからこっち、数時間ぶりにひとりになれたのだ。遠慮なく泣きたかった。どうしても泣かなければならなかった。けれど、ジェレミーにも母親が必要だ。ジェレミーのために気丈でいなければならない。かならずおばあちゃんを無事に連れ戻すと約束するときに、息子を不安がらせるような母親ではいけない。

車の台数から判断して、少なくとも三名の警官がジェレミーのそばについているはずだ。警察署から電話をかけたとき、ジェレミーは泣いていた――混乱して怯え、祖母だけでなく母親のことを心配していた。アマンダの警告を思い出す。ミセス・レヴィの居間で、フェイスはアマンダらしくない抱擁に驚いたが、小声で耳打ちされた言葉はいかにもアマンダのものだった。「あと二分でしゃんとしなさい。男たちに泣いているのを見られたら、この先ずっと無能な女だとばかにされることになるわ」

フェイスはときどき、アマンダがいまだに時代遅れの闘争を続けているような気がするが、ボスのやり方が正しいと感じることもある。とりあえず手の甲で涙を拭った。ミニのドアをあけ、空いているほうの肩にバッグをかけた。エマが急にひんやりとした空気に驚き、そわそわした。フェイスはおくるみをエマのあごまで引っぱりあげ、頭のてっぺんに唇を当てた。エマの頭は温かい。ふわふわした髪に口元をくすぐられながら、私道を歩いた。

寝る前にしなければならないことを頭のなかであげていった。まず、どんな状況でも家の片付けはしなければならない。それから、ジェレミーの不安を取り除くこと。おそらく食事がまだだろうから、なにか食べさせること。いつかは兄のジークと話す必要もある。運がよければ、ジークはドイツを発《た》っていまごろ大西洋上のどこかを飛んでいるはずだから、今夜は話さずにすむだろう。兄とはずっと不仲だった。ありがたいことに、アマンダがジークに連絡してくれた。そうでなければ、フェイスは午後ずっとジークと口論し、市警の取り調べを受けるひまもなかったかもしれない。玄関の階段をのぼりながら、少しだけほっとした。兄と話をするくらいなら、いままでの六時間のほうがまだましだと思える。ドアノブに手を伸ばしたとき、さっとドアがあいた。

「いったいなにをしていたんだ?」

フェイスはぽかんと口をあけて立ちつくし、ジークの顔をまじまじと見あげた。「どうして――」

「なにがあったんだ、フェイス？　なにをしでかしてくれたんだ？」

「どうして――」最後まで言える気がしなかった。

「落ち着いてよ、おじさん」ジェレミーがジークを押しのけ、エマを抱き取った。「母さん、大丈夫？」

「ええ、大丈夫」フェイスはジェレミーに返事をしながらも、ジークから目を離さなかった。「ドイツから帰ってきたの？」

ジェレミーが答えた。「いまはフロリダにいるんだよ」フェイスを家のなかへ引っぱりこんだ。「食事は？　なにか作ろうか？」

「ええ――ううん、大丈夫」つかのまジークのことを頭から押しやり、息子を見つめた。

「あなたは大丈夫なの？」

ジェレミーはうなずいたが、フェイスにはそれが精一杯の虚勢だとわかっていた。

フェイスはジェレミーを抱き寄せようとしたが、彼は足を踏ん張った。ジークがじっと見ているからだろう。「今夜はここに泊まりなさい」

ジェレミーは肩をすくめた。べつにいいけど。「いいよ」

「おばあちゃんをかならず連れ戻すからね、カケスくん《ジェイバード》。約束する」

ジェレミーはエマを見おろし、ゆらゆらと揺さぶった。ジェイバードはイヴリンが彼につけた愛称だが、小学校のときみんなに聞かれてからかわれ、泣かされた日から使っていなかった。「マンディおばさんも電話でそう言ってくれた。おばあちゃんを連れ戻すって」

「マンディおばさんが嘘をつかないのは知ってるでしょ」

ジェレミーは茶化そうとした。「おばさんに逮捕される連中には同情するよ」

フェイスはジェレミーの頬に手のひらを当てた。不精髭が生えている。いつまでたっても、息子の髭には慣れない。小さかった息子は身長こそフェイスを追い抜いたが、心はそれほど強くない。「おばあちゃんはタフだもの。ファイトのある人でしょう。なんとしてもあなたのもとへ帰ってくる。あたしたちのもとへ」

いまいましそうな声を漏らしたジークを、フェイスはジェレミーの肩越しににらみつけた。ジークが言った。「ヴィクターが電話してほしいと言っていた。ヴィクターを覚えているだろうな?」

ヴィクター・マルティネスは、いま地球上でもっとも話をしたくない相手だ。フェイスはジェレミーに声をかけた。「エマを寝かしつけてくれる？ それから、いらない明かりは消しておいて。ジョージア電力にあたしの給料を吸い取られるのはいやよ」

「おじいちゃんみたいなことを言うね」

「ほら、行って」

ジェレミーはなかなか立ち去ろうとせず、ジークをさっと振り返った。いつも無意識のうちにフェイスを守ろうとするのだ。

「早くしなさい」フェイスは階段のほうへジェレミーをそっと押した。

ジークは、ジェレミーが声の届かないところへ行ってしまうまで待つくらいの節度は持っていたようだ。腕組みをし、ただでさえ分厚い胸板をふくらませた。「どんな面倒ごとに母さんを巻きこんだんだ？」

「あたしも兄さんに会えてうれしい」フェイスはジークを押しのけ、キッチンへ廊下を歩いていった。ジェレミーにはあんな返事をしたが、二時からなにも食べていない。いつもの頭痛と吐き気は、異常が起きている合図だ。

「母さんに万一のことがあったら――」

「なんなの、ジーク？」フェイスはくるりと振り返り、ジークと向かいあった。子どものころからジークは横暴だった。この手合いの例に漏れず、しつこくつきまとってくるのをやめてほしければ、真っ向から対決するしかない。「母さんに万一のことがあったらどうするの？　あたしの人形を捨てる？　腕を雑巾みたいに絞る？」

「おれはなにも――」

「あたしはこの六時間、あたしが母さんを拉致して銃を乱射したと勘違いしてるクソ野郎たちにずっと尋問されてたんだからね。クソ兄貴にまで同じことを訊かれたくない」

ジークにさっと背中を向け、キッチンへ歩いた。テーブルの前に、生姜《しょうが》色の髪の若者が座っていた。上着は脱いでいる。スミス＆ウェッソンM＆Pが、タクティカルスタイルのショルダーホルスターから黒い舌のように覗いている。胸のストラップをきつく締めているので、シャツにしわが寄っていた。フェイスが声のかぎりどなっていたことなど気づいていないかのような顔をして、昨日届いた〈ランズエンド〉のカタログをぱらぱらめくっている。フェイスがキッチンに入ると、彼は立ちあがった。「ミッチェル捜査官、デリック・コナーです。アトランタ市警人質解放交渉部隊から来ました」

「来てくれてありがとう」嘘っぽく聞こえていなければいいけれど。「電話は一度もかかってきていないんでしょう？」

「はい」

「新しい情報はない？」

「ありません。でも、なにかあったら真っ先に知らせます」

フェイスは、それはありえないと思った。生姜男は電話番に来たわけではない。上の連中から容疑が晴れたと言ってくるまでは、フェイスの頭上には黒い雲がかかったままだ。

「ほかにだれか来てるの？」

「テイラー刑事がいます。いま、お宅の周囲を点検しています。よかったら呼んできます

――」

「兄とふたりにしてほしいの」

「わかりました。ぼくは外にいますので」コナーはジークに会釈し、ガラスの引き戸をあけて外に出た。

フェイスはうめき声をあげてテーブルの前に座った。午後はほとんどずっと座っていたのに、立ちっぱなしだったような気分だった。ジークはあいかわらず腕組みをしている。フェイスが逃げるのを警戒しているのか、入り口に立ちふさがっていた。

「まだ空軍にいるの？」

「四カ月前にエグリンに異動した」

エマが生まれたころだ。「フロリダの？」

「この前確認したときはそうだったな」フェイスにあれこれ訊かれて、いらだちがつのってきたらしい。「いまはクレアモント・ロードの退役軍人病院で、二週間の服務中だ。おれがたまたまこっちにいたからよかったようなものの、そうじゃなければジェレミーは一日じゅうひとりぼっちだったんだぞ」

フェイスは兄をじっと見つめた。ジーク・ミッチェルは、いつも気をつけの姿勢だ。十歳のころでさえ、空軍少佐のような物腰だった。いわば、尻の穴に太い鋼鉄の棒を突っこまれて生まれてきたのだ。

「母さんは兄さんが帰国したことを知ってるの？」

「知ってるに決まってるだろう。明日の夜、一緒に食事をするはずだった」

「あたしに連絡しようとは思わなかったの？」

「騒ぎはごめんだ」

フェイスはため息をつき、椅子の背にぐったりともたれた。出た出た――兄妹の関係を表す言葉。妊娠してハイスクール三年生のジークを騒ぎに巻きこんだのはフェイスだ。フェイスが騒ぎをもたらしたせいで、ジークは同級生より一足先に卒業し、十年間を軍に差し出す書類にサインしなければならなかった。フェイスがジェレミーを自分で育てると決意してまた騒ぎが起き、父親の葬儀でフェイスが号泣したときは大騒ぎになった。

「ずっとニュースを観ていた」ジークは起訴状を読みあげるような口調で言った。

フェイスはテーブルに手をついて立ちあがった。「だったら、あたしが今日、ふたりの人間を殺したことは知ってるでしょ」

「なぜそばにいなかった？」

震える手で戸棚をあけ、栄養補助バーを取り出した。なんでもないことのように言ったけれど――今日、ふたりの人間を殺したのだ。取り調べを受けているあいだに気づいたが、しゃべればしゃべるほど、自分の取った行動に現実味を感じなくなる。いまあらためて言葉にしても、心が麻痺《まひ》するだけだ。

だが、ジークは繰り返した。「おまえに訊いているんだぞ、フェイス。母さんがおまえを必要としていたのに、なぜそばにいなかったんだ？」

「兄さんはどうなの？」栄養補助バーをテーブルに放り出した。また頭のなかがぐるぐるとまわっている。なにか食べる前に、血糖値を測らなければならない。「あたしは研修に行ってた」

「約束の時間に遅れたんだろう」

どうせ当てずっぽうだ。「いいえ」

「おれは今朝、母さんと電話で話したんだ」

急に感覚が研ぎ澄まされた。「何時ごろ？　警察に話した？」

「もちろん話した。ちょうど午《ひる》ごろに母さんに電話をかけた」

フェイスはそれから二時間近く遅れて実家に着いた。「母さんの様子は？　なにか言ってた？」

「またおまえが遅刻したと言ってたぞ、フェイス。ぜんぜん変わらないな。そういうものなのか。世界がおまえのスケジュールに合わせてくれるのか」

「はあ？」フェイスはつぶやいた。いまは受け止められない。遅れたのは、いつ終わるかわからない仕事のせいだ。母親はもう死んでいるかもしれない。息子がショックを受けているのに、自分は息を継ぐまもなく兄と対峙《たいじ》しなければならない。それらのストレスにくわえ、頭が万力で締めつけられているかのように痛む。フェイスはバッグに入っている血糖値測定キットを捜した。いまだけは意識を失いたいくらいだが、気絶したところでなにも解決しない。

フェイスはキットをテーブルに並べた。人前で血糖値を測定するのはいやだが、ジークはプライバシーをくれるつもりはないようだ。フェイスはペン型注射器の針を替え、滅菌した不織布を袋から出した。ジークが鷹《たか》の目で見ている。彼は医師だ。頭のなかでフェイスの犯したまちがいを並べているのが、目に見えるようだ。

フェイスは血糖値モニターのストリップに血を垂らした。数値がたちまち現れる。ジークに訊かれる前に、数値を見せた。

「最後に食事をしたのはいつだ？」

「警察署でチーズクラッカーを食べた」

「それじゃあ足りないだろう」

立ちあがり、冷蔵庫をあける。「わかってる」

「数値が高いな。ストレスのせいだろう」

「それもわかってる」

「最近のA1Cは？」

「六・一」

ジークはテーブルの反対側の椅子に腰かけた。「悪くないな」

「ええ」フェイスはうなずき、冷蔵庫の扉ポケットからインスリンを取り出した。目標値よりほんの少し高いが、出産してからまもないことを考えれば、満足すべきだ。

「さっきの言葉は本気か?」ジークが言葉を切った。この質問をすることは勇気が必要なのだと、フェイスにはわかる。「ほんとうに、母さんが無事に帰ってくると思ってるのか?」

フェイスはまた椅子に座った。「わからない」

「母さんはけがをしているのか?」

フェイスはかぶりを振りながら肩をすくめた。市警はなにも教えてくれなかった。

ジークの胸が上下した。「なぜ母さんが拉致されるんだ? おまえ……」めずらしく言葉を選ぼうとしている。「おまえ、なにかまずいことをやってるのか?」

「どうして兄さんはいつもそうなの?」答えは求めていない。「母さんは十五年間、麻薬捜査課にいたのよ、ジーク。そりゃあ敵も多かった。そういう仕事だもの。兄さんだって警察の仕事がどういうものか知ってるでしょ。母さんが退職した理由も知ってるよね」

「もう四年もたってるじゃないか」

「この手のことにタイムリミットはないの。もしかしたら、だれかが母さんからなにかを奪おうとしているのかもしれない」

「なにを? 金か? 母さんは金なんか持ってないぞ。おれは母さんの口座を全部把握してる。母さんは市から年金をもらって、父さんの遺族年金も多少はもらってる。だがそれだけだ。社会保障給付金だってまだもらってない」

「きっと、麻薬捜査に関係がある」注射器にインスリンを吸いあげる。「母さんの下にいた人たちはひとり残らず刑務所に入った。せっかく買収して味方につけた警官をしょっぴかれて怒ってる連中が、数えきれないほどいるはずよ」

「母さんの仲間が関与していると言うのか？」

フェイスはかぶりを振った。兄妹はイヴリンのチームを〝母さんの仲間〟と呼んでいた。そのほうが、彼らのことを覚えていられる。「だれが関与しているのか、なにが目的なのかもわからない」

「古い事件やホシをもう一度調べないのか？」

「ホシ？　そんな言葉、どこで覚えたの？」フェイスはシャツの裾を少しめくり、腹に針を刺した。効果をすぐに感じるわけではない。インスリンはそんなふうに作用しない。それでも、フェイスは目を閉じ、吐き気よ止まれと念じた。「あたし、停職にされたのよ、ジーク。バッジと銃を取られて、家に帰らされた。あたしにどうしろって言うの？」

ジークはテーブルに両手を組んで置き、親指を見おろした。「だれかに電話をかけるかできないのか？　だれかに調べてもらうとか。おれにはわからないよ、フェイス。おまえはもう二十年、警官をやってるんだろ。だれか頼れないのか？」

「十五年よ。それから、どこにも電話はかけられない。あたしは今日ふたりも殺してる。

さっきの警官があたしを見る目つきに気づかなかった？　あたしは疑われてる。あたしの頼みを聞いてくれる人なんかいない」

　ジークは歯を食いしばった。自分が出した指示を却下されることに慣れていないのだ。

「母さんにはまだ味方がいるだろう」

「その味方たちも、どうせいまごろお漏らししてる。イヴはいったいなにをやらかして拉致されたのか、自分もとばっちりを食らうんじゃないかって、びくびくしてるわ」

　その答えは、ジークの求めているものではなかったようだ。彼は胸元にあごを引き寄せた。「わかった。おまえにできることはないんだな。おれたちは孤立無援か。母さんも」

「アマンダが手をこまねいて見ているわけがないでしょ」

　ジークは鼻で笑った。彼は以前からアマンダを嫌っている。生意気な妹ならまだしも、血縁ではない人間にいばり散らされるのは我慢ならないのだ。ジークもフェイスもジェレミーも、子どものころからアマンダをマンディおばさんと呼んで育ったのだから、嫌うのは不思議だ。もっとも、いまのフェイスがその愛称でアマンダを呼んだりしようものなら、クビは確実だ。それでも、フェイスたちはアマンダをずっと家族同然に思っていた。イヴリンとほんとうに親しかったから、ひところはフェイスたちの第二の母親と言ってもいいくらいだった。

　だが、いまやアマンダは上司であり、フェイスは彼女に首根っこをひっつかまれている。

それは、ほかの同僚たちも同じことだ。アマンダに関わる者たちはみんなそうだ。街ですれちがってほほえみかけた者ですら、例外ではない。

フェイスは栄養補助バーの包みをはがし、かぶりついた。静かなキッチンを咀嚼の音が満たす。目を閉じたかったが、想像したくないものが頭に浮かびそうだった。縛られ、猿ぐつわを噛まされた母親。ジェレミーの泣き腫らした目。今日、自分に向けられた警官たちの目つき。おまえは耐えられないほどぷんぷんにおう、と言われているかのようだった。

ジークが咳払いをした。フェイスは、そろそろ兄の怒りもおさまったかと思ったが、表情を見ると、そうでもないらしい。フェイスの人生で昔もいまも変わらないものがあるとすれば、自分は妹より道義をわきまえていると、ジークが思いこんでいることだ。

さっさと話を終わらせたい。「なにが言いたいの？」

「あのヴィクターという男は、エマのことを聞いて驚いていたぞ。何カ月なのか、いつ生まれたのかと訊かれた」

フェイスはむせそうになり、唾を呑みこもうとした。「ヴィクターが来たの？　うちに？」

「おまえが留守だったからだ、フェイス。おれがここに来るまで、だれかがジェレミーのそばにいてやらなければならなかったんだ」

フェイスの頭に浮かんだ一連の悪態は、ジークがラムシュタインで兵士の傷を縫合しているときに聞いていたものより汚かったかもしれない。

「ジェレミーがあの男にエマの写真を見せた」

フェイスはふたたび唾を呑みこもうとした。喉に錆びた釘《くぎ》が引っかかっているようだ。

「エマの肌や髪の色はそっくりだな」

「ジェレミーに？」

「これはおまえの行動パターンか？　未婚の母になるのが好きなのか？」

「ちょっと、もうロナルド・レーガンは大統領じゃないって、帰国したときに教わらなかったの？」

「ふざけるな、フェイス。たまにはまじめに話をしろ。あの男には、自分が父親になったと知る権利がある」

「あのね、ヴィクターは父親になんかなりたくないの」汚れた靴下を床から広いあげることもできず、トイレの便座をおろすのも忘れるような男だった。赤ん坊相手になにを忘れるかわかったものではない。

だが、ジークは繰り返した。「あいつにも知る権利がある」

「もう知ったじゃない」

「勝手にしろ、フェイス。おまえだけが満足してればいいさ」

普通の人間ならそういう捨て台詞を吐いたあとは足音荒く立ち去るものだが、ジーク・

ミッチェルはせっかくの喧嘩《けんか》の機会にみすみす背を向けたりしない。座ったままフェイスをにらみ、挑発に乗るのを待っている。フェイスは子どものころと同じ手を使うことにした。ジークが十歳児並みにふるまうなら、合わせてやるまでだ。ジークを無視し、〈ランズエンド〉のカタログをめくった。ジェレミーが気に入りそうな下着があったので、あとで注文するためにページを破り取った。

サーマルシャツのページをめくる。ジークは椅子を後ろに傾け、窓の外を眺めた。

このぴりぴりした雰囲気は、兄妹のあいだではよくあることだった。フェイスを自分勝手だとなじるのは、ジークの十八番《おはこ》だ。いつものように、フェイスはジークの非難を罰として受け止めた。兄に恨まれるのは当然だ。十四歳の妹が妊娠したのを十八歳の少年が知ったときの苦しみを消すことはできない。ジェレミーが成長したいまとなっては、それが十代の少年にとってどういうことか、フェイスにもわかるので――十代の少女だった自分にとっても、おおごとではあったが――兄にひどいことをしてしまったと、申し訳なく思っている。

両親もつらい思いをした。父親は成人男性が集まる聖書研究のサークルに参加しないでほしいと言われ、母親は近所の女たち全員からのけ者にされた。ただ、フェイスの思いがけない妊娠で、もっとも地獄を味わったのはジークだ。週に一度は、鼻血を出すか目のまわりに痣《あざ》を作って学校から帰ってきた。家族がどうしたのかと尋ねても、ジークは答えなかった。夕食の席では、フェイスを冷笑した。彼の部屋の前をフェイスが通ると、いまいましそうににらんだ。ジークは、家族を苦しめたフェイスを憎んだが、だれかに妹の悪口を言われると、徹底的にやり返した。

とはいえ、フェイスは当時のことをよく覚えているわけではない。いまでも、自分を哀れんでめそめそ泣く毎日がえんえん続いたことを、ぼんやり思い出すだけだ。この二十年の変化は信じられないほど大きいけれど、あのころのアトランタ、フェイスの知っているアトランタは、もっとこぢんまりした感じの街だった。人々は、あいかわらずレーガン・ブッシュの保守の大波に乗っていた。あのときのフェイスは、甘やかされた自己中心的なティーンエイジャーだった。自分の人生がいかにみじめか、そればかり考えていた。妊娠したのは、はじめての——そして、もう二度としないと誓った——性行為の結果だった。相手の両親は、すぐさま彼を州外にやった。フェイスの十五歳の誕生日パーティは開かれなかった。友達にはそっぽを向かれた。ジェレミーの父親は手紙も電話もよこさなかった。病院では体に器具を突っこまれた。いつも体調が悪くて怒りっぽくなり、痔《じ》と腰痛持ちになり、体を動かすたびにあちこち痛んだ。

フェイスの父親は家を留守にすることが多くなった。それまでは、仕事で出張に行くことなどなかったのに、急に増えたのだ。生活の軸は教会だったが、突然、道徳的な見本であるべき執事をまかせられないと牧師から告げられ、その軸を失った。母親は休職してフエイスのそばについていた――不本意だったのか、それともみずから望んでそうしてくれたのか、母親はいまにいたるまで教えてくれていない。

はっきりと覚えているのは、自分も母親も毎日家に閉じこめられ、ジャンクフードばかり食べて太り、メロドラマを観て泣いていたことだ。イヴリンは隠遁者《いんとん》のように、フェイスの不祥事に耐えた。必要に迫られなければ、外出しなかった。毎週月曜日は、夜明けに起きて、知り合いに会わないよう遠くのスーパーマーケットへ買い物に行った。エアコンが故障して居間が釜のなかのように暑くなっても、フェイスとふたりで裏庭でくつろごうとはしなかった。近所を散歩するのが唯一の運動だったが、それも夜遅くか、太陽がのぼる前の早朝にかぎられた。

隣家のミセス・レヴィがときどきポーチにクッキーを置いてくれたが、家に入ってくることはなかった。ときおり郵便受けに宗教のパンフレットが入っていたが、イヴリンはそれを暖炉で燃やした。あのころ、訪ねてくるのはアマンダだけだった。彼女は、事実上の義姉とのつきあいをやめようなどとは思いもしなかったようだ。よくキッチンでイヴリンとふたり、フェイスに聞こえないよう小声で話していた。アマンダが帰ってしまうと、イヴリンはバスルームで泣いていた。

だから、ある日ジークが、学校から切れた唇ではなく軍の入隊申込書を持って帰ったのは必然だったのだ。卒業までまだ五カ月残っていた。予備役将校訓練部隊に入隊し、大学進学適性試験の成績もよかったので、すでにラトガーズ大学の入学は許可されていた。それでも、一般教育修了検定を受け、ほぼ一年前倒しで医学部進学準備コースに入った。

　ジェレミーは、はじめてジークと会ったとき、八歳になっていた。ふたりは最初、二匹の猫のようにたがいを値踏みしていたが、バスケットボールの試合がきっかけでなじんだ。それでも、フェイスは息子をよく知っている。おじは母親を邪険にしていると感じ、ジェレミーがジークに心を開いていないのが、フェイスにはわかった。残念ながら、その後もジェレミーがジークを敬遠したくなるようなことが、何度もあった。

　ジークは椅子を水平に戻したが、やはりフェイスから顔をそむけていた。

　フェイスはしつこい胸のむかつきをこらえ、栄養補助バーをのろのろと咀嚼し、無理やり呑みこんだ。ガラスの引き戸に目をやると、板のようにこわばったジークの背中とテーブルが映っていた。外の芝生のむこうに、赤い光が見える。刑事が煙草を吸っているのだ。

　電話が鳴り、兄妹はぎくりとした。フェイスがコードレスフォンをあわてて取ったと同時に、裏庭から刑事たちが戻ってきた。

「とくに変わりはないんだ」電話をかけてきたのはウィルだった。「そっちはどうかなと思って」

　フェイスは刑事たちに、あっちへ行ってと手振りで合図した。コードレスフォンを持って居間へ向かいながら、ウィルに尋ねた。「いまどこ?」

「家に帰り着いたばかりだ。六七五号線がトレーラーの事故でふさがっていたんだ。三時間かかってようやく渋滞を抜けた」

「どうしてそんなところにいたの?」

「D&Cに行ってきた」

フェイスは胃が飛び出しそうな気がした。

ウィルは前置きをすっ飛ばし、医療刑務所へ行ったこと、ボイド・スパイヴィが殺されたことを話した。フェイスは胸に手を当てた。以前、スパイヴィはミッチェル家のディナーや裏庭でのバーベキューに、しょっちゅう呼ばれていた。ジェレミーに自転車の乗り方を教えたのはスパイヴィだ。ひところは、あからさまにフェイスを口説こうとするので、ビル・ミッチェルが週末の過ごし方を変えたらどうだと釘を刺したこともある。「だれがやったのかわかってるの?」

「現場の区域の監視カメラが故障していた。刑務所は封鎖された。各房を徹底的に調べている。でも、所長は結果にたいして期待していない」

「外部の協力があったのね」看守が買収されていたにちがいない。受刑者には、刑務所の廊下に設置された監視カメラをいじる時間などないはずだ。

「職員たちが取り調べを受けているけれど、もう弁護団が出てきた。刑務所の職員が容疑者になるのはめずらしい」

「アマンダは大丈夫？」フェイスはわれながらばかなことを訊いたと思い、かぶりを振った。「大丈夫に決まってるよね」

「アマンダの思いどおりになったからな。この事件のおかげで、きみのお母さんの捜索に裏口から割りこむことができた」

州立刑務所で起きた殺人事件の捜査権は、ＧＢＩにある。「それって、いいニュースと言ってもいいかもね」

ウィルは黙っている。大丈夫かと尋ねもしない。答えがわかっているからだろう。フェイスは、その日の午後のことを思い出した。ウィルはフェイスの両手を握りしめて自分に注目させ、尋問にどう答えるべきか教えてくれた。あのとき、彼の思いがけない優しさに、フェイスは血がにじむほど頬の内側を嚙み、号泣したいのをこらえた。

ウィルが言った。「じつは、ぼくはアマンダが手洗いに行くのを見たことがなかったんだ」言葉を切る。「この目で見たことがなかった。でも、今日は刑務所を出たあとにガソリンスタンドに寄って、トイレに入っていった。アマンダがそんなふうに休憩するのを見たのははじめてだった。きみは見たことがあるか？」

フェイスは、ウィルの話が奇妙に脱線することに慣れている。「そういえば、ないかも」アマンダもボイド・スパイヴィと一緒に、ミッチェル家のディナーやバーベキューに来ていた。そして、いかにも警官らしいやり方でスパイヴィをからかっていた――性的能力について尋問したり、知性に欠けているわりに昇進が早いとほめたりしていた。アマンダも石でできているわけではない。スパイヴィの死を目の当たりにして、それなりに消耗しただろう。

ウィルが言った。「なんだか面食らっちゃってさ」

「でしょうね」フェイスは、ガソリンスタンドのトイレの個室に入り、ドアを閉めて二分間だけ、かつて親しくしていた男のために泣くアマンダを思い浮かべた。アマンダはきっと、そのあと化粧と髪をなおし、トイレの鍵を受付係に返しがてら、鍵をかけるのはだれかに掃除されたくないからかと憎まれ口をたたいただろう。

ウィルが続けた。「アマンダは、トイレに行くのは弱みを見せることだと思ってるのかもな」

「だれだってそうでしょ」フェイスはソファの背にもたれた。ウィルは、たぶんいまフェイスが受け取ることのできるもののなかで最高の贈り物をくれた。ひとときの気晴らしを。

「ありがとう」

「なんの礼だ？」

「今日そばにいてくれて。サラを呼んでくれて。あたしに――」市警に電話を聞かれているのを思い出した。「あたしに、なにもかもうまくいくと言ってくれて」

ウィルが咳払いした。短い間があった。彼もフェイスに負けないくらい、この手のやりとりが苦手だ。「連中の目的がなにか、考えてみたか？」

「それしか考えてない」冷蔵庫の扉を開閉する音が聞こえた。ジークが、糖尿病患者は買うべきではない食品のリストでも作っているのだろう。「話はまだあるんでしょう？」

ウィルは口ごもった。

「ほら、言って」

「明日の朝いちばんに、アマンダとヴァルドスタへ行く」

ヴァルドスタ州立刑務所。ベン・ハンフリーとアダム・ホプキンズ。ウィルとアマンダは、母親が率いていたチームの全員に会うつもりなのだ。こうなることは予想してしかるべきだったのに、スパイヴィが死んだと聞いて、すっかり頭のなかから吹き飛んでいた。

ウィルが古い事件をほじくり返すのはわかっていたはずなのに。

「この電話、犯人グループから連絡があったときのために、空けておかなければならないの」

「わかった」

それ以上話すこともなく、フェイスは電話を切った。ウィルはいまでもイヴリンが有罪だと考えているのだ。パートナーになって二年近くたち、フェイスがまちがったことをしないのは、イヴリンがそういう警官になるべく育ててくれたからだとわかっているはずなのに、ウィルはいまだにイヴリン・ミッチェルはクロだと信じている。

ジークがキッチンの入り口に立ちはだかっていた。「だれと話していたんだ?」

「仕事のこと」フェイスはソファから立ちあがった。「パートナーよ」

「母さんを刑務所送りにしようとしたクソ野郎か」

「そう、その人」

「よくそんなやつとパートナーを組めるな」

「母さんは了解してる」

「おれは了解していないぞ」

「ドイツかフロリダか、どっちへメッセージを送ればよかったの?」ジークににらまれた。

フェイスは、ジークに弁解するつもりはなかった。そもそも、ウィルとパートナーを組まないかと持ちかけてきたのはアマンダだ。イヴリンも、自分のキャリアにとって最善のことをしろと助言をくれた。アトランタ市警を離れてもいいのではないかと言われるまでもなかった。市警には、イヴリンの早期退職を当然だとみなす者もいれば、不当だと考える者もいる。「母さんからあの事件のことは聞いてる?」

「パートナーに訊くべきじゃないのか?」

「あたしは兄さんに訊いてるの」フェイスはぴしゃりと返した。イヴリンは、容疑をかけられた事件についてフェイスに話そうとしたことはなかった。それは、フェイスが参考人になるのを避けたかったからというだけではない。「あのときはなんとも思わなくても、いま振り返れば、母さんらしくないような話をしていなかったか……」

「母さんはおれには仕事の話をしない。それはおまえの担当だろう」

またあの非難がましい口調だ。おまえには母さんを見つける力があるのに、どうしてその力を使わないんだと、責められているようだ。フェイスは壁の時計に目をやった。もうすぐ九時で、長話をするには遅い時刻だ。「もう寝る。ジェレミーにシーツを持ってこさせるから。うちのソファは寝心地がいいよ」

うなずいたジークに、フェイスもうなずき返した。階段をのぼりかけたとき、ジークが口を開いた。「いい子だな」フェイスは振り返った。「ジェレミー。いい子だ」

フェイスはほほえんだ。「うん、いい子よ」二階にたどり着く直前、とどめの一言を刺された。

「母さんのおかげだ」

フェイスは挑発に乗らず、階段をのぼりきった。エマの様子を見に行った。身を屈めてエマのひたいにキスをすると、エマはチュッと唇を鳴らした。赤ん坊だけが知っている幸福な眠りのなかにいる。フェイスはベビーモニターが作動しているか確認した。エマの腕をなで、小さな手に自分の指をしばらく握らせ、部屋を出た。

隣はジェレミーの部屋だが、ベッドは空だった。フェイスはドア口にたたずんだ。この部屋を書斎にしてもいいけれど、あえて変えていない。壁には、ジェレミーの貼ったポスターがそのまま残っている——ビキニのブロンドがマスタングGTのボンネットに身を乗り出しているもの、半裸のブルネットがカマロにしなだれかかっているもの。三枚目も四枚目も、コンセプトカーに似たような胸の大きいモデルを添えたものだ。フェイスはいまでも、仕事から帰宅すると〝合衆国南東部の橋〟のポスターがこれらの美女たちに取って代わられていた日のことを覚えている。ジェレミーは、思春期だから急に車が好きになったと、母親をうまくだましたつもりらしいが。

「おれはここだよ」

ジェレミーはフェイスの部屋にいた。ベッドの向きとは反対に腹這いになり、膝を曲げて両足をあげ、アイフォーンをいじっている。テレビの音は消してあるが、字幕が表示されていた。

フェイスは尋ねた。「大丈夫？」

ジェレミーはゲームをしているらしく、アイフォーンを傾けた。「うん」

フェイスは、あの安産型のガールフレンドを思い出した。彼女がここに来ていないのはめずらしい。ふたりは腰のところでつながっているかのように、いつも一緒なのだが。

「キンバリーは？」

「別れた」それを聞いて、フェイスは安堵でむせび泣きそうになった。「母さんとジークが喧嘩しているのが聞こえた」

「なにごとにもはじめてってものがあるのよ」

ジェレミーはアイフォーンを反対側に傾けた。

「あたしもそういうのほしかったな」ジェレミーはフェイスの言わんとするところを察し、アイフォーンをポケットにしまった。「さっき、電話が鳴ったのが聞こえたでしょ。ウィルがかけてきたの。アマンダおばさんと、いろいろやってくれてるそうよ」

ジェレミーはテレビをじっと見た。「へえ、よかった」

フェイスはジェレミーのスニーカーの紐《ひも》をほどきはじめた。よくある十代の男の子の論理だが、彼もベッドから足をあげてさえいれば靴から土が落ちないと思っている。「ジークがここに着いたとき、なにかあったんでしょ」

「あいつがちょっと怒った」

「あたしはあなたの母親よ、ちゃんと話しなさい」

テレビの光に照らされたジェレミーの顔が、かすかに紅潮したのがわかった。「ヴィクターが一緒にいたんだ。おれはひとりで大丈夫だって断ったけど、どうしてもって言われて……」

フェイスはもう片方のスニーカーの紐もほどいた。「エマの写真を見せたの?」

ジェレミーはテレビから目を離さなかった。ヴィクターのことが大好きなのだ――おそらくフェイスよりも。それもまた問題の一部だった。

フェイスは言った。「べつに、見せてもいいよ」

「ジークはヴィクターに対してひでえ——失礼だった」

「たとえば？」

「ヴィクターの胸を突いたり、押したり」

ジークらしい。「おおごとにはならなかったでしょ？」

「うん、ヴィクターはそういうタイプじゃないし」

フェイスもそう思った。ヴィクター・マルティネスはオフィスワークに従事し、『ウォール・ストリート・ジャーナル』を読み、あつらえたスーツを着て、日に十六回は手を洗うような男だ。激しいところがまったくない。タンクトップ姿で兄の顔を殴りつけるような男と恋愛できないのは、フェイスの運命と言うほかない。

ジェレミーのスニーカーを脱がせ、靴下を見て顔をしかめた。「爪先をしまいなさい、大学生のくせに」下着と一緒に靴下も注文すること、と頭に書きとめた。ジーンズも小汚い。当座預金の三百ドルにさよならだ。停職にはなったけれど、減給されずにすんだのはありがたい。そうでなければ、息子がホームレスに見えないようにするために、貯金に手をつけなければならないところだ。

ジェレミーは寝返りをうち、フェイスのほうを向いた。「ヴィクターに、イースターのエマの写真を見せた」

　フェイスは唾を呑みこんだ。ヴィクターは賢い男だが、天才でなくてもこのくらいの引き算はできる。それに、フェイスはブロンドで、瞳は青い。エマは父親に似て髪は黒っぽく、瞳は濃いブラウンだ。「うさぎの耳をつけてる写真?」

　ジェレミーはうなずいた。

「よく撮れてるやつね」グラスから水があふれるように、ジェレミーから後ろめたさがこぼれ出ているのが、目に見えるようだった。「気にしないで、ジェイ。いずれわかることだったんだから」

「だったら、なぜいままで黙ってたんだよ?」

　あたしは気持ちのうえで大人になりきれていなくて、そのくせ主導権を握りたがるからよ。あなたも将来、奥さんに面と向かってわめき散らされたらわかる。フェイスはそう思ったが、いまはこう答えておくにとどめた。「その話はしたくないの」

　ジェレミーは起きあがり、フェイスと向かいあった。「おばあちゃんはウィルを気に入ってるよ」

　どうやらジークと話したことを聞かれたらしい。「おばあちゃんがそう言ったの?」

　ジェレミーはうなずいた。「いい人だってさ。おばあちゃんに対してフェアだった、大変な仕事だったのに、卑怯《ひきょう》な手は使わなかったって」

　母親はジェレミーに心配させないようにそんなことを言ったのだろうか、それとも心からそう思っていたのだろうか。でも、母親のことだから、たぶんその両方だろう。「退職した理由は聞いた？」

ジェレミーは、ベッドカバーのほつれた糸を引っぱった。「おばあちゃんはボスだったから、気づかなかったのが悪いって」

母親はフェイスにもここまで話していない。「ほかには？」

ジェレミーはかぶりを振った。「アマンダおばさんがウィルに手伝わせてくれてよかったと思う。おばさんひとりじゃ無理だよ。ウィルはめちゃくちゃ頭がいいし」

フェイスはジェレミーの手を取って握り、自分のほうを向かせた。室内でテレビだけが明るい。ジェレミーの顔を緑色に照らしている。「おばあちゃんのことは心配だよね。でも、あたしがなにを言っても気休めにもならないのはわかってる」

「ありがとう」ジェレミーは本心からそう言った。彼はどんなときも正直に話してもらいたがった。

フェイスはジェレミーを立ちあがらせ、両腕をまわした。彼の肩は薄い。毎日、自分の体重並みにマカロニ・チーズを食べているのに、ひょろひょろにやせていて、一人前の男にはほど遠い。

ジェレミーはいつもより長くフェイスに抱きしめられていた。フェイスはジェレミーの頭にキスをした。「大丈夫、心配しなくていいよ」

「それ、おばあちゃんがいつも言ってる」

「そして、おばあちゃんはいつも正しいでしょ」フェイスはジェレミーをきつく抱きしめた。

「苦しいよ、母さん」

フェイスはしぶしぶジェレミーを放した。「ジークおじさんにシーツを持っていってあげて。ソファで寝るから」

ジェレミーはスニーカーをはいた。「おじさんって、前からあんなだったの？」

フェイスはとぼけてごまかさなかった。「子どものころ、おじさんはおならをしたくなるたびに、わざわざあたしの部屋に駆けこんでぶっ放した」

ジェレミーは声をあげて笑いだした。

「それで、もし親に告げ口したら、次は豆とチーズをたらふく食べて、あたしを押さえつけて顔の前でおならしてやるって言うの」

ジェレミーはもう我慢できなくなった。体をふたつに折り、腹を抱えてロバのようにひいひい笑いだした。「ほんとにやったの？」

フェイスはうなずいた。ますますジェレミーの笑いが止まらなくなった。フェイスはしばらく笑わせておいて、彼の肩をそっと押した。「ほら、もう寝なさい」

ジェレミーは涙を拭った。「ああ、おれもホーナーにやってやろうっと」

ホーナーはジェレミーのルームメイトだ。あの部屋で悪臭がもうひとつ増えようが、だれも気づかないのではないか。

「ジークおじさんにクローゼットから枕を出してあげて」フェイスはジェレミーを部屋から押し出した。ジェレミーはまだ笑いながら廊下を歩いていく。息子の表情からひととき不安が消えるのなら、大笑いされるくらいはなんともない。

フェイスはベッドカバーをめくった。ジェレミーのスニーカーから落ちた土がシーツを汚している。けれど、シーツを交換する気力もなかった。パジャマに着替えて歯を磨くのも面倒なくらいだ。靴を脱ぎ、今朝五時に着たＧＢＩの制服のままベッドに入った。

家のなかは静まり返っていた。全身が凝り固まり、板の上に横たわっているようだ。エマのやわらかな寝息がベビーモニターから聞こえる。フェイスは天井を見つめた。テレビを消すのを忘れていた。ジェレミーが見ていたアクション映画がつけっぱなしになっているので、ストロボのように光がちかちかする。

ボイド・スパイヴィが死んだ。どうしても信じられない。彼は並外れて体格のいい男だった。絵に描いたような、派手に活躍する警官だった。フェイスのパートナーとは正反対だ。チャック・フィンは陰気で、よくない想像ばかりして、いつか撃たれて殉職するのではないかと恐れていた。汚職事件のごたごたのなかで、フェイスはチャックの主張だけは信頼できると思った。チャックは、命令に従っていただけだと訴えた。彼を知る人々なら、ほんとうにそうだったのかもしれないと思える話だ。フィン刑事は根っからの追随者で、そんな性格だからボイド・スパイヴィのような者に簡単に操られたのではないか、というわけだ。

けれど、いまはスパイヴィのこともチャックのことも、母親の部下だったほかの刑事たちのことも考えたくない。あの事件のせいで、半年ものあいだフェイスの生活はめちゃくちゃになった。眠れぬ夜。母親が心臓発作を起こすのではないか、刑務所に送られるのではないか、ひょっとしたらその両方かもしれないと、気を揉みつづけた日々が、半年も続いたのだ。

フェイスは無理やり目を閉じた。母親とのよい思い出に浸りたかった。優しさに満ちたひとときや、一緒に楽しんだことを思い出したかった。それなのに、頭に浮かぶのは、実家の寝室にいた男であり、自分が彼のひたいの中央にあけた黒い穴だった。あのとき、彼は両手をさっとあげた。人質の男が、目を丸くしてフェイスを見ていた。口を大きくあけて。銀色の歯の詰め物や、同じく銀色の丸い舌ピアスも見えた。

あの男は、アルメッハ、と言った。

金。

廊下の床板がきしんだ。「ジェレミー?」フェイスは肘をついて体を起こし、ベッドサイドの明かりをつけた。

ジェレミーが恥ずかしそうに顔を出した。「ごめん、疲れてるよね」

「あたしがジークにシーツを持っていこうか？」

「ううん、そうじゃないんだ」ジェレミーはポケットからアイフォーンを取り出した。

「フェイスブックに変な投稿があった」

「あたしが無理やり友達承認させたから、使うのをやめたんだと思ってた」フェイスはわが子に全幅の信頼を置くタイプの親ではない。フェイスの両親はフェイスを信じてくれたが、その結果がこのざまだ。「どうしたの？」

ジェレミーは親指で画面をスワイプしながら話した。「退屈してさ。ううん、退屈したっていうより、ほかにやることがなかったから……」

「いいじゃない」フェイスは起きあがった。「なんて書いてあったの？」

「いっぱいメッセージが来たんだ。みんなニュースでおばあちゃんのことを知ったみたい」

「そう、親切ね」ほんとうは、やや悪趣味だし、兄の言葉を借りれば騒ぎすぎだと思った。

「みんな、なんて言ってる？」

「おれのことを思ってるとか、まあたいていはそんな感じ。でも、これを見て」ジェレミーは画面をフェイスのほうへ向けた。

フェイスはメッセージを読みあげた。「ジェイバード、きみの無事を祈ってる。きっと、悪いやつは指を差されるよ。おばあさんがよく言ってたことを思い出して。〝口を閉じて、しっかり目をあけてなさい〟」フェイスは投稿者の名前を確かめた。「GoodKnight92。グレイディ・ハイスクールの同級生？」ジェレミーのハイスクールのマスコットは、グッドナイトという騎士《ナイト》で、彼の学年は一九九二年生まれだ。

ジェレミーは肩をすくめた。「知らないやつだ」

メッセージが投稿されたのは、その日の午後二時三十二分だった。イヴリンが拉致されてから一時間もたっていない。フェイスは、できるだけ平然とした声で尋ねた。「この子をいつ友達承認したの？」

「今日だよ。でも、今日は友達申請がやたらと多くて。知らないやつばかり、ぞろぞろ出てきたって感じ」

フェイスはジェレミーにアイフォーンを返した。「プロフィールにはなんて書いてあるの？」

「アトランタ在住、流通業、それだけ」画面をスワイプし、フェイスに見せた。

目がしょぼつき、なかなか焦点が合わなかった。顔を画面に近づけ、なんとか文字を読んだ。プロフィールには写真すらない。友達はジェレミーだけだ。警官の勘が、これは怪しいと告げているが、ひとまずなんでもないことのように、顔をあげてジェレミーに言った。「きっと、小学校の友達でしょ。おばあちゃんにジェイバードって呼ばれてるのをさんざんからかわれて、転校したいってあたしに泣きついたことがあったじゃない」

「でも、変だ――よね？」

ジェレミーには心配させたくない。「あなたの友達は変なやつばかりでしょ」

それでも、彼は安心しなかった。「どうしておばあちゃんがいつも言ってたことを知ってるんだ？」

「だれでも知ってることわざだし。口は閉じておけ、目はあけておけって。ポリス・アカデミーにも、ひたいにその言葉を彫りこんでるみたいな教官がいたわ」無理やり明るい口調で言った。「大丈夫。なんでもないって。警官の子どもかもよ。ほら、警官ってそうでしょう。よくないことが起きても、あたしたちみんな家族だって励ますの」

それでようやくジェレミーは納得したようだ。警官が負傷したり殺されたりする事件が起きるたびに、病院に連れていかれたり、他人の家にあずけられたりした経験があるからだ。ジェレミーはポケットにアイフォーンをしまった。

「ほんとうに大丈夫？」フェイスは尋ねた。

ジェレミーはうなずいた。

「よかったら、ここで寝てもいいよ」

「それは気持ち悪いよ、母さん」

「いつでも母さんを起こしなさい」フェイスは横になり、枕の下に手を入れた。指先に、濡れたものが触れた。この手触りは、よく知っている。

フェイスの表情が変わったことに、ジェレミーが目ざとく気づいた。「どうかしたの？」

胸のなかで息が詰まっていた。声が出せるかどうか、自信がない。

「母さん？」

「疲れてて」なんとか答えた。「ちょっと疲れてるだけ」肺が懸命に酸素を求めている。全身から汗が噴き出したのがわかった。「ジークがあがってくる前に、シーツを持っていってあげて」

「ほんとうに――」

「今日は長い一日だったのよ、ジェレミー。早く眠りたいの」

ジェレミーはまだ立ち去りがたそうにしていた。「わかったよ」

「ドアを閉めておいてね」動きたくても、動けないような気がする。

ジェレミーは最後にもう一度、フェイスを心配そうに見やると、ドアを閉めた。掛け金がかかる音に続いて、ジェレミーが洗濯室へ歩いていく低い足音が聞こえた。階段の下から三段目がきしむ音がするのを待ち、フェイスは枕の下から手を抜いた。

握った拳を開く。鋭い恐怖の痛みは引き、いまでは目のくらむような怒りだけを感じていた。

ジェレミーのアイフォーンに届いたメッセージ。彼のハイスクール。生まれた年。

口を閉じて、しっかり目をあけてなさい。

息子はさっきまでこのベッドに寝そべっていた。あの子の足からほんの数十センチのところに、これがあった。

きっと、悪いやつは指を差されるよ。

その言葉の意味がようやくわかったのは、切断された母親の薬指を掲げた瞬間だった。

6

サラ・リントンが自己嫌悪に陥るのは、これがはじめてではない。教会の菓子売り場からチョコレートバーを盗んだのを父親に見られたときは恥じ入った。夫が浮気しているのを知ったときも、屈辱を感じた。結婚した妹に、いい旦那さんねと心にもないことを言ったときは、後ろめたく思った。背が高すぎてカプリパンツは似合わないと母親に指摘されたときも恥ずかしかった。ただ、自分を下劣だと思ったことはなかった。自分もテレビのリアリティショーに出てくる連中とたいして変わらないのだという事実は、体の芯まで突き刺さった。

あれから数時間がたっているのに、アンジー・トレントと鉢合わせしたことを思い出すと、顔が燃えるように熱くなった。いままで同性からあんなふうに扱われたことは、一度しかない。陰険な呑んだくれだったジェフリーの母親と、たまたまとくに機嫌の悪い晩に会ってしまったときだ。ふたつの事例のちがいは、アンジーにはサラを娼婦《しょうふ》呼ばわりする権利があるという点だ。

母親が知ったら、聖書に出てくる悪女のイゼベルにたとえるだろう。

もっとも、こんなことを母親に打ち明けるわけがないけれど。

テレビの音が神経に障るので、音を消した。本を開いてみた。アパートメントを掃除しようとした。犬の爪を切った。皿を洗い、長いことソファにほったらかしにしていたせいでしわくちゃになった服にアイロンをかけてたたんだ。

二度、ウィルの車を彼の家に返すつもりでエレベーターへ向かった。二度とも途中で引き返した。問題は、彼の車のキーだ。イグニッションに挿しっぱなしにしておくわけにはいかないし、さりとてドアをノックしてアンジーに渡すのは絶対にいやだ。郵便箱に入れるのは問題外。ウィルの住んでいる地区は、治安は悪くないが、なんといっても大都市のど真ん中だ。サラが自宅に帰り着くより先に、ウィルの車は盗まれてしまうだろう。

だから、とにかくせっせと雑用をこなしていたのだが、そのあいだも歯の根管治療に行く前のように、ウィルが来るのを恐れていた。ウィルが車を取りにきたら、なんと言えばいいのだろう? 言葉が出てこない。内心では尊厳と倫理について長ったらしい説教を練習しているのに。頭のなかの声は、バプテストの説教者のように抑揚がついている。なんてみじめなんだろう。こんなはずではなかったのに。よくいる下品な女になりたくない。他人の夫をこそこそ盗むようなまねはしたくない。たとえその男が、誘えばすぐに応じそうな雰囲気を醸していても。それに、アンジー・トレントと見苦しく争うつもりもない。

なによりも、信じられないほどの機能不全に陥っているあのふたりのあいだに割りこむのはごめんだ。

　自分の夫が自殺を図ったことを自慢するなんて、モンスターではないか。思い出すと、胸がむかついてくる。けれど、もっと気になることがある。剃刀で腕を切るのが唯一の解決法だと思いこむほど、ウィルは深みにはまっていたのだろうか？　それほどまでに恐ろしいことをするほど、アンジーに取《と》り憑《つ》かれているのだろうか？　ウィルが腕を切っているあいだ抱きしめていたなんて、アンジーは異常ではないのか？

　この手の疑問は、精神科医に相談すべきだ。ウィルはどうやらつらい子ども時代を送ったようだ。それだけでも大きなダメージになりうる。ディスレクシアも彼の困難のひとつだが、それで人生が停滞することはなかったようだ。やや変わっているが、そこは愛嬌《あいきょう》でもあるし、いやな感じはしない。でも、自傷傾向はもう克服したのだろうか、それともうまく隠しているだけなのか？　過去を乗り越えたのなら、なぜいまだにあの恐ろしい女と一緒にいるのか？

　そして自分は、彼とはそんな関係にならないと決めたのに、なぜあいかわらずこういうことをぐずぐず考えているのだろう？

　ウィルは好みのタイプではない。ジェフリーとは少しも似ていない。ジェフリーは見るからに自信たっぷりだったが、ウィルにはまったくそんなところがない。長身のわりに、威圧的ではない。ジェフリーはフットボールの選手だった。チームを統率するコツを心得ていた。ウィルは一匹狼《いっぴきおおかみ》で、甘んじて背景に溶けこみ、アマンダにこき使われている。名誉も注目も求めない。ジェフリーが目立ちたがり屋だったわけではないが、あきれるほど自信があり、自分のほしいものは絶対に手に入ると確信していた。女たちは彼をうっとりと見つめた。ジェフリーは、なんでも器用にこなした。それもあって、サラは分別を放り捨てて彼と結婚したのだ。それも、二度。

もしかしたら、ほんとうのところ自分はウィル・トレントに興味はないのかもしれない。アンジー・トレントの言い分も、少しは正しいのかもしれない。自分は警官の妻でいることが好きだった。ただし、アンジーがほのめかしていたような倒錯した理由からではない。法執行機関の白黒はっきりした本質に、心底惹かれたからだ。両親には、人の役に立つようにと言われて育った。警察官ほど人の役に立つ仕事はないだろう。それに、犯罪捜査にはパズルを解くような側面があり、そこにも魅力を感じた。ジェフリーと、彼が担当している事件について話すのはおもしろかった。郡の検死官として遺体安置所で仕事をし、手がかりを見つけ、ジェフリーの役に立ちそうな情報を渡すと、自分も役に立っているような気分になれた。

うめき声が漏れた。医師という職業に就いていても、人の役に立てるではないか。やはり、アンジー・トレントのこじつけは、こじつけではなかった。次にウィルと会ったら、制服姿の彼を思い浮かべてしまいそうだ。

膝から二頭のグレーハウンドの頭をおろして立ちあがった。ビリーがあくびをした。ボブはまだ目を覚ます気がないらしく、ごろりと仰向けになった。サラはアパートメントのなかを見まわした。気分が落ち着かなかった。なにかを変えたくてたまらない――なんでもいい――そうしたら、自分はきちんと地に足をつけて生きていると思えるかもしれない。

手はじめに、ソファがテレビに向かってななめになるように位置をずらした。そのあいだ、犬たちはソファの上から自分たちの下を動く床を見おろしていた。ところが、この配置ではコーヒーテーブルが邪魔になる。サラはふたたびソファとテーブルを動かしてみたが、やはりしっくりこない。ラグを巻き終え、なにもかも元どおりに戻したときには、汗をかいていた。

コンソールテーブルに置いた写真立てが埃をかぶっていた。サラは家具用の艶出し剤を取り出し、また家具を磨きはじめた。磨く場所はたっぷりある。このアパートメントは、もともと乳製品の工場だった。高さ六メートルの赤煉瓦の壁が天井を支えている。配管はむき出しのままだ。部屋のドアは古く見えるように加工した木材で、蝶番やノブは納屋のドアに使われるものだ。こういう無機質なロフトはニューヨークによくありそうだ。ただし、マンハッタンで似た物件を買おうとすれば、一千万ドルは出さなければならないだろうが、サラのアパートメントはそれほど高くなかった。

そもそもサラがこの部屋を買ったのは、だれが見ても自分には合わないからだ。アトランタへ引っ越してきたとき、故郷で住んでいた家庭的な平屋とはまったくちがう家に住みたいと考えた。最近、あのころの自分は極端だったと思う。だだっぴろいワンルームの部屋は洞穴のようだった。ステンレスの設備に黒い御影石のカウンタートップを合わせたキッチンは費用がかかっているが、スープすら焦がすことで知られたサラのような者には無用の長物だ。家具もモダンすぎる。食卓は一枚板を削ったもので、十二人が一度に着席できるが、せいぜい郵便物を仕分けたり、ピザの配達人にお金を払うときに箱を置いたりするくらいなので、ばかげた贅沢だ。

サラは家具用艶出し剤をしまった。埃などどうでもいい。引っ越すべきなのだ。アトランタでも治安のいい地区にこぢんまりした家を買い、座面の低いソファやガラスのコーヒーテーブルは処分しよう。ふかふかのソファと、すっぽりおさまって本を読めるくらいゆったりした椅子を買おう。キッチンには、小さな陶器のシンクを入れて、裏庭を眺めて楽しめるように、大きな窓をつけよう。

ウィルの家のように。

ふと、テレビに目がとまった。夕方のニュースのロゴが表示されている。いかにもまじめそうな顔のレポーターが、ジョージア州立医療刑務所の前に立っていた。関係者はみな、ジョージア州の死刑囚監房を表すことを承知のうえでD&Cと呼ぶ。サラは、先ほどこの刑務所で二名の男が殺害されたという事件のニュースを最後まで観たとたんに、あることを思い、いまも考えつづけている。それは、ウィル・トレントに深入りすべきではない理由がまたひとつ増えた、ということだ。

ウィルはイヴリン・ミッチェルの拉致事件の捜査をしている。おそらく、今日は医療刑務所には行っていないはずだ。ところが、被害者のひとりが警官《オフィサー》だと聞いたとたん、サラの心臓は喉までせりあがった。その人物の名前がもうひとりの被害者である受刑者の名前とともに発表され、刑務官《オフィサー》だったとわかったあとも、動悸《どうき》がなかなかおさまらなかった。ジェフリーと暮らしていたため、夜中に突然電話が鳴ったときにどんな気持ちがするか、サラはよく知っている。ニュースを観るたびに、ちょっとした噂を耳にするたびに、ジェフリーも捜査で命を危険にさらすのではないかという不安に胸の奥をつかまれた。まるで心的外傷後ストレス障害《PTSD》の症状だ。長いあいだ恐怖を抱えて生きていたことを自覚したのは、ジェフリーが殺されたあとのことだ。

インターフォンが鳴った。ビリーは面倒くさそうにうなったが、二頭ともソファをおりなかった。サラはスピーカーのボタンを押した。「はい?」

ウィルだった。「ええと、こんな夜に申し訳ない――」

サラはボタンを押してウィルを建物に入れた。カウンターから彼の車のキーを取り、玄関のドアをあけた。彼を部屋のなかに入れるつもりはない。アンジーのことで謝ってほしくもない。アンジー・トレントは思ったことを自由に話す権利があるし、なによりも彼女の言い分は的を射ていた。とにかく、知りあえてよかった、これからは奥さんとうまくいくように願っていると伝えて、ウィルとはお別れだ。

ウィルはなかなかあがってこなかった。エレベーターがやけにのろい。デジタルの階数表示を見ると、四階から一階へおりるところだった。ふたたびのぼってくるのに、永遠とも思える時間が過ぎた。サラは小声で数えた。「三階、四階、五階」ようやく六階に到着したことを知らせるベルが鳴った。

扉がするすると開いた。重ねた二個の段ボール箱、白い発泡スチロールの箱、〈クリスピー・クリーム・ドーナツ〉の箱のむこうから、ウィルが顔を覗かせた。人間の夕食どきだと気づいたらしいグレーハウンドたちが、ホールに駆け出てきてウィルを歓迎した。

サラは小さく悪態をついた。

「遅くなってすまない」ウィルはボブに押し倒されないよう、体の向きを変えた。

サラは二頭の首輪をつかみ、足で玄関のドアを押さえてウィルをなかに入れた。ウィルは箱の山をダイニングルームのテーブルに起き、すぐさま犬をなではじめた。犬たちは久しぶりに会った友人のようにウィルを舐《な》め、しっぽを激しく振り、前脚で木の床をかりかりと引っかいた。ついさっきまであんなに強かったサラの決意は、もう崩れかけている。

ウィルが顔をあげた。「もう寝てたのか？」

サラは、投げやりな気分にぴったりの服装をしていた。古いスウェットパンツに、グラント郡レベルズのフットボールTシャツ。髪はきつくひっつめている。「これ、車のキー」

「ありがとう」ウィルは胸から犬の毛を払った。昼間と同じ黒いTシャツを着ている。

「よしよし」クリスピー・クリームに飛びかかろうとしたボブを引き止める。

「それは血？」彼の右袖に、黒っぽく乾いたしみがついていた。サラはとっさに彼の腕に手を伸ばした。

ウィルは一歩あとずさった。「なんでもないよ」袖口を引っぱりおろす。「今日、刑務所で事故が起きたんだ」

サラは、胸が締めつけられるようなあの感じを覚えた。「あそこにいたのね」

「被害者を助けられなかった。きみなら……」ウィルは最後まで言わなかった。「刑務所の嘱託医は、致命傷だと言っていた。大量に出血したんだ」自分の手首をつかむ。「家に帰ったときに着替えればよかったんだけど、やることがたくさんあって、しかもうちはいましっちゃかめっちゃかなんだ」

彼は家にいったん帰ったのだ。サラはなぜか一瞬、彼はアンジーと顔を合わせていないと思いこんでいた。「今日のことを話しあいたいの」

「ええと……」ウィルはわざととぼけているように見えた。「そんなに話すこともないんだ。被害者は死亡したし。とくにいい人って感じでもなかったけど、きっと家族はつらいだろうな」

サラはまじまじとウィルを見やった。ウィルはまったく悪気のない顔をしている。アンジーはウィルに昼間のことを話していないのだろうか。もしくは、アンジーは話したけれど、ウィルは精一杯、無視を決めこもうとしているのかもしれない。どちらにせよ、ウィルはサラに隠しごとをしていることになる。けれど、今日の午後はあまりにもいろいろなことがありすぎたせいで、急になにもかもどうでもよくなった。アンジーの話はしたくない。ふたりの関係を分析したくない。唯一はっきりしているのは、ウィルに帰ってほしくないということだ。

「その箱にはなにが入ってるの？」

ウィルはサラの態度が変わったことに気づいたようだが、そのことについてなにか言う気はなさそうだった。「古い事件の捜査ファイル。イヴリンの失踪に関係があるかもしれない」

「拉致されたんじゃないの？」

ウィルは痛いところを突かれたらしく、苦笑した。「明日の朝五時までに、ファイルに目を通しておかなければならないんだ」

「手伝いましょうか？」

「いいよ」ウィルは後ろを向き、箱を抱えた。「ベティを家に連れて帰ってくれてありがとう」

「ディスレクシアは欠点じゃないのよ」

ウィルはテーブルにまた箱を置き、振り返った。すぐには返事がなかった。彼にじっと見つめられて、サラは入浴していないのを後悔した。しばらくして、ウィルは口を開いた。

「ぼくに対して怒ってるきみのほうが好きだな」

サラは黙っていた。

「アンジーだろ？　アンジーのことで怒ってるんだろう？」

こんなふうに、いきなり話が変わるところは新鮮だ。「そのことは、わたしたちふたりとも忘れたふりをしてたみたい」

「その話をしたい？」

サラは肩をすくめた。どうしたいのか自分でもわからなかった。ほんとうは、邪気のないたわむれはもう終わりにしようと告げるべきだとわかっている。ドアをあけて、ウィルを帰さなければならない。明日の朝、デイルに電話をかけ、次のデートの約束をすべきだ。ウィルのことは忘れるようにすれば、時間が記憶を消してくれる。

けれど問題は、ウィルを忘れられるかどうかということではない。彼が危険に巻きこまれているのではないかと想像したとたんに、胸が締めつけられたことだ。部屋のなかに入ってくるウィルを見て、ほっと安心したことだ。彼のそばにいると、気持ちが浮き立つことだ。

ウィルが言った。「アンジーとは一年以上、一緒に暮らしていない――別居している」

その言葉がサラに浸《し》みこむのを待つかのように、言葉を切った。「きみと知りあったころからだ」

「そう」サラにはそうつぶやくのが精一杯だった。

「何カ月か前にアンジーのお母さんが亡くなった。そのときに二時間くらい会ったけど、そのあとアンジーはどこかへ行ってしまった。葬儀にも来なかった」彼はまた黙った。話すのがつらそうだ。「アンジーとの関係は説明するのが難しいんだ。どうしても、ぼくが哀れな愚か者に見えてしまう」

「わたしに説明する義務はないわ」

ウィルはポケットに両手を入れ、テーブルに腰をあずけた。天井の明かりが、彼の口の上の傷跡を照らした。上唇から鼻まで、人中《じんちゅう》に沿ってジグザグのピンク色の線が走っている。あの傷跡に唇をつけたらどんな感触だろうかと想像して、いままでどれくらいの時間を浪費したことか。

考えるのも怖いほどだ。

ウィルは咳払いをした。床を見おろし、サラの顔に目を戻した。「ぼくがどこで育ったかは知ってるだろう。ぼくの生い立ちは」

サラはうなずいた。アトランタ児童養護施設はもう何年も前に閉所したが、建物はここから十キロも行かないところに残っている。

「子どもはどんどんいなくなった。施設の人たちが、できるだけ子どもが里親のもとで暮らせるように努力していたからだ。そのほうが、コストがかからないからだと思う」ウィルは、そんなものだというように肩をすくめた。「たいてい、年嵩の子どもは里親の家でうまくいかない。数週間、ときには数日で施設に帰ってくる。帰ってきたときには、様子が変わっている。理由は、きみならわかるだろ」

サラはかぶりを振った。わかりたくなかった。

「三年生も落第するような八歳男子の里親になりたがるような人はめったにいない。でも、アンジーは女の子だ。顔もかわいくて頭がよかったから、里親候補が次々と現れた」ウィルはまた肩をすくめた。「たぶん、ぼくにとってアンジーが帰ってくるのを待つのは、普通のことなんだ。そして、ぼくの知らないところでどうしていたのか訊かないことも」テーブルに手をついて立ちあがり、段ボール箱を抱えあげた。「ほらね。哀れな愚か者みたいだろ」

「そんなことない。ウィル――」

ウィルは玄関で足を止めた。鎧《よろい》のように段ボール箱を体の前に抱えている。「アマンダからきみに訊いてくれと頼まれたんだけど、フルトン郡の検死局に知り合いはいないかな」

サラの頭はギアチェンジに時間がかかった。「いるかも。検死官になりたてのころ、あそこで何度か研修を受けたから」

ウィルは箱を抱えなおした。「ぼくじゃなくてアマンダの頼みなんだけど。その知り合いに電話をかけてくれないか。気が進まなければ、断ってくれてかまわない——」

「アマンダはなにを訊いてほしいの?」

「検死でわかったことを全部。市警はぼくたちに情報をくれない。捜査を独占したいんだ」

ウィルはドアのほうを向いて待っている。サラは彼の首筋からやわらかそうな髪に目をさまよわせた。「わかった、訊いておく」

「アマンダの電話番号は知ってるね。なにかわかったら、アマンダに電話してくれ。なにもわからなくても頼む。あの人はせっかちだから」ウィルはサラがドアをあけるのを待っているようだった。

サラは今日の午後ずっと、ウィルとは二度と会わないようにしなければと考えていたのに、いざ別れの段になると、どうしてももっと一緒にいたくなった。「アマンダはまちがってた」

ウィルは振り返った。

「今日、アマンダが言ったことだけど。あれはまちがってた」

ウィルはわざとらしく驚いた。「声に出してそんなことを言う人ははじめてだ」

「アルメッハ。あの最期の言葉。たしかに、普通はあの訳語――〝ハマグリ〟でいいけど、スラングで〝金〟を意味することはない。とにかくわたしはその意味で使われるのを聞いたことがないわ」

「じゃあ、どんな意味があるんだ?」

口にしたくもない言葉だが、しかたがない。「〝カント〟」

ウィルは眉根を寄せた。「どうして知ってるんだ?」

「わたしの職場は公立の大病院よ。あそこで働きはじめてから、週に一度はその手の言葉をかけられてる」

ウィルは段ボール箱をテーブルに置いた。「だれがそんなことを?」

サラはかぶりを振った。ウィルは患者全員を尋問しそうな勢いだ。「肝心なのは、死んだ男がフェイスにそう呼びかけたってことよ。お金の話じゃなかった」

ウィルは腕組みをした。見るからに憤慨している。「リカードという男だ。裏庭で、女の子たちに向かって発砲したやつは――リカードという名前だった」サラはウィルと目を合わせた。彼は話を続けた。「洗濯室で死んでいた男は、ヒロノブ・クウォン。もうひとりの、年上のアジア系については、アロハシャツが好きで南部の訛りがあったことを除いて、なにもわかっていない。そのほかに負傷した男がいる。イヴリンと揉みあいになってナイフで刺されたと見られている。明日、病院へ行けば、警察から手配書がまわってきているはずだ。Ｒｈマイナス B型、おそらくヒスパニック系、腹部に刺し傷のある男。手も負傷している可能性がある」

「おもしろい登場人物ばかりね」

「全員を覚えるのは簡単じゃないし、この事件のほんとうの主犯が彼らなのかどうかも、ぼくにはわからない」

「どういう意味？」

「個人的な恨みのような気がするんだ。別の要素が絡んでいるような。普通は金を奪うのに四年も待たないだろう。目的は金じゃないと思う」

「お金が諸悪の根源だと言われるのは、理由があるんじゃないかしら」ジェフリーは金銭的な動機を好んだ。サラの知るかぎり、ジェフリーの読みはよく当たっていた。「負傷した男は――腹部を刺されたという男は、ギャングのメンバーなの？」ウィルがうなずく。

「たいてい、ギャングにはお抱えの医師がいるの。腕は悪くない――わたしもERでそういう医師の仕事を何度も見てる。でも、腹部の外傷には高度な技術が必要よ。輸血用の血液が必要なのに、Ｒｈマイナス B型は手に入りにくい。無菌の手術室や、そのへんの薬局では買えない薬品だって必要だし。病院の薬局以外には出まわらない薬もある」

「そういう医師のリストを作ってくれるか？　監視先に追加させるから」

「ええ」サラはキッチンへ行き、ペンとメモ用紙を取ってきた。

ウィルはずっとダイニングルームのテーブルのそばにいた。「腹部を刺されたら、そのあとどれくらい生きていられるのかな？　現場にはかなりの量の血が残っていたんだが」

「場合によりけりね。数時間、ことによると数日。一刻を争うほどではないかもしれないけど、一週間もてば奇跡ね」

「きみがリストを作ってくれているあいだに、夕食を食べてもいいかな？」ウィルは発泡スチロールの箱をあけた。長さ三十センチのホットドッグがチリソースに浸かっているのが見えた。ウィルはにおいを嗅いで、顔をしかめた。「ガソリンスタンドの店員がこれを捨てたのは、理由がありそうだ」それでも、一本を手に取った。

「やめなさいよ」

「たぶん大丈夫だよ」

「座ってて」サラは戸棚からフライパンを取り出し、冷蔵庫から卵を出した。ウィルはステンレスの調理台の反対側にあるバーカウンターの前に座った。発泡スチロールの箱もカウンターに置いた。ボブが箱に鼻を突っこみ、あとずさった。

「本気でそれを夕食にするつもりだったの――ホットドッグ二本とクリスピー・クリーム・ドーナツを？」

「ドーナツは四個だ」

「あなたのコレステロールはどうなってるの？」

「コマーシャルに出てくるのと同じで白いと思うよ」

「おもしろくない」サラは発泡スチロールの箱をアルミホイルで包み、ごみ箱に捨てた。

「どうしてフェイスのお母さんは身代金目的で誘拐されたんじゃないと思うの？」

「じつは、なんとも言えないんだ。ただ、辻褄《つじつま》が合わないことが多すぎると思って」ウィルは卵をボウルに割り入れるサラを見ている。「イヴリンみずから消えたとは思えない。家族を残してそんなことはしない人だ。でも、犯人とは知り合いかもしれないと思うんだ。たとえば、仕事でなんらかのつながりがあったとか」

「どんな？」

ウィルは立ちあがり、テーブルへ歩いていくと、段ボール箱から黄色のファイルを数冊取り出した。ドーナツの箱を取ってから、またキッチンのカウンターの前に座った。「ボイド・スパイヴィだ」いちばん上のファイルをあけてサラに顔写真を見せた。

サラもニュースで見た覚えがある顔と名前だ。「今日、刑務所で殺された人ね」

ウィルはうなずき、次のファイルを開いた。「ベン・ハンフリー」

「この人も警官だったの？」

「そうだ」また別のファイルを開く。内側に黄色い星形のシールが貼ってある。「これはアダム・ホプキンズ。ハンフリーのパートナーだった」次のファイルには紫色の星が貼ってあった。「チャック・フィン、スパイヴィのパートナーだった。こっちは――」最後のファイルを開いた。緑色の星。「デマーカス・アレクサンダー」またテーブルへ行き、六冊目のファイルを持ってきた。ウィルの次の言葉を聞くと、黒い星が予兆のように見えた。「ロイド・クリステンセン。三年前にオーバードーズで死亡した」

「全員、警官?」

ウィルはうなずき、ドーナツの半分を口に押しこんだ。

サラは卵をフライパンに流しこんだ。「わたしの知らないことがまだありそうね」

「彼らのボスがイヴリン・ミッチェルだったということ」

サラは思わず卵をこぼしそうになった。「フェイスのお母さん?」もう一度、ファイルの写真をよく見た。六人ともそろって、ちょっとへまをしてしまったばかりに捕まってしまったと言いたげに、不遜な表情であごをあげている。サラは誤植を解読しつつ、スパイヴィの捜査報告書に目を通した。「重罪の捜査中に窃盗行為」ページをさかのぼり、詳細を読んだ。「スパイヴィは麻薬捜査課の同僚に、強制捜査で押収した現金が二千ドルを超える場合にその十パーセントを着服するよう指示した」

「金額はどんどん増えた」

「最終的には?」

「わかっているだけでも、十二年間で約六百万ドルを盗んだ」

サラは低く口笛を吹いた。

「六人それぞれが百万ドルを非課税で手に入れたことになる。最低でも百万ドル。彼らが刑務所に入った初日に、政府《アンクル・サム》から連絡があったと思うけどね」

盗んだ金でさえ課税対象になる。受刑者のほとんどが、刑務所に入所して一週間以内に内国歳入庁《IRS》から通知を受け取る。

サラはファイルを見おろし、読んでいるふりを続けた。誤植はひどく目立つほどではなかった。サラは何度も警察の報告書を読んだことがあるが、どれも文法やつづりのミスが多かった。ディスレクシアのある人の例に漏れず、ウィルもパソコンのスペルチェック機能を疑わないようだ。文脈上おかしな単語があっても、そのまま直さず、最後に自分の名前を署名している。サラはその署名を凝視した。署名欄の黒い下線からななめにのたくっている曲線にしか見えない。

ウィルがサラをじっと見ている。質問をしたほうがよさそうだと、サラは思った。「どうして捜査をすることになったの？」

「GBIに匿名の告発があった」

「なぜイヴリンには容疑がかからなかったの？」

「検察が立件しなかった。イヴリンは退職金を満額もらって退職できた。早期退職となっていたけれど、勤続三十年以上だった。イヴリンは金のために働いていたわけじゃない。ともかく、市からもらう給料のためじゃなかったことはたしかだ」

サラはへらで卵をかきまぜた。ウィルはドーナツをさらにふた口食べた。粉砂糖が黒い花崗岩のカウンターにこぼれた。

「ひとつ訊いてもいい？」サラは尋ねた。

「どうぞ」

「お母さんはあなたの捜査対象だったんでしょう。それなのに、フェイスはどうしてあなたとパートナーを組んでるの？」

「フェイスはぼくがまちがってると思ってる」ボブが戻ってきて、カウンターに鼻面をのせた。ウィルはボブの頭をなではじめた。「ぼくがパートナーになったことはイヴリンに話してあるようだけど、ぼくとはイヴリンについてきちんと話したことがないんだ」

ほかの人間がそんなことを言ったらとても信じられなかっただろうが、ウィルとフェイスならおおいにうなずける。フェイスは自分の気持ちを話すことに居心地の悪さを感じるタイプだし、善人すぎるウィルに対してひそかに復讐心《ふくしゅうしん》を抱きつづけるのは難しい。「イヴリンてどんな人？」

「昔気質《かたぎ》だ」

「アマンダに似てる？」

「そうでもない」ウィルは箱から二個目のドーナツを取り出した。「タフだけど、アマンダほど強烈じゃないよ」

サラにはウィルの言わんとすることが理解できた。あの世代の女にとって、男の競争相手に自分の能力を証明する道が豊富にあったわけではない。アマンダは道なき道を楽しんで進んできたように見える。

「でも、ふたりはともに努力してきた」ウィルが言った。「アカデミーの同期で、市警とGBIの共同捜査本部で一緒に働いたこともある。いまでも親しくしてるよ。たしか、アマンダはイヴリンの義弟、ご主人の弟とつきあっていたことがある」

明らかに利害が相反するのではないか。「それなのに、あなたはアマンダの部下としてイヴリンを取り調べたんでしょう?」

「そうだよ」ウィルは三個目のドーナツをたちまちたいらげた。

「そのときは、イヴリンとアマンダが親しいことを知ってたの?」

ウィルはナッツを頬袋に入れたリスのようにドーナツをほおばったままかぶりを振り、それから尋ねた。「ガスの火をつけてないけど、忘れてる?」

「あら」だから卵がまだ液体のままなのだ。サラはダイヤルをまわして火をつけた。

ウィルは手の甲で口元を拭った。「ぼくもしばらく放っておくのは好きだよ。森のなかみたいなにおいがしてくる」

「それは大腸菌」サラはなぜなかなかパンが出てこないのだろうと思い、トースターをチェックした。パンを入れていなかったからだ。戸棚からあわててパンを取り出すサラを見て、ウィルがほほえんだ。「わたし、料理は苦手なの」

「続きはぼくがやろうか？」

「それよりイヴリンのことを話して」

　ウィルは椅子に深く座りなおした。「はじめて会ったとき、いい人だと思った。状況を考えると変な話に聞こえるのはわかる。普通は反感を抱くんじゃないかと思われるだろうけど、そういうものじゃないんだ。捜査は公務だから。ときどき、捜査が不当な理由ではじまることがある。言ってはいけないことを言ってしまったとか、怒らせてはいけない政治家を怒らせて、罠《わな》にはめられた人と向かいあっていたなんてことがあるんだ」粉砂糖を散らかさないよう一カ所にまとめながら続けた。「イヴリンは、とても礼儀正しかった。丁寧だった。あのときまで、彼女の経歴はきれいだった。ぼくはぼくの仕事をしているだけだとわかってくれていたようだ。たいていは、小児性愛者のように忌み嫌われるんだけど」

「起訴されないと自信があったからかもよ」

「起訴されるかどうかは気にしていたかもしれないけれど、それよりも娘のことを心配していた。フェイスを巻きこまないように全力を尽くしていたんだ。ぼくは、アマンダにパートナーを組まされるまではフェイスと会ったことがなかった」

「よい母親ではあったのね」

「上品な人だ。それに、頭がよくて、強くて、逆境にも負けない。この点はまちがいないよ」

サラは卵のことをすっかり忘れていた。へらでフライパンの底から卵をはがした。

ウィルが言った。「イヴリンは、犯人グループが家を荒らしまわっているあいだ、椅子にダクトテープで縛りつけられていた。椅子の座面の裏側に、矢印が描いてあったんだ。イヴリンは自分の血でそれを描いていた」

「矢印はなにを指していたの？」

「部屋のなか。ソファ。もしくは裏庭かもしれない」ウィルは肩をすくめた。「はっきりしないんだ。これだというものが見つかっていない」

サラは考えた。「矢印の頭だけ？　そのほかにはなにも描いてなかった？」

ウィルは粉砂糖を広げ、楔形《くさびがた》の印を描いた。

サラはそれをじっと見つめ、頭のなかでなんと言うべきか考えた。事実を言うしかない。

「わたしにはVに見える。アルファベットのV」

ウィルが押し黙り、室内の雰囲気が変わった。サラは、ウィルが話を変えるか、冗談でごまかすのではないかと思ったが、そうではなかった。「こんなふうにきれいに描けてはいなかった。頂点がつぶれていた」

「もしかしたら、こう?」サラはもう一本、横線を足した。「アルファベットのAみたいな」

ウィルはじっと文字を見た。「アマンダは矢印と言われてなんのことかわからないみたいだったけれど、あれはほんとうにぼくがなにを言っているのかわからなかったのか」

「アマンダも見たの?」

ウィルは粉砂糖を手のひらに集め、最後の一個が入っているドーナツの箱に入れた。

「見た」

サラは皿に移した卵をウィルの前に置いた。トースターからパンが出てきた。ほとんど黒焦げだ。「ああもう。ごめんなさい。食べなくていいから。ごみ箱に捨てたホットドッグのほうがいい?」

ウィルは焦げたトーストを受け取り、皿にのせた。煉瓦でコンクリートをこすったような音がした。「バターがあれば充分だよ」

マーガリンならあった。ウィルはマーガリンをナイフに取り、パンが湿って折りたためるようになるほどたっぷり塗った。卵は黄色というより茶色っぽくなっているが、ウィルはそれも食べはじめた。

「〝アマンダ〟の頭文字はAよ。〝アルメッハ〟もAではじまる。そして、イヴリンが椅子の座面の裏にAという文字を描いたかもしれないってことね」ウィルは頭韻に気づかなかったかもしれない。ディスレクシアのある人の多くは、頭に銃口を突きつけられても同韻語を見つけられない。

ウィルは皿を少し遠ざけた。「アマンダはぼくにすべての情報を教えてくれるわけじゃないんだ。あの汚職事件が今回の事件に関連しているとは、絶対に認めようとしない」

「でも、汚職事件の記録を洗いなおせって言われたんでしょう」

「なんらかの情報がほしいのか、それともぼくにとりあえずなにかさせておこうって考えたのかもしれない。ぼくには一晩かかっても読めないと承知のうえでやらせてるんだ」

「わたしが手伝えば間に合うかも」

ウィルは皿をシンクへ持っていった。「帰る前に、洗っておこうか?」

「それより、現場の話をして」

ウィルは皿を水でざっと洗い、手を洗いはじめた。

「それ、水でしょ」サラは左利きなので、水の栓と湯の栓の位置を通常と逆にしてあるのだが、わざわざ説明するまでもないので、身を乗り出して湯を出してやった。

ウィルが差し出した手のひらに、サラはハンドソープを出した。「どうしてきみは家具磨き剤のレモンのにおいがするんだ?」

「どうしてベティが奥さんの犬じゃないと教えてくれなかったの?」

ウィルはハンドソープを両手に広げた。「世の中には決して解けない謎がある」

サラは苦笑した。「現場の話をして」

ウィルは現場の様子を語った。ひっくり返った椅子、壊れた赤ん坊の玩具。ミセス・レヴィとイヴリンの〝いい人〟について、そしてミタルが血痕から導き出したイヴリンの行動に関する仮説、それに対するウィルの異論。トランクのなかに〝いい人〟の遺体を発見した話をするころには、ウィルはサラに言われるがまま、ダイニングルームのテーブルの前に座っていた。

サラは尋ねた。「ボイド・スパイヴィが殺されたのは、アマンダと面会したせいだと思う?」

「その可能性はなくはないけど、考えにくいな。タイミングが合わない。アマンダは、刑務所へ行く二時間前に所長に電話をかけて、いきなり面会を依頼したんだ。嘱託医は、凶器は鋸歯《きょし》状のナイフだと言っていた。歯ブラシを削って作れるしろものじゃない。カメラは前日から動いていなかった。ということは、遅くても二十四時間前には計画されていたと考えられる」

「だったら、周到にタイミングを合わせたのね。イヴリンが拉致される。その数時間後にスパイヴィが殺される。あとの五人は無事なの?」

「いい質問だ」ウィルはポケットから携帯電話を取り出した。「ちょっと電話をかけてもいいかな?」

「どうぞ」サラはウィルの邪魔をしないように席を立った。フライパンがまだ熱かったので、水で洗った。焦げた卵がこびりついている。親指でこすってみたが、あきらめて食器洗浄器の最上段に突っこんだ。

もう一度、ボイド・スパイヴィのファイルを開いた。冗談のつもりなのか、ピンク色の星が貼ってある。スパイヴィはまるで汚職警官を演じている役者だ。丸くむくんだ顔はステロイドを服用しているしるしだ。目が小さいので、瞳孔が開いているかどうかはわからない。身長も体重も、アメフトのラインバッカー並みだ。

サラはスパイヴィの逮捕容疑の詳細を読みながら、ウィルがヴァルドスタ州立刑務所の職員と話すのをなんとなく聞いていた。彼らはベン・ハンフリーとアダム・ホプキンズを独房に移すべきかどうか話しあい、結局は監視をさらに厳しくすることで合意したようだ。

ウィルはまたどこかへ電話をかけたが、今度はやや時間がかかった。GBI本部のだれかに、保護観察官を通して、出所した二名の居場所を確認してほしいと依頼しているようだった。

スパイヴィのファイルには、彼の履歴も綴《と》じてあった。サラはスパイヴィの私生活について読んだ。彼はハイスクールを卒業後、ポリス・アカデミーに入学している。その後、ジョージア州立大学の夜間部に通い、犯罪科学で学士号を取得した。妻と三人の子どもがいる。妻は、アトランタ郊外のオランダ領事館で秘書をしていた。

イヴリン率いる麻薬捜査課の一員に抜擢《ばってき》されたのは、彼にとって大きな節目だった。麻薬捜査課は警察組織のなかでもエリート集団だ。武器も設備も最高のものが用意されるし、アトランタ都市圏は重罪犯がいくらでもいるので、マスメディアに取りあげられ、賞賛を浴びる機会も多い。スパイヴィは、注目されるのをことのほか楽しんでいた。ウィルは、麻薬捜査課の活躍を報道する新聞記事をいくつか集めていた。イヴリンがリーダーだったのに、どの記事でも前面で目立っているのはスパイヴィだった。髭をきれいに剃り、女の子の自転車を飾れるほどたくさんのリボンを胸につけたスパイヴィの写真もあった。

それでもなお、彼は飽き足らなかったのだ。

「ごめん」

サラは書類から目をあげた。ウィルが電話を終えたようだ。

「待たせたね。残りの五人が無事か確かめたかったんだ」

「いいのよ」サラは電話を聞いていなかったふりをした。「アマンダには電話しなかったのね」

「ああ、しなかった」

「もっと読むものがあればちょうだい」

「ほんとうに、そこまでしてくれなくていいんだ」

「わたしがやりたいの」正直なところ、ウィルに親切を施したいのでもなければ、一緒にいる時間を引き延ばしたいわけでもなかった。ボイド・スパイヴィのような人間がなぜここまで落ちぶれたのか、理由を知りたかった。

ウィルがいつまでもこっちを見つめているので、サラはだめだと言われるのを覚悟した。しかし、ウィルは段ボール箱をあけた。なかには、古いウォークマンと大量のカセットテープが入っていた。どれもラベルはなく、カラフルな星形のシールが貼ってあった。ウィルは言った。「六名の被疑者の取り調べをすべて録音してある。六名とも、最初は口が重かったけれど、最後には刑期を短くしたくてしゃべるようになった」

「おたがいを売ったの?」

「まさか。市会議員数人分の情報を漏らしたんだ。それと引き換えに、求刑を軽くしてもらった」

市会議員に薬物依存症がいたことに驚くふりをしてもしかたがない。「どれくらい軽くなったの?」

「まあ、彼らにしゃべらせることができるくらいには。でも、大きな魚は釣れなかった」

ウィルはもう一個の段ボール箱をあけ、さらにファイルを取り出した。それらのファイルも、やはり色が目印になっていた。ウィルはまず、緑色のファイルの束を差し出した。

「検察側の参考人の証言だ」次に赤いファイル。こちらは緑色のものより数が少ない。「弁護側の証人」青いファイルもあった。「押収した金額が大きかった事件の捜査ファイル――二千ドル以上のものがすべて入っている」

サラはさっそく作業に取りかかり、ふたり目の個人ファイルを読みはじめた。ベン・ハンフリーも、ボイド・スパイヴィと同類の警官だった。たくましい体格、仕事熱心、目立ちたがり。そして、最終的に、完全に堕落した。アダム・ホプキンズとデマーカス・アレクサンダーも同様で、ふたりとも銀行強盗事件で銃撃にあいながらも勇敢に行動したとして賞賛され、フロリダの別荘をキャッシュで購入している。ロイド・クリステンセンは、バーで銃身を切りつめたショットガンを乱射した男を追跡し、パトカーを派手にひっくり返したあげく逮捕した功績によって昇進した。また、彼はすぐに議論を吹っかけるたちだった。クリステンセンが命令に従わなかったという報告が二件あるが、イヴリンによる彼の年次評価は、べたぼめと言わないまでも、とくに低くもなかった。

たったひとり異質なのがチャック・フィンだった。ほかの五人にくらべて知性派のようだ。フィンは逮捕されたとき、イタリアのルネッサンス期の美術で博士号を取るべく学んでいた。生活も五人ほど贅沢ではなかった。不正な手段で得た金は、学費と国外旅行の費用にしていた。彼はあまり目立たないやり方でチームに貢献していたにちがいない。イヴリン・ミッチェルは理由があって六人を選んだはずだ。先導者タイプがいれば、チャック・フィンのような、明らかな追従者もいる。だが、六人には共通点があった。やらねばならないことはかならずやると評判の凄腕《すごうで》だったことだ。六人のうち、三人が白人、ふたりが黒人、ひとりがチェロキー族の血を引いていた。彼らは現金と引き換えにすべてを失ってしまった。

ウィルがウォークマンのテープを反転させた。目を閉じてヘッドフォンを装着している。ウォークマンのホイールが回転するキュルキュルという音しか、サラには聞こえない。

次のファイルには、押収した金額が大きかった捜査に関する書類が入っていた。サラは、すべてに目を通すのは大変だろうと思ったが、読んでみると、だいたい内容は似通っていた。違法薬物の取引という犯罪の性格上、逮捕された者たちのほとんどは、イヴリンのチームに対する捜査がはじまった時点ですでに死んでいるか服役中だった。街に残っているのはほんの数人だが、活動しているらしい。なかには、サラも夜のニュースで聞いたことのある名前があった。参考になりそうな事件がふたつあった。サラはウィルのためにそれを取りのけた。

時計を見ると、午前零時を過ぎていた。翌朝早くから勤務が待っている。それが合図になったかのように、あごがはずれそうなほど大きなあくびが出た。ウィルに見られなかったか、ちらりと様子をうかがった。目の前にはファイルの山がまだ残っている。半分しかチェックできていないが、サラは読みたいものを途中でやめることができない。犯罪の記録を読む作業は、ミステリ小説の手がかりをつなごうとするようなものだ。正義の側にいるはずだった男たちも、犯罪者と同じく腐敗していた。そして犯罪者側は、警察に渡す賄賂をビジネスに必要な経費ととらえていた。きっと、両者ともみずからの犯罪行為を正当化する理由をいくらでもあげたにちがいない。

サラは次のファイルの山に取りかかった。イヴリンの六名の部下は、もうすぐ審理がはじまるというぎりぎりのタイミングで司法取引に応じていた。検察側の証人候補は念入りに選抜されていたが、弁護側の証人にくらべて数が少なかった。ウィルの知っている名前ばかりだろうが、サラはどのファイルも丁寧に読んだ。一時間ほどかけてそれぞれの証言をくらべてから、最後のファイルを開いた。すべて読み通したときのごほうびに取っておいたものだ。

イヴリン・ミッチェルの調書の写真には、いかにもきちんとした女が無表情で写っていた。それまで取り調べる側として長年生きてきたのに反対の立場に立たされ、どんなに屈辱を感じたことだろう。彼女の顔つきからは読み取れないが。唇はまっすぐに結ばれている。目はなんの感情も表さずに前を見据えている。髪はフェイスに似たブロンドだが、鬢《びん》に白いものが交じっている。瞳はブルー、身長百七十五センチ、体重六十二キロ——娘より少し背が高い。

イヴリンのキャリアは、地元の女性クラブからパイオニア賞を授与されるにふさわしく、現に二度受賞している。児童性的虐待の常習犯の死亡に終わった人質事件で、交渉役としてふたりの子どもを解放させた功績により、刑事に昇進した。市警の記録上もっとも好成績で試験に合格したのに、警部補に昇進するまで十年かかっている。警部に昇進するまでには、雇用機会均等委員会が性差別であるとして訴訟を起こした。

イヴリンは懸命に働いて経験を積み、苦労してキャリアを築いていた。ジョージア工科大学からのものも含めて、優秀な成績でふたつの学位を取得している。母親であり、祖母であり、夫を亡くした妻でもある。ふたりの子どもは、サラが公僕の代表と思っている職業についている――ひとりは自治体に、もうひとりは国に奉仕している。彼女の夫は保険代理業という堅い仕事についていた。いろいろな点で、イヴリンはサラの母親を思い出させる。キャシー・リントンは銃こそ携帯していないが、ひたすら自分自身と家族のためによいと信じることをやってきた。

しかし、キャシーなら決して賄賂など受け取らなかったはずだ。痛々しいまでに正直で、フロリダの観光客相手の店からお釣りを多くもらってしまったからと、八十キロの道のりを引き返すような人だ。フェイスがウィルとパートナーを組めるのも、そういうことではないか。サラ自身、あなたの母親は百万ドルもの金を盗んだと言われたら笑い飛ばすだろう。とても現実とは思えない話だ。フェイスは、ウィルがまちがっていると考えているだけではない。ウィルがだまされていると思っているはずだ。

ウィルがテープを交換した。

サラは、身振りでヘッドフォンを取ってほしいと頼んだ。「辻褄が合わないことがあるの」

「なにが?」

「麻薬捜査課のメンバーはそれぞれ百万ドルを横領したということだったけれど。でも、ビル・ミッチェル名義の州外の口座には、せいぜい六万ドルしかなかった。イヴリンはポルシェに乗ってるわけじゃない。金のかかる愛人もいない。フェイスとお兄さんの学校は私立じゃなかった。イヴリンが休暇旅行をしたのは、孫とジェキル島に行っただけ」

「それがわかるのは明日以降だろう。イヴリンを拉致した犯人は金をほしがってる」

「そうかしら」

たいていの警官は、自分の子どもを庇うように、担当する事件に対する自分の考えを守ろうとする。だが、ウィルは「なぜそう思う?」と訊き返しただけだった。

「なんとなく。勘よ。とにかくお金じゃないような気がする」

「フェイスはこの口座のことを知らないんだ」

「わたしも言わないようにする」

ウィルは体をまっすぐに起こし、両手を握りあわせた。「いま、イヴリンの取り調べの最初の部分を聞いていたんだ。ほとんどご主人の話ばかりしていた」

「ビルは保険代理業をやっていたのよね」

「汚職捜査の数年前に亡くなっている」

サラは、自分も夫に先立たれたことについて尋ねられるのではないかと身構えたが、ウィルは別の方向へ話を進めた。

「ビルは亡くなる前の年に、保険金の支払いを拒否したとして被保険者の家族から訴えられたんだ。ビルが書類に不正をしたという主張だった。被保険者は三人の子どもの父親で、めずらしい心臓疾患があるとわかった。けれど、保険会社は保険金の支払いを拒否した」

サラにとっては目新しい話ではない。「既往症だと言うんでしょう」

「ところが、そうじゃなかった――とにかく、診断は受けていなかった。家族は弁護士を立てたけれど、手遅れだった。その人が治療を受けられずに亡くなったのは、書類のチェック欄をまちがえていたからだったんだ。亡くなって三日後、その人の奥さんのもとに保険会社から手紙が届いた。代理店のビル・ミッチェルが書類の記入をまちがえていたので、保険金を支払うという内容だった」

「ひどい話ね」

「ビルはショックを受けた。もともと仕事は丁寧だった。悪い評判が立ったら、自分にも仕事にも影響する。不安のあまり胃潰瘍になってしまった」

厳密に言えば不安で胃潰瘍になるわけではないが、サラは訂正しなかった。「それから？」

「結局は、ビルの責任ではなかったことがわかった。書類の原本が見つかったんだ。まちがえたのはビルじゃなくて保険会社だった。データの入力係が、ちがうボックスをクリックしてしまったらしい。不正ではなく、ただ仕事が雑だったんだよ」ウィルは以上だと言うように手を振った。「イヴリンの話では、ビルはこのことを最後まで忘れられなかったそうだ。いつまでもくよくよしているから、イヴリンはいらいらしたらしい。よく口論になった。イヴリンは、ビルが自己憐憫《れんびん》に浸りすぎだと思っていた。ぐずぐず考えすぎだと責めた。でも、ビルは仕事仲間の態度が変わったと言っていた。みんな、会社が矢面に立ったけれど、ほんとうはビルのミスだと思っていたらしい」

そんなことがあるだろうか。「保険会社が矢面に立つなんてことがあるかしら」

「まあ、おかしなことを考える人は大勢いるよ。とにかく、ビルは長年の努力が無駄になったと感じていた。イヴリンは、ビルの癌が発見されたとき――ビルは膵臓《すいぞう》癌と診断されて三カ月後に亡くなったんだけど――癌と闘えないのは、絶えず罪の意識を抱えているからじゃないかと思ったそうだ。そんなビルを許せなかった、癌と闘わないことが許せなかったと言っていた。おめおめと癌を受け入れて、死ぬのを待ってただけだと」

膵臓癌は簡単に克服できるものではない。長期生存率は五パーセント以下だ。「たしかに、それほどのストレスは免疫機能に影響することがあるわ」

「イヴリンは、自分もそうなるんじゃないかと考えていた」

「自分も癌になると?」

「いや。自分の潔白が認められても、汚職の容疑がかかったことで人生が台無しになるんじゃないかと。死ぬまでその不安につきまとわれるんじゃないかと心配していた。ご主人が亡くなって以来、これほど戻ってきてほしいと思ったことはない、ようやくご主人の気持ちがわかったと伝えたいと言っていた」

サラは、その言葉の重みについて考えた。「それって、罪を犯していない人が言いそうなことだと思う」

「そうだね」

「ということは、あなたは考えを変えつつあるということ?」

「そんなふうに微妙な訊き方をしてくれるとは親切だね」ウィルはにやりと笑った。「どうかな。あのときは納得のいく結論が出る前に、捜査が打ち切りになってしまった。イヴリンは書類にサインして、退職を受け入れた。アマンダがそのことを教えてくれたのは、なにもかも終わってからだ。ぼくは朝のニュースで知ったんだ——叙勲された警察官が、もっと家族とともに過ごすために退職したって」

「あなたは、イヴリンが罪を免れたと思ってるのね」

「どうしても考えてしまうんだ。イヴリンは大金を横領したチームの責任者だ。知っていて目をつぶっていたか、そうでなければ、言われているほど有能じゃなかったってことになる」ウィルはカセットテープのプラスチックのつなぎ目を爪ではじいた。「あの銀行口座のこともある。百万ドルにくらべれば微々たるものだけど、六万ドルは大金だ。それも、イヴリンではなくビルの名義だ。ビルが亡くなったあと、なぜすぐに名義を変更しなかったんだ？　なぜいまだに秘密にしているのか？」

「いい指摘ね」

ウィルはしばらく黙りこんだ。爪でプラスチックをはじく音だけが聞こえた。「フェイスは昨日、ぼくに電話をくれなかった。どのみち携帯電話を持っていなかったから、かけても無駄だったけれど、ぼくを呼ばなかったのは事実だ」言葉を切る。「もしかしたら、お母さんが関わってるから、ぼくを頼れなかったのかもな」

「そんなこと、フェイスは考えもしなかったんじゃないの。そういうときには頭が真っ白になるものでしょう。フェイス本人には、なぜあなたを呼ばなかったのか尋ねなかったの？」

「フェイスはただでさえ頭がいっぱいで、ぼくのことを考える余裕はないよ」ウィルは自嘲するように笑った。「せいぜい日記に書くよ」段ボール箱にファイルを詰めはじめた。

「そろそろ寝かせてあげよう。なにかぼくに伝えておきたいことはある？」

サラは取り分けておいた二冊のファイルを取った。「このふたりについて調べてみてもいいかもしれない。押収金額の大きかった事件の関係者よ。ひとりはスパイヴィの弁護側の証人候補だった。なぜ気になるかというと、過去にライバルのギャングを拉致してるの」

ウィルは一冊目のファイルを開いた。

サラは名前を読みあげた。「イグナチオ・オーティズ」

ウィルはうなった。「殺人未遂でフィリップス州立刑務所に入っている男だ」

「だったら、彼に会おうと思えば会えるのね」

「〈ロス・テキシカーノズ〉のボスでもある」

サラもそのギャングの名前は知っていた。メンバーの若者を何人も治療したことがあるからだ。ただし、ERから歩いて出ていくことができた者は多くない。

ウィルが言った。「オーティズが関わっているのなら、ぼくたちとは会いたがらないだろう。関わっていなくても同じだ。どっちにしても、三時間も四時間もかけてフィリップスまで行く意味がないよ」

「スパイヴィの弁護側証人の候補だったんでしょう」

「彼が金を受け取ったことはないと証言してもいいという連中は、びっくりするほどいたよ。イヴリンの部下のために証言台に立つって犯罪者がいくらでもいた」

「刑務所でスパイヴィから役に立ちそうな情報は得たの？」

ウィルは顔をしかめた。「アマンダが面会したんだ。なんだか暗号でしゃべってるみたいだった。ひとつだけぼくにもわかったことがあった。スパイヴィは、アジア系ギャングがメキシコ系を出し抜いて、ドラッグを供給する側にまわろうとしていると言っていた」

「メキシコ系って、〈ロス・テキシカーノズ〉でしょう」

「アマンダが言うには、喉を切るのが彼らの好きなやり方らしい」

サラは喉を押さえ、身震いしたくなるのをこらえた。「あなたは、イヴリンがまだ麻薬のディーラーとつきあっていたと考えているの？」

ウィルはオーティズのファイルを閉じた。「わからないのは、なぜつきあっていたかってことだ。警察官ではなくなったイヴリンには、利用価値がない。それに、彼女がある種の異常者でもないかぎり、悪の親玉とはとても思えないんだ。昼間は孫の子守、夜はドラッグの女王なんて信じがたい」

「オーティズは殺人未遂で刑務所に入ったのよね。だれを殺そうとしたの？」

「弟だ。自分の妻とベッドにいるところを見つけたんだ」

「じゃあ、これはその弟ね」サラは二冊目のファイルを開いた。「ヘクター・オーティズ。書類上は犯罪者ではないけれど、弁護側の証人候補だった。彼に目をつけたのは、イグナチオと同じ名字だったからってだけだけど」

ウィルはファイルから顔写真をはずして間近で見た。「まだきみの勘は、イヴリンは潔白だと言ってるか？」

サラは時計を見た。五時間後に勤務がはじまる。「わたしの勘はもう寝ろって言ってる。どうしたの?」

ウィルはヘクター・オーティズの顔写真を掲げた。禿頭、ごま塩の山羊髭。しわの寄ったシャツ。片方の腕をあげ、カメラのほうへタトゥーを向けている。緑と赤のテキサスの星に、ガラガラヘビが巻きついている。

ウィルが言った。「紹介するよ。イヴリンの〝いい人〟だ」

日曜日

7

数時間前に、平手打ちは拳に変わった。いや、数日前だろうか？　イヴリンにはわからなかった。目隠しをされ、完全な暗闇のなかに座っている。なにかがぽたぽたと滴っている音がする――水栓から漏れる水か、雨樋《あまどい》か、それとも血だろうか。全身のあちこちが痛み、目をきつくつぶり、悲鳴をあげている筋肉や折れた骨のことを忘れようとしても、無事なところはひとつもないようだった。

あえぐような笑い声が漏れた。口から血が飛び散った。失った指。あの指だけは、骨も折れず、傷もついていないはずだ。

彼らはイヴリンの足から痛めつけた。亜鉛めっきの鉄パイプでかかとをめった打ちにした。どうやら映画で見た拷問の方法らしい。グループのひとりが、気を利かせたつもりで「もっと大きく振りかぶってたぜ、こんな感じで」とコーチしていた。あのときの感覚は、痛みという言葉では表せない。肌が焼けつき、血液に火がついて全身をめぐったかのようだった。

それまでイヴリンがもっとも恐れていたことは、たいていの女性と同様にレイプだったが、もっと残酷な脅威があるのだと思い知った。レイプ犯には野獣なりの理屈がある。だが、あの男たちは、イヴリンを痛めつけることを楽しんではいない。彼らの報酬は、仲間の喝采だ。たがいにいいところを見せつけあい、だれがイヴリンからもっとも大きな悲鳴を引き出せるか張りあっている。たしかに、イヴリンは悲鳴をあげた。声帯が裂けるのではないかと思うほど叫んだ。痛みに叫んだ。恐怖に叫んだ。憤怒《ふんぬ》と喪失の悲しみに吠えた。それらの激情が、熱い溶岩のように喉からほとばしった。

そのうち、彼らはイヴリンの迷走神経がどこにあるのか探りはじめた。三人がかわるがわるイヴリンの腎臓のあるあたりを殴った。お菓子《ピニャータ》の入ったくす玉を割る子どもと同じで、成功するまでやめるつもりがなさそうだった。ついにイヴリンが感電したように痙攣《けいれん》すると、彼らは大笑いした。そのときに味わったのは、原始的な恐怖だった。これほど死に近づいたと感じたのは生まれてはじめてだった。いつのまにか尿が漏れていた。暗闇に向かって叫びつづけ、やがて声も涸《か》れた。

その後、脚を折られた。一撃で折られたのではなく、骨が砕けてぐしゃりと音をたてるまで、何度も重たい鉄パイプで殴られた。

ひとりが折れたところに手を当て、イヴリンの耳元で饐《す》えた息のにおいをさせながらささやいた。「あのくそビッチがリカードにこういうことをしたんだ」

あのくそビッチとは、イヴリンの大事な娘のことだ。その言葉がどれほどイヴリンに希望を与えたか、彼らは知る由もない。フェイスの車が自宅の私道に入ってきた直後、イヴリンは殴られ、外に引きずり出された。ワゴン車の後部に乗せられた。エンジン音がうるさかったが、二発の銃声がはっきりと聞こえた。一発目と二発目の間隔は、ゆうに四十秒はあった。

たったひとつの疑問の答えを知るまで死ねないと思っていたが、その答えが男の言葉でわかった。フェイスは生きている。殺されずにすんだ。それがわかったからには、彼らがもたらす恐怖など取るに足りないものとなった。娘の腕に抱かれたエマを思い、娘と並んだジェイミーを思った。ジークもそばにいるだろう。あの子は怒りを抱えているけれど、いつも妹の面倒を見てくれた。アトランタ市警があの子たちを幕のように覆ってくれているはずだ。ウィル・トレントは、フェイスのためなら命も投げ出す。アマンダは正義のために全力で奔走してくれる。

「アルメッハ……」閉ざされた空間のなかで、自分の声がきしんで聞こえた。

子どもたちの無事を祈るのが精一杯だ。だれにも自分をここから助け出すことはできない。救済の見込みはない。痛みに負けるなと励ましてくれるアマンダはいない。ビル・ミッチェルが白い馬で助けにきてくれるわけがない。

自分はなんて愚かだったのだろう。大昔の過ち。たった一度の、取り返しのつかない愚かな過ちのせいでこんなことになってしまった。

イヴリンは折れた歯を吐き出した。最後に残った右の臼歯だ。冷たい空気に、むき出しの神経が反応した。歯があった場所を舌で庇いながら、口で息をした。気道を確保しなければならない。鼻の骨も折れている。息をするのをやめたり、喉に血を詰まらせて気絶したりすれば、窒息死してしまう。痛みから解放されるのはありがたいが、死を想像すると、やはり怖かった。自分はずっと闘う女だった。生まれつき、強く押されれば押されるほど足を踏ん張るたちだ。けれど、そろそろ壊れはじめているのがわかる――痛みではなく、疲労のせいで。水がふるいを通り抜けるように、気力が流れ出ていく。いま屈したら、彼らの思う壺《つぼ》だ。頭ではしゃべってはいけないとわかっていても、勝手に口が動き、勝手に声が出るかもしれない。

そうしたら、どうなる？

彼らに殺される。正体は知っている。彼らはマスクをして、自分は目隠しをされているけれど。声を知っている。名前も。においも。なにをするつもりなのかも、いままでなにをしたのかもわかっている。

へ、へ、ヘクター。

イヴリンは、車のトランクのなかのヘクターを発見した。サイレンサーをつけていても、銃声を完全に消すことはできない。あの音は警官人生で二度耳にしたことがある。だから、金属のシリンダーをガスが通り抜けるかすかな音がした瞬間にわかった。

とにかく、エマだけは守ることができた。娘の子の安全は確保できたのだ。

フェイス。

母親とは自分の子どもたちのうちひとりを依怙贔屓《えこひいき》しないことになっているが、イヴリンにとって兄妹のどちらがかわいいかといえば、明らかにジークだ。努力家。りこう。しっかり者。誠実。最初に生まれた子であり、家に知らない人が訪ねてくるとイヴリンのスカートにしがみつくような、内気な男の子だった。イヴリンが夕食を用意しているときはそばに座っていたし、買い物についてきて荷物を運ぶのを手伝ってくれた、幼いジーク。小さな胸を突き出して。重い荷物を腕一杯に抱えて。誇らしげに、うれしそうに、歯を見せて笑っていた。

けれど、自分に似ていると感じるのはフェイスのほうだ。たくさんの過ちを犯してきたフェイス。けれど、イヴリンはそんなフェイスをいつも許した。娘を見つめるたびに、自分の姿が重なって見えるからだ。

フェイスと過ごした時間。ふたりで家に引きこもった日々。外出もままならなかったあの数カ月。のけ者にされて。苦痛を強いられて。

ビルは理解してくれなかったが、そもそも彼は過失を受け入れることのできる人ではなかった。フェイスの腹部のふくらみに、最初に気づいたのはビルだった。最初にそのことについてフェイスに問いただしたのもビルだ。九カ月ものあいだ、ビルは他人のような顔をして、平然と過ごしていた。あのときイヴリンは、ジークがだれからあの性格を引き継いだのか思い知った。もっともつらい時期に、ビルは家族の前からいなくなったも同然だった。苦難の九カ月が終わり、ジェレミーが夏の嵐のあとの太陽にように毎日を明るく照らしてくれるようになっても、ビルは以前のビルに戻らなかった。

とはいえ、イヴリンも変わってしまった。だれもがそうだ。フェイスは子どもの育て方を学ぶのに必死だった。赤ん坊のころからひたすらイヴリンの注目だけを求めてきたジークは、地球上でできるだけ妹から遠いところへ逃げた。かわいい息子はいなくなった。イヴリンの胸はふたつに引き裂かれた。

これ以上、あのときのことは思い出したくない。

イヴリンは背筋を伸ばし、横隔膜にかかる重みを減らそうとした。この調子でいつまでもつか。自分はもう壊れかけている。電子ゲームや映画のファンタジーにまみれた若者たちは、人を痛めつけるアイデアを無尽蔵に持っている。次になにをするか、予測がつかない。彼らは躊躇《ちゅうちょ》なくドラッグに手を出す。バルビツール。エタノール。スコポラミン。ペントタール。どれも自白剤として使える。イヴリンの口から情報を引き出せる。のろのろといつまでも進まない時間そのものが拷問であり、自白剤などなくてもしゃべってしまいそうだ。やまない激痛。絶え間ない非難の集中砲火。怒りと敵意に満ちた男たち。

残忍な男たち。

自分は死ぬのだろう。ワゴン車のなかで目を覚ました瞬間に、この苦痛を終わらせるのは死以外にないと悟った。最初は自分の手で彼らを殺すつもりだった。だが、死ぬのはこっちだとわかるまでに時間はかからなかった。自分にコントロールできるのは口だけだ。拷問を受けているあいだ、やめてと一度も懇願しなかった。慈悲を請わなかった。自分が彼らのことをよく知っていて、ひそかにあらゆる対抗手段を考えていることに気づかせないようにした。

けれど、真実をしゃべったらどうなるのだろう?

もう何年も秘密を抱えてきた。その重荷をおろすことを想像しただけで、安堵にも似た気持ちが湧く。あの若者たちは拷問者であって、懺悔《ざんげ》する相手ではないが、もはや選《え》り好《ごの》みはできない。死ねば罪を赦《ゆる》されるかもしれない。自分や周囲をあざむいてきた重みからはじめて解放されれば、一瞬だけでも心が安らぐかもしれない。

だめだ。彼らが信じてくれるわけがない。嘘をつかなければならない。真実はあまりにもつまらない。ありきたりだ。

もっともらしい嘘が必要だ。事実かどうか確認せずにさっさと殺してくれるような、魅力的な嘘でなければならない。彼らは残酷だが、犯罪者としては未熟だ。自分たちをえんえんと手こずらせた老女を生かしておくほどの忍耐力は持っていない。人を殺すことは究極の男らしさの証明だと思っている。

唯一の心残りは、彼らがだまされたと悟ったときに、自分はこの世にいないことだ。みじめで哀れな残りの人生を過ごす彼らに、地獄からの嘲笑が聞こえるよう願うしかない。

いま、イヴリンはほんとうに笑ったが、捨て鉢な響きが聞こえただけだった。

ドアがあいた。目隠しの隙間から光が入ってきた。男たちのぼそぼそした話し声がする。テレビや映画から仕入れた目新しい技のうち、どれを試してみたいか話しあっている。

イヴリンは深く息を吸った。折れた肋骨が肺に刺さった。動悸がおさまるように念じた。神を頼ることは夫が死んだ日からやめていたが、いまだけは力をくださいと祈った。

息のくさい男が言った。「そろそろしゃべる気になったか、ビッチ？」

イヴリンは身構えた。あまり早くに屈したように見えてはならない。彼らにしばらく殴らせて、ついに勝ったと思わせなければならない。男に主導権を握らせたと勘違いさせる手は、いままでもさんざん使ってきた。でも、これが最後だ。

男はイヴリンの折れた脚に手のひらを押し当てた。「覚悟はいいか？」

絶対に成功する、成功させなければならない。自分の役割を演じきれれば、死がすべてを終わらせ、罪を濯《すす》いでくれる。フェイスに決して知られることはない。ジークに知られることもない。子どもたちも孫たちも守られる。

ただし、ひとつだけ不安な要素がある。

イヴリンは目を閉じ、ロズ・レヴィに心のなかでメッセージを送った。お願いだから口をつぐんでいて、と。

8

フェイスは目を閉じたが、眠れなかった。眠りたくなかった。死神の大鎌が床をこするように、夜はじりじりと過ぎていく。フェイスは何時間も前から、家のなかの小さな物音に耳を澄ませていた。一階でジークが目を覚ましたことを示す物音を聞き逃さないように、聞き耳を立てた。

母親の指は、使いかけの絆創膏《ばんそうこう》の缶に入れて薬戸棚にしまった。古いスーツケースのなかにあったジップロックの袋に密封してある。氷で包むべきか迷ったが、母親の指を保存するなど考えただけで喉の奥にすっぱいものがこみあげた。それに、ゆうべは一階におりてまたジークと顔を合わせるのはいやだったし、キッチンのテーブルの前に陣取っている刑事にも会いたくなかった。ジェレミーもフェイスの足音を聞きつけたら、一階におりてくるだろう。彼らの顔を見たら泣きだしてしまうのが目に見えている。泣けば、すかさずどうしたのかと尋ねられるだろう。

口を閉じて、目をしっかりあけていなさい。

そのとおりにしているけれど、警官としての自分は、拉致犯の言いなりになるのはとんでもないまちがいだと叫んでいる。相手に上手を取らせてはならない。交換条件も出さずに要求を呑んではいけない。フェイス自身、この基本原則を多くの家族に教えてきた。しかし、いざ自分の愛する者が危険にさらされているとなると、話は別だ。イヴリンを拉致したグループから、ガソリンをかぶってマッチに火をつけろと命じられたら、一も二もなくそうするだろう。母親に二度と会えないかもしれない現実を前に、理性など保てるわけがない。

それでも、警官としての自分は情報を求めていた。指が切断されたときにイヴリンが生きていたかどうかは、検査すればわかる。そもそも指がほんとうにイヴリンのものなのか、検査で確かめることもできる。女性の指のように見えるが、フェイスも母親の指をじっくり観察したことがあるわけではない。結婚指輪ははまっていなかった。イヴリン本人が数年前にはずしてしまったのだ。最初、フェイスはそのことに気づかなかった。いや、ひょっとしたら母親は大嘘つきなのかもしれない。フェイスがなぜ指輪をしないのか尋ねたとき、母親は笑って言った。「あら、もう何年も前にやめたのよ」

母親は嘘つきなのだろうか？　大事な疑問だ。フェイスはジェレミーにしょっちゅう嘘をつくが、母親は子どもに嘘をつかなければならないときがある。自分の恋愛生活や、仕事のことや、健康状態についてはジェレミーには話せない。イヴリンも、ジークが帰国したことを黙っていた。けれど、それは無用な衝突を避けるためであり、おそらくジークがよけいなことを言ってエマの誕生という幸せなできごとに水を差さないようにと、そこまで考えてくれたのかもしれない。

　そういう嘘は嘘のうちに入らない。相手を守るための嘘であり、皮膚に刺さって取れなくなった棘《とげ》のようにじわじわと腐る悪い嘘ではない。それとも、イヴリンは悪い嘘をついていたのだろうか？　なにか大きな隠しごと、すぐにはわからない秘密を抱えていたのはたしかだ。あの実家の惨状がそのことを物語っている。拉致された状況が証拠だ。イヴリンは、犯罪者がほしがるようなものを持っていた。それはドラッグと関係がある。少なくともひとりはギャングが関わっていた。イヴリンは麻薬捜査課にいた。ほんとうは、いままでずっと札束の上に座っていたのだろうか？　どこかに隠し金庫でもあるのだろうか？　自分もジークも、イヴリンの遺言書が読みあげられてはじめて、母親が金持ちだったことを知るのだろうか？

　いいや、ありえない。イヴリンは、自分の子どもたちがどんなに生活に苦労していても、不正な手段で手に入れた金など相続しないことを知っている。住宅ローン、車の支払い、学費のための借金。どれもなくならない。ジークもフェイスも、汚れた金など受け取らない。イヴリンはふたりをそんな卑劣な人間に育てなかった。

　そして、一晩中手をこまねいて夜が明けるのを待つような警官にすべく娘を育てていないはずだ。

いまここにイヴリンがいたら、どうしろと言うだろうか？　真っ先に浮かぶ答えは、アマンダに電話をかけることだ。イヴリンとアマンダは古くからの親友同士だ。「仲がよすぎるくらいだ」と、ビル・ミッチェルがよく苦い顔で言っていた。フェイスのおじのケニーが愚かにも若い女だらけのフロリダ南部のビーチへ行ってしまったあと、イヴリンは家族のクリスマスに、かならずケニー・ミッチェルではなくアマンダを招待した。ふたりの女は、ともに戦場から帰ってきた兵士のように以心伝心の仲だった。

けれど、いまアマンダに電話をかけるのは論外だ。すっ飛んできて大暴れするに決まっている。家をめちゃくちゃに引っかきまわされるのはごめんだ。ＳＷＡＴ隊も出動するだろう。拉致犯のグループはアマンダの力を見せつけられ、復讐に燃えた女と交渉するより人質の頭に一発ぶちこむほうが楽だと考えるにちがいない。アマンダが出張ってきたらそうなる。あの人はなにごとにも極端なのだ。零か百か、どちらかしかない。

ウィルは目立たないやり方が得意だ。微妙な手法を使うことに長《た》けている。なんといっても、パートナーだ。彼を頼るべきだ。せめて話をしなければ。でも、なんて言えばいいのだろう？「あなたの助けが必要だけど、アマンダには言わないで。法を破ってしまうかもしれないけど、お願いだからなにも訊かないで」とでも言えばいいのか？　まったく説得力がない。昨日もウィルはフェイスのために原則を曲げてくれたとはいえ、法を破ってくれとは頼めない。ウィルほど信頼できる人はほかにいないけれど、彼はときどきやけに善悪にうるさくなる。フェイスのほんの一部は、ウィルに拒まれるのを恐れている。残りの大部分が恐れているのは、ウィルの一生を台無しにするような事態に巻きこんでしまうのではないかということだ。自分のキャリアを窓から放り捨てるのとはわけがちがう。ウィルに同じことをしてほしいと言えるわけがない。

フェイスは両手に顔を埋めた。電話に手を伸ばしたいが、身代金の要求があるかもしれないので、電話は傍受されている。メールはＧＢＩのサーバーを経由しているので、やはり監視されている可能性がある。おそらく携帯電話の会話も聞かれているのだろう。

しかも、電話やメールを監視しているのは警察だ。イヴリンを拉致したグループが同じことをしていないとは言いきれない。ジェレミーの愛称も生年月日も出身校も知っていたくらいだ。そのうえ、ジェレミーのフェイスブックのアカウントを経由して警告を送ってきた。家に盗聴器を仕掛けているのかもしれない。インターネットでは情報機関が使用しているレベルの機器を簡単に手に入れることができる。家じゅうのコンセントのプレートをはずしてまわり、電話線のジャックを抜かないかぎり、だれに盗聴されているかわからない。けれど、家族の前でなにかに取り憑かれたようなふるまいをすれば、なにかあったのだとたちまち見抜かれてしまう。フェイスの一挙一動に目を光らせている市警の刑事も、当然気づくだろう。

突然、一階のトイレの水が流れる音がした。しばらくして玄関のドアがあき、また閉まった。ジークがジョギングに出かけたのか、刑事が気分転換に裏庭ではなく前庭に出たのかもしれない。

足を床におろすと、膝の裏に痛みが走った。あまりに長いあいだ体を丸めていたので、全身が凝り固まっていた。ゆうべはいったいなにをしているのかとジークが問いただしに二階へあがってくるのがいやで、エマの様子を見に行ったらすぐにベッドに戻り、じっとしていた。古い家なので、床板がすぐにきしむし、ジークは眠りが浅い。

手はじめに、チェストの抽斗のなかを探した。ひとつひとつそっとあけ、下着やTシャツやパジャマのなかに怪しいものがないか確かめた。どの抽斗のなかも、いつもと変わりない。次に、クローゼットをあけた。仕事用の服は、ほとんど黒のスーツで、毎朝ボタンがはまるかどうか気を揉まなくていいように、ウエストがゴムのパンツばかりだ。マタニティ用の服は、たたんで箱にしまい、二段目の棚に置いてある。フェイスは椅子を持ってきて、箱のテープがはがれていないか確認した。その隣に重ねたジーンズも、さわられた形跡はない。それでも、すべてのポケットのなかを探り、椅子からおりてスーツのポケットも調べた。

異状なし。

また椅子にのぼり、爪先立って一段目の棚に手を伸ばした。そこには、ジェレミーが幼かったころの思い出の品をしまった箱がある。その箱が頭の上に落ちてきそうになった。大声をあげないように息を詰めて、ぎりぎりで箱を受け止めた。床に座りこみ、両脚のあいだに箱を置いた。段ボール箱は封をしていない。テープは何カ月か前にはがしてしまった。エマがおなかにいるあいだ、フェイスは取り憑かれたように幼いジェレミーの記念の品々を眺めた。独り身でよかったと思う。そうでなければ、情緒が不安定なのではないかと真剣に疑われたかもしれない。ブロンズで加工したベビーシューズや、小さなニットのブーティを見ているだけで、ぽろぽろと涙がこぼれてしまう。ジェレミーの成績表。テストの答案用紙。クレヨンで描いた母の日のカード。切れ味の悪い小さな鋏で切り抜いたバレンタインのカード。

箱をあけたとたんに、鼻の奥がツンとした。

十二年生の成績表の上に、ひと房の髪が置いてある。髪を縛ったブルーのリボンが、いつもとちがって見えた。フェイスは髪をつまんで明かりにかざした。パステルカラーのシルクのリボンは時間の経過とともに色あせ、結び目のしわが白茶けている。髪も金色がかった褐色に変色している。なにかが引っかかる。このリボンを結びなおしたことがあったかどうか思い出せない。それとも、箱のなかでひとりでにゆるんでしまったのだろうか。成績表も、一年生から十二年生の順番に重ねたか、それともその反対にしたのか覚えていない。普通は十二年生をいちばん上にしないような気がする。その上に髪の房をのせてあったのだから。いや、どこもおかしくないのに、みずから不安を煽《あお》っているだけなのかもしれない。

成績表の束を取り、その下を調べた。いつもどおり、答案用紙がそこにあった。ブロンズで固めたベビーシューズ、ブーティ、学校で作った色画用紙のグリーティングカード。どれもおかしなところはないように見えるが、やはりだれかが箱の中身をいじったのではないかという疑念を振り払うことができなかった。だれかがジェレミーのものをさわったのだろうか？　ジェレミーのはじめての飼い犬、ミスター・ビリンガムの写真に描きこんだたくさんのハートを見たのだろうか？　成績表をめくり、四年生の担任のミセス・トンプソンにかわいい天使さんと書かれているのを見て笑ったのだろうか？

フェイスは箱を閉じた。頭の上へ持ちあげ、棚にしまった。椅子を元の場所に戻したときには、見知らぬ他人が汚い手で息子のものにさわったのだと思い、怒りで体が震えていた。

次に、エマの部屋へ行った。エマは普段、朝までずっと眠っていることはないが、ゆうべはめずらしく目を覚まさず、静かだった。ベビーベッドを覗くと、まだ眠っている。エマが息をするたびに、喉がクンと音をたてた。フェイスはエマの胸に手をのせた。心臓の鼓動が小鳥の羽ばたきのようだ。音をたてないよう、クローゼットや小さな玩具箱、おむつなどのベビー用品のなかを調べた。

異状なし。

ジェレミーはまだ眠っているが、とりあえず彼の部屋にも入った。片付けにきたのだと言わんばかりに、床に散らばっている服を拾った。フェイスの一部は、ただそこに突っ立ってジェレミーを見つめていたかった。ジェレミーは腹這いになり、右足をベッドの端から垂らし、左腕を頭の上にまっすぐあげ、ジョン・トラボルタのようなポーズで寝ている。薄い肩から、鳥の翼のように肩甲骨が突き出ている。顔は髪で隠れていた。枕によだれのしみがある。まだ口をあけて眠るのだ。

昨日までは、この部屋はきちんと片付いていたのに、ジェレミーが帰ってきたらこのありさまだ。机はレポート用紙で埋まっている。バックパックの中身が床にこぼれている。パソコンの周辺機器のコードがカーペットの上をうねうねと這っている。フェイスが半年間、貯金して買ってやったノートパソコンは、捨てられた本のように、開いたまま横になっていた。フェイスは爪先でパソコンを立ててから、部屋を出た。それから、もう一度部屋に戻り、ジェレミーが風邪をひかないよう、シーツを肩までかけてやった。

洗濯機にジェレミーの服を入れ、一階におりた。コナー刑事がゆうべと変わらずキッチンのテーブルの前に座っていた。昨日とちがうシャツを着ていて、肩のホルスターもゆるんでいる。テーブルに突っ伏して眠ったのか、赤い髪が乱れていた。フェイスは彼のことを心のなかで〝ジンジャー〟と呼ぶようになっていたので、つい口をすべらせてしまいそうで、声をかけるのをためらった。

ジンジャーのほうが先に口を開いた。「おはようございます、ミッチェル捜査官」

「兄はジョギング？」

ジンジャーはうなずいた。「テイラー刑事は朝食を買いに行きました。マクドナルドでいいですかね」

食べ物を思い浮かべただけでまた気持ちが悪くなったが、フェイスは礼を言った。「ありがとう」

冷蔵庫の中身の半分がなくなっていた。ジェレミーかジークが食べたのだろう。息子はもちろん、兄も育ち盛りの少年並みによく食べる。フェイスはオレンジジュースを取り出した。パックは空だった。息子も兄もオレンジジュースは嫌いなのに。

フェイスはジンジャーに尋ねた。「だれか、ジュースを飲んだ？」

「いえ」

フェイスはパックを振った。やはり空だ。ジンジャーがこんなことで嘘をつくとは思えない。彼らには、キッチンにあるものはなんでも好きに飲み食いしていいと言ってある。しまっておいたダイエット・ライトが何本か空になっているので、彼らも遠慮なくやっているようだ。

不意に電話が鳴った。フェイスはコンロの時計を見た。午前七時ちょうど。「たぶん、うちのボスだと思う」フェイスはジンジャーに言った。だが、彼はフェイスが応答するのをその場で待っている。

電話をかけてきたのはアマンダだった。「なにもニュースはないわ」

フェイスはジンジャーに席をはずしてくれと合図した。「いまどこにいるんですか?」

アマンダは、その質問には答えなかった。「ジェレミーはどう?」

「よく持ちこたえてます」そう答えるにとどめておいた。ジンジャーが居間に移動したのを確かめ、カトラリーの抽斗をあけた。スプーンの向きがいつもと変わっていた。平らな柄が、左ではなく右に向いている。フォークは逆さまになっていた。いつもは歯を抽斗の奥に向けているのに、手前に向いている。フェイスは自分の目が信じられず、まばたきした。

アマンダが言った。「ボイドのことは聞いた?」

「ゆうべウィルに聞きました。残念です。たしかにあの人は罪を犯したけれど……」

アマンダは最後まで言わせてくれなかった。「ええ、彼は犯罪者よ」

フェイスは雑多なものを詰めこんだ抽斗をあけた。ペンがすべてなくなっている。赤い輪ゴムでまとめて、右側にしまってあったのに。いつもこの抽斗のなかにあった。クーポン、鋏、用途のわからないスペアキーをどける。やはりペンはない。「ジークが帰国していたってご存じでしたか?」

「あなたのお母さんは、あなたを守ろうとしていたのよ」

フェイスは別の抽斗をあけた。「いろんなことからあたしを守ろうとしてたみたいですね」奥に手を入れると、ペンがあった。輪ゴムは黄色だった。自分で交換したのだろうか。ずいぶん前に輪ゴムが切れたのをうっすらと覚えているが、聖書に誓ってもいい、あの日あの店で買ったブロッコリーにはまっていた赤い輪ゴムに取り替えたはずだ。

「フェイス？」アマンダの声が鋭くなった。「どうかしたの？　なにかあったの？」

「いいえ。ちょっと……」言い訳を考えた。ほんとうにいいのだろうか——このままでは、犯人グループが接触してきていることをアマンダに伏せておくことになる。自分の枕の下に、イヴリンの指が残っていたことも。彼らがジェレミーのことを知りすぎるくらい知っていることも。カトラリーの抽斗のなかをいじられていたことも。「まだ起きてきたばかりなんです。ゆうべはよく眠れなくて」

「気をつけないとだめよ。まともな食事をしなさい。できるだけ睡眠をとって。水をたくさん飲みなさい。つらいだろうけれど、体力は維持しないと」

こめかみがふわっとふくらんだような気がした。いま話している相手がボスなのかマンディおばさんなのかわからないが、どっちにしてもよけいなお世話だ。「健康管理はちゃんとしています」

「あなたがそう思ってるのは結構だけど、わたしから見たらそうは思えないわ」

「母はなにかしたんですか、マンディ？　母が拉致されたのは――」

「そっちに行ったほうがいい？」

「ヴァルドスタに行くんじゃないんですか？」

アマンダが黙った。訊いてはいけないことを訊いてしまったらしい。いや、アマンダは会話を録音されていることを思い出しただけかもしれない。どちらにしても、気にしている場合ではない。フェイスは黄色い輪ゴムを見つめ、自分は正気を失いかけているのではないかと思った。血糖値がさがっているのかもしれない。視界がわずかにぼやけている。口のなかがからからだ。もう一度冷蔵庫をあけ、オレンジジュースを取った。やはり空だ。

アマンダが言った。「お母さんのことを考えなさい。あなたにしっかりしてほしがってるはずよ」

黄色い輪ゴムのせいでおかしくなりそうなのだとは、とても言えない。フェイスはぼそぼそと応じた。「あたしは大丈夫です」

「かならずお母さんを連れ戻すわ。こんなことをした連中には、わたしたちをさんざん苦しめた報いを受けさせてやりましょう。絶対にね」

報復などどうでもいいと言いかけたときには、アマンダはすでに電話を切っていた。

フェイスはオレンジジュースのパックをごみ箱に捨てた。戸棚に非常用のキャンディが入っている。袋を取り出したとたん、キャンディがばらばらと床に散らばった。フェイスは袋をよく見た。底が破れていた。

ジンジャーが戻ってきた。屈んでキャンディを拾うのを手伝ってくれた。「大丈夫ですか?」

「ええ」フェイスはひとつかみのキャンディをカウンターに置き、キッチンを出た。居間の照明のスイッチを入れたが、明かりがつかなかった。スイッチを押しさげ、またあげた。やはり明かりはつかない。電球がはまっているか調べてみた。電球をまわすと、明かりがついた。ほかの照明も同じだった。電球が明るくなったと同時に、指先に熱を感じた。

椅子に倒れこむように座る。ピアノのスケール練習のように、気分が繰り返し上下している。なにか食べて血糖値を測り、手当てをしなければだめだ。血糖値が正常になるまでは、頭がまともに働かない。それなのに、動く気力もなく、じっと座っているしかない。

むかいにソファがある。ジークは几帳面《きちようめん》にシーツをたたみ、枕の上に置いていた。ベージュのクッションに赤いしみがついている。十五年前に、ジェレミーがクールエイドをこぼしたのだ。クッションをひっくり返せば、その二年後にジェレミーがブルーハワイ味のアイスキャンディを落としたときの青いしみがあるはずだ。いまフェイスが座っているクッションの裏にも、ジェレミーのサッカーのスパイクがあけた穴がある。床に敷いたラグは、母子がキッチンと居間を行き来するせいで擦り切れている。壁は、ジェレミーの去年の春休みに淡いブルーに塗ったままだ。

フェイスは、自分がほんとうに正気を失いかけているのではないかと考えた。ジェレミーは、こういういたずらをするほど子どもではない。ジークも心理戦を仕掛けてくるタイプではない。電球をゆるめるような面倒くさいことをするくらいなら、フェイスを殴るだろう。なによりも、ふたりとも悪ふざけなどしたい気分ではないはずだ。これは低血糖のせいではない。ペンもカトラリーも照明も――フェイスだけが気づくようなことばかりだ。だれかに相談すれば気のせいだと決めつけられるようなことばかり。

フェイスは天井を見あげ、ソファのむこうの壁際に並んだ作りつけの棚に目を移した。ビル・ミッチェルはがらくたのコレクターだった。実家には、ハワイみやげのフラガールの形の塩胡椒《こしょう》入れがあった。それから、ラシュモア山のサングラス、発泡スチロールでできた自由の女神の冠、グランド・キャニオンの有名な風景をエナメルで描いた銀のスプーンセット。もっとも大事にしていたのは、スノードームのコレクションだ。車や飛行機で旅行に出かけるたびに、ビル・ミッチェルは記念のスノードームをわざわざ探した。

彼が亡くなったとき、家族は当然のようにフェイスにコレクションを譲った。子どものころ、フェイスはスノードームを振って、白い粉が舞うのを眺めるのが好きだった。混沌《こんとん》から秩序への変化。フェイスも父親も、そこが気に入っていた。フェイスはめずらしく贅沢をしてスノードーム専用の棚を作った。ジェレミーはうっかり棚にぶつかってスノードームを落として壊すのを恐れ、丸一カ月間、キッチンへ行くときに遠まわりした。

いま、居間に座って棚を見あげたフェイスは、三十六個のスノードームがすべて壁のほうを向いていることに気づいた。

9

日曜学校と礼拝までの三十分間に子どもの具合が悪くなるのは、南部の特徴だろうかと、サラは思った。その朝の患者のほとんどが、そのゴールデンタイムに集中した。腹痛、耳の痛み、はっきりしない不調——どれも血液検査やX線で異常は見つからないが、塗り絵をしたり、アニメを観たりしているうちに、自然に治ってしまう。

午前十時ごろがもっとも忙しかった。サラの嫌いな、防げるはずの事故による患者が立てつづけに運びこまれたのだ。ある子どもは、キッチンの戸棚の下から見つけた殺鼠剤《さつそざい》を食べてしまった。別の子どもは、コンロにかけた鍋をさわって第三度の熱傷を負った。それから、はじめてマリファナを吸って精神的な発作を起こしたティーンエイジャーを閉鎖病棟へ入れなければならなかった。頭蓋骨を骨折した十七歳の少女もいた。その朝、酒に酔ったまま車を運転して帰宅しようとしたらしい。あげくのはてに、駐車していたグレーハウンドのバスの横腹に衝突した。まだ手術は終わっていないが、脳の腫れを治療することができたとしても、少女は元の彼女には戻れないだろう。

午前十一時になるころには、サラはベッドに戻り、一日をやりなおしたくなった。病院で働くということは、交渉の連続だ。黙っていると、仕事に人生を吸い取られてしまう。サラはそのことをよくよく承知のうえで、グレイディ病院で働くことにした。夫が死んでからというもの、生きていてもしかたがないと思うようになったからだ。だが、去年から、サラは残業の時間を少しずつ減らすようにしていた。毎日定時に帰るのは大変だが、サラは毎日、厳しい闘いを続けている。

それは一種の自己防衛でもある。どの医師も心のなかに墓地がある。助けることのできた患者のことは――サラが胃を洗浄した幼い女の子も、火傷《やけど》した指を治療したよちよち歩きの幼児も――すぐに忘れてしまう。忘れられないのは、死んでしまった子どもたちだ。白血病に苦しみながら少しずつ弱り、死んでいった子。不凍液を飲んで十六時間後に亡くなった九歳児。浅いプールに頭から飛びこみ、首の骨を折った十一歳児。みんなサラの心のなかにいて、ときには――いや、しばしば、どんなに努力しても報われないことがあるのだと教えてくれる。

サラは医師用ラウンジのソファに座った。目を通さなければならないカルテがたまっているが、ほんの数分だけ休みたかった。ゆうべは四時間も眠れなかった。脳のスイッチが切れなかったのは、ウィルのせいではない。イヴリン・ミッチェルと、堕落した部下たちのことをずっと考えていたからだ。イヴリンが罪を犯したかもしれないと疑われていることが、心に重くのしかかっていた。イヴリン・ミッチェルはリーダーとして失格だったか、そうでなければ汚職警官だ、というウィルの言葉が何度も思い出された。白か黒のどちらかなのだ。

たぶん、だからサラは、朝のうちに時間を見つけてフェイス・ミッチェルに電話をかけようとしなかったのだろう。フェイスの主治医はデリア・ウォーレスだが、サラはなぜかフェイスに対して責任のようなものを感じていた。最近はウィルだけでなく、フェイスのこともやたらと気になる。

うんざりだ。楽しくもなんともない。

看護学生のナンが、隣にどすんと腰をおろした。ブラックベリーをスクロールしながら、話しかけてきた。「熱いデートのこと、聞かせてください」

サラは無理やり笑顔を作った。朝、病院に着いたとき、このラウンジにサラ宛ての大きな花束が届いていた。デイル・ダガンはアトランタじゅうのかすみ草とピンクのカーネーションを買い占めたらしい。ERのみんなが入れ替わり立ち替わり声をかけにきて、サラは白衣に着替えるのも難渋した。夫を亡くした女が不意の恋に落ちたロマンスに、だれもが興奮しているようだった。

サラはナンに言った。「いい人よ」

「彼も先生のことをいい人だと思ってるみたい」ナンはメールを打ちながら、にやりと笑った。「さっき、ラボで会いました。超かっこいい人ですね」

サラは三百歳になったような気分で、ナンの親指の動きを眺めた。自分にもこんな若いころがあったのだろうか。デイル・ダガンがこの若い浮ついた看護学生とゴシップを楽しんでいるところも想像できない。

ナンはしばらくしてブラックベリーから目をあげた。「先生のことを魅力的だと言ってましたよ。話もはずんで、先生はキスが上手だったって」

「ダガン先生にメールしてるの？」

「まさか」ナンはあきれたように目を上に向けた。「ラボで聞いたんですよ」

「そう」サラはなんとか答えた。デイルにどう対応すればいいのだろう。彼は勘違いをしているか、そうでなければひどい嘘つきだ。とにかく、話をする必要がある。花束だけでも最悪のサインだ。できるだけ早いうちに誤解を解かなければならない。それにしても、どうして自分の求める男は手の届かない人で、求めていない男が言い寄ってくるのだろう。手に入らないものばかり求めていては、人生がテレビのメロドラマになってしまう。

ナンがまたメールを打ちはじめた。「ダガン先生に、先生が言ってたことを伝えましょうか？」

「わたしはなにも言ってないけど」

「言えばいいじゃないですか」

「あのねえ……」サラはソファから立ちあがった。ロッカーにメモをすべりこませればいい時代は、いまよりずっと楽だった。「ERが落ち着いているあいだに、お昼を食べてくる」

だが、カフェテリアではなくエレベーターに向かった。廊下を猛スピードで走ってくるストレッチャーに轢《ひ》かれそうになった。刺傷だ。胸からナイフが突き出たままの患者が運ばれていく。救急医療士が大声でバイタルを読んでいる。医師がてきぱきと指示を出す。サラはエレベーターの階下行きボタンを押し、扉が開くのを待った。

グレイディ病院は一八九〇年代に設立され、四カ所を転々としたのち、最終的に現在のジェス・ヒル・ジュニア・ドライヴに定まった。古今を通じて、管理の甘さや汚職や医療ミスが相次ぎ、経営はいつも厳しい。U型の建物は何度も増改築や取り壊しや修繕を重ねたため、全貌がわかる者はいないのではないかと、サラは思っている。敷地の周囲の土地はジョージア州立大学のほうへゆるやかにくだっていて、駐車場を共有している。救急車の入り口は、州間高速道路のグレイディ・カーブと呼ばれる部分につながっていて、ジェス・ヒル・ジュニア・ドライヴ側の正面入り口より一階分高くなっている。ジム・クロウ法の時代は、病院はグレイディズと呼ばれていた。街に面した白人用の棟と、奥に押しこまれた黒人用の棟に分かれていたからだ。

作家マーガレット・ミッチェルは、ピーチツリー・ストリートで酔っ払い運転の車にはねられ、ここに搬送されて五日後に死亡した。百周年オリンピック公園の爆弾テロの被害者もここで治療を受けた。グレイディはいまでもアトランタ都市圏で唯一の最高レベルの外傷センターであり、一帯で命に関わる重傷を負った患者はすべてここへ搬送される。だから、院内にはフルトン郡の検死局の分室があり、遺体安置所で遺体の受け入れ処理をしている。つねに二体か三体の遺体が移送を待っている状態だ。サラはグラント郡の検死官の仕事をはじめたころ、ダウンタウンのプライアー・ストリートの検死局で研修を受けた。あそこは慢性的な人手不足だった。サラはよく昼休憩も取らずにグレイディに使い走りをした。

エレベーターの扉があいた。警備員のジョージが降りてきた。彼の巨体でエレベーターホールが急に狭くなった。フットボール選手だったが、足首の故障で別の道を探さざるをえなくなった男だ。

「リントン先生」ジョージは扉を押さえてくれた。

「こんにちは、ジョージ」

ウィンクした彼に、サラは笑みを返した。

エレベーターには若いカップルが乗っていた。ひとつ下の階におりるまでずっと身を寄せあっていた。病院で働くというのは、こういうことでもある。いつどこでも振り返れば、人生で最悪の日を生きている人が目に入るのだ。これこそ、サラが変えるべきことなのかもしれない——アパートメントを売ってこぢんまりした一軒家に引っ越すのではなく、個人クリニックの経営に戻るべきなのかもしれない。個人クリニックなら、毎日の緊急課題は、どの製薬会社の営業担当がランチを買いに行くか決めることくらいだ。

地下二階までおりてくると、地上より室温が低かった。サラは白衣の前をかきあわせ、書庫の前を通り過ぎた。インターンをしていたころとちがい、カルテが出てくるのを待って並ぶ必要はない。すべて自動化され、院内のイントラネットでつながっているタブレットに患者の情報が届く。X線写真は診察室の大きなモニターに映し出されるし、処方薬は患者のアームバンドに登録される。グレイディはつねに倒産の危機にあるが、アトランタに残った唯一の公立病院として、とりあえず最先端の技術をそろえようと努力している。

サラは分厚い両開きのドアの前で足を止めた。そのむこうが遺体安置所のエリアだ。リーダーの前にバッジをかざす。不意にシューッと気圧の変わる音がして、断熱材入りの鋼鉄のドアが開いた。

係員は、自分のテリトリーにサラが入ってきたことに驚いたようだった。ブルーのスクラブを着ているが、見るからにゴスっぽい。クールなおれにこの仕事はふさわしくないと全身で主張している。漆黒に染めた髪はひとつに縛っている。眼鏡はジョン・レノンのものとそっくりだ。クレオパトラの映画から出てきたような太いアイライン。だが、ぽっこりと突き出た腹とフー・マンチューのような八の字の髭に、サラはスヌーピーの兄スパイクを思い出した。「迷ったんですか？」

「ジュニア」サラは彼の名札を読んだ。おそらくナンと同じくらいの年齢だ。「フルトン郡検死局の人がいないかと思って」

「ラリーがいるよ。奥で搬出作業をしてる。なにかまずいことでもあったんですか？」

「いいえ、ちょっと知恵を借りたくて」

「貸せるほど知恵があるかねえ」

やせたヒスパニック系の男が奥の部屋から出てきた。スクラブがバスローブのようにぶかぶかに見える。ジュニアと同じくらいの年齢、つまりつい最近おむつがはずれたばかりという感じだ。「ぜんぜんおもしろくねえよ、ボス《ヘッフェ》」ジュニアの肩にパンチした。「なんか用ですか、先生？」

予想外の展開だ。「やっぱりいいわ。お邪魔したわね」ふたりに背を向けようとしたとき、ジュニアに呼び止められた。

「先生、デイルの新しい彼女でしょ？　背の高い赤毛って言ってた」

サラは唇を噛んだ。デイルはこんな十歳児たちとつるんでなにをしているのだろう？

ジュニアがにんまりと笑った。「そうだ、ドクター・リントンでしょ？」

ちがうと答えたいところだが、白衣の外側に名札をかけている。おまけに、白衣の胸ポケットにも刺繍《ししゅう》してある。そのうえ、院内にいる赤毛の医師は自分だけだ。

ラリーが言った。「デイルの新しい彼女なら、なんでも相談に乗りますよ」

「そうそう」ジュニアが合いの手を入れる。

サラは顔に笑みを貼りつけた。「デイルとはどこで知りあったの？」

「バスケですよ」ラリーはシュートを打つまねをした。「なんか急ぎで訊きたいことがあったんじゃないんですか？」

「急ぎってほどでも――」サラは言いかけて、ラリーがふざけているだけだと気づいた。

「昨日の銃撃事件のことで知りたいことがあったの」

「どの銃撃事件です？」

ラリーはもうふざけていなかった。アトランタで銃撃事件があったのを知っているかと尋ねるのは、フットボールの試合で酔っ払いを見なかったかと尋ねるようなものだ。「シャーウッド・フォレストの。警察官が発砲した」

ラリーはうなずいた。「ああ、あれはやばかった。死んだやつの腹はHで満タンでしたよ」

「ヘロイン？」

「風船に詰めてたんです。それが弾をぶちこまれたもんだから、パチンとはじけて……」

ラリーはジュニアに尋ねた。「なあ、あの砂糖を食う棒みたいなやつ、なんていうんだっけ？」

「ディップ・スティック？」

「ちがう」

「チョコレート？」

「そうじゃなくて、紙のストローみたいなやつに砂糖が詰まってる」

「ピクシー・スティクス？」

「それそれ。あいつ、死んだときめちゃくちゃハイだったんだろうな」

サラはふたりが拳をぶつけあうあいだ待っていた。「それってアジア系の男？」

「いや、プエルトリコ系のほう。リ、リ、リカールドってやつ」巻き舌で発音した。

「メキシコ系じゃなかったの？」

「まあ、おれたち見分けがつかないっしょ？」

サラは返事に詰まった。

ラリーが笑った。「いいんですよ、べつに。先生をからかっただけ。死んだやつはほんとにプエルトリコ系ですよ、うちのお袋と同じ」

「ラストネームはわかった？」

「いや。でも〈ネータ〉のタトゥーが手に入ってた」ラリーは親指と人差し指のあいだを指した。「ハートのなかにNって入ってるんですよ」

「〈ネータ〉って？」はじめて聞く名前だ。

「プエルトリコ系のギャング。合衆国からの独立を目指してるいかれた連中ですよ。おれらが故郷《くに》を出たとき、お袋もそんな感じだったな。宗主国の圧制から逃れるんだって。そんで、こっちへ来てからは、フリーダおばさんみたいにでかいプラズマテレビを絶対買うんだとか、そんなことばっか言ってる。元気だよね」またジュニアと拳をぶつけあう。

「ほんとうに、ギャングにも入ったよ。ギャングのシンボルでまちがいない？　その、ハートのなかのNが」

「ほかにもあったよ。ギャングに入ったやつは、仲間を増やさないといけない」

「魔術崇拝みたいにな」ジュニアが口を挟んだ。

「そう、それ。結構、ドロップアウトしてグループを変わるやつは多い。リカードは小物だったんだろうな。指のタトゥーがない」ラリーはふたたび手を掲げ、人差し指を中指の前で交差させた。「普通はこんな形で、手首にプエルトリコの旗を巻いてる。とにかく独立が目的なんだ。まあ、本人たちはそう言ってる」

サラはウィルから聞いたことを思い出した。「リカードは〈ロス・テキシカーノズ〉のタトゥーを胸に入れていたんでしょう？」

「うん、でもさっきも言ったけど、ドロップアウトして新しい組織に入るやつは多いんですよ。このへんじゃ〈ネータ〉より〈テキシカーノズ〉のほうが幅を利かせてるし」ラリーは歯の隙間からシューッと息を吐いた。「ほんとやばいですよ。〈テキシカーノズ〉を舐めないほうがいい」

「検死局はそういうことを知ってるの？」

「ギャング取り締まりに写真を送りました。〈ネータ〉はプエルトリコじゃトップの組織だ。『バイブル』にも載ってるね」

『ギャング・バイブル』は、ギャングの活動を監視する警官の参考書だ。「アジア系に関する情報はない？　ふたり射殺されたでしょう」

「ひとりは学生でした。数学の天才だったとか。いろいろ賞を獲ってたらしいです」

ニュースで見たヒロノブ・クウォンの写真を思い出した。「ジョージア州立大の学生だったかしら」州立大もいい大学だが、数学の天才ならジョージア工科大に入学していただろう。

「おれが知ってるのはそれくらいです。もうひとりのほうは、いま調べてる。あのアパートメント火災のせいで大変だったんですよ。六人死んでますからね」ラリーはかぶりを振った。「犬も一頭。おれは犬が死ぬのはいやだな」

ジュニアが言った。「わかる」

「ありがとう」サラは言った。「ふたりとも、ありがとうね」

ジュニアは拳で胸の脇をたたいた。「デイルは友達だから、よろしく」

ふたりがまた拳を打ちあわせるのを待たず、サラはその場を離れた。ポケットに手を突っこみ、携帯電話を捜しながら廊下を歩いた。職員のほとんどが、そのうち電磁波で死ぬんじゃないかと心配になるほど電子機器をどっさり持ち歩いている。サラも、検査の報告や病院の職員と連絡を取るためのブラックベリーと、プライベート用のアイフォーンを持っている。病院から支給された携帯電話は折りたたみ式で、以前はべたべたした手の持ち主が使っていたらしい。白衣のポケットには、ポケベルを二個とめている。一個は救急、もう一個は小児科のものだ。アイフォーンがもっとも薄いので、いつも最後まで見つからない。いまもそうだった。

連絡先をスクロールしてアマンダ・ワグナーの名前を見つけ、ウィル・トレントまで戻った。彼は二度の呼び出し音のあとに応答した。

「トレントだ」

彼の声を聞いたとたん、なぜかなにも言えなくなった。沈黙のむこうに風の音と子どもの楽しそうな声が聞こえる。

ウィルが言った。「もしもし？」

「あの、ウィル――ごめんなさい」サラは咳払いした。「いま、検死局の職員と話したの。頼まれていたでしょう」顔が赤くなるのを感じた。「というか、アマンダに頼まれたんだけど」

ウィルは、おそらくアマンダに向かって小声でなにか言った。「なにかわかったことはある？」

「あの亡くなった〈テキシカーノズ〉の男、リカードのこと。ラストネームはまだわかっていないけど、おそらくプエルトリコ系よ」ウィルがそのことをアマンダに伝えるあいだ、サラは待っていた。アマンダは、サラと同じことを疑問に思ったようだ。サラは答えた。「手に〈ネータ〉っていうギャングのタトゥーを入れていたの。プエルトリコ系ギャングね。教えてくれた人は、リカードはアトランタに来たときに〈テキシカーノズ〉に入ったんじゃないかって」ふたたびウィルがアマンダに中継するのを待った。「それから、腹部にヘロインが詰まっていた」

「ヘロイン？」驚きでウィルの声が大きくなった。「量は？」

「それはわからない。教えてくれた人が言うには、風船に詰めこんであったそうよ。フェイスに射殺されたときに体内でヘロインがまき散らされた。そのせいで死んだと言えるかも」

ウィルはアマンダに伝え、また電話口に戻ってきた。「アマンダが、調べてくれてありがとうと言ってる」

「これくらいしかわからなくてごめんなさい」

「いや、とても助かるよ。ほんとうにありがとう、ドクター・リントン。重要な情報だ」

アマンダが彼のそばにいるのはわかっているが、まだ電話を切りたくなかった。「そっちはどう？」

「刑務所はだめだった。いまぼくたちはヒロノブ・クウォンの自宅の前にいるんだ。グラント・パークで母親と暮らしていた」ここから十五分以内の場所に彼がいるのだ。「近所の人たちから、母親がもうすぐ帰ってくるはずだと言われてる。きっといろいろな準備で忙しいんだろう。むかいが動物園なんだ。だから、ぼくたちは一キロ離れた場所に車を停めて歩いてきた。というか、ぼくがそうしたんだけど。アマンダは、家の前で降りた」そこまでしゃべって、ウィルはようやく息を継いだ。「きみは大丈夫？」

サラはほほえんだ。ウィルも電話を長引かせたいのだ。「ゆうべはよく眠れた？」

「あまり。きみは？」

サラはなにか気の利いたことを言いたかったが、結局は「あまり」と答えた。

アマンダの声はくぐもっていてなにを言っているのか聞き取れなかったが、口調でわかった。ウィルが言った。「じゃあ、また連絡する。ありがとう、ドクター・リントン」

サラは、自分はばかだと思いながら電話を切った。ラウンジに戻って、ナンとくだらない雑談でもしたほうがいいのかもしれない。

いや、デイル・ダガンと話をして、ふたりともこれ以上気まずい思いをせずにすむうちに終わらせるべきだ。サラは病院用のブラックベリーを取り出し、デイルのメールアドレスを探してアイフォーンに打ちこみはじめた。カフェテリアで話をしたいとメールを送ればいい。それとも、駐車場のほうがいいだろうか。すでに噂になっているのに、ますます広がっても困る。

前方でエレベーターの到着を告げる音が鳴り、デイルの姿が見えた。看護師と笑いながら話している。ジュニアが呼んだにちがいない。サラはひるんだ。手近なドアをあけると、たまたま書庫だった。似たようなきついパーマをかけた年配の女がふたり、カルテを積んだデスクのむこうに座っていた。ふたりともパソコンのキーボードを一心不乱にたたき、サラのほうへ目もあげない。

ひとりが尋ねた。「なにか用？」目の前のカルテのページをめくる。

サラはつかのまぽかんとして立ちつくした。頭の奥で、エレベーターを降りてからずっと書庫へ行こうと考えていたことを思い出した。アイフォーンを白衣のポケットにしまった。

「どうしたの？」いまではふたりともサラを見つめている。

サラは院内のＩＤを掲げた。「古いカルテを見たいんです。一九……」頭のなかですばやく計算した。「七六年です」

係員がメモ用紙を差し出した。「名前を書いてちょうだい。そのほうが早く捜せるから」

サラは、悪いことだと承知のうえでウィルの名前を書いた。個人情報保護法を破っているだけでなく、即時解雇のリスクも冒している。ウィルはアトランタ児童養護施設で育った。だから、かかりつけ医はいなかったはずだ。病気やけがの治療はグレイディで受けていたと考えられる。彼の子ども時代の記録がここにある。サラは病院職員の身分を利用して、それを盗み見ようとしている。

「ミドルネームはないの?」係員が尋ねた。

サラはかぶりを振った。声を出せる自信がなかった。

「ちょっと待ってね。当時はコンピューターなんかなかったでしょう。あれば、タブレットですぐ検索できるものね。わたしたち、ようやく一九七〇年代に取りかかったばかりなのよ」係員は席を立ち、サラが止めるまもなく〝書類庫〟と書かれたドアのむこうに消えた。

もうひとりの係員はタイピングに戻った。赤く塗った長い爪が、猫がタイル貼りの床を走っているような音をたてた。サラは靴を見おろした。午前の診療で、得体の知れない汚れがついていた。心のなかで、もっともらしい口実を考えようとしたが、どんなにがんばっても、いま自分は疑いの余地なく、これまでの人生でもっとも倫理に反することをしているという思いを振り払えなかった。なによりも、ウィルの信頼を裏切る行為だ。

だから、こんなことはしてはいけない。したくない。

まったく自分らしくない。普段は、知りたいことがあれば率直に訊く。ウィルの自殺未遂や子ども時代について詳しく知りたければ、本人に尋ねればいいのだ。こそこそカルテを盗み見るのではなく。

係員が戻ってきた。「ウィリアムという名前はなかったけど、ウィルバーはあったわ」ファイルを脇に抱えている。「一九七五年ね」

サラは医師になってつい最近まで紙のカルテを使っていた。健康な子どものカルテなら、十八歳までに二十ページ程度のボリュームになる。ところが、ウィルのカルテは三センチ近い厚みがあった。黄色と白の色あせた紙の束には、ぼろぼろの輪ゴムがかかっていた。

「ミドルネームはないわ」係員が言った。「あったのかもしれないけれど、この時代、こういう子どもたちの記録はいいかげんだったのよ」

もうひとりの係員が言った。「エリス島とタスキーギも一緒くたになったのよね」

サラはカルテに手を伸ばしかけたが、急に動けなくなった。手が宙に浮いた。

「大丈夫？」係員が同僚をちらりと見て、サラに目を戻した。「座って休みたい？」

サラは手をおろした。「やっぱりいいです。お時間取らせてすみません」

「ほんとうに大丈夫？」

サラはうなずいた。こんなに気分が悪くなったのはいつぶりだろうか？　アンジー・トレントと鉢合わせしたときでさえ、ここまでの罪悪感はなかった。「ほんとうにすみません」

「謝らなくてもいいのよ。ときどき席を立つのは気分転換になるし」係員がカルテを抱えなおしたとき、輪ゴムが切れ、書類が床に散らばった。

サラはとっさにしゃがみ、拾い集めるのを手伝った。紙をまとめながら、中身を見てはだめと自分に言い聞かせた。ドットマトリックスで印字された検査結果や大量のカルテのなかに、アトランタ市警による古い報告書のようなものがあった。サラは単語や文章が見えないよう、あえて目の焦点を合わせなかった。

「ねえ、見て」

サラは目をあげた。自然にそうしていた。係員が、色あせたポラロイド写真を差し出していた。子どもの唇を接写したものだった。上唇の真ん中から鼻まで裂けていて、その横に小さな銀色の定規が添えてある。転んだり、ぶつけたりしてできた傷ではない。唇の上をまっぷたつに裂き、歯が見えるほどの力がかかったのだ。傷は太く黒い糸で縫合してあった。周囲は炎症を起こして腫れている。サラは遺体安置所でこの手の野球ボールのような縫い目を見ることには慣れているが、子どもの顔ははじめてだった。

「これ、あのポリなんとかの研究で実験台になったのね」係員が言った。写真を同僚に見せる。

「ポリグリコール酸よ」もうひとりの係員がサラに言った。「グレイディは以前、工科大と提携して、人体に吸収される手術用の糸の研究をやってたの。その子もアレルギー反応を起こしたみたいね。かわいそうに」タイピングに戻った。「まあ、蛭《ひる》をたくさん貼りつけられるよりはましかもね」

カルテを持ってきた係員が尋ねた。「大丈夫？」

サラは、吐きそうだと思った。立ちあがって部屋を出る。足を止めることができず、階段を二階分一気に駆けのぼり、外へ出て深呼吸した。

閉まったドアの前でうろうろと歩きまわった。心は怒りと恥のあいだをピンボールのように行ったり来たりしている。ウィルはまだほんの子どもだったのに。病院は彼に治療を受けさせるかわりに、動物のように実験台にしたのだ。彼はいまも、自分がなにをされたのか知らないのだろう。サラも知りたくなかったが、詮索したバチが当たったのだ。彼のカルテを見たいなどと言ってはならなかったのだ。それなのに言ってしまったがために、あの写真を頭から締め出すことができない――彼の美しい唇は、政府の最低限の基準すら満たすことができなかった糸で、荒っぽく縫いあわされたのだ。

色あせたポラロイド写真は、死ぬまで頭に焼きついているだろう。当然の報いだ。

「ねえ、ちょっと」

サラはさっと振り向いた。若い女がそばに立っていた。痛々しいほどやせている。脂じみた金髪がウエストまで垂れている。腕の新しい注射跡をかいた。「あんた、医者？」

サラはたちまち警戒した。病院の周囲にはジャンキーがよくうろついている。なかには暴力的な者もいる。「治療するなら、なかに入りましょう」

「あたしじゃないよ。そこに男がいるの」病院の裏の隅に置いてある大型ごみ容器を指差した。昼間だが、そのあたりは建物の影に隠れて薄暗い。「一晩中いたみたい。死んでるんじゃないの」

サラは穏やかな口調で言った。「なかでゆっくり話を聞きましょうか」

女の目が怒りで光った。「あのさ、こっちはせっかく正しいことをしようとしてんのに、なに偉そうにしてんの」

「わたしは――」

「あいつからエイズをうつされりゃいいんだよ、ビッチ」女はぶつぶつ文句を言いながら、よろよろと歩いていく。

「やれやれ」サラは息を吐いた。今日はもう、これ以上悪いことなどないだろう。ジャンキーですら敬意を払ってくれた、古きよき時代の南部人のマナーがなつかしい。サラは建物へ戻りかけ、ふと足を止めた。ひょっとしたら、あの子はほんとうのことを言っていたのではないか。

大型ごみ容器のほうへ引き返したが、女がなにか企《たくら》んでいたかもしれないので、近づきすぎないようにした。週末はごみの収集がない。箱やビニール袋が金属のコンテナからあふれて地面に散らかっている。サラは一歩近寄った。青いビニール袋の下に、男が横たわっていた。手が見える。手のひらに深い切り傷があった。もう一歩近づき、足を止めた。グレイディに勤めていると、極端なまでに用心深くなる。これは罠かもしれない。サラは男のそばまで行かず、救急入り口へ助けを求めに走った。

　三人の救急医療士が立ち話をしていた。サラは彼らに裏へまわるように指示した。三人はストレッチャーを押してついてきた。サラはごみをどけた。男は息をしているが、意識がなかった。目を閉じている。褐色の肌は、黄色っぽい蝋のようになっていた。Tシャツは血まみれだ。下腹部の傷からの出血だろう。頸動脈《けいどうみゃく》に指を当てたとき、見覚えのあるタトゥーが首を覆っているのがわかった。ガラガラヘビが巻きついたテキサスの星。

　ウィルの捜しているRhマイナスB型の男だ。

「行くぞ」医療士のひとりが合図した。

　サラはストレッチャーと一緒に走り、病院に入った。医療士が読みあげるバイタルを聞きながら、男の腹のガーゼをめくった。傷口は細長く、包丁で刺されたと思われた。端は鋸歯状に切れこんでいる。新しい血はごく少量なので、出血はほとんど止まっているようだ。内臓が膨張し、腐敗した肉のにおいがして、ERで彼にしてやれることはほとんどないことがわかる。

　ダークスーツを着た長身の男が、小走りでサラについてきた。「助かりますか？」

　サラは警備員のジョージを探してきょろきょろした。ジョージはどこにもいない。「どいてください」

「ドクター――」男は財布を掲げた。金色の盾のエンブレムがちらりと見えた。「警察です。その男は助かりますか?」

「わかりません」サラはガーゼを元に戻した。そして、患者に聞こえているかもしれないので、つけくわえた。「たぶん大丈夫」

警官はついてこなくなった。サラはちらりと廊下を振り返ったが、彼の姿はなかった。

外傷の専門チームがただちに治療を開始した。男の服を切って脱がせ、採血し、彼をさまざまな機器につなぐ。切開用の鋏とトレイが並んだ。サージカルパックが開封される。

救急用カートが到着した。

サラは静脈路確保のため大量静注を指示した。ABCをチェックする。気道《A》確保、呼吸《B》異常なし、循環《C》異常なし。気がつくと、スタッフも助かる可能性がほとんどないと見越し、ペースが落ち着きはじめていた。スタッフの人数が少しずつ減っていく。やがて、サラと看護師のふたりだけになった。

「財布もないわ」看護師が言った。「ポケットに入ってるのは糸屑だけ」

「もしもし」サラは患者のまぶたをあげ、声をかけてみた。瞳孔は開いたまま動かない。頭部に外傷がないか、時計まわりに指を当てて調べる。後頭骨に陥没が認められた。手袋をはめた手を見ると、血はついていない。

看護師が患者のプライバシーのためにカーテンを引いた。「X線? 腹部CT?」

サラはなりゆきでこの患者の主治医ということになっていた。「クラカウアー先生を呼んでくれる？」

　看護師はカーテンの外へ出ていった。サラは患者のチェックを続けたが、クラカウアーもバイタルをひと目見れば、できることはないと言うだろう。急ぐ必要はなくなった。患者は全身麻酔に耐えられないし、この重傷に耐えて回復することはないだろう。せいぜい抗生剤を投与し、患者の運命が決まるときを待つしかない。

　カーテンがあいた。若い男が覗きこんでいる。髭はなく、黒いウォームアップジャケットを着て、黒い野球帽を目深にかぶっている。

「ここは立ち入り禁止です」サラは声をかけた。「だれか捜してるのなら――」

　男に胸を強く殴られ、サラは床に尻餅をついた。肩がトレイにぶつかった。金属の道具がばらばらと降ってきた――メス、鉗子《かんし》、鋏。男は至近距離から患者の頭を狙い、銃弾を二発撃ちこんだ。

　サラは悲鳴を聞いた。自分の声だ。自分の口から悲鳴があがっている。不意に銃口を向けられ、サラは叫ぶのをやめた。男が近づいてくる。サラはやみくもに自分を守るものを探した。手がメスをつかんだ。

　男はほとんどサラにのしかかっていた。わたしを殺すの、それとも逃げるの？　サラは男に迷う時間を与えなかった。メスを持った手を突き出し、男の膝の内側を切った。男はうめき、銃を落とした。傷は深い。大腿動脈から血が噴き出した。男が片膝をつく。ふたりは同時に銃を見た。サラは銃を蹴り飛ばした。ところが、男はサラに襲いかかり、メスを持ったほうの手をつかんだ。サラは手を引こうとしたが、手首をがっちりとつかまれている。パニックに襲われながらも、男がなにをしようとしているのか理解した。メスの刃がサラの喉へ近づいてくる。サラは両手で男を押し返そうとした。だが、刃はじりじりと向かってきた。

「お願い……やめて……」

男はサラに体重をかけて押さえつけていた。サラは相手の緑色の瞳を見つめた。白目に道路地図のような赤い線が走っている。口はまっすぐに結ばれていた。男の体がひどく震えているのが、背筋に伝わってくる。

「やめろ！」警備員のジョージが銃を構えていた。「離れろ、こんちくしょう！」

男はますますサラの手を強く握りしめた。ふたりの力は拮抗《きっこう》し、どちらの手も震えていた。

「いますぐやめろ！」

「お願い」サラは懇願した。これ以上はもたない。両手から力が抜けはじめた。

突然、男の力がふっと弱くなった。サラは、メスの刃先がさっと上を向き、男の喉に刺さるのを見た。男はサラの両手を握りしめたまま、何度も自分の喉にメスを突き刺した。

10

長いあいだアマンダと同じ車に閉じこめられていたので、ウィルはそろそろストックホルム症候群を発症するのではないかと心配になった。すでに気力が萎えかけている。ヒロノブ・クウォンの母親のミリアム・クウォンが、アマンダの顔に唾を吐きかけるのを見てしまったせいでもある。

ミズ・クウォンを擁護すれば、アマンダは彼女に気を遣っていたとは言えない。ウィルとアマンダは、ミズ・クウォンを自宅の前庭で奇襲したも同然だった。彼女の行き先が息子の葬儀の打ち合わせだったことは、ひと目でわかった。表紙に十字架を印刷したパンフレットを手に帰ってきたからだ。家の前の通りには車が並んでいた。そのせいで、ミズ・クウォンは遠くに駐車しなければならなかった。見るからにやつれてとぼとぼと歩いてくる姿は、まさにひとり息子を埋葬する棺《ひつぎ》を選んできた母親そのものだった。

アマンダはGBIを代表しておざなりなお悔やみを言ってから、いきなりミズ・クウォンの急所をついた。ミズ・クウォンの反応から察するに、どうやら彼女は息子が犯罪絡みで命を落としたにもかかわらず、こんな形で名誉を傷つけられるとは思ってもいなかったようだ。アトランタのニュース番組では、二十五歳以下で死んだ若者は、とりあえずだれでも優等生だったかのように報道される。ところが、今回死んだ優等生は、オキシコンチンが大好きだった。ヒロノブ・クウォンは、違法薬物を売ったとして二度逮捕されている。学業の成績がよかったので、刑務所に入らずにすんだ。三カ月前に、判事からリハビリを命じられたばかりだった。リハビリがうまくいかなかったことは明らかだ。

ウィルは携帯電話で時刻を確かめた。最近、サマータイムに変えたら、二十四時間制で表示されるようになってしまった。十二時間制に戻すにはどうすればいいのか、見当もつかない。ありがたいことに、いまは十二時三十分だった。猿のように指を使って計算せずにすんだ。

引き算をするひまもないわけではない。朝から八百キロも移動したのに、成果はない。イヴリン・ミッチェルの行方はいまだにわからない。そろそろ事件発生から二十四時間が経過し、人質の生存率はどんどんさがっていく。死体は増える一方で、これまでに入手した手がかりは、州に殺されるより先に何者かに殺された死刑囚の証言だけだ。元麻薬捜査課の刑事、アヴァルドスタ刑務所には、行っても行かなくても同じだった。アダム・ホプキンズとベン・ハンフリーは、アマンダをガラス玉のような目で見つめるばかりだった。ウィルの予想どおりだ。四年前、ウィルはそれぞれの自宅を事情聴取に訪れたが、門前払いを食らった。ロイド・クリステンセンは、すでにこの世にいない。デマーカス・アレクサンダーとチャック・フィンとは連絡が取れない可能性がある。ふたりは釈放されてすぐにアトランタを離れていた。ゆうべ、ウィルはふたりそれぞれの保護観察官に電話をかけた。アレクサンダーは西海岸で一からやりなおそうとしている。フィンはテネシーで薬物依存から抜け出せずにいるらしい。

「ヘロインか」ウィルはつぶやいた。

アマンダが、ウィルの存在を忘れていたかのように振り返った。ふたりは州間高速道路八五号線を北へ向かっていた。いまから会いに行く相手も、おそらくなにも話してくれないだろうけれど。

ウィルは言った。「ボイド・スパイヴィは、チャック・フィンがヘロインを常用していると言っていました。そしてサラの話では、リカードの腹部にはヘロインが詰まっていた」

「こじつけっぽいわね」

「まだあります。オキシコンチンの常用はたいていの場合、ヘロイン依存に進みます」

「つながっていると考えるには根拠に欠ける。このごろは、石を投げればヘロイン依存症者に当たるわ」アマンダはため息をついた。「その石が足りないのよねえ」

ウィルは膝を指で小刻みにたたいた。朝からずっと、アマンダの不意をついて情報を引き出そうと、自分でもあることを隠していたのだ。いまこそそのときだ。「イヴリンの〝いい人〟は、ヘクター・オーティズだったんですね」

アマンダの口角があがった。「そうなの？」

「イグナチオ・オーティズの弟です。あなたの反応から察するに、ニュース速報ではなかったようですね」

「オーティズのいとこよ」アマンダは訂正した。「それも、ドクター・リントンのおかげでわかったの？」

ウィルはあごにぐっと力が入るのを感じた。「最初からご存じだったんですね」

「これから十分間、ぐずぐず言って時間を無駄にしたいの、それとも仕事をやる？」

ウィルとしてはこれから十分間アマンダの首を絞めてやりたかったが、その気持ちは伏せておくことにした。「イヴリンはなぜ、合衆国南東部のコカイン流通を牛耳っている男のいとことつきあっていたんでしょう？」

「ヘクターは車のセールスマンだったのよ」アマンダはちらりとウィルを見た。おもしろがっている目をしている。「キャデラックを売ってたの」

だから、黒いキャデラックから彼の身元を割り出すことができなかったのだ。あれは会社の車だ。「でも、腕に〈テキシカーノズ〉のタトゥーがありました」

「若気の至りってやつよ」

ウィルは食いさがった。「イヴリンが椅子に書いたAの文字の意味は?」

「あなたはあれを矢印だと言ってなかった?」

「〝アルメッハ〟は〝アマンダ〟と韻を踏んでいますね」

「それがなにか?」

「〝カント〟のスラングです」

アマンダは声をあげて笑った。「ちょっと、ウィル、わたしをカント呼ばわりするの?」

何度そうしたい気持ちにかられたことか。

「警官としてがんばってるあなたにごほうびがあるの」アマンダはサンバイザーから折りたたんだ紙を取り出した。「ここ四週間のイヴリンの通話記録」

ウィルは二ページにわたる記録に目を通した。「チャタヌーガによく電話をかけていますね」

アマンダは意外そうにウィルを見た。ウィルはアマンダをにらみ返した。自分はまったく文字が読めないわけではない。ただ、すらすら読めないだけで、じろじろ見られながらではもっと時間がかかる。テネシー州捜査局の東部支局はチャタヌーガにある。ウィルは、ジョージア州北部で勤務していたころ、密造酒の摘発の件でよくチャタヌーガに電話をかけていた。イヴリンの通話記録には、四二三というエリアコードが少なくとも十二回は載っている。

「なにかぼくに言いたいことでも?」

はじめてアマンダが黙りこんだ。

ウィルは携帯電話を取り出して、チャタヌーガの番号に電話をかけようとした。

「早まらないで。それは〈癒しの風《ヒーリング・ウインズ》〉っていうリハビリ施設よ」

「なぜイヴリンはそんなところに電話をかけていたんですか?」

「わたしもわからないのよ」アマンダは方向指示器をつけ、隣の車線に入った。「施設は患者の情報を漏らすことを禁じられているから」

ウィルは通話記録の日付をチェックした。イヴリンは、十日前にはじめて施設に電話をかけていた。ヘクター・オーティズがイヴリンを迎えに来るようになったと、ミセス・レヴィが証言していた時期と一致する。

「チャック・フィンはテネシーにいるんですよね」

「メンフィスよ。チャタヌーガの〈ヒーリング・ウィンズ〉まで五時間かかる」

「彼は重度の薬物依存症です」ウィルはアマンダの返事を待った。アマンダが黙っているので、たたみかけた。「クスリをやめたら、抱えている重荷をおろしたくなることがある。イヴリンは、チャックがなにかしゃべるのを恐れていたんじゃありませんか」

「おもしろい仮説ねえ」

「それとも、チャックはクスリをやめてはじめてイヴリンがいまだに金を持っていることに気づいたとか」ウィルはしつこく続けた。「チャックのような逮捕歴があると、仕事を見つけるのは難しい。警察から追い出されたし、服役もした。喧嘩っ早い性格でもある。クスリをやめたとしても、雇ってくれる会社はないかもしれない。この不景気ですし」

アマンダは、再度ささやかな情報を投下した。「イヴリンの家からは、彼女とヘクターのものを含めて八種類の指紋が検出されたの。そのうち三種類は、だれのものかわかってる。ヒロノブ・クウォンと、ヘロインの運び屋リカードと、あのアロハシャツ男。名前はベニー・チュー。四十二歳、〈イエロー・レベルズ〉の用心棒」

「〈イエロー・レベルズ〉とは？」

「アジア系のギャングよ。名前の由来は訊かないで。南部人であることに誇りを持ってるみたい。まあ、だいたいのメンバーはね」

「リン・リンですね」ウィルはピンときた。これから会いに行く相手だ。「スパイヴィは、リン・リンに会えと言ってましたね」

「本名はジュリア・リン」

ウィルは驚いた。「女ですか？」

「そうよ。まったく、世の中は変わったわ」アマンダはバックミラーをちらりと見やり、隣の車線に突入した。「子どものころ、あまりおつむがよくないと勘違いされててそううあだ名をつけられたの。彼女のお兄さんが、ラップが好きでね。〝間抜け《ディンガリン》〟が〝リンガリン〟になって〝リン・リン〟に落ち着いたってわけ」

ウィルにはアマンダがなにを言っているのかさっぱりわからなかった。「なるほど」

「マダム・リンは〈イエロー・レベルズ〉の表面上のボスよ。兄のロジャーがいまでも刑務所のなかから糸を引いて、リン・リンがメンバーに直接の指示を出してるの。黄色が茶色を出し抜こうとしてるなら、リン・リンを経由してロジャーが指図してるはず」

「ロジャーはなぜ刑務所に?」

「ふたりのティーンエイジャーをレイプして殺したの。十六歳と十四歳。彼女たちのほうがロジャーをはめたのよ。ロジャーは、身の程知らずを懲らしめるつもりで、飼い犬のリードで絞め殺した。レイプして、乳房を嚙みちぎったあとでね」

ぞっとする感覚が背筋を駆けのぼった。「死刑にならなかったんですか?」

「取引したの。州は、彼が精神疾患を理由に無罪を申し立てるのを恐れた——ここだけの話、ありうることだった。だってロジャーは正真正銘の異常者だから。人間の肉を食いちぎったのは、このときがはじめてじゃなかったの」

ウィルは肩をぶるりと震わせた。「被害者側は納得したんですか?」

「ふたりとも家出少女で、クスリと売春にはまってた。家族は、目には目をという考えを取らなかったの。いずれ天罰がくだるからって」

よくある話だ。「ふたりとも、きっと理由があって家出したんでしょうね」

「若い女の子なんてそんなものでしょ」

「ロジャーの妹は、いまでも彼を支援しているんですか？」

アマンダはなにを言っているのかという顔でウィルを見た。「だまされてはだめよ、ウィル。ジュリアは、人当たりはやわらかいけど、涼しい顔であなたの喉をかき切るような女よ。舐めてかからないほうがいい。会うにもきちんと手順を踏まなければならないの。彼らには最大限の敬意を示す必要がある」

ウィルはスパイヴィの言葉を繰り返した。「〝黄色の拠点にいきなりのこのこ入っていってはだめだ〟」

「あなたのその記憶力はたいしたものね」

ウィルは次の出口のナンバーを確かめた。車はビュフォード・ハイウェイへ向かっている。シャンボジアだ。「スパイヴィの言葉は半分しか当たってないかもしれません。ヘロインはコカインよりずっと依存性が高い。〈イエロー・レベルズ〉が市場に安いヘロインを流せば、〈テキシカーノズ〉はコカインの顧客を失うことになる。権力闘争は避けようがない。でも、それだけでは、なぜイヴリン・ミッチェルの家で、アジア系ふたりと〈テキシカーノズ〉ひとりが捜し物をしていたのか説明がつきません」ウィルは口をつぐんだ。またアマンダに逃げられるところだった。「ヒロノブ・クウォン、ベニー・チュー。リカードのラストネームは？」

アマンダはほほえんだ。「さすがね」またごほうびをあげると言わんばかりだ。「リカード・オーティズ。イグナチオ・オーティズの末の息子よ」

ウィルの経験では、斧《おの》で人を殺した犯人のほうが、よほど正直にいろいろしゃべってくれた。「そして、ヘロインの運び屋をやっていたんですよね」

「そういうことになるわね」

「彼らのつながりを教えてくれる気があるんですか、それとも自分で解明しろと?」

「リカード・オーティズは二度、少年院に入ってる。でも、ヒロノブ・クウォンとの接点はなかった。ふたりとも、ベニー・チューとのはっきりした接点もない。そして、さっきも言ったように、ヘクター・オーティズは一介の車のセールスマンでしかない」アマンダは配達トラックの前にいきなり割りこんだ。「彼らのつながりがわかっていれば、いまごろそっちを突っついてるはずでしょう」

「チューのほかは若い。二十代前半ですね」ウィルは、彼らが知りあった状況を想像した。依存症者のミーティング、ナイトクラブ、バスケットボールのコート。教会かもしれない。ミリアム・クウォンは十字架のネックレスをつけていた。リカード・オーティズも腕に十字架のタトゥーを入れていた。ありえないことではない。

アマンダが言った。「イヴリンが拉致される前日に電話をかけた番号を見て。午後三時二分」

　ウィルは最初の列を指でたどり、その時刻を見つけた。横へ指を動かす。アトランタのエリアコードだ。「ぼくの知っている番号ですか？」

「知ってたら驚くわ。ハーツフィールドの分署の番号よ」アトランタのハーツフィールド・ジャクソン空港だ。「分署長はヴァネッサ・リヴィングストン。わたしの昔馴染《むかしなじ》みでもある。わたしがアトランタ市警を辞めたあと、イヴリンとパートナーを組んだの」

　ウィルはその先を待ち、しばらくして尋ねた。「それがなにか？」

「イヴリンは、乗客名簿にある名前がないか尋ねたの」

「リカード・オーティズですね」

「あなた、ゆうべはよく眠ったみたいね」

　午前三時まで取り調べの録音を聴いていたのだが。それも、アマンダがすでに知っていることを知るために。「リカードはどこから帰ってきたんですか？」

「スウェーデン」

　ウィルは眉をひそめた。思いもよらない展開だ。

　アマンダは州間高速道路二八五号線へ続くランプに乗り入れた。「世界中に出まわっているヘロインの九割はアフガニスタン産よ。みんなの税金が有効に使われてるってわけ」

　アマンダはスピードを落としてカーブを曲がり、入り組んだジャンクションに入った。

「ヨーロッパに流れるものの大半は、イランからトルコに入って、さらに北へ向かう」

「たとえばスウェーデン」

「そう、スウェーデンとかね」アマンダはふたたびアクセルを踏み、猛スピードで走る車の流れに合流した。「リカードはスウェーデンに三日間滞在していた。イエテボリからアムステルダムを経由して、アトランタへ帰ってきた」

「腹にヘロインを詰めこんで」

「ええ、腹にヘロインを詰めこんで」

ウィルはあごをこすりながら、リカードがどうしてそんなことをしたのか考えた。

「彼は死ぬ前にさんざん殴られていました。腹はヘロインの風船でいっぱいだった。排泄できなかったのかもしれません」

「それは検死官が調べてくれるわ」

アマンダはすでに検死局から情報をもらっているのではないだろうか。「検死官に訊かなかったんですか?」

「今日の夜までには報告書をそろえて送ってくれると、ご丁寧に約束してくれた。なぜわたしがサラに協力してもらえって指示したかわからないの? ところで、彼女とはどんな感じなの? よく眠ったってことは、たいして進展はなかったみたいね」

車はビュフォード・ハイウェイに入った。フロリダ州ジャクソンヴィルからミシガン州マキノー・シティまでつづく国道二三号線だ。そのうち六百四十キロほどがジョージア州を走っている。途中のシャンブリー、ノークロス、ドーラヴィルは、国内一とは言わないまでも、この一帯でもっとも多様な人種が住む地域だ。住宅地とは言えない——さびれたショッピングモールや安アパートメント、高価なタイヤのリムや短期ローンを提供しているガソリンスタンドが並んでいる。街に不足しているものが、法外な値段で売られている。

ウィルは、シャンボジアという通称には侮蔑がこめられていると感じた。デカーブ郡は国際的な回廊《インターナショナル・コリドー》という呼び名を推進しているが、状況はなかなか変わらない。一帯はポルトガル系から東南アジア系までさまざまな民族が集まっている。普通の都市圏とちがい、民族間にははっきりとした境界線はない。メキシコレストランの隣に寿司《すし》レストランがあり、農産物の市場では、アメリカ合衆国と聞いて連想する人種の坩堝《るつぼ》そのものの光景を見ることができる。

この細長い地域は、琥珀《こはく》色の穂が波打つ穀倉地帯よりチャンスにあふれている。労働する意欲だけを持ってここへ来れば、経済的に安定した生活を築くことも可能だ。ウィルの記憶にあるかぎり、人口動態はつねに変化している。白人は黒人の流入に不満を抱き、黒人はヒスパニック系が増えるのを嫌った。ヒスパニック系はアジア系の増加が気に入らない。そのうち、白人が移ってきても文句を言いだすだろう。アメリカン・ドリームには、ネズミのまわし車のような一面がある。

アマンダは左右のどちらにも曲がれる中央の車線に入った。ウィルは、ジェンガのように積み重なった看板を見た。なかには、文字というより絵のように見えて、まったく読めない看板があった。

「今朝からずっとリン・リンの店の前を見張らせてるの。いまのところ、彼女を訪ねてきた者はいないわ」アマンダはアクセルを踏みこみ、間一髪でミニバンをよけて曲がった。鳴り響くクラクションに負けず、声を張った。「ゆうべ、あちこち電話をかけたの。ロジャーは三カ月前にコースタルへ移されたそうよ。それまで半年間オーガスタにいたんだけど、薬物療法が効いて落ち着いたから、あの家畜シュートに移されたの」オーガスタ医療刑務所は、受刑者に短期で最高度の精神科治療を施している。「ロジャーはコースタルの初日に暴力事件を起こした。石鹸《せっけん》を詰めた靴下でね。新しい住処《すみか》が気に入らなかったみたい」

「ひょっとして、彼を別の刑務所に移動させると申し出るつもりですか?」

「必要とあれば」

「スパイヴィの名前は出さないんですか?」

「それはあまり賢いやり方じゃないかもね」

「ロジャーがなにを教えてくれるんですか?」ウィルは心のなかで自分の頭をぴしゃりとたたいた。「イヴリンの拉致に彼が関わっていると考えているんですね?」

「ロジャーは医学的には病気かもしれないけれど、そんなばかなまねはしないわ」アマンダはウィルをあきれたように見やった。「ロジャーは恐ろしく頭がいい。もっと頭を使いなさい。ロジャーがイヴリンを拉致しても、なんの得にもならないわ。大事な組織をつぶすだけよ」

「では、ロジャーは拉致に関与した人物を知っていると考えているんですか？」

「犯罪者のことが知りたければ、犯罪者に訊けってこと」アマンダの携帯電話が鳴った。アマンダは路肩に車を止めた。電話に出ると、しばらく耳を傾けてドアのロックを解除した。「ちょっと外で待っててくれない？」

ウィルはSUVを降りた。昨日はすばらしい天気だったが、今日は曇っていて蒸し暑い。ショッピングモールを目指して歩く。通りの入り口に近いほうに、流行《はや》っていないレストランがあった。看板にロッキングチェアが描いてあるので、郷土料理の店だろうとウィルは想像した。不思議なことに、料理を思い浮かべても胃袋が鳴らなかった。今朝、インスタントのトウモロコシ粥《がゆ》を無理やり呑みくだしてきたので、似たようなものはいまいちばん食べたくない。食欲がなかったことなど、いままで一度しかない――最後にサラ・リントンと会ったときだ。

ウィルは歩道の縁石に腰をおろした。背後を車がびゅんびゅん通り過ぎていく。カーラジオからビートの断片が一瞬だけ聞こえる。アマンダの様子をうかがうと、電話はまだしばらく終わりそうにない。両手を振りまわしてしゃべっているということは、よくない兆候だ。

自分の携帯電話を取り出し、連絡先をスクロールした。フェイスが電話を待っているだろうが、報告すべきことがなく、ゆうべの会話はいい感じで終わらなかった。イヴリンの拉致事件は、よくない結末を迎えそうだ。アマンダがいくら言葉巧みにはぐらかしても、おいそれと明かせない秘密を抱えていることははっきりとわかる。アジア系ギャングが本気で〈テキシカーノズ〉のドラッグマーケットを横取りしようとしているのなら、イヴリン・ミッチェルがその中心にいるはずだ。ヘクターは車のセールスマンと自称していたかもしれないが、〈テキシカーノズ〉のタトゥーを入れていた。しかも、服役中の〈テキシカーノズ〉のボスのいとこだ。甥はイヴリンの自宅で射殺され、ヘクター自身もイヴリンの車のトランクのなかで死んでいた。警官、それも退職した警官がギャングとつきあっていたのは、やはり裏で犯罪に加担していたからではないのか。

ウィルは携帯電話を見おろした。一三〇〇時。設定画面を開いて、どうすれば普通の時刻表示に変えることができるのか調べたほうがいいのだが、いまはそこまでの忍耐力がなかった。かわりにサラの携帯番号を出した。八が三つ入っている。この数カ月、この番号を何度もとっくりと見つめたのに、まだ網膜に焼きついていないことに、われながらあきれる。

通りのむかいに住んでいるレズビアンと不幸な誤解でデートしたことを勘定に入れなけ

れば、ウィルは本物のデートをしたことがない。アンジーと知りあったのは八歳のときだ。かつては情熱に似た気持ちがあり、短いあいだとはいえ愛に近い感情を抱いたこともあったが、彼女のそばにいて幸せだと感じた記憶がない。アンジーが帰ってくるのを恐れながら生きている。彼女がいなくなると、心からほっとする。アンジーと離れられなかったのは、その中間があるからだ。落ち着いた暮らしとはどんなものか垣間見えるようなひとときが、まれに訪れるのだ。ふたりで食事をし、食料の買い出しに行き、庭仕事をして——いや、ウィルが庭仕事をして、アンジーはそれを眺めているのだが——夜はふたりでベッドに入り、ウィルはいつのまにか自分が笑みを浮かべていることに気づく。自分にも世間のみんなと変わらない生活ができているのがうれしかった。

ところが、翌朝目を覚ますと、アンジーの姿はない。

ふたりは距離が近すぎる。それが問題だ。ともにつらい経験に耐え、何度も恐怖を味わい、不安と呪詛《じゅそ》と同情を分けあってきたせいで、たがいを被害者としか見られなくなってしまった。ウィルの体はつらい時代の記念碑だ。火傷や切り傷の跡は、残酷な運命が放った石つぶてや矢をさんざん受けてきた証拠だ。長年、ウィルはアンジーに、体験の共有よりもっと大きなものを求めていたが、最近になって、彼女には無理だという厳しい現実に気づいた。

アンジーは決して変わらない。ウィルはそれを承知で結婚したのだ。結婚も念入りに準備したわけではなく、ウィルがアンジーに、賭けてもいいがきみには結婚生活など耐えられないと言い放ったことがきっかけだった。賭けるかどうかは別として、アンジーはいつまでたっても、ウィルとの暮らしをよくて避難所、悪くて犠牲的行為としか考えない。なにか思惑がないかぎり、アンジーが自分からウィルに触れることがないのは、相応の理由がある。ウィルが家出したアンジーに連絡を取ろうとしないことにも、理由がある。

ウィルは袖の内側に親指を入れ、腕をのぼっていく長い傷跡の始点に触れた。こんなに太かっただろうか。触れると、いまだにひりひりする。

傷跡から手を離す。アンジーはこの前、ウィルのむき出しの腕にたまたま触れたとき、びくりとした。彼女はいつもウィルに対して、どっちつかずではなく極端な反応をする。ウィルが自分のためにどこまで我慢してくれるか試そうとする。それが彼女の大好きなゲームだ。子どものころ、捨てられる体験を繰り返していたアンジーは、どこまでひどいことをすればウィルも自分を捨てるのか知りたいのだ。

ふたりは何度も崖っぷちから落ちそうになった。けれど、アンジーはぎりぎりのところでウィルを引っぱり戻す。いまもウィルは引っぱられているような気がする。アンジーとは、彼女の母親が亡くなったときを最後に会っていない。ディードレ・ポラスキーはジャンキーの売春婦だったが、アンジーが十一歳のときにオーバードーズで植物状態になった。その二十七年後に、それまで持ちこたえていた体がついに生きることを放棄した。葬儀から四カ月がたつ。連絡がないのはいつものことだが——丸一年、音信不通だったこともある――ウィルはなんとなくいやな予感を覚えた。たぶん、いまアンジーは困っているか、傷ついているか、怒っている。ウィルの体は呼吸のしかたと同じくらい、そのことを知っている。

ふたりは子どものころからずっと、こんなふうにつながっていた。子どものころはとくにそうだった。アンジーについてウィルが知っていることがあるとすれば、彼女は困ったら戻ってくるということだ。それがいつかはわからない。明日かもしれないし、来週かもしれないけれど、とにかく近いうちに仕事から帰ったら、ソファに座って勝手にプリンを食べているアンジーがいて、ベティをばかにされそうな気がする。

だから、ゆうべサラの家に行った。アンジーから隠れたかった。避けられない事態を先延ばしにしたかった。そして、正直に言えば、サラにもう一度会いたくてしかたがなかった。家のなかがめちゃくちゃだから来たという口実に納得してくれたのは、サラも会いたいと思ってくれていたからではないだろうか。子どものころから、ウィルは手の届かないものをほしがらないように自分を律してきた――新しい玩具、足にぴったりの靴、缶から出したのではない手作りの食事。けれど、サラ・リントンのこととなると、自制する気力が消える。昨日、通りで立ち話をしたときに肩に触れた彼女の手の感触を、つい何度も思い返してしまう。あのとき、サラの親指が首の脇をなでた。サラは爪先立って、ウィルと目の高さを合わせた。一瞬、ウィルはキスをされるのではと思った。

「ばか」ウィルはうめいた。イヴリンの自宅の惨状を思い浮かべた。血と脳の破片が飛び散っていたキッチンと洗濯室。続いて、頭のなかを空っぽにしなければと念じた。セックスと凄惨な暴力を結びつけることは、往々にして連続殺人犯の犯行のきっかけになっているじゃないか。

SUVがいきなりバックした。アマンダが窓をおろす。ウィルは立ちあがった。

アマンダが言った。「アトランタ市警の情報源からよ。グレイディ病院のごみ捨て場に、例のRhマイナスB型の男が現れたわ。ごみのなかから、財布も見つかった。マーセラス・ベネディクト・エステヴェス。無職。祖母と同居」

ウィルは、なぜサラから連絡がないのだろうと思った。退勤後だったのかもしれない。いや、そもそもウィルに報告する義務はないのだけれど。「エステヴェスはなにかしゃべらなかったんですか？」

「三十分前に死んだわ。あとで病院に寄りましょう」

本人が死んだのなら、わざわざ病院に行く意味はない。「手がかりになるようなものを身につけていたんですか？」

「いいえ。早く乗って」

「だったら――」

「わたしはぐずぐずしてられないのよ、ウィル。股の穴を拭いて、さっさと動きなさい」ウィルはSUVに乗りこんだ。「エステヴェスがRhマイナスB型という確認は取れたんですか？」

アマンダはアクセルを踏んだ。「ええ。指紋も、イヴリンの家で見つかった八種類のうちのひとつと合致した」

また、なにか大事なことを隠されているような気がする。「それだけの情報にしては、長い電話でしたね」

アマンダがはじめて正直に告げた。「チャック・フィンのことで連絡があったの。ゆうべ、チャックの保護観察官に電話したんでしょう？　なぜ黙ってたの？」

「ささやかな反抗ですかね」

「まあ、態度に出てたわ。保護観察官は、今朝チャックの居所を調べてくれた。二日前から行方がわからなくなってる」

「ちょっと待ってください」ウィルはアマンダのほうを向いた。「ゆうべチャックの保護観察官は、彼にはいつでも連絡が取れると言ってたんですよ。面談にもかならず来ると」

「テネシーもこっちと同じで、保護観察官が不足しているうえに過重労働なんでしょう。とにかく、今朝自分から連絡してくるだけの度胸はあるのよ」ウィルを意味ありげに見る。

「チャック・フィンは、二日前に施設を出てる」

「施設？」

「〈ヒーリング・ウィンズ〉にいたのよ。断薬して三カ月」

ウィルは、やっぱり、と思った。

「ヒロノブ・クウォンも〈ヒーリング・ウィンズ〉でリハビリを受けていた。ふたりは同時にあそこにいたの」

ウィルはしばし言葉が出なかった。「いつからご存じだったんですか？」

「たったいまよ、ウィル。拗《す》ねないで。薬物治療裁判所《ドラッグ・コート》に昔馴染みがいるのよ」アマンダはどこにでも昔馴染みがいるらしい。「クウォンははじめて逮捕されたとき〈ホープ・ホール〉に入れられたの」薬物治療裁判所で判決を受けた者が治療を受ける施設だ。「判事は、州の金を使って彼に二度目のチャンスを与えるわけにはいかないと判断した。それで、母親が介入して〈ヒーリング・ウィンズ〉に入れたってわけ」

「そこで、チャック・フィンと出会ったんですね」

「大きな施設だけど、そのとおりよ。このふたりの男が、たまたま同時に同じ場所にいたと見るのは無理があるわ」

ウィルはアマンダがそう認めるのを聞いて驚いたが、話をつづけた。「チャックがヒロノブ・クウォンに、イヴリンが大金を持っていると持ちかけたとしたら……」頬がゆるむ。ようやくつながった。「あの男は？　グレイディに現れたＲｈマイナスＢ型の男はどうですか？　彼もチャックかヒロノブと接点はありませんか？」

「マーセラス・エステヴェスに逮捕歴はない。フロリダ州マイアミで生まれ育った。二年前にウエスト・ジョージア・カレッジに入学するためにキャロルトンへ引っ越してきた。最近になって授業に出席しなくなった。それ以来、実家とは連絡を取っていない」

たちの悪い連中と知りあってしまった二十代半ばの若者が、ここにもいたのだ。「エステヴェスについてずいぶん詳しいんですね」

「アトランタ市警はすでにエステヴェスの両親に会ったそうよ。大学に来なくなったと連絡が来て、すぐに捜索願を出したらしい」

「アトランタ市警が情報をくれるとは、どういう気まぐれですかね」

「古い友人に協力を頼んだと言っておきましょうか」

ウィルは、アマンダに借りがあるか、イヴリンと以前仕事をしたことのある猛女たちの鋼鉄のネットワーク図が頭に浮かぶようになった。

アマンダが言った。「問題は、B型男のマーセラス・エステヴェスがなぜこの件に関与するようになったのかわからないってこと。ヒロノブ・クウォンとチャック・フィンを除いて、ほかのメンバーに接点はないように見える。卒業したハイスクールはばらばら。全員が大学生ではないし、大学生であっても別々の学校だった。刑務所で出会ったわけでもない。同じギャングのメンバーでもないし、学生クラブに入っていたのでもない。それぞれが異なる背景を持ち、人種もさまざま」

ウィルも、いまだけはアマンダが正直に語っていると感じた。複数犯が関与する事件の捜査で重要なのは、彼らがどのような経緯で知りあったのか突き止めることだ。人間は習慣に従う生き物だ。どこで知りあったか、どのように知りあったか、もしくはどんな動機があって集まったのかわかれば、グループのすぐ外側をうろついていた人物が見つかり、その人物から情報を得ることがよくある。

ウィルは、イヴリンの荒らされた自宅を見てからずっと考えていたことを話した。「ぼくは、個人的な恨みが関係しているような気がします」

「恨みって個人的なものでしょう」

「そうではなくて、金だけが目的ではないんじゃないかと思うんです」

「それは、ろくでなしたちに手錠をかけたら訊きたいことのひとつね」アマンダが急にハンドルを切ったので、ウィルは倒れそうになった。「失礼」

アマンダがいままで謝ったことなどあっただろうか。ウィルは彼女の横顔をまじまじと見た。いつもよりあごの線が目立っている。顔色が悪い。どこから見ても参っている。しかも、いまの十分間で、この二十四時間に小出しにしていた情報よりよほど多くのことを語っている。「なにかあったんですか？」

「別に」アマンダは、荷物の積み込み口《ローディングドック》が六カ所ある大型商業用倉庫の前で車を停めた。

大きなドアの前にトラックは停まっていないが、数台の乗用車があった。ウィルの年金より高い車ばかりだ――BMW、ベンツ、ベントレー。

アマンダは駐車場を一周し、安全を確かめた。大型トレーラーが方向転換できるほど広く、荷物をトラックに積みおろしするドックのほうへゆるやかに傾斜している。アマンダは大きくUターンし、元来たほうへ引き返した。タイヤをきしませて急ハンドルを切り、建物からできるだけ遠く、でも草地に入らないようにして車を止めた。エンジンを切る。真正面がオフィスのようだった。コンクリートの階段をのぼると、ガラスのドアがある。手すりはひどく錆びつき、傾いている。入り口の上の看板には、キッチンの戸棚のセットが固定されていた。南部連合旗が風にはためいている。ウィルは看板の最初の単語を読み、残りは推測した。「〈サザン・キャビネット〉？　ドラッグディーラーのおもての商売にしては変わってますね」

アマンダは横目でウィルを見た。「後肢で立って歩く犬を見てるようだわ」

ウィルは車を降りた。車の後ろでアマンダを待つ。アマンダはリモコンキーでトランクをあけた。今朝、ヴァルドスタで刑務所のなかに入る前に、銃をトランクにしまった。この黒いSUVはGBIの車なので、六個の抽斗のついた大きなスチールキャビネットが後部のほとんどの空間を占めている。アマンダは暗証番号を押し、中央の抽斗を引いた。〈クラウン・ロイヤル〉のロゴが下部に刺繍された紫色のベルベットの袋に、アマンダのグロックが入っている。アマンダは袋ごとバッグに入れた。ウィルは自分の差しこみ型パドルホルスターをベルトにとめた。

「ちょっと待って」アマンダは抽斗の奥から5ショット・リボルバーを取り出した。このタイプのスミス＆ウェッソンは〝オールド・タイマー〟と呼ばれている。古参《オールド・タイマー》がおもに携帯しているからだ。軽量で、ハンマーが内蔵されているため、隠し持つのに適している。引き金に〝レディ・スミス〟とロゴが入っているが、発砲時の反動で手に痣が残ることもある。イヴリン・ミッチェルのスミス＆ウェッソンも似たモデルだが、銃把は桜材だった。アマンダの銃は特別仕様の胡桃《くるみ》材だ。ウィルは、ふたりが一緒にショッピングへ出かけ、銃を選ぶところを想像した。

アマンダが言った。「まっすぐ立って。平然としてなさいよ。わたしたち、監視カメラに映ってるわ」

背後からアマンダに上着のなかに手を入れられ、リボルバーをパンツに突っこまれながら、ウィルはなんでもないふりをするのに苦労した。前方の倉庫を見つめる。壁は金属で、奥行きより幅のほうが広そうだ。フットボールのフィールドの半分くらいだろうか。コンクリートの基礎はおよそ一メートル二十センチほどの高さがある。ローディングドックとしては一般的な高さだ。オフィスへのぼる急なコンクリートの階段のほかに出入り口はない。あのローディングドックになんとかのぼり、金属のドアを強引にこじあけでもしないかぎり、倉庫に入ることはできない。

「ここを見張らせていたやつはどこにいるんです?」

「ドーラヴィルが応援を要請してきたの。いまはわたしたちふたりだけ」

ウィルはドアの上で左右に首を振っている監視カメラを見た。「まったく、もっとよく考えたほうがよかったんじゃないですか」

「しゃきっと立ちなさい」アマンダはウィルの背中をたたき、銃がしっかりとまっているのを確かめた。「絶対におなかを引っこめないでよ、銃が地面にすぽんと落ちてしまうわ」

背伸びをしてトランクを閉めた。「なんでベルトをそんなにゆるゆるにしてるのよ。ちゃんと締めないと意味ないでしょう」

ウィルは、オフィスの入り口へ向かうアマンダのあとをついていった。なにもない空間を五十メートル歩かなければならず、自然と歩調が速くなる。監視カメラは首を振るのをやめ、ふたりを追っている。ふたりとも胸に標的を貼りつけているも同然だ。ウィルは努めてアマンダの後頭部を見つめた。頭頂部の髪の渦がまるでスパイラルハムみたいだな、と思った。

コンクリートの階段の手前へたどり着いたとき、ガラスのドアがあいた。アマンダは日差しを手でさえぎり、不機嫌そうなアジア系の男を見あげた。見たところ、その大男の体には筋肉と脂肪が同量ずつついている。男は黙ってドアを押さえ、ふたりが階段をのぼってくるのを見ていた。ウィルはアマンダの後ろからなかに入った。狭苦しいオフィスに入ると、目が慣れるまでに時間がかかった。壁に張った合板のパネルが湿気でたわんでいた。カーペットは潔癖な人間なら思わず跳びすさりそうな茶色だ。室内には、おが屑と油のにおいが充満していた。倉庫から機械の音が聞こえる。釘打ち機、コンプレッサー、旋盤。ラジオからガンズ・アンド・ローゼズが流れている。

アマンダは男に声をかけた。「ミセス・リンと約束しているの」奥のドアの上の監視カメラに向かってにっこりと笑う。

男は動かなかった。アマンダは、口紅を捜すかのようなそぶりでバッグに手を入れた。彼女が銃を取り出そうとしているのか、それともほんとうに口紅を捜しているのか、ウィルにはわからなかった。そのとき、奥のドアがあき、やせた長身の女が満面の笑みを浮かべて出てきた。

「マンディ・ワグナー、久しぶりじゃないの」女は本気でよろこんでいるように見えた。アマンダと同じくらいの年齢のアジア系で、白髪の交じった髪をショートカットにしている。ティーンエイジャーのように細い。ノースリーブシャツから、日焼けした腕が伸びている。ゆっくりとした話し方で、南部育ちだとすぐにわかる。物腰にも猫のようなけだるさが感じられた。彼女にまつわりついているマリファナのにおいのせいかもしれない。先住民居住地の土産物屋で売っているような、ビーズ刺繡のモカシンをはいている。

「ジュリア」アマンダの笑顔も本物らしく見えた。「会えてうれしいわ」ふたりは抱きあった。そのとき、ウィルはジュリアの手が必要以上にアマンダの腰のあたりにとどまったことに気づいた。

「こちらは部下のウィル・トレント」アマンダはジュリアの手に手を重ね、ウィルのほうを向いた。「連れてきてもかまわなかったかしら。研修中なのよ」

「最高の上司から学べるなんて幸運ねえ」ジュリアが甘ったるい声で言った。「銃はカウンターに置くように言って。あなたもよ、マンディ。あのクラウン・ロイヤルの袋をまだ使ってるの？」

「これに入れておくと、撃針に埃がつかないのよ」ごとん、と音をさせて銃をカウンターに置く。先ほどのむっつりした顔の大男が中身を検《あらた》め、ジュリアにうなずいた。ウィルはすぐには応じなかった。銃をあずけるのは気が進まない。

「ウィル」アマンダが言った。「友達の前で恥をかかせないで」

　ウィルはパドルホルスターをベルトからはずし、グロックをカウンターに置いた。

　ジュリア・リンが笑いながら、奥のドアのむこうへふたりを招じ入れた。倉庫は外観より広かったが、作業場は狭く、車が二台入るガレージにちょうどよくおさまる程度だ。十人以上の男たちが棚を組み立てている。全員が帽子を目深にかぶり、ウィルのほうへ背中を向けているので、アジア系なのかヒスパニック系なのかわからなかった。なんにせよ、彼らはほんとうに働いているようだ。接着剤のにおいが鼻をつく。床はおが屑にまみれていた。巨大な南部連合旗をカーテンのように天井から吊り、奥のなにもない空間と作業場を区切っている。ただし、星は白ではなく黄色だ。

ジュリアは別のドアのむこうへふたりを入れた。そこは、狭いけれど、居心地のよさそうなオフィスだった。足元のカーペットは毛足が長くふかふかだ。二台のソファには、弾力に富んだクッションが並んでいる。窓辺のリクライニングチェアでは、太り気味のチワワが窓越しに入ってくる弱い日差しに目を細めている。頑丈な金属のバーのむこうに、建物の裏の通用路が見えた。

「ウィルもチワワを飼ってるのよ」ウィルは今日一日ですっかり去勢された気分なのに、アマンダが追い討ちをかける。「なんて名前だっけ？」

喉に有刺鉄線が詰まっているような気がする。「ベティです」

「そうなの？」ジュリアはチワワを抱きあげ、ソファに座らせた。自分の隣の座面をぽんぽんとたたき、アマンダを呼んだ。「この子はアーノルドっていうの。おでぶちゃんでしょう。あなたのワンちゃんはロングコート、それともスムース？」

ほかにどうすればいいのかわからない。ウィルは財布を取り出そうとして、アマンダのリボルバーのことを思い出した。もう少しでリボルバーが落ちそうになり、ウィルは急いでジュリアのむかいに腰をおろし、財布を開いてベティの写真を見せた。

　ジュリア・リンは、チッチッと舌を鳴らした。「かわいいわねえ」

「ありがとうございます」ウィルは写真を戻し、財布を上着のポケットに入れた。「あなたの犬もすばらしいですね」

　ジュリアはもうウィルのほうを向いていなかった。アマンダの脚をなでている。「どうして今日はここへ来たの、かわい子ちゃん？」

　アマンダもウィルを完全に無視していた。「イヴリンのことは聞いてるでしょう？」

「そうねえ」ジュリアは語尾を引き延ばした。「かわいそうなアルメッハ。よくしてもらってるといいけれどねえ」

　ウィルはぽかんと口をあけそうになったのをこらえた。アルメッハとはイヴリン・ミッチェルのことだったのか。

　アマンダはジュリアの手に手を重ねた。だが、その手を膝からどけず、置いたままにしている。「彼女の居場所について、なにか噂を聞いたりしてないわよねえ？」

「ええ、ひとことも。聞いてたら、とっくにあなたに教えてるわ」

「もちろん、わたしたちはイヴリンを無事に連れ戻すために全力を尽くしてる。わたしも彼女が無事戻ってくるなら、いろいろ手をまわしてもいいと思ってるの」

「そうねえ」ジュリアは繰り返した。「イヴリンももう孫がいるんでしょう？　というか、また孫が生まれたのよね。多産系ですこと」アマンダとのあいだではジョークになっているのか、声をあげて笑った。「あのかわいいお嬢さんはどうしてる?」

「家族みんながつらい思いをしているわ」

「そうねえ」ジュリアはこの言葉が好きらしい。

「ヘクターのことも聞いたでしょう?」

「残念だわ。車をキャディラックに買い換えようと思ってたのに」

「ビジネスは順調にいってるんじゃないの?」

「高級車を乗りまわしていられるようなご時世じゃないもの」ジュリアは声をひそめた。

「車泥棒が多くて」

「ひどいわね」アマンダがかぶりを振る。

「若い男の子たちにはほんとうに困ったものよ」ジュリアが舌を鳴らした。ウィルは、この部分の会話だけは理解できると思った。ジュリア・リンは、イヴリンの家に押し入った若者たちのことを言っているのだ。「テレビでギャング映画を観て、すぐにまねできると勘違いするの。『スカーフェイス』でしょ、『ゴッドファーザー』でしょ。トニー・ソプラノもね。おばかさんたちが大興奮してるのが目に浮かぶわ。あの子たち、簡単にかぶれて、後先考えずに行動するのよ」また舌を鳴らす。「うちも作業員をひとり、この手の愚かなふるまいのせいで失ったわ」

アロハシャツの男、すなわちベニー・チューのことだ。ウィルの思ったとおりだ。ジュリア・リンは、リカードと友人たちの粗相を始末するために、用心棒を送ったのだ。そして、フェイスにその用心棒を殺された。

アマンダもそう考えていたにちがいないが、慎重に踏みこんだ。「あなたのビジネスにはリスクがつきものでしょう。ミスター・チューはだれよりもそのことをよくわかっていたんじゃないかしら」

ジュリア・リンがいつまでも黙っているので、ウィルはフェイスのことが心配になった。しばらくして、ようやくジュリアがのろのろと口を開いた。「そうねえ。ビジネスのコストよね。ベニーには安らかに眠ってほしいわ」

アマンダもウィルと同じくらい安堵したようだった。「お兄さんは、新しい環境でなんとかやってるそうね」

「そうねえ。〝なんとかやってる〞って、うまい言い方ね。ロジャーは暑いところが嫌いなの。サヴァナはほとんど熱帯でしょ」

「じつは、D&Cに空きがあるのよ。よかったら、ロジャーを受け入れてくれるか訊いてみましょうか？　場所を変えると、気分も変わると思うのよ」

ジュリアはわざとらしく考えるふりをした。「あそこもちょっと暑いわね」にっこり笑う。「フィリップスなんてどう？」

「ああ、あそこはたしかに素敵な施設よ」そして、殺人罪を犯したイグナチオ・オーティズが服役している場所でもある。アマンダは、あいにくその祝日には別の家族の予約が入っているのだと言わんばかりに、かぶりを振った。「でも、ロジャーにちょうどいい感じではないわね」

「ボールドウィンなら、車で行きやすいんだけど」

「ボールドウィンはロジャーの性格に合わないわ」なぜなら、ボールドウィンはセキュリティレベルが軽度から中度の受刑者しか受け入れない刑務所だからだ。「オーガスタはどう？　近いけれど、近すぎないし」

ジュリアは鼻にしわを寄せた。「性犯罪者が逃げたところでしょ？」

「そうだったわ」アマンダは思案顔だが、すでに州検事局と話をつけてきているにちがいない。「ねえ、アレンデイルがセキュリティレベル最高の受刑者を受け入れるようになったの。もちろん、模範囚にかぎるけど。ロジャーならいけると思うの」

ジュリアはくすくす笑った。「いやね、マンディ。ロジャーを知ってるでしょう。決まってトラブルを起こすのよ」

アマンダの申し出はもう決まっている。「でも、アレンデイルはいいと思うわ。ロジャーが気持ちよく移動できるようにするから。イヴリンには大勢の友達がいて、みんな無事に帰ってくることだけを望んでる。彼女が帰ってくれば、ロジャーにもいいことがあるかもしれない」

ジュリアは犬をなでた。「今度、ロジャーに面会したときに話してみるわ」

「電話のほうがいいかも。きっと、赤の他人よりあなたからベニーのことを聞きたがると思うの」

「ベニーに安らかな眠りを」ジュリアはアマンダの膝をぎゅっとつかんだ。「大事な人を亡くすのはつらいわ」

「ええ」

「あなたとイヴリンは親しかったのよね」

「いまもそうよ」

「ねえ、そこにいるおばかさんを外に出して、わたしたちふたりで慰めあわない？」

アマンダのあげた笑い声は、本気でおもしろがっているように聞こえた。アマンダはジュリアの膝を軽くたたき、ソファから立ちあがった。「ああ、ジュールズ、また会えてうれしかった。また今度ね」

ウィルは立ちあがろうとして、リボルバーのことを思い出した。ポケットに両手を入れてできるだけパンツを前に引っぱり、リボルバーが落ちないようにした。銃がパンツをすっぽ抜けて落ちようものなら、アマンダのゲームが台無しだ。

アマンダが言った。「アレンデイルの件、考えてみてね。ほんとうに素敵なところよ。高セキュリティの棟でも、窓の幅が十センチ大きくなる。日差しと新鮮な空気を入れられるわ。ロジャーも気に入ってくれると思うの」

「本人の意向を確かめてから連絡するわ。確実じゃないことを進めるのって、ビジネスでは最悪だと思わない？」

「ロジャーに、なんなりと要望を言ってと伝えてちょうだい」

ウィルはアマンダにドアをあけてやった。ふたり一緒に工房のなかを突っ切る。作業員たちは休憩中のようだった。機械をアイドリングさせたまま、持ち場を離れている。ラジオのボリュームは、ごく低くなっていた。ウィルはアマンダに小声で言った。「おもしろかったです」

「彼女次第ね」アマンダが希望を抱いていることは、ウィルにもわかった。はずむような足取りが戻っている。「賭けてもいいわ、昨日イヴリンの家でなにがあったか、ロジャーは知っている。ジュリアが話したはずよ。取引をするつもりがないのなら、わたしたちをここに入れるわけがない。まもなくわかるわ。わたしがこう言ったのを覚えておいて」

「ミズ・リンはあなたをよろこばせたがっているように見えましたよ」

アマンダは振り返り、ウィルと目を合わせた。「本気でそう思う？　ぜんぜんわからないのよ、あれがただの親愛の表現なのか、それとも……」最後まで言わず、肩をすくめた。

ウィルは、アマンダがふざけているのかと思ったが、大まじめだと気づいた。「ぼくはそう思いました。いや――」汗が噴き出てきた。「あなたは――」

「大人になりなさい、ウィル。わたしは大学にちゃんと行ったわ」

ウィルはまだアマンダがくすくす笑っているのを聞きながら、おもてのオフィスへ歩いた。自分は一生、彼女にバンジョーよろしくかき鳴らされる運命を背負っているのかもしれない。アマンダのたちの悪さは、アンジーとどっこいどっこいだ。

ドアノブをつかもうとしたとき、ポンッというシャンパンのコルクを抜いたような音がした。直後、ウィルは耳に刺すような痛みを感じ、目の前のドアが割れるのを見て、いまのは銃弾だと気づいた。さらに一発。もう一発。

アマンダのほうが、反応が早かった。ウィルの背中から銃を抜き、くるりと振り返ると二度発砲した。ウィルはすかさず床に伏せた。

マシンガンの音が空気を切り裂いた。ウィルの頭から数センチのところをばらばらと弾が飛んでいく。どこから狙われているのかわからない。倉庫の奥は暗い。そこにいるのがリン・リンなのか、ついさっきまで戸棚を造っていた作業員たちなのか、それともその両方なのかわからない。

「走れ！」アマンダが叫んだ。ウィルはおもてのオフィスに通じるドアを肩であけた。当然、カウンターから銃がなくなっていた。ふたりを出迎えた不機嫌なアジア人の死体が床に転がっている。ウィルは、後頭部に衝撃を感じた。つかのま呆然《ぼうぜん》とし、アマンダにバッグを投げつけられたのを悟った。

ウィルはバッグを抱えて、玄関のガラスドアをあけた。いきなりまぶしい日差しにさらされて目がくらみ、コンクリートの階段を踏みはずしそうになった。古い手すりがウィルの体重でたわみ、衝撃を吸収してくれたおかげで、転落せずにすんだ。ウィルはすばやく体勢を立てなおし、SUVのほうへ走った。アマンダのバッグの中身を取り出しては捨てながら、リモコンキーを捜し出した。親指でリモコンキーのボタンを押してトランクをあけたときには、車の後ろにたどり着いていた。銃器キャビネットの暗証番号を押す。抽斗が出てきた。

ウィルは経験上、人間はショットガンが好きなタイプとライフルが好きなタイプに分かれると思っている。フェイスはショットガンだ。彼女は小柄だし、ショットガンの発砲時の反動は肩の腱《けん》を壊すほど強いので、普通なら選ばないだろう。ウィルはライフルが好きだ。明確で、精密で、五十メートル離れていても正確に標的を狙える——ちょうどいま、SUVから建物の入り口までの距離が約五十メートルだ。GBIが捜査官に支給しているコルトAR15A2を構えたとき、玄関のガラスドアが粉々に割れた。

ウィルはスコープを覗いた。アマンダのほうが自分より日差しにうまく対処していた。少しもスピードを落とさずにコンクリートの階段を駆けおりながら、背後に発砲した。銃弾は、追いかけてきた大柄な男をそれた。男は濃いサングラスをかけ、マシンガンを持っている。離れていくアマンダの背中を撃つのは簡単だが、男はなぜか銃口を上に向けて階段を走りおりていく。無謀な動きだが、おかげでウィルはライフルで狙いをつけることができた。引き金を引く。男は宙で痙攣し、地面に落ちた。

ウィルはライフルをおろしてアマンダを捜した。彼女は地面に倒れている男のほうへ引き返していく。拳銃は構えていない。弾が切れたのだろう。ウィルは建物からさらに追っ手が出てきた場合にアマンダのカバーをするため、ふたたびスコープを覗いた。アマンダはマシンガンを蹴り飛ばした。スコープ越しに、彼女の口が動いているのが見えた。

アマンダは突然コンクリートの階段の陰に飛びこんだ。ウィルはスコープから視線をはずし、新しい敵がどこにいるのか捜した。それは、地面に倒れている男だった。信じられないことにまだ生きていた。ウィルのグロックを持っている。銃口はＳＵＶのほうに向いていた。男は立てつづけに三発撃った。頑丈な鋼鉄のキャビネットが盾になってくれるのはわかっていたが、金属が金属に当たる音に、ウィルは思わず身をすくめた。

銃撃がやんだ。みぞおちがずきずきするのを感じるほど、心臓の鼓動が激しい。ウィルはリスクを冒して建物のほうを見た。グロックを持った男はメルセデスのガソリンタンクとは反対側の陰に隠れているらしい。ウィルはライフルを構えた。むこうからうっかり顔を出してくれないだろうか。顔ではなく、グロックが現れた。ウィルが発砲すると、グロックはとたんに引っこんだ。

「警察だ！」一応、規則なのでそう叫んだ。「手をあげろ！」

男はやみくもにSUVに向かって撃ったが、弾は数メートルそれた。

ウィルは下品な言葉をつぶやいた。どうするかとアマンダに目顔で尋ねた。アマンダはやめろと言うようにかぶりを振ったが、怒っている。ウィルが最初の一発をはずしていなければ、こんなやりとりをせずにすんだのにと言わんばかりだ。

ぼくははずしていないと身振りで伝える方法がわからなかったので――そんなことをすれば撃たれてしまう――ライフルから突き出しているマガジンを指差した。弾切れですか？　アマンダのリボルバーは五連装だ。あらかじめスピードローダーをバッグから取り出していなければ、どうしようもない。

数十メートルの距離を挟んでいても、ウィルにはアマンダのいらだった表情が見えた。アマンダがスピードローダーを取り出していないわけがないのだ。きっと口紅をなおすついでに、電話で応援も要請してあるはずだ。ウィルはメルセデスに目を戻し、大きな車体の輪郭に沿って視線を走らせた。ふたたびアマンダを見やると、彼女はすでにスミス&ウエッソンのシリンダーを開き、空の薬莢《やっきょう》を捨てて新しい弾を装填していた。アマンダは、続けなさいというように手を振った。

ウィルは叫んだ。「もう一度言うぞ、手をあげて出てこい」

「失《う》せろ！」男がふたたびウィルに向かって弾を発射したが、SUVのサイドドアパネルに当たった。

　アマンダはしゃがんだままコンクリートの階段の端へ移動し、頭をさげて男が隠れているほうを見た。体を起こす。ウィルには一瞥もくれない。狙いを定めもしなかった。階段の下から三段目に手をつき、引き金を引いた。

　テレビ番組は犯罪者にとって有害だ。銃弾が壁のシートロックも車の金属のドアも貫通することを教えない。銃弾がゴムボールのように跳ね返ったりしないことも伝えない。高速で飛び出した銃弾はひたすら前進する。地面に撃ちこんだ弾は跳ね返るとはかぎらない。車の下の地面を狙って発射された弾は、舗装面をスキップしてタイヤを貫通し、そのむこうに人間が座っていれば、鼠蹊部《そけいぶ》にもぐりこむ。

　このときも、まさにそのとおりのことが起きた。

「うわあああ！」男が悲鳴をあげた。

　ウィルはたたみかけた。「手をあげろ！」

　二本の手がさっとあがった。「わかった！　わかったよ！」

　アマンダは銃口を男に向けたまま、メルセデスのほうへ歩いていった。グロックを蹴り飛ばし、男の背中に膝をめりこませた。そのあいだずっと、建物の玄関ドアから目を離さなかった。

　しかし、警戒すべきはそのドアではなかった。突然、ローディングドックの扉があき、黒いワゴン車がタイヤをきしませて飛び出てきた。タイヤがアスファルトをこすり、火花を散らす。ゴムの焼けるにおいがした。空転していたタイヤがようやく地面をつかんだ。運転席と助手席に、ふたりの若者が乗っているのが見えた。どちらも黒いウォームアップジャケットを着て、黒いベースボールキャップをかぶっている。一瞬、ワゴン車にさえぎられてアマンダの姿が見えなくなった。ウィルはライフルを構えたが、撃つことができなかった——銃弾がワゴン車を通り抜けてアマンダに当たるとまずい。パンパン、と音がした。発砲音だ。ワゴン車はキーッと音をたてて走り去った。

ウィルは銃を構えたまま駐車場に駆けこんだ。足を止める。アマンダが倒れていた。「アマンダ?」胸が苦しくなった。喉が動かない。「アマンダ? 大丈夫——」「ちっくしょーっ!」アマンダが叫び、寝返りを打って体を起こした。顔と胸が血で汚れている。「くっそおー」

ウィルは片膝をついた。アマンダの肩に手を置く。「撃たれたんですか?」「大丈夫よ、ばかっ」アマンダはウィルの手を払いのけた。「あいつは死んだわ。あの連中、逃げながら頭に二発撃ちこんでいった」

それはウィルにもわかった。男の顔がなくなっていた。

「走っている車から、よくあれだけ正確に狙えたもんだわ」アマンダはウィルをにらみつけながら、手につかまって立ちあがった。「あんたよりよっぽど腕がいい。ちゃんと射撃練習に行ってるの? 許しがたい失敗よ。絶対に許せない」

ウィルは賢明にも黙っていたが、口答えできるなら、そもそもあのときカウンターに銃を置いたのがまちがいだったとか、応援もなしにこんなところへのこのこやってくるのがおかしいとか言ってやったかもしれない。

「誓って言うわ、ウィル、この件が片付いたら——」アマンダは最後まで言わなかった。のろのろと歩いていき、ウィルが捨てたプラスチックのコンパクトを踏みつけた。「あーもうっ！」

ウィルは死人の脇にひざまずいた。いつもの習慣で脈を確かめた。黒のウォーミングアップジャケットに穴があいている。心臓から五センチほどはずれたあたりだ。穴はウィルの指が入るほど大きい。ジャケットのファスナーをおろすと、下から軍で使用されているようなタクティカルベストが現れた。銃弾を覆っている合金が、ライフルプレートに当たった衝撃でつぶれ、ソファの下にもぐりこもうとしている犬のように平らになっていた。

K5、つまり胸の中央に命中している。

アマンダが戻ってきた。黙って死んだ男を見おろす。男が撃たれたとき、すぐそばにいたのだろう。顔に灰色の細かい破片がこびりついている。ブラウスの襟にも、骨片がくっついていた。

ウィルは立ちあがった。どうすればいいのかわからなかったが、とりあえずハンカチを差し出した。

「ありがと」アマンダはしっかりしているほうの手で顔を拭った。血がピエロのメイクのように広がった。「車に着替えを常備しておいてよかった」ウィルの顔を見あげる。「ジャケットが破れてるわ」

ウィルは袖を見おろした。アスファルトに肩をぶつけたときに、破れたようだ。

「つねに着替えを車に置いておきなさい。なにがあるかわからないんだから」

「了解」ウィルはライフルの銃把に手を置いた。

「リン・リンも逃げたわ」アマンダはひたいを拭いた。「あのばか犬を抱いてオフィスから出てきた。銃弾が飛び交ってたわ。リン・リンはわたしを助けるつもりはなかったみたいだけど、明らかに彼女も狙われてた」

ウィルはこの新しい情報を懸命に処理しようとした。「狙撃犯はリン・リンの部下じゃなかったんですか」

「リン・リンがわたしたちを殺したければ、オフィスでやってたわ。ソファのクッションの下に、銃身を切り詰めたショットガンがあったの、気づかなかった？」

ウィルはうなずいたが、ほんとうは気づいていなかった。いまさらながら冷や汗が噴き出てきた。「あのふたりは工房の作業員です。ぼくたちが工房に入ったときは、仕事をしていました。棚を組み立てていた。それなのに、なぜリン・リンを殺そうとしたんでしょう？　ぼくたちのことも殺そうとしましたが」

「そんなのわかりきってるでしょう?」そう思っているのは自分だけだということに、アマンダはようやく気づいた。「リン・リンとわたしたちが話すと困るからよ。ロジャーにも話をされては困るの。リン・リンはなにか知ってるのよ」

ウィルはパズルのピースを組みあわせてみた。「リン・リンは、若い子たちが勝手なことをして手を焼いていると言っていた。ギャングのまねごとをしている、と。でも、二十代半ばの男性ホルモンに満ちた連中が、おとなしく中年女性の言いなりになっているわけがないと思います」

「わたしは、あの連中はよろこんで言いなりになってると思ってた」アマンダは死んだ男を見おろした。「こいつは豚みたいに汗をかいてたわ。なにかたくらんでるのはわかってたのよ」

五十五グレインの二二三レミントン弾を胸に撃ちこまれたのに、衝撃に耐えて数秒後にはトーストしたパンのように立ちあがったくらいだから、よほどのことをたくらんでいたのだろう。

アマンダは爪先で死体を裏返し、財布を探した。「あの若造たちは証人を残したくないようね」財布から運転免許証を取り出す。「ジュアン・アーマンド・カスティーロ。二十四歳。住所はストーン・マウンテンのレザー・ストッキング・レーン」ウィルに免許証を見せた。カスティーロの顔写真は学校の教師のようで、マシンガンを抱えて駐車場でGB

Iを追いまわすようなタイプには見えなかった。

アマンダはカスティーロのジャケットのファスナーを下までおろした。アマンダのグロックがパンツのウエストに差してあった。それを取りながら、アマンダは言った。「まあ、自分の銃で撃たれなかっただけましね」

ウィルはケヴラーのベストの脇ホックをはずすのを手伝った。

「こいつもにおうわね」アマンダはシャツをめくり、胸を調べた。「タトゥーはない」両腕も確認した。「こっちもなし」

「手はどうですか」

カスティーロは拳を握っていた。アマンダは素手で彼の指を開いた。教科書どおりの手順には違反しているが、ウィルもとっくに同じことをしてしまっているので、目くじらを立ててもしかたがない。

「やっぱりないわ」

ウィルは駐車場を見まわした。残っている車は、ベントレーとメルセデスだけだ。「ほかにもだれかいたんでしょうか？」

「ベントレーはリン・リンの車。たぶん、別の車を近くに停めてあって、それに乗って行方をくらまそうとしてるのよ。メルセデスはペリーの。おもてのオフィスで死んでた男」

「やけに詳しいですね、マンディ」

「嫌味《いやみ》につきあう気分じゃないのよ、ウィル」

「ジュリア・リンは序列では上のほうですね。事実上のボスだ」

「猿の群れに喩えて、なにが言いたいの？」

「ジュリア・リンのような影響力のある人間を殺そうとするのは、よほどの度胸の持ち主か、とんでもないばかかどちらかだと言ってるんです。こんなことになったからには、ジュリアの兄はなにもしゃべってくれませんよ。彼が普通じゃないと言ったのはあなたじゃないですか。妹を狙撃するなんて宣戦布告だ」

「さっさとそう言いなさいよ」アマンダはウィルにハンカチを返した。「ワゴン車に乗っていた男たちは見えた？」

ウィルはかぶりを振った。「たぶん、若かった。サングラス、帽子、ジャケット。それ以外、確実なところはわかりません」

「確実なことを言えとは頼んでないわ。わたしはね――」サイレンの音が耳をつんざいた。

「いまごろ来ても遅いわ」

一発目の銃声からまだ五分もたっていない。ウィルに言わせれば、五分で現場に到着すれば上出来だ。

「あなたはあのふたりをよく見たんですか？」

アマンダはかぶりを振った。「走っている車から狙撃する訓練を積んだ人間を捜しましょう」

彼女の言うとおりだ。近距離からとはいえ、動いている乗り物から標的の頭に二発の銃弾を撃ちこむには、運さえあればいいというものではない。練習を繰り返す必要がある。それに、カスティーロを射殺した犯人は、はずさない自信があったようだ。

「なぜあなたは撃たれなかったんでしょう?」

「それは不満なの、それともただの疑問?」アマンダは腕からなにかをこすり落とした。カスティーロを見おろす。「これで、あとふたつね。とりあえず、わたしたちにも勝ち目が出てきたわ」

イヴリンの家で見つかった指紋の話だ。「あと三つですよ」

アマンダは死体を見つめたまま、かぶりを振った。

ウィルは指を折って数えた。「ヒロノブ・クウォンはイヴリンに殺された。リカルド・オーティズとベニー・チューはフェイスが射殺した。マーセラス・エステヴェスはグレイディで死亡した。そして、このジュアン・カスティーロで五人」アマンダは黙っている。ウィルは、計算がまちがっているのかと心配になった。「イヴリンの家で見つかった八種類の指紋のうち、五種類は死んだ人間のものだから、残りは三つですよ」

アマンダは道路を走りすぎていくパトカーの流れを見ていた。「ふたつよ。一時間前に六人目の男がサラ・リントンを殺そうとしたの」

11

デイル・ダガンが医師用ラウンジに駆けこんできた。「いまやっと休憩をもらえたんだ」

サラはロッカーの扉を閉めながら、目を閉じた。アトランタ市警の聴取が二時間近くかかった。そのあと、病院の事務局から一時間にわたってあれこれ訊かれた。表面上はサラを気遣っているようだったが、訴訟を起こされるのを恐れていることはすぐにわかった。サラが病院側の免責に同意する書類にサインをしたら、彼らは来たときと同じくらいすみやかに立ち去った。

デイルが尋ねた。「なにかほしいものはない？」

「ありがとう、でも大丈夫」

「家まで送ろうか？」

「デイル――」いきなりドアがあいた。ウィルがうろたえた顔で立っていた。

ほんの数秒だが、とても長く感じる時間が流れ、サラはほかのことを忘れた。部屋のなかのものがなにも見えなくなった。周囲のものがすべて消えた。ウィルがトンネルのなかにいるかのようだった。デイルが出ていったことにも気づかなかった。断続的に鳴る救急車のサイレンも、電話の呼び出し音も、患者のあげる大声も聞こえなくなった。ウィルだけが見えていた。

ドアが閉まったが、ウィルは近づいてこなかった。ひたいに汗がにじんでいる。呼吸が荒い。サラは言葉が出ず、どうすればいいのかわからなかった。ただその場に立ちつくし、なにごともなかったかのように彼を見つめるしかなかった。

ウィルが尋ねた。「それ、新しい服？」

サラは笑おうとしたが、声が喉に引っかかった。先ほどスクラブに着替えたのだ。着ていた白衣やなにかは、警察が証拠品として持っていってしまった。

ウィルの口角があがり、引きつった笑みになった。「瞳の緑色が引き立つね」

サラは唇を噛み、こぼれそうな涙をこらえた。あのあと、すぐにウィルに電話をかけたかった。ウィルの番号を画面に出したまま、しばらく携帯電話を握りしめていたが、結局はバッグにしまった。心の準備をする前にウィルに会えば、自分が薄い磁器のように粉々に割れてしまうとわかっていたからだ。

アマンダ・ワグナーがドアをノックして入ってきた。「お邪魔してごめんなさいね、ドクター・リントン。ちょっとお話をうかがってもいいかしら？」

ウィルがさっと怒りの表情に変わった。「いまはまだ――」

「大丈夫よ」サラはさえぎった。「たいしてお話しできることはないんですけど」

アマンダはパーティ会場にいるかのように、にこやかに笑った。「どんなことでもありがたいわ」

サラはこの数時間に起きたことを機械的に話した。聴取で訊かれたことを縮めて説明し、たとえばあの女性ジャンキーの話は省いた。書類上では、サラの知っているジャンキーたちのだれであってもおかしくないほど、ありふれた存在だからだ。大型ごみ容器のまわりにごみがあふれていたことも、救急医療士たちのことも、自分が従った手順リストの話も飛ばした。要点だけを話した。若い男がカーテンのむこうから覗きこんできた。その男に胸を殴られた。男は患者の頭に向かって二発、銃弾を発射した。やせた白人で、二十代半ば、黒いウォームアップジャケットを着て、ベースボールキャップをかぶっていた。男は現れたときから死ぬまでの短い時間、ひとことも言葉を発さなかった。サラが聞いたのはうめき声と、喉から空気が漏れ出すヒューッという音だけだ。

「男はわたしの手を両手で握りしめていた。止められませんでした。男は死にました。ふたりとも死んだんです」

ウィルはなかなか声が出ないようだった。「男はきみに暴力を振るったんだ」

サラはうなずくことしかできなかったが、先ほどトイレの鏡で見たものが頭のなかによみがえった。男に殴られた右胸に、楕円形《だえんけい》の醜い痣ができていた。

ウィルが咳払いした。「話してくれてありがとう、ドクター・リントン。もう家に帰りたいだろうから、ぼくたちはこのへんで」ウィルは立ち去りかけたが、アマンダは動かなかった。

「ドクター・リントン、待合室にソーダの自動販売機があったわ。なにか飲みたくない?」

サラは不意をつかれた。「あの――」

「ウィル、わたしはダイエット・スプライトね。それから――ドクター・リントン、なにがいい?」

ウィルのあごが、ぎりぎりと音をたてそうなほど引き締まった。彼はばかではない。アマンダが自分を追い払おうとしているのをわかっている。サラも、アマンダが目的を達するまではあきらめないことを知っている。サラはウィルのために言った。「コーラをお願い」

ウィルはそう簡単には屈しなかった。「ほんとうにいいのか?」

「ええ。大丈夫」

ウィルは納得していなかったが、それでもラウンジを出ていった。

アマンダは廊下にウィルがいないことを確かめ、サラに向きなおった。「わたしはね、あなたたちを応援してるのよ」

　サラには、アマンダがなにを言っているのか見当もつかなかった。

「ウィルのことだけど」アマンダは補足した。「彼はただでさえ女難の人生でしょう。わたしもいつまでもくっついてるし」

　サラは冗談で応じる気分ではなかった。「なにが言いたいんですか、アマンダ？」

　アマンダはずばりと言った。「死体はまだ地下の遺体安置所にあるわ。あなたに検死と専門的な見解をお願いしたいの。検死官としての見解をね」

　サラはふたたびあの若者を目にすることを想像しただけで、背筋が寒くなった。まばたきするたびに、あの表情のない顔が眼前に現れる。手を握りしめると、まだあの男に両手でつかまれているような気がする。「解剖は無理です」

「そう、でもいくつかの疑問には答えられるはずよ」

「どんな疑問ですか？」

「ドラッグの使用の有無、ギャングのメンバーであるしるしの有無、ふたりのうちどちらでも、腹部にヘロインが詰まっているかどうか」

「リカードのように、ですね」

「そう、リカードのように」

　サラは自分に熟考する時間を与えなかった。「わかりました。やります」

「なにをやるんだ？」ウィルが戻ってきていた。廊下を走ってきたにちがいない。また息を切らしている。片方の手に、二本の缶を持っていた。

「あら、もう帰ってきたの」アマンダが驚いたように言った。「これから下の遺体安置所へ行くところだったのよ」

ウィルはサラを見た。「だめだ」

「わたしがそうしたいの」サラはきっぱりと言ったが、どうしてそうしたいのか、自分でもわからなかった。この三時間、早く家に帰りたいとばかり思っていたのに。ウィルがそばにいると、だれもいないアパートメントに帰ることなど考えられない。

「これ、もういいわ」アマンダはソーダを受け取り、ごみ箱に捨てた。「ドクター・リントン?」

サラは先に立ってエレベーターへ歩いていった。今朝この廊下を歩いたばかりなのに、何十年もたっているような気がした。患者を乗せたストレッチャーと、大声で急げと叫ぶ救急医療士、指示を出す医師が通りかかった。サラは腕を伸ばしてウィルに壁際へ寄ってもらい、ストレッチャーを通した。伸ばした手のすぐそばに、ウィルのネクタイがあった。指先にシルクの生地が触れたり離れたりするのを感じた。ウィルはいつもの仕事着のスーツ姿だが、めずらしくベストを着ていない。ジャケットはダークブルーで、シャツはそれより明るいブルーだ。

警官。あの警官のことを忘れていた。「もうひとつ話すことが――」

「黙ってて」アマンダは、壁に耳があるのを恐れているかのようだった。

サラは自分に対して憤りながらエレベーターを待った。どうしてあの警官のことを忘れていたのだろう？　どうかしていない？

エレベーターの扉が開いた。なかはぎゅうぎゅう詰めだった。古い滑車がぎしぎしときしみながら動きだすまでに、ずいぶん時間がかかった。次の階で、ほとんどの人が降りた。入れ替わりに若い用務員がふたり乗りこんできて、サラたちと一緒に地下二階へおりた。ふたりはエレベーターを出ると、階段のほうへ歩いていった。階段でこっそりいちゃつくのだろう。

アマンダはふたりが声の届かないところまで離れるのを待ち、口火を切った。「なにを言い忘れたの？」

「ごみ捨て場から建物に入ったとき、男が現れたんです。もう少しでぶつかるところでした。どいてくださいと言ったら、バッジを見せられたんです。というか、バッジのように見えた。もう覚えていないんですけど。でも、態度がいかにも警官らしかった」

「どんなところが？」

「当然のような顔をしてあれこれ尋ねてくるところとか、わたしがすぐに答えないとむっとしたところとか」サラは、わざとアマンダをじっと見た。

「たしかに警官らしいわね」アマンダは苦笑して認めた。「なにを訊かれたの？」

「患者が助かるかどうか。わたしは、たぶん大丈夫と答えました。助からないのはわかりきっていたけれど……」サラは言葉を切り、あのときのことを思い出そうとした。「男はチャコールグレーのスーツを着ていました。シャツは白。とてもやせて、やつれた感じがありました。煙草のにおいがひどかった。いなくなってから気づいたんですけど」

「男はどっちへ向かったかわかる?」

サラはかぶりを振った。

「白人? 黒人?」

「白人です。髪は灰色。年配でした。たぶん、実年齢より年を取って見えた」サラは自分の顔に触れた。「頬がこけていて。まぶたも垂れさがっていました」ほかのことも思い出した。「帽子をかぶっていた。ベースボールキャップ」

「黒の?」ウィルが尋ねた。

「ブルーよ。アトランタ・ブレーブスの」

「監視カメラに姿がはっきりと映っているかもしれないわ」アマンダが言った。「アトランタ市警にもこの情報をシェアしましょう。似顔絵を作るのに協力を頼まれるかもしれないわ」

サラはなんでも協力するつもりだった。「もっと早くに思い出していればよかったですね。どうしてこんな——」

「きみはショック状態だったんだ」ウィルはもっとなにか言いたそうだった。アマンダと目を合わせ、廊下の突き当たりの両開きのドアのほうへ頭を傾けた。「あそこですよね?」

遺体安置所にジュニアとラリーの姿はなかった。白い布のかかった遺体が二体、ストレッチャーに乗っていた。一体は、ごみ捨て場でサラが発見した男、もう一体は、彼を射殺してサラまで殺そうとした男だろう。

冷凍保管庫のドアに、年配の女が寄りかかっていた。サラたちに気づき、ブラックベリーから目をあげた。名札はパンツのポケットに突っこまれていた。白衣ではなく、仕立てのいい黒のスーツを着ている。病院の管理部門の者にちがいない。ドアから体を起こし、サラたちのほうへ歩いてきた。背筋をまっすぐに伸ばし、豊かな胸を船首のように突き出している。

女は自己紹介すらしなかった。螺旋綴じのメモ帳をジャケットのポケットから出して読みあげた。「殺人犯の名前は、フランクリン・ウォレン・ヒーニー。アトランタ市警が所持品のなかに財布を見つけた。地元の人間で、タッカーに両親と住んでいた。パリミター大学を二年で中退。職歴なし。逮捕歴なし。ただし、十三歳のときに人家の窓ガラスを割ってまわったとして、半年間を少年院で過ごした。子どもがひとり。六歳の女の子がスネルヴィルでおばと暮らしている。母親は万引きと覚醒剤所持で郡の刑務所にいる。わかったのはそれくらいよ」女はもう一体の遺体を指した。「マーセラス・ベネディクト・エステヴェス。電話でも言ったけど、彼の財布はごみ容器のまわりに散らかっていたごみのなかから発見された。彼については、もう調べたんでしょう?」アマンダがうなずくと、女はメモ帳を閉じた。「とりあえず以上よ。ほかにわかってることはないわ」

アマンダはまたうなずいた。「ありがとう」

「職員の男の子たちが来るまで、あと一時間あるわ。ドクター・リントン、エステヴェス用にオーダーのあったフィルムは搬送パケットのなかに入ってる。使えそうな器具も集めておいたわ。不充分で申し訳ないけれど」

充分だ。サラは、遺体の脇に並んだ四台の足付きステンレストレイを眺めた。この女性がだれなのかは知らないが、医学的知識があることはたしかで、だれにも気づかれずに備品倉庫を漁ることができるほど、グレイディのなかで高い地位にいるらしい。「ありがとうございます」

女はうなずき、部屋を出ていった。

ウィルがとがった口調でアマンダに尋ねた。「いまのも、あなたの昔馴染みですか?」

アマンダは彼を無視した。「ドクター・リントン、はじめてもいい?」

サラは足に根が生えたようで、たとえ周囲の壁が崩れて倒れてきても動けそうになく、気力を振り絞った。壁のフックに、滅菌手袋のパックがかかっている。そのなかからひと組取り出し、汗ばんだ両手に無理やりはめた。パウダーがダマになり、手のひらにべとべとくっついた。

前置きなしで、いきなり一体目のシーツをめくった。ごみ容器のそばで発見したマーセラス・エステヴェスの顔があらわになった。ひたいに銃創が二個、隣りあうようにあいている。火薬による火傷で、肌が黒ずんでいた。撃たれて数時間がたつのに、まだ火薬のにおいがした。

アマンダが言った。「ひたいに二発。わたしたちがあの倉庫で目撃した、走行中の車からの狙撃と同じね」

ウィルの声は低かった。「きみがこんなことをする必要はない」

「大丈夫よ」サラはなんとか進行すべく、簡単なところから着手した。「被害者は二十五歳くらい」ぼそぼそと言った。「身長は百七十センチから百七十五センチ程度。体重はおよそ八十キロ」男のまぶたを押しあけたときには、検死のルーティンに乗れたような気がしていた。「瞳はブラウン。黄疸《おうだん》あり。傷口の腐敗が進行している。解剖すれば、大きな臓器への浸潤が認められるかもしれない。発見されたとき、全身性機能障害だった」ふたたび下腹を見るためにシーツをさらにめくった。ただし、今回は治療が目的ではなく、検死のためだ。

遺体は全裸だった。ERに運びこまれたときに、着ていたものは切り取られている。左側の下腹に刺傷があるのが、はっきりとわかる。サラは傷口の両脇を押し、刃物の侵入経路を確認した。「小腸を貫通している。刃は下からななめ上に向かって入ったと見られる。刺した人間は右利きで、仰向けになっていた」

アマンダが尋ねた。「彼のほうが上になっていたということ?」

「そう考えられます。刺したのはイヴリンですよね?」

ウィルはまだ厳しい顔をしているが、アマンダはうなずいた。

「刃は下腹部のランガー皮膚割線、つまり皮膚の細かい溝に、平行に侵入しています。こんなふうに傷口を戻すと」――皮膚を刺されたときと同じ状態にした――「侵入口から、イヴリンがおそらく床の上で仰向けになって、男にのしかかられていたことがわかりますね。男は少し前屈みになっていた。刃はこんなふうに入っていきました」サラはトレイのメスに手を伸ばしたが、考えなおして鋏を取った。それから、実演してみせた。右手を腰の前に構え、刃先を上に向ける。「意図して刺したというより、防衛行動だった。おそらく揉みあっているうちに、ふたりして倒れた。そのときに、刃が刺さったんでしょう。男は刃が刺さったまま、仰向けに転がった――傷口の縁がひどく切れているので、刃が動いたことがわかります」

「包丁で刺されたのね?」アマンダが尋ねた。

「統計的には包丁の可能性が高いし、キッチンで揉みあいになったのなら、包丁でまちがいないでしょう。検死局で、実際に使われた包丁と比較すればわかります。現場にあったんですよね？」

「ええ。いまの話はまちがいない？　イヴリンが仰向けになっていたというのは？」

アマンダが納得していないことは、サラにもわかった。アマンダは、イヴリンがたまたま運に恵まれたとは考えたくなく、とことん闘ってほしかったのだ。「刺傷が致命傷になる場合、たいていは左胸です。相手を殺したければ心臓を狙うんです。オーバーハンドで胸をまっすぐに刺す。これは防御のために刺しています」男の手のひらの切り傷を示す。「でも、イヴリンは簡単にあきらめませんでした。一度はまともに斬りつけています。男はイヴリンが突き出した包丁の刃をつかんでいますから」

アマンダはほんの少しだけ機嫌がなおったようだ。「腹部になにか入っていない？」

サラはストレッチャーの下から、フルトン郡検死官宛ての搬送パケットを出した。サラが警察の聴取を受けているあいだに、クラカウアーが書類を埋めてくれていた。書式は標準的なものだ。どんな薬品を投与されたか、どんな処置が施されたか、どの傷跡が医療によるもので、どの傷跡がそもそもの犯行によるものか、検死の担当者に報告しなければならない。最後のページに、X線写真のコピーがあった。

「腹部に異物は入っていないようです。解剖すれば確認できますが、いまここで話しているのは、人が死ぬような価値があるくらい大量のヘロインのことですよね。そんなものが入っていれば、すぐにわかります」

ウィルが咳払いした。不承不承といった体で質問を発した。「この男を刺したせいで、イヴリンの手に大量の血がついた可能性は？」

「その可能性は低いわ。出血は腹腔《ふっこう》内にとどまってる。包丁を抜いたあとも、体の外にはたいして出血していない。手のひらに防御創があるけれど、尺骨動脈も橈骨《とうこつ》動脈も切られていないし、指動脈もすべて無傷だった。手のひらの傷が深かったり、指が切り開かれたり切断されていたりしたら、かなり大量に出血するでしょうね。でもエステヴェスはそうではない。だから、イヴリンの服に少量の血がついたくらいだと思う」

「大量の血が床を汚していたんだ。タイルの上を行ったり来たりした足跡が残るくらい」

「広さは？」

「普通のキッチンの広さだ。きみの家より広いけれど、あまり変わらないし、壁で囲まれている。古いランチスタイルの家だ」

サラは考えた。「現場の写真を見てないから断言はできないけれど、揉みあったのがわかるくらい大量の血液が残っていたのなら、それはエステヴェスの腹部の傷や手のひらの傷から流れたものではないと思う。だれかほかの人の血も混じっていたはず」

「エステヴェスは負傷しながらも、自力で逃げることができたんだろうか？」

「助けは必要だったでしょうね。腹部に傷を負うと、呼吸するのもつらくて、動くどころじゃないもの」サラは自分の腹に手を当てた。「体を起こすだけでも、たくさんの筋肉を使うでしょう」

　アマンダがウィルに尋ねた。「なにを思いついたの？」

「エステヴェスが刺されて起きあがれなかったのなら、イヴリンはいったいだれと揉みあいになったのか。しかも、大量に出血したのは彼ではなかった」

　サラはウィルの考えの道筋を追った。「あなたはイヴリンが負傷したと考えているのね」

「その可能性はある。現場に残っていた血液の検査はしているけれど、すべてではないし、DNA鑑定の結果が出るのはまだ先だ」ウィルは肩をすくめた。「エステヴェスがたいして出血していなくても、イヴリンが負傷していたのなら、あの大量の血痕の説明がつく」

「負傷していたとしても、絶対に重傷ではないわ」アマンダは、蝿《はえ》をたたきつぶすように、ウィルの意見を切り捨てた。「論理的に考える人間なら、イヴリン・ミッチェルが拉致されてからかなり時間がたっている以上、生存の見込みはごく低いことをとうに受け入れているはずだ。アマンダは、どうしても受け入れたくないらしい。

　だが、サラはアマンダにどうこう言える立場にない。

　トレイに大きな拡大鏡がのっていた。サラはライトを引っぱりおろし、観察を再開した。注射針の跡など、手がかりになりそうな痕跡がないか、頭から爪先までじっくりと検めた。遺体をひっくり返すとき、ウィルが手袋をはめて手伝ってくれた。

「あら、おもしろいわね」アマンダがいつものように、わざと控えめな言い方をした。

エステヴェスの背中には、大きな天使のタトゥーが入っていた。仙骨の下端まで、背中全体が天使で覆われている。非常に精密な絵柄で、彫刻のような立体感があった。「ガブリエル」サラは言った。「大天使ガブリエルよ」

ウィルが尋ねた。「どうしてわかるんだ?」

サラは天使がくわえている角笛を指差した。「聖書には書かれていないけれど、宗派によっては審判の日にガブリエルが角笛を吹くと信じられている」ウィルが教会に行ったことがないのを、サラは知っている。「日曜学校で子どもたちも習うの。この被害者の名前とも合ってる――マーセラス・ベネディクト。たしか、マーセラスとベネディクトという教皇がいたと思う」

アマンダが尋ねた。「このタトゥーを入れて、どのくらいたってると思う?」

男の腰のくぼみには、まだ腫れている針の跡があった。「五日間から一週間くらい?」

サラは屈み、渦巻き模様に目を近づけた。「段階を追って入れてる。完成までに長い時間がかかってる。たぶん何カ月も。こういうものは一度見たら忘れられないわ。きっとお金もかかってる」

ウィルは死んだ男の手を取った。「爪のあいだになにか入っていることに気づいたか?」

「汚れているとは思った」サラは正直に言った。「その年頃の若者にはよくあることよ。かき取って調べてはいない。検死局がよく思わないだろうし、わたしが発見したものは証拠として認められないでしょう。証拠の連続性が保証されないもの」

ウィルは男の指先に鼻を近づけた。「オイルのようなにおいがする」

サラもにおいを嗅いでみた。「わたしにはわからない。警察は、外の監視カメラの映像をチェックしたと言っていたけれど、カメラは絶えず動いてる。駐車場を端から端まで、首を振って撮影しているの。犯人グループもそのことを知ってたのね、エステヴェスを置いていくところが映っていなかったから。映像の時刻表示から、エステヴェスは十二時間以上ごみ捨て場にいたことがわかっている。だから、なんのにおいか特定はできないかも」男の手のひらを返し、ウィルに見せた。「こっちのほうが興味深いわ。エステヴェスは手を使う仕事をしていた。親指の腹とか、人差し指の脇にたこができている。長いあいだ、決まった道具を持って働いていたのよ。相当な重さのものを振ったりしていた」

ウィルはアマンダに尋ねた。「エステヴェスは無職だと言っていませんでしたか?」

「一年近く前から失業保険を受け取っていたという記録があるのよ」

サラはほかのことを思いついた。「それ、取ってくれる?」拡大鏡を指差す。ウィルは、サラがエステヴェスの口をあけるのを待っていた。あごが硬直している。無理やりこじあけると、ぽんと開いた。「それをこの上に持ってきて」上の歯のあたりを示した。「上前歯の先端が細かくぎざぎざになってるのがわかる?」ウィルは身を屈めてしげしげと見たあと、アマンダと交代した。「何度も硬いものが当たった跡よ。つまり、しょっちゅうなにかを歯で挟んでいた。服を仕立てる人が糸を噛んだり、大工が釘をくわえたりするでしょう」

「戸棚を作る職人とか？」

「ありうるわ」サラはもう一度エステヴェスの手を見た。「このたこは、いつも釘打ち機を持っていたからできたのかもしれない。実際の道具を見て比較しないと断言できないけれど、この人が大工だったと言われたら、たしかにその仕事をしていた痕跡が両手に認められると答えるわ」左手を取る。「人差し指に傷跡があるでしょう。大工はよくここにけがをするの。ハンマーがすべったとか、釘を打つときに挟んだとか、ネジ山が引っかかって、真皮のいちばん上の層まで削れたとか。爪の真ん中にも傷があるでしょう？」ウィルがうなずく。「甘皮まで削れてる。大工はカーペットナイフでカーペットの端を切ったり、木材に刻み目をつけたりする。ときどき、刃が爪の上をすべったり、指の脇を傷つけたりするの。それから、何度も利き手じゃないほうの手でパテやコーキングをならすから、指の皮膚がだんだんすり減る。この人の指紋も、週単位、ひょっとすると一日ごとに変わっていたかもしれない」

アマンダが尋ねた。「ということはエステヴェスはずいぶん前から働いていたのね？」

「こういう傷跡やたこができるような仕事を、二、三年はやっていたと思います」

「ヒーニーは――エステヴェスを殺したほうはどう？」

　サラはシーツの下からヒーニーの両手を取り出した。彼の顔は二度と見たくなかった。

「この人は左利きでした。でも、エステヴェスと同じような仕事をしていたと言ってもいい」

　ウィルが言った。「とにかく、これでひとつふたりの接点ができた。ふたりともリン・リンの工房で働いていたんだ」

　サラは尋ねた。「リン・リンって？」

「行方不明の重要参考人」アマンダが腕時計を見た。「急がないと。ドクター・リントン、われわれのもうひとりのお友達を見てくれる？」

　サラはあえて考えないようにした。一気にシーツをめくる。フランクリン・ウォレン・ヒーニーの顔を見るのは、襲われて以来これがはじめてだ。彼は目をあけていた。呼吸を促すためのチューブが口から喉に挿入されたままになっている。切り裂かれた喉に、固まった血がこびりついていた。下半身はパンツをはいているが、ジャケットとシャツは、ERのスタッフが救命処置をした際に切り取っていた。処置は形ばかりのものだった。ヒーニーはみずから頸動脈を切っていた。抱きあげられて処置台に乗せられたときには、全血液量の半分を失っていた。サラがそのことを知っているのは、治療を担当したからだ。

　目をあげると、アマンダとウィルがこちらをじっと見ていた。

「失礼」言葉を継ぐ前に、咳払いをしなければならなかった。「年齢はエステヴェスと同じくらい。二十代半ばから後半。身長のわりに体重が軽い」腕の注射痕を指す。サラが刺した点滴の針はまだテープでとめてあった。「最近もドラッグを常用していた。静脈注射をやっていたのはたしかよ」耳鏡で鼻孔の内側を調べた。「鼻道にもはっきりと傷があるから、パウダーを鼻から吸いこんでもいたようね」耳鏡をさらに奥へ挿入した。「隔壁を修復する手術を受けているから、コカイン、アンフェタミン、オキシコドンあたりね。全部、軟骨を腐食するの」

ウィルが尋ねた。「ヘロインはどうかな?」

「ああ、ヘロイン。もちろんそれも」サラはもう一度謝った。「ごめんなさい、わたしの知ってるヘロイン常用者のほとんどが、炙《あぶ》りか注射でやってるの。鼻から吸う人は、たいてい遺体安置所に直行してる」

アマンダが腕組みをした。「ヒーニーのおなかのなかは?」

書類をチェックするまでもない。X線写真は撮っていない。ヒーニーは検査のオーダーを出す前にことときれていた。サラは、いつのまにかまた彼の顔をまじまじと見つめていた。あどけない子どもだったころの面影はまったくないけれど、肌が吹き出物だらけでも、頬がこけていても、この世のどこかに、ひと目で彼だとわかる人たちがいるはずだ。ヒーニーにも母親がいる。父親もいる。子どももいた。ひょっとしたらきょうだいがいて、いまごろ愛する家族の死を知らされているかもしれない。

その愛する家族は冷酷な人殺しで、息が止まるほど激しくサラを殴ったのだ。あのときのことを思い出すと、胸の痣がまたずきずきしはじめた。サラにも母親がいるし――妹も父親もいる――家族はみな、今日のことを聞いたらショックを受けるだろう。

「ドクター・リントン？」アマンダに呼びかけられた。

「すみません」手袋を交換しに行き、新しいものをはめるあいだに、なんとか気持ちを落ち着けた。ウィルの心配そうな顔に気づかないふりをして、ヒーニーの腹部に手を当てた。「不審なものはなさそうです。内臓は通常の位置にあり、大きさも普通です。腸にも胃にも、大きなふくらみ、もしくはなにかが詰まっている感じはありません」手袋をはずしてごみ箱に捨てた。シンクの水は冷たかったが、それでも手をごしごしと洗った。「X線は指示しませんでした。患者の身元がわかっていないとだめなんです。それから率直に言って、好奇心を満たすために、生きている患者さんを待たせるつもりはありませんでした。検死局から、確実な答えがもらえると思います」抗菌ジェルを手のひらに塗りながら、努めて冷静な声で言った。「もういいですか？」

「ええ」アマンダが答えた。「ありがとう、ドクター・リントン」

サラは返事をしなかった。ウィルのほうを見たりもしなかった。二体の遺体も無視した。ひたすら出入り口の扉を見据えて外に出た。廊下に出てからは、エレベーターと、これから押すボタンと、扉の上の階数表示だけを見ていた。後ろを振り返らず、前だけを見つめていたかった。早く病院を出たい、家に帰ってソファの上で毛布にくるまり、二頭の犬に囲まれて、最低だった一日のことを忘れたい。

背後で足音がした。ウィルがまた走っている。あっというまに追いつかれ、サラは振り返った。すぐ後ろで、ウィルが立ち止まった。

「あのタトゥーについて、アマンダが広域手配をかけた」

どうして彼はこんなところに突っ立っているのだろう？　急いで追いかけてきたくせに、なぜなにもしないのだろう？

ウィルが口を開いた。「たぶん、あいつが――」

「どうでもいい」

ウィルはじっとサラを見ていた。ポケットに両手を突っこんでいる。上腕の袖がきつそうだ。生地が小さく裂けている。

サラは壁に背中をあずけた。いままで気づかなかったが、ウィルの耳たぶに新しい切り傷があった。どうしたのか尋ねたかったが、彼はきっと髭剃りをしくじったと答えるにちがいない。めちゃくちゃに縫合された口元のポラロイド写真が、まだ脳裏に焼きついている。彼はほかになにをされたのだろう？　ほかにどんな自傷をしたのだろう？

ウィルが言った。「ぼくのまわりの女性は、なぜ助けが必要なときにぼくを呼んでくれないんだ？」

「アンジーはあなたを呼ぶの？」

ウィルはふたりのあいだの床を見おろした。

サラは言った。「ごめんなさい。いまのはフェアじゃなかった。今日はほんとうに長い一日だったの」

ウィルは顔をあげなかった。サラの手を取る。指が絡まりあう。彼の肌は熱を持っているると言ってもいいほど温かかった。ウィルはサラの手のひらから親指と人差し指のあいだへ、自分の親指を這わせた。サラは目を閉じた。ウィルの指は手のひらをゆるゆるとくまなく探索する。あらゆるしわもへこみもなぞり、手首の脈打つ部分をそっと押した。彼の指には鎮静効果がある。サラは、全身の凝りがほぐれていくのを感じた。呼吸が落ち着き、ウィルの呼吸とリズムがそろうようになった。

不意に、遺体安置所の両開きの自動ドアがあいた。サラとウィルは同時にさっと手を引いた。ふたりともそっぽを向く。まるで車の後部座席でいちゃついているのを見つかったティーンエイジャーだ。

アマンダが勝ち誇ったように携帯電話を掲げた。「ロジャー・リンが話したいって」

12

　フェイスは、生まれてはじめて精神的に壊れかけているのを自覚していた。全身にびっしょりと汗をかいているのに、歯がカチカチ鳴って止まらない。朝食は戻してしまったので、昼は無理やり食べた。頭痛がひどく、まばたきするのもつらかった。血糖値もまったく安定しなかった。主治医に電話をかけて、指示を仰がなければならなかった。血糖値を自力でコントロールできなければ、入院しなければならないと脅された。フェイスはかならず経過を報告すると約束し、バスルームに入ると、限界まで熱くしたシャワーを浴びながら三十分ほど泣いた。

　車のタイヤが砂利道に轍《わだち》をつけるように、頭のなかで同じことを何度も繰り返し考えた。だれかが家に忍びこんだ。だれかがあたしのものにさわった。ジェレミーのものにさわった。そいつらはジェレミーの生年月日を知っている。卒業した学校も知っている。ジェレミーの好き嫌いも知っている。今回のことは前から計画されていた――なにもかも、細部にわたるまで。

あの脅し文句は死刑宣告にも似ている。口を閉じてろ。目はしっかりあけろ。これ以上は無理だというほど、目を大きく見ひらき、口をきつく閉じているのに。フェイスは二度、家のなかを捜索した。電話とメールとジェレミーのフェイスブックのページも、まめにチェックした。いまは午後三時。もう十時間も檻のなかの動物のように自宅に閉じこめられている。

それなのに、まだなにひとつ明らかになっていない。

「母さん」ジェレミーがキッチンに入ってきた。フェイスはテーブルの前に座り、裏庭を眺めていた。裏庭では、テイラー刑事とジンジャーが真剣に話しこんでいる。ふたりのうんざりしたような態度から、ボスが本物の仕事に呼び戻してくれるのを待ち構えているのがわかる。ふたりにしてみれば、事件は急ブレーキをかけて止まったようなものだ。長い時間が経過しているが、犯人グループからの接触がない。彼らの目つきから本心が見て取れる。イヴリン・ミッチェルはもう死んだと決めつけているのだ。

「母さん？」

フェイスはジェレミーの腕をさすった。「どうしたの？　エマが起きた？」ゆうべ、エマは寝すぎた。朝から機嫌が悪く、一時間近く泣き叫んだあげく、ようやく少しすっきりして、先ほど昼寝をはじめたところだった。

「エマは寝てる」ジェレミーが答えた。「おれ、散歩に行ってくるよ。しばらく外に出たい。息が詰まりそうなんだ」

「だめ。絶対に外に出ないで」

　ジェレミーの顔つきを見て、フェイスは口調がきつすぎたことに気づいた。「あなたは家のなかにいてほしいの、いい？」

「ずっと閉じこめられているから、飽きちゃったよ」

「あたしもよ、だけど外に出ないと約束して」ジェレミーの感情に訴えることにした。

「ただでさえおばあちゃんのことが心配なのに、これ以上心配の種を増やさないでよ」

ジェレミーはしぶしぶ答えた。「わかった」

「ジークおじさんに相手をしてもらったらどう？　トランプかなにか、一緒にやれば？」

「おじさん、負けたら拗ねるんだよ」

「あなたもでしょう」フェイスはジェレミーをキッチンから追い出した。聞き慣れた床板や階段がきしむ音を頼りに、自室へあがっていく息子を思い浮かべた。ジークに家の修理を頼んでもいいかもしれない。そうするともちろん、ジークとしゃべらなければならない。できるだけ顔を合わせないようにしているのに。不思議なことに、ジークも妹を避けているらしく、三時間ほど前からずっとガレージにこもってノートパソコンでなにかしている。

フェイスはテーブルに手をついて立ちあがり、少しでも気力が湧いてこないかと、あたりをうろうろしはじめた。だが、長くは続かなかった。テーブルに覆いかぶさるように座り、ノートパソコンを立ちあげた。ジェレミーのフェイスブックのページを開く。虹色の輪がまわりはじめた。ジェレミーが二階でゲームをしているらしく、ワイヤレスネットワークの動きが遅い。

電話が鳴った。フェイスは跳びあがった。思いがけない音がすると、いつもびっくりする。猫並みに神経質だ。勝手口の引き戸があいた。フェイスが受話器を取るのを、ジンジャーが待っている。彼の倦《う》んだ表情から、つまらない仕事だと感じているだけではなく、自分の能力が生かされていないと思っているのは明らかだった。

フェイスは受話器を耳に当てた。「もしもし」

「フェイス」

ヴィクター・マルティネスだった。フェイスはジンジャーに、あっちへ行ってと手を振った。「おはよう」

「おはよう」

いまや気安く言葉を交わす仲でもないので、ふたりとも押し黙った。ヴィクターと話すのは一年一カ月ぶりだった。私物を持っていってくれないのなら家の前に捨てるとメールをして以来、連絡を取っていない。

ヴィクターが沈黙を破った。「お母さんのことで、進展はあったのか?」

「いいえ。なにも」

「もう二十四時間がたつだろう？」

フェイスは、自分がなにを言いだすか信用できなかった。ヴィクターはわかりきったことを指摘する癖があるし、犯罪の実録番組が好きなので、二十四時間がタイムリミットであることをフェイスと同じくらいよく知っている。

「ジェレミーは大丈夫か？」

「ええ。昨日はあの子を連れて帰ってくれてありがとう。あの子のそばにいてくれて」フェイスは少し考えて尋ねた。「昨日、ここに来たときに、変わったことはなかった？　家の周辺を怪しい人がうろついていたとか？」

「そんなことはなかったよ。もしあったら、警察に話してる」

「警察が来る前に、どのくらいここにいたの？」

「長居はしていない。一時間ほどしてきみのお兄さんが来たから、ぼくは失礼した」

フェイスは疲れた頭で懸命に計算した。イヴリンを拉致したグループは、行動が早かった。イヴリンの家からまっすぐここへやってきたはずだ。家の間取りもよく知っていて、二階のフェイスの寝室へあがり、枕の下に指を置いた。おそらく、しばらく前から家を見張っていたのかもしれない。電話を盗聴し、パソコンでスケジュールを盗み見て、いつフェイスが留守にするのか、あらかじめ調べていた。家のパソコンはパスワードを設定していない。安全だと思っていたからだ。

考えごとにふけっていると、ヴィクターの言葉を聞きそびれた。「え？」

「お兄さんは失礼な人だなと言ったんだ」

フェイスはぴしゃりと返した。「兄もつらい思いをしているのよ、ヴィクター。母が行方不明なんだから。生きてるか死んでるか、それすらわからない。ジークはなにもかも放り出してジェレミーのそばにいてくれた。失礼な態度だったと思ってるのなら残念ね。こんなときに愛想よくしてられない」

「落ち着いてくれ。悪かったよ。こんなこと言うんじゃなかった」

また呼吸が荒くなった。冷静にならなければ。だれかをどなりつけたくてたまらない。でも、ヴィクターが相手でなくてもいいはずだ。

「もしもし？　聞いてるのか？」

これ以上、話していられない。「ジェレミーがエマの写真を見せたそうね」

ヴィクターは咳払いした。

「あなたがあの子のことでなにを思っているにしても……」閉じたまぶたを指で押す。

「あなたにはそう思う権利がある」

ヴィクターは永遠にも思えるほど長いあいだ黙っていた。そして、ようやく口を開いた。

「美しい子だ」

フェイスは手をおろした。天井を見あげる。ホルモンの分泌がめちゃくちゃだから、つまらないことで興奮してしまうのだ。受話器を耳と肩で挟み、もう一度ジェレミーのフェイスブックのページを開いた。

「落ち着いたら、あの子に会わせてくれ」

パソコンのプロセッサーが処理をはじめ、フェイスはモニター上で回転している虹色の輪を見つめた。ヴィクターにエマを会わせることなど、いまは考えられない。ヴィクターがエマを抱くところなど考えたくない。エマの髪をなでるところも。この子の明るいブラウンの瞳を覗くところも。いま現在のことしか考えられない。刻一刻と時間が過ぎるにつれて、イヴリン・ミッチェルが孫娘の一歳の誕生日を祝える可能性がどんどん低くなるという思いが、頭から離れない。

「きみのお母さんは闘う人だ」ヴィクターは言い、ほとんど残念そうにつけくわえた。「きみと同じだ」

フェイスブックのページがやっと表示された。GoodKnight92が、八分前にコメントを投稿していた。

「もう切るね」フェイスは電話を切った。パソコンの上で手が止まった。モニターに映る言葉をまじまじと見つめる。ひどくなれなれしい感じがした。

狭苦しいところに閉じこめられてる気分だろ。ちょっと外に出て気分転換したら？

連中はまたジェレミーに接触してきた。そして大事な息子は、祖母を連れ戻すために、指示どおり外に出てみずからを危険にさらそうとしていたのだ。

フェイスは声を張りあげた。「ジェレミー？」

しばし待つ。二階で足音がしない。階段がきしむ音もしない。

「ジェレミー？」もう一度呼びかけながら、居間に入った。長い長い時間が過ぎた。フェイスは卒倒しないよう、ソファの背につかまった。パニックで声が震えた。「ジェレミー！」

二階でどたどたと重い足音がしたとたん、心臓が止まりかけた。だが、階段の上から答えてきたのはジークだった。「なんだ、フェイス、どうかしたのか？」

フェイスはかろうじて声を絞り出した。「ジェレミーは？」

「散歩に行ってこいと言って、いま外に出した」

ジンジャーが困惑顔でキッチンに入ってきた。声をかけられる前に、フェイスは彼のショルダーホルスターから銃を抜き取り、キッチンを飛び出た。玄関のドアをあけて私道を走ったことも覚えていない。通りの真ん中まで走り出て立ち止まった。前方に人影が見える。次の交差点で角を曲がろうとしているその若者は、ひょろりと背が高く、だぶだぶのジーンズに黄色いジョージア工科大のスウェットシャツを着ている。

「ジェレミー！」フェイスは叫んだ。交差点に車が現れ、ジェレミーの数メートル先で止まった。「ジェレミー！」フェイスの声が聞こえていないのか、車のほうへ歩いていく。

フェイスは走りだした。腕を振り、裸足《はだし》で舗道を蹴る。しっかりと握った銃が、自分の体の一部のように感じた。

「ジェレミー!」彼が振り向いた。すぐそばに車が止まっている。ダークグレー。4ドア。クロームのサイドプロテクターがついている新型のフォード・フォーカスだ。窓がおりた。ジェレミーは車に向きなおり、窓のほうへ屈んだ。「やめなさい!」フェイスは叫んだが、喉が詰まった。「車から離れて! 早く離れて!」

運転手がジェレミーのほうへ身を乗り出した。運転席に座っている十代の女の子が、ぽかんと口をあけているのがフェイスにも見えた。銃を構えて走ってくるおかしな女に怯えきっている。フェイスがジェレミーのそばにたどり着いたときには、車はタイヤをきしらせて走り去っていた。フェイスがぶつかった勢いで、ジェレミーはよろめいた。

「どうして?」フェイスは手が痛くなるほどジェレミーの腕をきつくつかんだ。

ジェレミーはフェイスの手を振り払い、腕をさすった。「なんだよ、どうしたの、母さん? 道を訊かれただけだよ。迷っちゃったんだって」

恐怖と興奮でめまいがした。体をふたつに折り、両膝に手をついた。銃がそばに落ちていた。ジンジャーもいた。

ジンジャーはさっと銃を拾いあげた。「ミッチェル捜査官、いまのはまずいですよ」

その言葉に、フェイスはカッとした。「まずい?」手のひらで彼の胸を突いた。「まずいって？」

「捜査官」冷静になれと言っているような口調に、ますます怒りが増幅した。それってまずくないわけ？」

「息子の護衛に来たくせに、ひとりで外に出すってどういうこと？　それってまずくない わけ？」もう一度、ジンジャーを突いた。「息子が外に出ていったのに、あんたもパートナーもばかみたいに突っ立ってただけ？」もうひと突きした。「それってまずくないの？」

　ジンジャーは降参のしるしに両手をあげた。

「フェイス」ジークの声がした。フェイスは彼がそこにいることに気づいていなかった。めずらしくジークが静かだったせいかもしれない。「家に戻ろう」

　フェイスはジェレミーに手のひらを差し出した。「携帯電話をよこしなさい」

　ジェレミーはぎょっとした。「なんで？」

「早く」

「ゲームが入ってるんだよ」

「そんなの関係ない」

「なにもすることがなくなるだろ」

「本でも読みなさい！」フェイスは金切り声でわめいた。「ネットは使わないで。聞いてるの？　ネットは禁止！」

「はあ？」ジェレミーは助けを求めてまわりを見たが、フェイスは、たとえ神が天から降りてきて、その子を放っておきなさいと言おうが、絶対に従うつもりがなかった。

「必要とあれば、あんたをあたしの腰にくくりつけるからね」

ジェレミーはフェイスが本気だとわかっている。以前、ほんとうにやったことがあるのだ。「こんなのフェアじゃないよ」アイフォーンをフェイスの手のひらにたたきつける。そのいまいましいしろものにこれほど金がかかっていなければ、フェイスはその場で放り捨てて足で粉々に踏みつけていただろう。

「ネットは禁止」もう一度繰り返した。「電話もだめ。どんな形でも、外部と連絡を取らないで。それから、一歩も外に出るな。聞いてる？」ジェレミーはフェイスに背を向けて家へ向かって歩いていく。そう簡単に逃がしてたまるかと、フェイスは思った。「聞いてるの？」

「聞いてるよっ！」ジェレミーが叫んだ。「ちくしょう！」

ジンジャーが銃をホルスターに差し、気位の高いチアリーダーのようにストラップを締めた。それから、ジェレミーについていった。フェイスはふたりのあとをよたよたと追った。でこぼこのアスファルトのせいで、足の裏がひりひりする。ジークが隣へ来た。肩が触れあう。フェイスはがみがみ叱りつけられるのを覚悟したが、ジークは家まで私道を歩くあいだ、ずっと黙っていてくれた。

フェイスはジェレミーのアイフォーンをキッチンのテーブルに投げ出した。外に出たい

分がばかだった。この家はまるで監獄だ。フェイスは椅子にぐったりと背中をあずけた。自分の間取りを知っている。この家にいるかぎり、安全ではいられない。イヴリンを拉致した連中は家犯人のものであってもおかしくなかった。窓をおろし、ジェレミーの頭に銃口を向けて引き金を引いていたかもしれない。ジェレミーは通りの真ん中で血を流していたかもしれない。それなのに、フェイスはあの腹立たしいフェイスブックのページが表示されるまで、なにも気づいていなかった。

「フェイス？」ジークがキッチンのなかに立っていた。さっきから話しかけていたようだ。「おまえ、いったいどうしたんだ？」

フェイスはおなかを抱えるように腕を組んだ。「いまどこに泊まってるの？　母さんの家じゃないでしょ。兄さんのものを見たことがないもの」

「ドビンズだ」言われてみれば、うなずける。ジークは、いま勤めている退役軍人病院まで車で一時間かかろうが、ドビンズ空軍基地の殺風景でおもしろみのない宿舎を以前から気に入っていた。

「頼みがあるの」

ジークは一瞬、怪訝そうな顔をした。「なんだ？」

「ジェレミーとエマを基地に連れていってほしいの。今日。いまから」アトランタ市警には家族を守れないが、合衆国空軍なら大丈夫だ。「いつまでかかるかわからないけど。とにかく、基地であずかってほしいの。あたしがいいと言うまで、外に出さないで」

「なんでだ？」

「あの子たちが守られてるとわかっていないとだめなの」

「なにから守りたいんだ？　おまえ、なにを考えてる？」

フェイスは裏庭に目をやり、刑事たちに立ち聞きされていないかどうか確かめた。ジンジャーがこわばった顔でこっちを見ている。フェイスは彼に背を向けた。「あたしを信じて」

ジークは鼻で笑った。「いまさら信じられるか？」

「ジーク、あたしは自分のやるべきことはわかってるよ。警官だもの。訓練は受けてるから、ちゃんとやれる」

「ちゃんとやれる？　髪を振り乱して裸足で外に飛び出していくのが、ちゃんとやってるってことか？」

「あたしは母さんを取り戻す。それで死んだとしてもかまわない。かならず母さんを取り戻す」

「おまえひとりでか？」ジークは冷笑を浮かべた。「マンディおばさんに子どもたちをあずかってほしいと頼んで、子どもたちに別れのキスでもしたらいい」

フェイスはジークの顔を拳で殴った。ジークは、痛みより驚きのほうが大きそうな顔をした。フェイスは、指の骨が折れたかもしれないと思ったが、ジークの鼻から上唇まで血が細くつたったのが見えたとたん、いくぶんすっきりした。

「くそ」ジークはつぶやいた。「なんで殴られなきゃならないんだ?」

「あたしの車を使って。コルベットにチャイルドシートはつけられないでしょう。ガソリン代と食事代はあげるから――」

「ちょっと待て」ジークは鼻が折れていないかどうか触れて確かめていたので、鼻声だった。昨日、フェイスが自宅に帰ってきて以来、ジークがはじめて妹の顔を見た――真正面から見ている。フェイスは以前も兄を殴ったことがある。マッチで火傷させたこともある。洋服のハンガーでひっぱたいたこともあった。けれど、記憶にあるかぎり、ふたりのあいだで暴力が功を奏したように見えたのは、これがはじめてだ。

「わかった」ジークは鏡のかわりに、トースターに顔を映した。鼻は折れていないが、濃い紫色の痣が目の下まで広がっている。「でも、おまえのミニには乗らないぞ。おれがあんなものに乗ったら笑いものだ」

13

ウィルは少しも短気ではないが、いったん怒ると、金の壺を見つけた守銭奴よろしく、その怒りを抱えこんでなかなか放さない。ものを投げたり、拳を使うことはない。どなりちらすことはおろか、声を荒らげもしない。むしろ反対だ。ウィルは静かになる――完全にしゃべらなくなる。声帯が麻痺してしまったかのようだ。ウィルは怒りを表に出さない。怒りっぽい人々をさんざん相手にしてきた経験上、怒りをまき散らしたところで、だれかがひどく傷つくだけだとわかっているからだ。

とはいえ、この対処のしかたにもそれなりの害がある。いつまでも押し黙っているせいで、学校で居残りをさせられたことも一度や二度ではない。何年か前には、アマンダの質問に答えるのを拒んだために、ジョージア州北部の山奥に飛ばされた。アンジーに取り返しのつかない暴言を吐いてしまうのが怖くて、丸三日間、口をきかなかったこともある。ひとつ屋根の下にいて、ベッドをともにし、食事をともにし、いつも一緒だったのに、七十二時間アンジーにひとことも言葉をかけなかった。もしもオリンピックにしゃべらないという競技があれば、ウィルは金メダルの大本命だ。

だから、コースタル州立刑務所へ向かう五時間のドライブでアマンダに話しかけなかったのも、たいしたことではないと言える。心配なのは、怒りの激しさが少しも弱まらないことだ。生まれてこのかた、サラが殺されかけたと軽い口調で言われたときほど、他人に対して憎しみを覚えたことはなかった。その憎悪がおさまらない。歯止めがきかなくなるのを、いや、煮えたぎっているものが噴きこぼれるのを待っているのに、なかなかそうならない。アマンダが無人の待合室の端から端まで、射撃場のアヒルよろしく行ったり来たりしているいまも、ウィルは体のなかで憎悪が燃えているのを感じていた。

最悪なのは、話をしたいことだ。話したくてしかたがない。いまここで、あなたのことは心底嫌いだ、どうしたって好きになりようがないとぶちまけ、彼女が顔をゆがめるのを見たかった。そんな狭量なまねはいままでしたことがないが、アマンダを本気で傷つけてやりたかった。

アマンダが足を止めた。腰に両手を当てる。「あなたがどう教わってきたか知らないけど、拗ねる男って魅力的じゃないわよ」

ウィルは床を見おろした。週末に面会にきた受刑者の妻や子どもたちが、ここで待たされているあいだにうろうろするのだろう。リノリウムの床はそこだけすり減っている。

アマンダが言った。「原則として、わたしはあの言葉で呼ばれるのを一度は許すの。あなたはいいタイミングを選んだと思うわ」

そう、ウィルもずっと黙っていたわけではない。アマンダからサラのことを聞いたとき、彼女の名前と韻を踏んでいるというあの言葉を投げつけたのだ。しかも、スペイン語ではなく。

「どうしてほしいの、ウィル、謝ればいいの?」アマンダはハッと笑った。「わかったわ、ごめんなさい。あなたの気を散らして、まともに仕事をさせないで悪かった。あなたが頭を吹っ飛ばされないように守ってあげて悪かった――」

ひとりでに口が動いた。「頼むから、黙ってくれませんか?」

「なにそれ」

ウィルは繰り返さなかった。アマンダに聞こえていようが、反抗したことでクビになろうがどうでもよかったし、新たな地獄のはじまりになってもかまわなかった。今日の午後ほど苦しみを味わわされたのは、いつ以来だろうか。ジュリア・リンの工房の外で、ドーラヴィルの警察に丸一時間も絞られた。頭では、それが当然だとわかっていた。ふたりの人間が死亡し、そこらじゅうに銃痕が残っているのだ。倉庫の棚には、違法マシンガンが並んでいた。ジュリア・リンのオフィスには大きな金庫があり、扉が開いたままになっていて、床に百ドル札が散らばっていた。そんな現場で、適当に検証をすませてたったふたりしかいない参考人をあっさり解放するわけがない。何枚もの書類を埋め、参考人に訊かなければならないことが山ほどある。だから、ウィルはしかたなく聴取に応じた。そのあと、アマンダの聴取が終わるのを待っていた。やけに時間がかかっているように感じた。アマンダが刑事とやりとりするのをＳＵＶのなかから見ていると、胸のなかで地震が起きそうな気がしてきた。

　アマンダを待つあいだ、何度も携帯電話を取り出しては、またしまった。サラに電話したほうがいいんじゃないか？　いや、そっとしておくべきかもしれない。彼女に必要とされていないのでは？　必要だったら、むこうから電話をかけてくるだろう。早くサラに会わなければならない。会えば、どうすればいいのかわかる。サラのためになにをすればいいのかわかる。サラを抱きしめようか。頬と首と唇にキスをしようか。サラを安心させるためなら、なんだってやるつもりだった。

　ところが現実には、ばかみたいに廊下に突っ立って、サラの手をなでていただけだった。指がパチンと鳴る音がして、ウィルはわれに返った。顔はあげなかったが、アマンダはかまわず話しはじめた。「あなたの緊急連絡先はアンジェラ・ポラスキーよね。アンジー・トレントと言うべきかしら。もう結婚したんだから」意味ありげに言葉を切った。

「まだ結婚してるんでしょう？」

　ウィルはかぶりを振った。こんなに女性を殴りたくなったのは、生まれてはじめてだ。

「わたしにどうしてほしいの、ウィル？」

ウィルは頑固にかぶりを振りつづけた。

「わたしはたしかに、あなたの――いま現在、ドクター・リントンってあなたにとってなんなの？　愛人？　ガールフレンド？　ただの友達？――あの人が事件に巻きこまれたと言ったけど、それがなに？　あなたがサラにどんぐりまなこで見とれていられるよう、捜査もなにもかも放り出せって言うの？」

ウィルは立ちあがった。これ以上つきあっていられるか。ヒッチハイクをしてでもアトランタに帰るぞ。

アマンダは全世界が敵にまわったかのように嘆息した。「所長がもうすぐ来るのに。パンティをしっかりあげなさい。あなたがロジャー・リンと面会するんだから」

ウィルは、グレイディ病院を出てはじめてアマンダの顔をまともに見た。「ぼくが？」

「ロジャーのご指名よ」

その裏には、なにかたくらみが隠れているはずだ。どんなたくらみなのかはわからないけれど。「なぜぼくの名前を知っていたんですか？」

「妹に聞いたんでしょ」

ウィルの知るかぎり、ジュリア・リンは逃亡中のはずだが。「服役中の兄に電話をかけたんですか？」

アマンダは腕組みをした。「ロジャー・リンは、直腸に剃刀の刃を隠していたことがあって、独房に入れられてるの。電話には出られない。面会もできない」

隔離しても、受刑者にメッセージを届けられないわけではない。塀の内側には、違法の携帯電話の持ちこみが絶えない。去年、全州で受刑者がストライキを起こしたときは、要求を訴える受刑者から『ニューヨーク・タイムズ』に電話が殺到した。

それでも、ウィルは尋ねた。「ロジャー・リンのほうから、ぼくを指名したんですか？」

「そうよ、ウィル。弁護士を通して依頼された。あなたがいいんですって。もちろん、まずはわたしに電話をかけてきたわ。あなたのことなんかだれも知らないもの。ところが、ロジャーは知っていたみたい」

ウィルは椅子にどさりと腰をおろした。あごがこわばっている。またしゃべりたくなってきた。背後から沈黙が様子をうかがっているような気がする。

アマンダが言った。「病院でサラに話しかけてきた警官って、だれだと思う？」

ウィルはかぶりを振った。もうサラのことは考えたくなかった。今日、サラがどんな目にあったか考えると、吐き気がしてくる。おまけに、サラは孤立無援だった。

アマンダが繰り返した。「ねえ、だれだと思う？」またウィルをせっつくように、指をパチンと鳴らした。

ウィルは顔をあげた。あの手を折ってやりたい。

「わたしのために答えろって言ってるんじゃないのよ。フェイスのためであり、あの子の母親を取り戻すためでもある。ほら、だれだと思う？」

ウィルは喉にガラスの破片が引っかかっているような気がして、咳払いした。「なぜあなたはああいう人たちを知ってるんですか？」

「ああいう人たちとは？」

「ヘクター・オーティズ。ロジャー・リン。ジュリア・リン。メルセデスを運転していた護衛のペリー。どうしてあの連中とファーストネームで呼びあうような関係なんですか？」

アマンダは、なんと答えればいいのか考えているらしく、しばらく黙った。それから、ついに口を開いた。「わたしが新人時代にイヴリンと組んでいたことは話したでしょう。わたしたちは一緒に研修を受けた。パートナーを組んでからは、あらゆる事件を解決してしまうから、周りにうんざりされた」かぶりを振る。「でも、敵は犯罪者よ。ドラッグ。レイプ。殺人。暴行。誘拐。組織犯罪。マネーロンダリング。解決しても解決しても、次がある」悲しげにつけくわえた。「大昔からずっとそう」

「ギャングの捜査も担当したことがあるんですか？」

室内には椅子が五十脚ほどあるが、アマンダはウィルの隣に腰をおろした。「イグナチオ・オーティズもロジャー・リンも、楽にトップまでのぼりつめたんじゃないわ。いくつもの死体を踏み越えてきた。それはもう数えきれないくらい。悲しいのは、その死体がかってては生きた人間だったってこと。普通のいい人間だったのよ。毎週日曜日には教会へ行って、平日は仕事に行って」アマンダはまたかぶりを振った。話しているうちに、思い出したくない記憶がよみがえってきたのだろうと、ウィルは思った。

だが、アマンダは続けた。「〝底辺〟という言葉は、社会のなかで見過ごされているような階層を指すことは知ってるでしょう。そして、そこがいちばん無力な層でもある。いちばん弱い層。ロジャー・リンやイグナチオ・オーティズのようなモンスターは、そこを獲物にする。依存。欲。貧困。絶望。そういうものを抱えた人を食い物にすることを覚えたら、二度とやめない。彼らは十二のころから、ディーラーの使い走りをやってる。合法的にバーで飲酒できる年齢になる前から、人を殺してる。相手が年老いた女性だろうが、喉をかき切ったり殴り殺したりする。組織のトップにのぼりつめて、権力を維持するためならなんでもやるの。あなたは、なぜわたしが彼らとファーストネームで呼びあう関係なのかと訊いたけど、それはわたしがあの連中をよく、、、知ってるからよ。正体を知ってる。魂の闇を覗きこんだことが何度もある。でも、その反対はないと保証するわ。むこうはほんとうのわたしをなにひとつ知らない。この仕事について以来ずっと、絶対に知られないようにしてきたもの」

ウィルは慎重に、もうひと押しした。「でも、彼らはほんとうのイヴリンを知っている」

「ええ」アマンダは認めた。「知っているんだと思う」

ウィルは椅子に背中をあずけた。驚くべき告白だ。どう反応すればいいのだろうか。あいにく――いや、幸いと言うべきか――アマンダは反応するひまをくれなかった。

彼女は両手をパンと打ちあわせ、告白タイムは終わりだと告げた。「さて、病院でサラに話しかけてきた警官はだれでしょうか」

ウィルは、たったいま聞いた話をなんとか呑みこもうとしていた。つかのま、サラのことを忘れていた。

「チャック・フィンよ」アマンダが先に言った。

ウィルは壁に頭をあずけた。コンクリートブロックが頭皮を冷やしてくれた。「彼はもともと警官だった。いくらヘロインをやろうが、警官は死ぬまで警官です。チャックは長身だった。薬物のせいで、体重はずいぶん減ったでしょう。サラも逮捕時の写真を見ていますが、わからなかったでしょうね。たぶん彼には喫煙癖がある。たいていのジャンキーはそうです」

「つまり、あなたの考えはこうね。グレイディで、チャック・フィンはサラからマーセラス・エステヴェスが生き延びるかもしれないと聞いて、フランクリン・ヒーニーを刺客として送りこんだ」

「あなたもそう思いませんか？」

アマンダは、なかなか返事をしなかった。イヴリン・ミッチェルについて漏らしたひとことが、まだ重くのしかかっているようだ。「自分がどう思うのか、もうわからなくなったわ、ウィル。嘘じゃなくて、ほんとうにわからない」

疲れた声だった。肩が丸まっている。どことなく、あきらめたような感じを漂わせている。ウィルは先ほどの会話を思い返した。アマンダはなにがきっかけで、イヴリン・ミッチェルが真っ白ではないと認める気になったのだろうか。アマンダが屈するところなど、いままで見たことがない。彼女はなにごとにも屈しない。ウィルの一部はアマンダが気の毒になったが、残りの部分は、いまを逃したら二度とチャンスはないかもしれないと見越していた。

アマンダの防御がさがっているうちに攻めこんだ。「なぜあなたはジュリア・リンの工房の前で撃たれなかったんでしょう？」

「わたしはGBIの幹部よ。そのわたしを撃ったりしたら、大変なことになるわ」

「彼らは受勲した元警官を拉致してるんですよ。工房のなかでは、あなたも撃たれそうになった。カスティーロは殺された。なのに、なぜあなたは殺されなかったんですか？」

「さあ、知らないわ、ウィル」アマンダは指で目をこすった。「わたしたちはあの連中の抗争にたまたま巻きこまれたんじゃないの」

ウィルは壁の薬物依存症の啓発ポスターを眺めた。肌がかさぶただらけで歯のない女がこっちを見返している。ごみ捨て場に男が倒れているとサラに教えたジャンキーも、こんな外見だったのだろうか。そのあとどれくらいたって、マーセラス・エステヴェスが殺され、フランクリン・ヒーニーがサラに襲いかかり、メスで喉を切ろうとしたのだろうか。おそらく数分。長くても十分後だろう。

ウィルはこらえきれなかった。両膝に肘をつき、頭を抱えた。「どうして早く言ってくれなかったんですか」頭の奥から、黙れという叫び声がかすかに聞こえた。でも、黙ることができなかった。「あなたに隠す権利はない」

アマンダは重苦しい息を吐いた。「話すべきだったかもしれない。いいえ、やっぱり隠したのは正解だったかもしれない。話すべきだったとしたら、悪かったわ。隠したのが正解だったとしても、あとで気がすむまでわたしを責めればいい。あなたに黙りこまれたら困る。なにがどうなってるのか見極める必要があるの。わたしのためじゃなくていい、フェイスのためよ」

アマンダの声は、ウィルの気持ちと同じくらい必死だった。今日一日で、アマンダはすっかり参っている。ウィルにはどうしようもない。いまどんなにアマンダが憎くても、残酷なことはできない。

それに、いつのまにか、憎しみを押しとどめていた歯止めがはずれたようだ。自分では気づいていなかったけれど、この十分のあいだに怒りが少しずつ漏れ出ていたらしい。いまアマンダがサラに対してしたことを考えても、燃え盛る憎しみよりはしつこい怒りを覚えた。

ウィルは深く息を吸い、ゆっくりと吐き出すと、体をまっすぐに起こした。「わかりました。死んだ男たちは全員、ジュリア・リンの工房で働いていたと考えられます――正社員だった者もいれば、そうじゃなかった者もいる。でも、全員がジュリアの裏のビジネスも手伝っていた」

「リン・リンがリカード・オーティズをスウェーデンに行かせて、ヘロインを運ばせたと言うの？」

「いいえ、リカードが勝手にやったことだと思います。若い仲間を焚《た》きつけて、リン・リンのビジネスを乗っ取ろうとした。それで、みずからスウェーデンに飛んだ」ウィルは腕時計を見た。もう七時になろうとしている。「そして、おそらくベニー・チューに拷問された」

「さっさとリカードを殺してヘロインを取り出したほうが、手間がかからなかったんじゃない？」

「リカードは、もっと大金のある場所を知っていると言って、命乞いしたんです」

「イヴリンね」

「ぼくは前からそう言ってます」ウィルはアマンダのほうを向いた。「チャック・フィンが〈ヒーリング・ウィンズ〉のセッションでヒロノブ・クウォンと知りあい、昔のボスが大金を持っているとほのめかした。ここからは昨日の朝のできごとです。リカードは腹一杯にヘロインを持ち帰り、ベニー・チューに死ぬほど殴られた。そこへ、リカードの友人のヒロノブ・クウォンが、金のあるところを知ってる、その金をやるから許してくれと言いだす」ウィルは肩をすくめた。「彼らはイヴリンの家へ向かった。ベニー・チューは、若い連中が逃げないようについていった。ところが、家捜ししても金は見つからず、イヴリンも口を割らない」

「ヘクター・オーティズと鉢合わせすることになるとは、彼らも予想していなかったのね。リカードは、父親のいとこだと知っていた」

ウィルは、そもそもヘクター・オーティズはなんのためにイヴリンの家へ来ていたのかと訊き返したかったが、いまはアマンダに嘘でごまかしてほしくなかった。「リカード・オーティズは、ヘクターを殺すのはまずいと知っていたはずですよね。ただでさえヘロインを密輸して、父親に反抗していたわけですから。リン・リンにも、勝手なことをしていることがばれて、追われていた。けれど、リカードの仲間たちはイヴリンの家で金を見つけることはできなかった。イヴリンも口を割らない。リカードは、この時点で自分の命が危ないことを悟ったはずです。腹のなかは、大事な風船でいっぱいだ。彼は死ぬほど殴られた。そして、ベニー・チューに銃口を突きつけられた」チューとオーティズと対面したフェイスがどうしたか、彼女の供述を思い返す。「リカードの最期の言葉は〝アルメッハ〟

だった。ジュリア・リンが、イヴリンをそう呼んでいましたね？　なぜリカードはその呼び名を知っていたんでしょうか？」

「すべてのはじまりはチャック・フィンだというあなたの仮説に沿うなら、彼から聞いたと考えるのが妥当でしょうね」

「リカードが最期につぶやいたのが、なぜイヴリンの名前なんでしょう？」

「イヴリンの通称よ。リカードが本名を知っているはずがない。通称を名乗るのは薬物ディーラーだけじゃない。麻薬捜査課にしばらくいれば、通称で呼ばれるようになる。それが捜査課内にも浸透することがあるの。〝ハンプ〟と〝ホップ〟は、それぞれのラストネームを省略したものだった。スパイヴィは〝スレッジ〟、つまりハンマーね。チャック・フィンは〝フィッシュ〟だった。小物の名前は覚えていられなかったんでしょ」これも内輪受けのジョークなのか、イヴリンは頬をゆるめた。「イヴリンに〝アルメッハ〟というあだ名をつけたのはロジャー・リンよ。当時は奇妙だと思ったわ。でも、彼には両親の母語を話せないことがそのうちわかった。ちなみに北京語だけど」

「あなたの通称は？」

「わたしは麻薬捜査は担当しないし」

「だけど、彼らを知っていますよね」

「〝ワグ〟」アマンダは答えた。「ワグナーの短縮形」

怪しいものだ。「ロジャー・リンはなぜぼくを指名したんでしょう?」

アマンダは急に笑い声をあげた。「まさか、いまこの刑務所にいる男のなかで、わたしを嫌っているのが自分だけだと思わないでよ」

けたたましいブザーの音が響き、金属のゲートが開閉する音がした。二名の看守が待合室に入ってきた。その後ろから、さらさらの髪にハリー・ポッターのような眼鏡をかけた、看守より若い男が入ってきた。どう見ても、アマンダの昔馴染みではない。コーデュロイのジャケットには、肘当てがついている。ネクタイはコットンのニットだ。シャツのポケットにはしみがついていた。彼からパンケーキのにおいが漂ってくる。

「ジミー・ケイガンです」男はアマンダとウィルと握手を交わした。「どんな手をまわしたのか想像もつきませんが、ここの刑務所長に就任して六年間、こんな遅い時間に呼び出されたのははじめてですよ」

アマンダはいつもの自分に難なく戻っていた。役者が一瞬で役になりきるところを目の当たりにしているようだった。「ご協力感謝します、ケイガン所長。われわれみんな、それぞれの役目を果たさねばなりませんので」

「いやだと言うわけにはいきませんでしたからね」ケイガンはずけずけと言い、刑務所の奥へ通じるドアをあけるよう看守に指示した。それから、きびきびとした足取りで、先に立って長い廊下を歩きだした。「あなたがだれに電話をかけたにせよ、うちのやり方を崩すつもりはありません。トレント捜査官、あなたには収容棟へ行っていただきます。リンは一週間前から独房にいます。ドアのスロット越しに話をしてください。どんな人間を相手にするのか心得ていらっしゃるとは思いますが、率直に言って、わたしは頭に銃を突きつけられてもロジャー・リンと同じ部屋に入りたくはないですね。いつかそんなことになるんじゃないかと、本気で恐れているんですよ」

アマンダはウィルに片方の眉をあげてみせた。「なんだか霊長類が動物園を仕切っているような言い方ね」

ケイガンは、あなたははなはだしい勘違いをしているか、そうでなければ常軌を逸していると言わんばかりにアマンダを見た。そして、ウィルに向かって言った。「合衆国の刑罰システムを振り返ると、受刑者の半数は精神疾患の病歴があります」

ウィルはうなずいた。その統計については知っている。合衆国内の刑務所全体で購入される抗うつ剤プロザックの総量は、どんな病院や施設より多い。

ケイガンが言った。「受刑者のなかでもたちの悪い者がいます。リンはそのなかでも最悪です。彼は閉鎖棟に閉じこめるべきだ。鍵をかけて、その鍵を放り捨てたほうがいい」

次のゲートがあき、一行が通過すると閉じた。

ケイガンは規則を並べた。「ドアに近づかないこと。腕一本の距離をあけたくらいで安全と思いこまないこと。リンは非常に頭がいい。それに、時間だけはたっぷりある。彼の尻の穴から発見した剃刀の刃は、シーツから抜き取った糸で手作りした袋に包まれていました。それを作るのに二カ月かかったそうです。ジョークのつもりか、〈イエロー・レベルズ〉の黄色い星を編みこんでいました。尿で糸を染めたんでしょう」

ケイガンは足を止め、次のドアが開くのを待った。「剃刀の刃をどこで手に入れたのかはわかりません。一日のうち二十三時間は独房で過ごしているんです。運動場に出るときもひとりです――檻のなかに隔離されているようなものだ。面会に来る者もいないし、護衛は恐れて近づかない」ドアがあき、ケイガンはまた歩きはじめた。「わたしに処置をまかせてもらえるなら、あの穴蔵に放りこんだまま、腐るにまかせますよ。しかし、わたしにその権利はない。またとんでもないことをしでかさないかぎり、彼はあと一週間で出てくる。まあ、あの男はやりますよ」

所長は金属のドアの前で止まった。ドアが開いてから、一行は先へ進んだ。「この前、彼を独房に入れたときは、それを命じた看守が次の日に襲われました。だれがやったのかは結局わからなかったのですが、看守は片方の目を失いました。素手でえぐり取られたんです」

背後でドアが閉まり、前方のもう一枚のドアがあいた。

「ミスター・トレント、一応は監視カメラで見張りますが、われわれが駆けつけるまでに六十一秒、つまり一分はかかります。それより短くすることは不可能です。万一に備えて、警備チームを全員待機させてありますが」所長はウィルの背中をたたいた。「では、幸運を」

迎えの看守が待っていた。死刑囚のような、恐怖に満ちた顔をしている。ウィルは鏡を見ているような気がした。

ウィルはアマンダのほうを向いた。待合室で沈黙を破ったのは、ロジャー・リンとなにを話せばいいのか、アマンダに教わるためだ。だが、アドバイスはないらしい。「ぼくを助けてくれる気はないんですか？」

アマンダは言った。「〝代償の法則だ、クラリス〟。かならず役に立つ情報を持ってきなさいよ」

ウィルはあらためて、この人は大嫌いだと思った。

看守が手招きした。ふたりの後ろでドアが閉まった。「壁際を歩いてください。なにか飛んできたら、目を庇って口を閉じてください。おそらく人糞《じんぷん》ですから」

睾丸が胴体のなかに引っこんでしまったような感じがしていたが、ウィルはなんとか歩いた。房のなかは無灯だが、通路は明るい。看守は並んだ独房からできるだけ離れ、反対側の壁際を進んでいく。ウィルもそれにならった。並んだ房の前を歩いていると、次々と新しい視線が追いかけてくるのを感じた。背後から、カサカサという音がついてくる。小さな凧のような、糸のついた紙片がコンクリートの床をすべっている。ウィルは頭のなかで、独房内の彼らが持っているかもしれない禁制品を次から次へと思い浮かべた。歯ブラシや櫛を削って作ったナイフ。厨房からくすねてきたカトラリーから作った刃物。爆薬を作るためにコップのなかで混ぜあわせた糞尿《ふんにょう》。シーツから抜き取った糸を撚《よ》りあわせ、端に剃刀の刃をくっつけた鞭。

また手前と奥に並んだゲートがあった。一枚目のゲートが開いた。ふたりは先へ進んだ。一枚目のゲートが閉まる。数秒が過ぎた。二枚目のゲートがぎしぎしと開いた。

ふたりの前に、目の高さにガラスの覗き窓のある頑丈そうなドアが現れた。看守は重そうなキーリングを取り出し、目当ての鍵を捜した。壁の鍵穴に差しこむ。ガチャンと解錠の音がした。看守は振り返り、頭上の監視カメラを見た。モニター室にいる看守から異状なしという合図のクリック音が返ってくるまで、ふたりは待っていた。ドアがあいた。

独房エリア。穴蔵だ。

奥行きが九メートル、幅が三メートルほどの通路があった。片側に、八枚の金属のドアが並んでいる。反対側はコンクリートブロックの壁だ。独房から建物の外は見えない。窓がないからだ。新鮮な空気も、日光も入ってこない。希望もない。

ケイガンが言ったように、ここにいる者たちが持っているのは、ありあまる時間だけだ。刑務所のほかの場所とちがい、天井の電球はすべて明かりがついていた。蛍光灯のまぶしい光に照らされ、ウィルは急に頭が痛くなった。通路は蒸し暑かった。空気にどんよりとした重みを感じる。竜巻が迫っている畑の真ん中に立っているような感覚がある。

「あいつはいちばん奥の房にいる」看守が言った。ふたたびコンクリートブロックに肩をこすられながら歩いていく。壁も、長年のあいだ看守の肩にこすられているせいで、そこだけ色が薄れていた。反対側にある八枚のドアは、どれもしっかりと掛け金がかかっている。禁酒法時代のもぐりの酒場のように、目の高さに細い窓があった。下部には、食事を渡したり、手錠をかけたりするためのスリットがある。ドアも壁のパネルも、頑丈そうなボルトやリベットで固定されている。

看守が八枚目のドアの前で立ち止まった。ウィルの胸に手を当て、壁際ぎりぎりまで押しやった。「ここでじっとしてろと言わなくてもわかるな？」

ウィルはうなずいた。

看守はみずからを奮い立たせるような顔つきで、独房のドアへ近づいていった。覗き穴をふさいでいるパネルの掛け金をつかむ。「ミスター・リン、いまからこのカバーをあけるが、おれを攻撃するつもりはあるか？」

ドアのむこうから、くぐもった笑い声が聞こえた。ロジャー・リンも、妹のようにすぐにわかる南部訛りがあった。「さしあたっておまえは安全だ、エンリケ」

看守は汗をかいていた。掛け金を引いたと同時に、キュッと靴音をさせてすばやく跳びすさった。

るらしい。覗き穴から、彼の首の脇と片方の耳たぶ、肩を覆うオレンジ色の囚人服が見えた。房内の明かりは、通路より明るい。奥の床に、じかに置かれたマットレスの端も見えた。普通の監房より狭いらしく、奥行きは二メートル半、幅は一・二メートルほどだろう。便器はあるはずだが、そのほかはなにもない。椅子もテーブルもない。人間らしい気持ちにさせてくれるものは、なにひとつない。いかにも刑務所らしいにおいが――汗と糞尿のにおいが、ほかの場所よりも鼻をつく。ウィルはふと、叫び声がまったくしないことに気づいた。普通、刑務所内は小学校並みに騒がしい。とくに夜間はそうだ。さっきの小さな凧は、しっかりメッセンジャーの仕事をしたらしい。刑務所全体が静かになったのだ。

ウィルも背中を汗が伝い落ちるのを感じた。ロジャー・リンは、ドアに寄りかかってい

いにきた者がいるというメッセージが広まり、受刑者全員に、ロジャー・リンに会

ウィルは待った。自分の心臓の鼓動の音と、肺を出入りする息の音が聞こえた。

リンが尋ねた。「アーノルドはどうしてる？」

ジュリア・リンのチワワだ。ウィルは咳払いした。「元気だ」

「あいつのせいで、また太ったんだろう？　太らせるなとあれほど言ったのに」

「見たところ……」ウィルは答えを探した。「ジュリアはアーノルドにひもじい思いはさせていない」

「アーノルドはクールでかわいいやつなんだ。おれは前からチワワってのは飼い主によっ

て神経質になるかどうか決まると思ってる。あんたもそう思わないか？」

ウィルはチワワの性格など考えたこともなかったが、賛同した。「わかるな。ぼくのチワワはのんびりしている」

「なんて名前だったか、もう一度教えてくれ」

これはただの雑談ではなかったのだ。リンは、自分の話している相手がほんとうにウィルかどうか確かめている。「ベティだ」

テストに合格したようだ。「あんたと会えてよかったよ、ミスター・トレント」リンが動いた拍子に、首全体が見えた。脊椎に沿って、昇龍《のぼりりゅう》のタトゥーが入っている。龍の翼が剃りあげた後頭部を覆っていた。目はあざやかな黄色だ。

リンが言った。「妹のやつがびびりあがってるんだ」

「そうだろうな」

「若造どもが妹を殺そうとしたんだってな」まさにふたりの若い娘の肉を食いちぎり、命を奪った男にふさわしい、冷酷な口調だった。「おれがこんなところに閉じこめられていなけりゃ、ここまで粋がることもなかったろうに。あいつらにはちょいと痛い思いをしてもらわないとな。わかるか？」

ウィルは看守に目をやった。看守は、試合前の闘犬のように緊張している。いや、いまにも逃げ出そうとしているかのようだ。逃げたほうが賢明だろう。警備チームが待機しているそうだが、ロジャー・リンはわずか六十一秒間でどんなことをやってのけるというのか。きっといろんなことだ。

リンが言った。「どうしてあんたを指名したと思う?」

ウィルは正直に答えた。「まったくわからない」

「あのビッチが言うことは、なにひとつ信用できねえからだ」

アマンダのことだ。「賢明だな」

リンは声をあげて笑った。ウィルは、独房内に響く笑い声を聞いていた。少しもおもしろそうな声ではなかった。背筋が寒くなるような凶暴な響きがあった。リンの被害者たちも、この笑い声を聞いたのだろうか。アーノルドのリードで絞め殺されながら。

リンが言った。「こんなことにはさっさとけりをつけないとな。流血沙汰も度を越せば、ビジネスに影響する」

「どんなふうにけりをつけるのか、教えてくれないか」

「イグナチオから連絡があった。黄色は無関係だと理解してくれている。和解したいそうだ」

ウィルはギャングの専門家ではないが、〈ロス・テキシカーノズ〉のボスは、息子が痛めつけられたうえに殺されたら、黙ってはいないのではないかと思った。リンにもそう言ってみることにした。「ミスター・オーティズは復讐したいんじゃないか?」

「いいや。復讐はありえない。リカードは自分で墓穴を掘ったんだ。イグナチオもそのことは承知している。フェイスにもそう伝えてくれよ。フェイスは当然のことをしたまでだ。家族は家族だ、そうだろう?」

リンがフェイスの名前を知っているのは気にかかるし、彼の言葉も信用してはならない。それでも、ウィルは言った。「伝えるよ」

リンは妹と似たような話をしはじめた。「あの若造どもは無謀すぎる。命の価値をわかってない。親は子どもに少しでもいい生活をさせてやりたくて、さんざん苦労する。新車を買い与えて、私立校に行かせる。ところがあいつらときたら、自立したとたんに、ポンッ、親に向かって銃をぶっぱなすんだ」

ポン、というのはいささか軽すぎると思ったが、ウィルは黙っていた。

「リカードはウェストミンスターに通ってたんだぜ。知ってるか?」

ウィルもその私立校の名前は聞いたことがある。一年間の学費が二万五千ドルを超えるそうだ。ヒロノブ・クウォンの履歴にも、数学で奨学金を得てウェストミンスターに入学したと書いてあったことがわかっている。彼らをつなぐ接点が、また増えた。

「イグナチオは、息子には自分とちがう人生を買ってやったつもりだったんだ。だが、学友のどら息子たちにそそのかされて、リカードはオキシコドンにはまりやがった」

「リカードはリハビリ施設に入ったことはあるのか?」

「ふん、あいつはほとんど施設に住んでたようなもんだ」リンがまた動いた。ごわごわしたオレンジ色の生地が金属のドアにこすれる音が聞こえた。「あんた、子どもは？」

「いない」

「てことは、子どもがどんなもんか、よく知らないんだろう？」リンはおもしろそうに笑った。「おれには三人いる。元女房ふたりから、しょっちゅう金をせびられるんだ。まあ、金はやってる。息子たちに悪さをさせず、娘に娼婦みたいな格好をさせないためだ。あいつらの鼻をきれいにしておくためにもな」肩をすくめる。「しかし、してやれることはほとんどない。結局、血なんだよ。どんなに正しい道を教えてやっても、年頃になれば自分の頭で考えるようになる。あくせく働かなくてもいい方法を考えはじめる。うまくやってる連中を見て、自分もまねすればいいと思うようになるんだ」

リンはイグナチオ・オーティズの親としての悩みに詳しいようだ。ふたりは別々の刑務所に閉じこめられ、ほとんど別の州に住んでいるも同然なのだから、奇妙な話ではある。ボイド・スパイヴィは勘違いをしていた。黄色は茶色の縄張りを横取りしようとしているのではない。茶色の下請けをしているのだ。

「あなたはミスター・オーティズとビジネス上のつきあいがあるんだな」

「まあ、そんなところだ」

「イグナチオはジュリアに頼んで、息子を合法ビジネスのほうで雇ってもらったんだろう」

「若いやつが商売を覚えるのはいいことだからな。リカードはすぐに熱中した。商売の才能があったんだ。普通のやつは、ひたすら箱を組み立てて扉をくっつけるだけだ。リッキーはちがった。頭がよかった。適材適所のコツを心得ていた。いつか自分の店を持っただろうにな」

ウィルにもだんだん呑みこめてきた。「リカードが作業員を集めてきた――ヒロノブ・クウォンや、ほかのメンバーをジュリアの店へ連れてきた。そして、儲《もう》かるのは非合法のビジネスのほうだと気づいて、自分たちももっと分け前をもらうべきだと考えるようになった。だが、イグナチオ・オーティズは、たとえ実の息子であっても、ぽっと出のギャングに〈テキシカーノズ〉のパイを分けてやるつもりはなかった」

「ビジネスをはじめるのは、端から見えるより面倒なんだ。とくにフランチャイズはな。権利料を納めないといけない」

「リカードがスウェーデンへ行ったことを知っているか？」

「ハッ、だれだって知ってるさ」リンはおかしそうに喉を鳴らして笑った。「あの年頃の問題は、口をつぐむべきタイミングがわからないことだ。若さとはばかさだって、よく言うだろう？」

「あなたの仲間は、リカードにスウェーデンでなにをしたのか訊いた」拷問したのだろうとはあえて言わなかった。「するとリカードは、自分の命を買える金があるかもしれないと漏らした」拷問が終わるころには実の母親でさえ売る気になっていただろう。「彼は金を持ってくることができるかもしれないと話した。大金だ。百万ドル近い現金だ」

「そう持ちかけられちゃあ、ビジネスマンならノーとは言えないよなあ」

もう少しですべてがわかりそうだ。リカードは仲間を連れてイヴリンの家に行き、予想以上に激しい抵抗にあった。彼らは、居合わせたヘクターを殺した。アマンダの言うとおり、ヘクター・オーティズが車のセールスマンだったとしても、イグナチオ・オーティズのいとこを手にかけておいて、逃げられるわけがない。「リカードは仲間を連れてイヴリンの家へ金を奪いに行った。ただし、抵抗にあうとは想定していなかった。死傷者が何人も出た。グループを再編しなければならなくなった。そこへ、フェイスが帰ってきた」

「あんた、その話をだれかから聞いたのか？」

ウィルはしゃべりつづけた。「彼らはイヴリンを別の場所で尋問することにして、連れ去った」

「おもしろい考えだ」

「ところが、イヴリンは金のありかを明かさなかった。明かしていれば、ぼくはいまごろここにいない」

リンは笑った。「それはどうかな。あんたは大事なことを見落としてるな」

「どういう意味だ？」

「考えてみろ」

そんなことを言われてもわからない。

「蛇を殺すには、頭を切り落とさないとだめなんだ」

「なるほど」まだわからない。

「おれの知るかぎり、年を食った蛇がいまだにうごめいているようだ」

「イヴリンのことか？」

「ばかな、あんたはあのばあさんに若い連中をまとめられると思ってるのか？　あれは自分の家も整頓できない女だ」リンは妹そっくりに舌を鳴らした。「いいか、これは男のしわざだ。おれの妹を虚仮にしたんだぞ。女にそんな根性のあるやつはいない」

ウィルも反論する気はなかった。ギャングは究極の男子専用クラブだ――カトリック教会より家父長的な色が濃い。ジュリア・リンは、兄の傀儡《かいらい》でしかない。幹部は実戦に参加しない。手駒を前線に送り出すだけだ。ヒロノブ・クウォンはイヴリンの家に侵入後数分で射殺された。リカード・オーティズは現場に取り残された。そしてベニー・チューに、頭に銃口を突きつけられるはめになった。死ぬほど殴られて。つまり、彼は見捨てられていた。捨て駒だった。

リカードではなく、ほかのだれかが彼らにイヴリンが金を持っていると吹きこんだのだ。

彼らを率いていた人物がほかにいる。

ウィルは言った。「チャック・フィンか」

リンは、ここでその名前を聞くとは思わなかったと言わんばかりに大笑いした。「チャックルベリー・フィン。もう死んだと思ってたぜ。魚《フイッシュ》は殺されて海のなか、ってな」

「彼が黒幕じゃないのか？」

ロジャーは答えなかった。「スレッジもやられたんだってな。聞いたところによると、あれは本人に頼まれたらしいぜ。犬みたいに殺されるのを待つより、男らしい死にざまじゃねえか。あれでよかったんだ」

「だれが――」

「さて、面会は終わりだ」ロジャー・リンは独房のドアをたたいた。「エンリケ、もういいぞ」

看守がそろそろと覗き穴のカバーを閉めはじめた。ウィルは手を伸ばして止めようとした。そのとき、蛇が狙いすましたように、リンの手がするりと出てきてウィルの手首をつかんだ。そのまま強く引っぱられ、ウィルは肩をドアにぶつけた。顔の脇が冷たい金属に押しつけられる。耳に熱い吐息を感じた。「なぜここに呼ばれたかもうわかったな？」

ウィルは力をこめて手を抜こうとした。足でドアの下部を押し、踏ん張った。

リンは手首を締めあげてくるが、声には少しも力が入っていなかった。「マンディに伝えろ。イヴリンはもうこの世にいねえよ」声が低くなった。「パン、パン。頭に二発。チーン。アルメッハはご臨終」

リンはウィルの手首を放した。ウィルは勢い余ってコンクリートの壁に背中をぶつけた。心臓がメトロノームのように拍を刻んでいる。独房のドアに目をやる。金属が金属をこする音がした。覗き穴のカバーはもう閉まっているが、直前にウィルはロジャー・リンの目を見た。真っ黒で、魂のない目だった。だが、ほかのなにかがあった。血への飢えと入り混じった勝利のよろこびが、一瞬ひらめいていた。

「いつだ?」ウィルはどなった。「いつ殺されたんだ?」

ドアのむこうから、リンのくぐもった声が聞こえた。「マンディに、葬式にはめかしこんでいけと伝えろ。おれは昔から黒い服を着たマンディが好きだったんだぜ」

ウィルは服の埃を払った。通路を歩きながら考えた。ロジャー・リンの熱い吐息を首筋に感じるのと、アマンダとフェイスにイヴリン・ミッチェルが殺されたと伝えるのと、どちらがいやだろうか。

14

フェイスは、スーパーマーケットの外に並んだ買い物カートから一台を引き出した。バッグのなかに見つけた古い買い物リストを手に、普通に買い物にきたような顔でマーケットへ入った。グロックはアトランタ市警に証拠品として持っていかれたが、ジークがグローブボックスにワルサーＰ99をしまってあることは、市警には知られていなかった。その重みを感じながら、フェイスはショルダーバッグのストラップを肩にかけなおした。ドイツ製のワルサーは、実戦経験のない兄にはぴったりだ。重いし高価だし、見せびらかすための銃だ。だが、百メートル先の標的を倒すこともできる。今夜はその性能が必要になるかもしれない。

まずは青果売り場だ。いつもより時間をかけて、ディスプレイされたオレンジの新鮮さを確かめる。何個かビニール袋に入れ、パン売り場へ向かった。

数時間前にこうするべきだったけれど、ジェレミーとエマがドビンズ空軍基地の士官用宿舎に無事到着したとジークから電話が来るのを待っていたので、こんなに遅くなってしまった。ジェレミーのインパラに、彼らを乗せるだけでも一苦労だった。ジークはチャイルドシートにどなっていた。ジェレミーはアイフォーンを取りあげられたことに、まだ文句を言っていた。エマは泣いていなかった。お兄ちゃんが優しくしてくれるからだ。だが、フェイスはインパラが曲がり角のむこうへ消えた瞬間、赤ん坊のように号泣した。

母親を拉致したグループは大胆であると同時に、この手のことに慣れているのではないかと、フェイスは思っていた。拉致に関しても、フェイスの家にいつのまにか侵入していたことにしても、彼らのほうがいつも一枚上手だった。けれど、さすがに二名の刑事がキッチンに陣取り、身長百九十三センチのジークがいらいらと家じゅうをうろついていては、さしもの犯人グループも二度と侵入してくることはないだろう。

彼らの狙いはジェレミーだ。エマの次に弱い家族。ふたりの子どもを思うと、フェイスは息苦しくなる。母親のことばかり心配し、子どもたちを守ることが手薄になっていた。二度とそんなことはしない。絶対に家族全員を守るし、そのためなら死んでもいい。

肩に圧力を感じる。だれかが見ている。家を出た瞬間から、視線を感じていた。さりげなく振り向く。〈フリトレー〉の制服を着た若者が、棚に商品を積んでいる。若者はフェイスに気づいてほほえんだ。フェイスは笑みを返し、カートを押して通路を進んだ。

子どものころ、毎週月曜日に〈チャールズ・チップス〉の配達人が家に来て、茶色いブランドのロゴが入った缶いっぱいにポテトチップスを入れてくれた。火曜日と木曜日には

〈マシス・デイリー〉のトラックが家の前に止まり、運転手のペトロがカーポートの勝手口の脇にある金属の棚に新鮮なミルクを置いていった。二リットル弱で九十二セントだった。オレンジジュースは五十二セント。父親の好物だったバターミルクは四十七セントだった。フェイスがいい子にしていたら、母親はペトロに払う小銭を数えさせてくれた。ときどき、特別に五十六セントのチョコレートミルクを買ってくれることもあった。誕生日、よい成績をとったごほうび、試合に勝ったお祝い、ダンスの発表会。

化粧品。ビタミン剤。シャンプー。グリーティングカード。本。石鹸。フェイスはカートに商品を入れながら、相手が接触してくるのを待ち構えた。わざとのろのろと歩いた。カートはほぼいっぱいだ。ジェレミーのアイフォーンをチェックした。フェイスブックにGoodKnight92からの新しい書きこみはないし、メールも届いていない。フェイスは通路を引き返し、シャンプーとビタミン剤を棚に戻し、ふたたび雑誌をぱらぱらめくった。腕時計を見る。ここへ来て一時間近くたつが、いまだにだれも接触してこない。ジンジャーは、フェイスの帰りが遅いことに不審の念を抱きはじめているかもしれない。あの若い刑事は、フェイスがひとりで買い物に行くと告げても、ぼんやりしていた。フェイスに隙をつかれて銃を奪われたショックから、まだ立ちなおっていなかったらしい。あとどれくらいこっちが押せば、怒って押し返してくるのだろうか。

シリアルの通路の真ん中で立ち止まっている老人をよけ、フェイスはカートを押しつづけた。連中は、駐車場へ出てきてほしいのかもしれない。人目のないところへ来てほしいのだ。だったら、外に出てけりをつけてやろうじゃないの。フェイスは、バッグをカートから取り出そうとした。そのとき、理性が割りこんできた。スーパーマーケットのなかでは、さすがに拉致はできない。接触してくるかもしれないが、彼らにのこのこついていってはいけない。取引に応じさせるか、撃ち殺されるかのどちらかだ。母親を取り戻すために彼らと取引をするまでは、この店を出られない。

フェイスはトイレの外で止まり、ドアの脇にカートを止めた。スーパーマーケットへ来てからトイレに入るのはこれで三度目だ。犯人グループを誘《おび》き寄せるためだけではない。糖尿病が原因でこうむる多くの面倒ごとのひとつに、しょっちゅうトイレに行きたくなるというものがある。フェイスは女性用トイレのドアを押し、悪臭に息を止めた。ステンレスの壁もタイルの床も、得体の知れない汚れがこびりついている。空気もじめじめしている。できれば家に帰るまで我慢したいが、いまの自分にそんな贅沢は許されない。

四つある個室のなかを見くらべ、汚れ方がもっともましな障害者用のスペースに入った。便座に触れないように腰を浮かすと、膝が痛かった。バランスを取るのが大変だ。荷物をかけるフックもないし、合皮が床にべったり貼りつきそうで、腹と膝でバッグを挟まなければならない。

入り口のドアがあいた。フェイスは個室の下の隙間から様子をうかがった。女物の靴が見えた。シンクの蛇口から水が出て、ハンドタオルのディスペンサーがまわった。水が止まった。ドアがまたあき、ゆっくりと閉まった。

フェイスは目を閉じ、ほっとして祈りの言葉をつぶやいた。用を足して水を流し、バッグを肩にかけた。この個室に鍵はない。サムラッチ錠がなくなっている。フェイスは、四角い穴に小指を突っこみ、金属の芯棒をまわしてドアをあけた。

「よう《オラ》」

フェイスはとっさに目の前に立っている男の特徴をひとつひとつ頭のなかで並べた。中肉中背、フェイスより十数センチ背が高い。体重およそ八十キロ。褐色の肌。黒っぽい髪。瞳はブルー。左手人差し指に絆創膏。首の右側に蛇のタトゥー。色あせたブルージーンズの両膝に穴があいている。黒いウォームジャケットの前のふくらみは、おそらく銃だ。黒いベースボールキャップのひさしを低くおろしている。それでも顔が見えた。まばらな無精髭。頬のほくろ。ジェレミーと同じくらいの年齢だが、素直で優しい息子とはまったくちがう。憎しみが全身から広がっている。フェイスもよく知っているタイプだ。この手の人間とは過去に何度も対峙してきた。激しやすい性格。悪意に満ちている。若さゆえに無謀で、愚かさゆえに成長しない。

フェイスはバッグに手を入れた。

男は上着のふくらみを手で押さえた。「おれならそれはやめとくな」

ワルサーの金属の冷たさを感じた。銃口は男のほうを向いている。指は引き金にかかっている。男が上着をめくりあげるより、バッグのなかで引き金を引くほうが早いはずだ。

「あたしの母をどこに連れていったの？」

「〝あたしの母〟」男は繰り返した。「あの女が自分ひとりのものみたいな言い方だな」

「あたしの家族に手を出さないで」

「指図するのはおまえじゃねえよ」

「母は生きてるんでしょうね」

男はあごをあげ、歯の裏に一度だけ舌を打ちつけた。フェイスには見慣れた仕草だ。逮捕した小悪党が同じように舌を鳴らすのを、何度も見たことがある。「生きてるよ」

「証拠は？」

男は声をあげて笑った。「さあな、ビッチ。おまえはなにも知らないんだな」

「なにが目的なの？」

男は人差し指と親指の腹をこすりあわせた。「金だよ」

もう一度はったりが効くだろうか。「母がどこにいるのか教えてくれたら、お金をあげる。だれも傷つかずにすむよ」

男はまた笑った。「おれがそこまでばかだと思ってるのか？」

「いくらほしいの？」

「全額だ」

フェイスの頭にひとつづきの悪態が浮かんだ。「母はだれからもお金をとったりしていない」

「あの女にはすでに振りまわされてる。二度と同じ手には乗らねえ。とっとと金をよこせば、残骸を返してやる」

「母は生きてるの?」

「おれの言うとおりにしなけりゃ、長くはもたねえぞ」

フェイスは背中を汗がつたうのを感じた。「明日お金を渡す。正午までに」

「はあ? 銀行があくのを待てってことか?」

「貸金庫」フェイスは話しながら嘘をふくらませた。「ひとつじゃない。全部で三カ所ある。市内のあちこちに分散してる。時間がかかるの」

男は頬をゆるめた。一本、銀色のかぶせものをした歯が見えた。プラチナだ。おそらくフェイスの銀行口座の残高より高い金がかかっているのだろう。「案の定、おまえのほうが、話が早い。母ちゃんに言ってやったんだぜ、おまえのかわいい娘はおまえを見捨てたりしないってな」

「その前に、母が生きている証拠をちょうだい。母の無事を確かめるまで、お金は出さないから」

「無事とは言ってねえよ。でも、このあいだ顔を見たときは、息はしてたな」男はポケットからアイフォーンを取り出した。ジェレミーに買ってやったものより新しい機種だ。舌の先を歯で挟み、親指で画面をスワイプする。目当てのものを見つけ、フェイスのほうへ画面を向けた。画面には、新聞を掲げているイヴリンが写っていた。

フェイスは画像をまじまじと見た。母親の顔は腫れ、かろうじてだれかわかるほど変わり果てている。手に巻かれている布は血まみれだ。フェイスは唇を引き結んだ。喉の奥にすっぱいものがこみあげる。鼻の奥がツンとして、フェイスは涙をこらえた。「なにを持ってるのかわからない」

男は指で画像を拡大した。「新聞だ」

「『USAトゥデイ』だってことくらいはわかる」フェイスはぴしゃりと言った。「でも、それだけじゃ母が生きてる証拠にはならない。今朝の新聞を母に持たせて写真を撮ったってことしかわからない」

男は画面を見た。フェイスは、男の不安を感じ取った。男は、悪さをしているところを見つかったときのジェレミーのように、下唇を噛んだ。

「これで生きてる証拠になるだろ。このまま生かしておきたければ、おれと取引するしかないぞ」

フェイスは、男の言葉遣いがやや丁寧になっていることに気づいた。声も一オクターブ高くなっている。なんとなく聞き覚えのある声だが、いつどこで聞いたのか、どうしても思い出せない。とにかく、男にしゃべりつづけさせることだ。「あたしをばかだと思ってるの？」フェイスは問いただした。「これじゃあなんの証拠にもならないよ。母はもう死んでるかもしれない。こんなどうでもいい写真だけで、大金を渡すわけにはいかないね。フォトショップで加工したかもしれないし。ほんとうに母かどうかも、この写真からはわからないよ」

男はふんぞりかえって詰め寄ってきた。アーモンド形の目。深いブルーに緑色の斑点が散った瞳。ふたたびフェイスは彼を知っているような気がした。

「あたし、あなたを逮捕したことがある」

「嘘つけ」男は鼻を鳴らした。「おまえはおれのことを知らねえよ、ビッチ。なにひとつわかってない」

「母が生きている証拠をちょうだい」

「あんまりしつこいと、いつまでも生かしてられねえぞ」

フェイスはまた、自分のなかでなにかがプツンと切れるのを感じた。この二日間の怒りと不満が噴出した。「あんた、こういうことをするのははじめて？　ど素人でしょう？　本物の証拠も用意しないでのこのこあたしの前に現れるとはね。あたしは十六年、警官をやってるんだよ。こんな安っぽい手に引っかかると思ってるの？」本気で怒っていることをわからせるために、男を強く押した。「さよなら」

　男はフェイスの顔をドアにたたきつけた。フェイスは衝撃で口もきけなかった。くるりと振り向かされる。男の左腕に首を絞められた。右手で顔をつかまれる。指先が顔の骨に食いこんできた。男は唾を飛ばして言った。「また枕の下にプレゼントを置いといてやろうか？　今度は目玉とかどうだ？」親指でフェイスの眼窩《がんか》を押さえる。「それとも胸がいいか？」

　後ろからだれかがドアを押した。トイレに入ろうとしている。

「もしもし？」女の声がした。「だれかいます？　トイレ使えないの？」

　男は獲物をにらむハイエナの目でフェイスを見ていた。フェイスの顔をつかんだ手は、震えるほど力がこもっている。頬の内側が歯で切れた。鼻血が流れはじめた。その気になれば、男はフェイスの顔を砕くことができる。

「明日の朝。指示を待て」男の顔がぐっと近づいてきて、焦点がぼやけた。「だれにも言うなよ。ボスにも言うな。仕事仲間のあの変なやつにも言うな。兄貴にも言うなよ。それ以外の大事な家族にも黙ってろ。だれにも言うな。わかったな？」

「わかった」フェイスは小声で言った。「わかった」

　信じられないことに、男の手がますますきつく絞めあげてきた。「すぐにはおまえを殺さねえよ。まずまぶたを切り取ってやる。聞いてるか？」フェイスはうなずいた。「それから、おまえの息子の皮をはぐところを見せてやる。少しずつ息子の肉を削《そ》いで、筋肉と骨を丸見えにする。あの甘ちゃんがぎゃんぎゃん泣きわめく声も聞かせてやるよ。その次は娘だ。娘のほうが簡単だな、濡れた紙をはがすようなもんだ。わかったか？　おれの言うことを聞いてたか？」フェイスはもう一度うなずいた。「おれを怒らせんなよ。おれには失うものなんかねえんだよ」

つかまえられたときと同じくらい、すばやく突き飛ばされた。フェイスは床に倒れた。喉まで血の味が広がり、咳きこんだ。男はフェイスを蹴って転がし、ドアをあけた。フェイスはバッグに手を伸ばした。指先が銃に触れた。立ちあがらなければ。早く。

「あなた、大丈夫？」女が声をかけてきた。ドアの隙間から、フェイスを見おろしている。

「お医者さんを呼びましょうか？」

「いいえ」フェイスはかすれた声で言った。口のなかの血を飲みこむ。あごの内側が裂けていた。鼻からも血がつたい落ちてくる。

「ほんとうに？　だれか電話をかける――」

「いいえ」フェイスは繰り返した。電話をかける相手などいない。

15

ウィルは自宅の私道に車を入れ、ガレージのシャッターがあくのを待った。家の明かりは消えている。ベティが感謝祭のパレードのバルーン並みに膀胱《ぼうこう》をふくらませて、宙に浮いているかもしれない。そうであってほしい。今夜は粗相の始末をする気分ではない。

アマンダを殺してしまった気がする。文字どおりの意味ではない。今日一日ずっと想像していたように、素手で絞め殺したわけではない。イヴリン・ミッチェルはもう生きていないというロジャー・リンの言葉を伝えると、アマンダは胸に銃弾を受けたと同じくらいの衝撃を受けていた。ウィルの目の前で、アマンダは縮んだ。大きな態度がしぼんだ。傲慢で意地悪で狭量なところが一気に吸い取られ、ウィルの前に立っている彼女はただの抜け殻になってしまった。

刑務所を出てから知らせたのは賢明だった。アマンダは泣かなかった。ウィルがぎょっとしたことに、膝から崩れ落ちたのだ。あのとき、ウィルはアマンダに腕をまわして支えた。意外なほど骨ばっていた。腰骨が手に刺さりそうだった。肩は脆《もろ》そうだった。車に乗せてシートベルトを締めてやり、ドアを閉めたときには、十歳も二十歳も年老いたように見えた。

アトランタまでのドライブはつらかった。往路に口をきけないほど怒っていたことなど比較にならない。アマンダに、車を止めて休むかと尋ねてみたが、運転を続けろと言われた。もうすぐアトランタに着くころ、ウィルはアマンダがドアにつかまっていることに気づいた。アマンダの自宅を訪れたことは一度もない。彼女はバックヘッドのコンドミニアムに住んでいる。ゲートのある住宅地だ。どの建物も立派で、角に石積みの外壁柱があり、大きな窓の枠には凝った装飾がほどこされている。アマンダは、奥まったところにある自宅までウィルを誘導した。

ウィルが車を止めても、アマンダは降りようとしなかった。もう一度手を貸そうかと迷っていると、アマンダが言った。「フェイスには言わないで」

ウィルは玄関のドアを見ていた。ポーチの柱に旗が掲げてある。春の花。季節に合わせた絵柄だ。アマンダが旗を飾るようなタイプだとは思ってもいなかったが。スーツにハイヒールをはいたアマンダが、ポーチの上で爪先立ち、時期に見合った旗を飾るところなど想像できない。

「嘘かほんとうか、確認しなくちゃ」アマンダは言ったが、ロジャー・リンの言葉は、朝からずっとウィルが感じていたことが真実だったと立証したようなものだ。

それはアマンダにもわかっているはずだ。だから、刑務所の待合室であの告白をしたのではないのか。もはやイヴリンを守る理由がないと知っていたから、潔白ではないことを認めたのではないか。人質の生死の分け目となる二十四時間はとうに過ぎた。拉致犯グループから連絡はない。イヴリンのキッチンの床は血だらけだった――おそらく、そのほとんどはイヴリンの血だ。いま自分たちが追っている若いギャングは、みずからの仲間を平然と見捨てる冷酷な人殺しの集まりであり、暗殺者集団そのものだったことがはっきりしている。

イヴリン・ミッチェルが朝まで生き延びる可能性は、そもそも無に等しかったのだ。

ウィルはアマンダに言った。「フェイスに伝えないわけにはいきません」

「確証が取れたら、わたしから伝えるわ」生気のない、ぼそぼそとした声だった。「明日の朝、七時に集合しましょう。チーム全員で。一分でも遅刻するなら、はじめから来ないで」

「はい」

「かならずイヴリンを見つける。じかに会わないと、わたしの気がすまない」

「わかりました」

「ロジャーが言ったことが事実でも、犯人グループを捜し出してやるわ。最後のひとりまで。どこまでも追いつめてやる」

「了解」

アマンダの声は、ほとんど聞き取れないほど低く、力がなかった。「連中をひとり残らず死刑にするまで死ねない。注射針を刺されて、足を痙攣させて、白目をむいて、呼吸を止めるのを見届けてやる。州がやらないなら、わたしがこの手でやるわ」アマンダは車のドアをあけて外に出た。背筋を伸ばして階段をのぼるにも気力を振り絞っているのが見て取れた。アマンダの一存でどうにかなるなら、アマンダが意志の力で友人を生かしておくことができるなら、イヴリンも生き延びる可能性があったにちがいない。

でも、現実にはありえない。

ガレージのシャッターがようやくあいた。ウィルは車を入れ、リモコンのボタンを押してシャッターをおろした。もともとこの家にガレージはなかった。まだ近所の治安が悪く、ジャンキーがこの家をドラッグの取引所と勘違いして玄関ドアをノックしていたころ、ウィルがみずからの手で増築した。母屋の空き部屋に通じるドアは少々建てつけが悪い。ウィルに気づいたベティが、枕から顔をあげた。部屋の隅の水たまりについては、おたがい触れなかった。

ウィルは明かりをつけながらキッチンへ向かった。空気がひんやりしている。勝手口を少しあけ、ベティを外に出してやろうとした。ベティはためらった。

「大丈夫だよ」できるだけ優しく声をかけた。ベティのけがは治癒しかけているが、先週裏庭に出たときに、舞い降りてきた鷹にさらわれそうになったことは忘れられないようだ。ウィルも、犬の訓練士に鷹がベティを鼠とまちがえたと話して大笑いされたことが忘れられない。

ベティは不安そうにウィルを振り返りながら、ようやく外に出ていった。ウィルは車のキーをフックにかけ、財布と銃をキッチンのテーブルに置いた。昨日の残り物のピザが冷蔵庫に入っている。ウィルは箱を取り出したものの、乾いて固まったチーズの貼りついたピザを見おろすだけで食欲が失せた。

サラに電話をかけたかったが、今回はひとえに自分のためだ。今日一日のことをサラに話したかった。フェイスに母親が死んだことをしばらく伏せておくのは、ほんとうに正しいのか尋ねたかった。落ちこんだアマンダのそばにいるのがどんな気分だったか聞いてほしかった。鼻っ柱をへし折られたアマンダを見ているのが、どんなに恐ろしかったか。

電話は我慢し、冷蔵庫にピザを戻し、勝手口が少しだけあいているのを確かめてから、シャワーを浴びに行った。もう午前零時近い。ゆうべも遅くまで寝られなかったのに、今朝は五時に起きた。熱いシャワーの下に立ち、一日の汚れを洗い流した。ヴァルドスタ州立刑務所は見るからに不潔だった。そのあと、リンの工房では撃たれそうになった。グレイディ病院では、恐怖でめまいがした。それから、コースタル州立刑務所では大量の冷や汗をかいた。シャツの脇の下が濡れていたほどだ。

髪を乾かしながら、ベティのことを考えた。ベティは一日じゅう家に閉じこめられている。床の水たまりは、ウィルとベティとに半分ずつ責任がある。遅い時刻だが、まだベッドに入るわけにはいかない。ベティを散歩に連れていってやらなければ。自分にとっても、ベティにとっても、気晴らしになるだろう。

ウィルは仕事用から普段着におろした古いシャツを着て、ジーンズをはいた。シャツの襟がほころびていた。ボタンが一個割れて、はずれかけている。

キッチンへベティのリードを取りに行った。

テーブルの前に、アンジーが座っていた。「おかえりなさい、ベイビー。今日はどうだった？」

いま妻と話をするくらいなら、コースタルに戻ってまたロジャー・リンと面会したほうがましだ。

アンジーが立ちあがった。ウィルの肩に両腕をまわす。唇をぎりぎりまで近づけた。

「挨拶もしてくれないの？」

首筋をなでる両手の感触は、サラのものとまったくちがう。「やめろ」

アンジーは体を離し、わざとらしく口をとがらせた。「それが妻を歓迎する態度？」

「いままでどこにいたんだ？」

「いつから気にするようになったの？」

ほんとうだ、いつからだろうか。もっともな質問だ。「別に、気にしてはいない。ただ――」考えるより先に、するすると言葉が出てきた。「ここには来てほしくないんだ」

「ふーん」アンジーはあごを引き、腕組みをした。「まあ、いつかこうなると思ってた。やっぱりあんたをほったらかしておくのはよくないわ」

アンジーは勝手口を閉めた。ウィルはもう一度あけた。すかさずベティが走ってきた。アンジーに気づき、うなり声をあげた。

「あんたの知り合いの女って、ひとり残らずあたしに会うといやな顔をするのね」

ウィルはうなじの毛が逆立つのを感じた。「なんの話だ?」

「サラから聞いてないの?」アンジーは言葉を切ったが、ウィルは返事ができなかった。「サラっていうんでしょ? あの女」かすれた笑い声をあげる。「言わせてもらえば、ウィル、あの女じゃ手応えがなさすぎるでしょ。顔はまあまあだけど、お尻はないし、身長もあんたより高いくらいじゃない? あんたは女らしい女が好きだと思ってたけど」

ウィルはまだ言葉が出なかった。血管のなかで血が凍りついていた。

「昨日、あたしがここに帰ってきたときに会ったの。寝室でぐずぐずしてた。聞いてない?」

聞いていない。なぜサラは話してくれなかったのだろう?

「あの髪は染めてるわ。知ってた? ハイライトが不自然だもの」

「彼女になにを……」

「あんたはあの女のことを理想の天使みたいに思ってるけど、そうじゃないって知っといたほうがいいわ」

ウィルは言葉を絞り出した。「彼女になにを言った？」

「なぜあたしの夫と寝てるのかって訊いたの」

心臓が止まりそうになった。だから、昨日の午後、サラの様子がおかしかったのだ。だから、ゆうべ彼女のアパートメントへ行ったとき、最初はよそよそしかったのだ。万力で締めつけられるように胸が痛かった。「二度と彼女と口をきくな」

「あの女を守ろうとしてるの？」アンジーは声をあげて笑った。「どうしたの、ウィル。あたしはあんたを守ろうとしてるのに、あんたはあの女を守ろうとしてるって、すごく笑える」

「きみには――」

「あの女は警官が好物なのよ。知ってた？」アンジーは、あんたのばかさ加減にはあきれるわと言わんばかりにかぶりを振った。「死んだ旦那のことを調べてみたけど、なかなかの女たらしだった。動くものならなんでもファックするの」

「きみみたいだな」

「あら、どうしたの。もうちょっとがんばったら？」

「ぼくはもうがんばりたくない」ウィルはこの一年ずっと考えていたことをついに言葉にした。「もう終わらせたい。きみにぼくの人生から出ていってほしい」

アンジーはあからさまに嘲笑した。「あたしこそあなたの人生でしょう」

ウィルはアンジーをまじまじと見た。彼女は笑みを浮かべている。瞳がきらきらと輝いている。どうしてアンジーはぼくを傷つけようとしているときだけ、いきいきとして見えるのだろう？「ぼくはもう耐えられない」

「ジェフリーって男だった。知ってた？」ウィルは答えなかった。もちろん、サラの夫の名前は知っている。「頭がよかったみたいね。大学に行って――本物の大学よ、金さえ払えば学位を郵送してくれる通信制の学校とかじゃなくて。警察署長だった。おたがい惚《ほ》れこんでたのね、あの女が幸せそうにうっとりしてる写真があったわ」アンジーは椅子からバッグを取った。「見たい？　二週間に一回は、あのど田舎の新聞に夫婦で載ってたわ。旦那が死んだときは一面に特集が組まれてる」

「頼むから、出ていってくれ」

アンジーはバッグを置いた。「あの女は、あんたがばかだってことを知ってるの？」

ウィルは舌を前歯で噛んだ。

「ああ、知ってるに決まってるか」安堵したような口調だった。「なるほどね。あんたに同情してるんだ。字が読めないなんて、かわいそうなウィリーって」

ウィルはかぶりを振った。

「いいこと教えてあげるわ、ウィルバー。あんたはぜんぜんいいところがない。顔がよくない。頭もよくない。平均にも達してない。それに、ベッドでもぜんぜんだめだしね」

もう何度も同じことを言われているので、もはやそれらの言葉に意味はない。「そんなことをわざわざ言う意味があるのか?」

「あたしはあんたが傷つかないようにと思って言ってるの。意味はあるわ」

ウィルは床を見おろした。「やめてくれ、アンジー。今回かぎりで――やめてくれ」

「なにを? ほんとうのことを言うのを? あんたはぜんぜんまわりが見えてないから、現実がわかってない」アンジーはウィルの鼻先へ顔を近づけた。「あの女はあんたにキスをするときも、さわってファックして抱きしめるときも、死んだ男のことを考えてるの、知らなかった?」答えを待っているかのように、いったん黙った。「あんたは旦那のかわりなの、ウィル。もっといい男と出会うまでのつなぎ。医者とか弁護士とか、新聞くらいすらすら読める男とね」

ウィルは喉が急にふさがったような気がした。「きみはなにもわかってない」

「あたしは人間ってものをわかってる。女をわかってる。あんたよりよっぽどよくわかってる」

「だろうね」

「ええ、そうよ。あんたのことも、だれよりもよくわかってるわ」アンジーは口をつぐみ、どれだけウィルにダメージを与えられたか観察した。どうやら、もの足りないようだ。「あたしがそばにいてあげたのを忘れてるのね、ベイビー。あんたは里親の見学会の日も、養子縁組大会の日も、鏡の前で髪を梳《と》かして、服装をチェックして、ちゃんとした格好をしてたよね。どこかのママとパパが自分を気に入って連れて帰ってくれるのを期待して」アンジーはかぶりを振りはじめた。「でも、期待は現実にならなかった、でしょう？　あんたを選んで、家に連れて帰ってくれる人はだれもいなかった。だれもあんたをほしがらなかった。なぜかわかる？」

ウィルは息ができなかった。胸がずきずきする。

「あんたがどこかおかしいからよ、ウィル。なんとなく変。普通じゃないのよ。だから、みんな薄気味悪く思うの。できるだけ距離を置きたくなる」

「やめてくれ。もういいだろう？　やめてくれ」

「なにを？　わかりきったことを並べるのを？　あの女とどうにかなるとか思ってるの？　結婚して子どもをもうけて、普通の生活を送れるとか？」アンジーは、こんなばかげた話は聞いたことがないというように笑った。「あんたはあたしとの関係に満足しているってるって、自覚してないんだ？」

舌先に血の味がした。アンジーとのあいだに壁が見えた。分厚いコンクリートの壁が。

「あんたがいつもあたしを待ってるのは、理由があるのよ。ほかの男だったらだれでもするように、ほかの女とデートもしないし、バーにも行かないし、女を買いもしない」

壁がどんどん高く頑丈になっていく。

「あんたはこの現状が気に入ってるのよ。ほかの女とは一緒にいられないってわかってるでしょ。まず無理なの。いまいる場所から出られない。あんな女に心を許すことはできない。なぜなら、結局はかならずみんな自分のもとから去っていくのをわかってるからよ。あんたの大事なサラも去っていくわ、ベイビー。サラは大人だもの。夫がいた。だれかと本物の生活をしていた。愛される価値があって、サラに愛情を返すのが上手だった男とね。あんたはそうじゃないってことに、あっというまに気づくわ。そうしたら、あんたを捨てていなくなる」

血の味がますます強くなった。

「あんたはだれかに少しでも注目してほしくてたまらないのよね。いつもそうだった。しつこいのよ。哀れっぽいし。愛情に飢えてる」

ウィルはアンジーがすぐそばにいることに耐えられなくなった。シンクへ行き、グラスに水を注いだ。「きみはぼくのことをなにもわかってない」

「過去の話はしたの？　あの女は医者だからね。煙草の火を押しつけられた火傷がどうなるか知ってるでしょ。二本の電線を皮膚に押しつけたらどうなるかも」ウィルは一気に水を飲み干した。「あたしを見なさい」ウィルは目をあげなかったが、アンジーはかまわずしゃべりつづけた。「あんたはあの女にとって研究対象なの。同情されてる。かわいそうな孤児のウィル。あんたはヘレン・ケラーで、あの女はヘレンに文字の読み方を教えたなんとかってビッチみたいなもんよ」アンジーはウィルのあごをつかみ、自分のほうを向かせた。ウィルは目をそらした。「あんたを治療したいだけよ。治療に飽きて、その頭をよくする魔法の薬はないって気づいたら、もともとあんたを拾ったごみ箱にまた捨てるのよ」

ウィルのなかでなにかが壊れた。理性が。意志の力が。脆い防御壁が壊れた。「それで?」ウィルはどなった。「おめおめときみのところへ戻るのか?」

「いつもそうしてるじゃない」

「ひとりになったほうがましだ。きみにつきまとわれるより、穴蔵のなかでひとりで腐っていくほうがまだいい」

アンジーがむこうを向いた。ウィルはシンクにグラスを置き、手の甲で口を拭った。アンジーはめったに泣かない。泣きまねをすることはあっても、本気で泣くことはない。ウィルと一緒に育った子どもたちは、それぞれ生き延びるための戦術を身につけていた。男の子は拳を使った。女の子は過食と拒食を繰り返した。なかには、アンジーのように性を利用する子もいた。それがだめなら、涙を使った。涙も効果がなければ、ほかの方法で相手の心に斬りこむ。

振り返ったアンジーは、ウィルの拳銃の銃口をくわえていた。

「やめろ――」

アンジーが引き金を引いた。ウィルは目をつぶり、飛んでくる脳や頭蓋骨の破片に備えて両手で顔を覆った。

だが、なにも起きなかった。

ウィルはゆっくりと手をおろし、目をあけた。

銃口はまだアンジーの口のなかにあった。弾は入っていなかったのだ。鼓膜を針で刺されたかのように、撃鉄の落ちる音がまだ耳のなかに残っていた。ウィルは、テーブルにマガジンが置いてあることに気づいた。薬室に入れておいた弾がその隣にある。

声が震えた。「二度とこんなまねは――」

「あの女は、あんたの父親のことを知ってるの、ウィル？　あの女に話したの？」

全身が震えていた。「二度とこんなまねはするな」

アンジーは銃をテーブルに置いた。両手でウィルの顔を挟む。「あたしを愛してるんでしょう、ウィル。わかってるくせに。あたしが引き金を引いたときに思い知ったはずよ。あたしがいないと生きていけないって」

涙が湧きあがった。

「あたしたち、一緒にいなければ、ちゃんとした人間になれないの」アンジーはウィルの頬をなで、眉をなぞった。「それがわからないの？　あんたがあたしのためにやってくれたことを忘れちゃった？　あたしのために命を差し出そうとしたじゃない。あの女のために、そこまでできないでしょ。自傷してみせるのは、あたしだけのためよね」

ウィルは顔をそむけてアンジーの両手から逃れた。銃はまだテーブルに置いてあった。マガジンを取ると、ひんやりと冷たかった。マガジンを銃にセットし、スライドを引いて一発目を薬室に入れる。銃口を自分の胸に向けてアンジーに差し出す。「ほら、ぼくを撃てよ」アンジーは動かなかった。ウィルはアンジーの手を取ろうとした。「ほら、撃てよ」「やめて」アンジーは両手をあげた。「やめて」「撃てったら」ウィルは繰り返した。「ぼくを撃つか、放っておくか、どちらかにしてくれ」

アンジーは銃を取り、マガジンと薬室の弾を抜き、本体もなにもかもカウンターに放り投げた。両手を自由にしてから、ウィルの顔を思いきり平手打ちした。もう一発。そのあとは拳が飛んできた。ウィルはアンジーの両腕をつかんだ。アンジーは身をよじって背中を向け、逃げようとした。彼女は抑えつけられるのが嫌いだ。ウィルは体全体でアンジーをシンクに押しつけた。アンジーはわめきながら暴れ、ウィルに爪を立てようとした。「放せ！」アンジーは背後のウィルを蹴り、ヒールで足を踏みつけた。「放せってば！」

ウィルは両腕に力をこめた。アンジーがしなだれかかってきた。この二日間の怒りと不満が体の一カ所に集まっていた。ウィルは体が反応し、解放を求めているのを感じた。アンジーがくるりとウィルに向きなおった。片方の手でウィルのうなじをつかんで引き寄せた。ふたりの唇が合う。アンジーが口をあけた。

ウィルはあとずさった。アンジーにふたたび抱きしめられそうになり、さらに後ろへさがった。息が切れて、声が出なかった。これはいつものダンスだ。怒り。恐怖。暴力。そこに思いやりはない。優しさもない。

フックからベティのリードを取る。ベティが足元で飛び跳ねた。両手が震えて、リードを首輪につなげるのに苦労した。フックから車のキーを取り、財布を後ろポケットに入れた。「ぼくが帰るまでには出ていってくれ」

「あたしを置いていかないで」

もう一度、銃にマガジンをセットしてパドルホルスターに入れ、ジーンズにとめた。

「あたしにはあんたが必要なのよ」

ウィルは振り返ってアンジーを見た。彼女の髪は乱れていた。見るからに切羽詰まって、なにをしでかすかわからない。もう、こんなことにはうんざりだ。ほんとうにいやだ。

「わからないのか？　ぼくは必要とされたくない。求められたくないんだ」

アンジーは適切な返事がわからないらしく、今度は脅迫にかかった。「そのドアから出ていったら、ここで死ぬからね」

ウィルはキッチンを出た。

アンジーが廊下までついてきた。「薬をのむよ。手首を切るかも。あんたのお気に入りだったよね？　帰ってきたら、手首を切ったあたしを発見するのよ。そうなったらどんな気分かしらね、ウィルバー？　かわいい大事な医者とファックして帰ってきたら、バスルームであたしが死んでましたなんてね」

ウィルはベティを抱きあげた。「アニー・サリヴァンだ」

「えっ？」

「ヘレン・ケラーの家庭教師の名前だ」

ウィルはガレージに入り、ドアを閉めた。最後に見えたのは、胸の前で拳を握って廊下に立ちつくしているアンジーだった。車に乗りこみ、ガレージのシャッターがあくのを待った。私道に車を出し、シャッターが閉まるのを待つ。

ベティを助手席に乗せて車を走らせた。ベティが夜風を楽しめるように、窓を少しあけてやった。行くあてもなく、しばらくうろうろしていたが、いつのまにかサラのアパートメントの駐車場に車を入れていた。ベティを抱き、建物の正面玄関へ向かう。ブザーを押した。なにを言えばいいのかわからない。応答音がして、ドアが解錠された。

エレベーターに乗ると、ベティがもぞもぞしはじめた。ウィルはベティをおろしてやった。最上階に到着すると、ベティは外に走り出た。サラのアパートメントのドアはあいていた。彼女は部屋の真ん中に立っていた。髪をおろしている。ジーンズの上は白の薄いTシャツで、その下の体を隠すにはあまり役に立っていない。

ウィルはドアを閉めた。サラに話したいことは山ほどあるが、やっとのことで口を開いたときには、そのどれも出てこなかった。「なぜアンジーに会ったことを黙っていたんだ?」

返事はなかった。サラはその場に突っ立ったまま、ウィルを見ている。ウィルも見つめ返さずにいられなかった。サラのTシャツはぴったりしていて、胸の形も、薄い生地を持ちあげている乳首も見える。

「ごめん」声がひび割れた。サラの生活にアンジーを侵入させてしまった自分のことが許せなかった。これほどひどいことを他人にした覚えがない。「彼女がきみに言ったことは最悪だ。こんなことになるとは……」

サラが近づいてきた。

「ほんとうにごめん」

サラはウィルの手を取り、手のひらが上になるように裏返した。サラの指がすばやくシャツのカフスボタンに伸びていく。

ウィルは手を引きたかった。手を引かなければならない。けれど、動けなかった。体を動かすことができなかった。サラの手も指も唇も、止めることができなかった。

サラはむき出しになったウィルの手首にキスをした。それまでウィルがされたことのない、優しいキスだった。舌が肌を軽くくすぐり、傷跡をなぞる。体のなかに電流が走り、唇にキスをされたときには、とうに全身が燃えていた。サラがぴったりと体を寄せてくる。キスが激しくなった。サラの手が頭を包み、指先が髪を梳《す》く。めまいがした。どこまでも落ちていく。我慢できない――サラのほっそりした腰から背中のくぼみ、そして完璧な胸に触れた。

Tシャツのなかに手をすべりこませると、サラは息を止めた。ウィルの胸から下腹までそっとなでおろす。たじろがず、ためらいもしない。ウィルとひたいをつけ、目を合わせ、彼女ははじめて口を開いた。「息をして」

ウィルは生まれてからずっと呼吸を止めていたような気分で、ほっと息を吐いた。

月曜日

16

サラはシャワーの音で目を覚ました。ベッドの上で寝返りを打つ。枕に残ったへこみをなでる。体にシーツが巻きついていた。髪はくしゃくしゃだ。室内にはまだウィルのにおいが漂い、口のなかに彼の味がして、腕のなかに包まれたときの感触を思い出した。

久しぶりにネガティブではない理由でベッドを出たくない気がするけれど、最後にこういう気分になったのはいつだったか。ジェフリーが生きていたころにはあったと思うけれど、この四年半ではじめて彼のことを思い出さなかった。比較しているのではない。ふたりの差を測っているのでもない。ずっと、夫の亡霊が寝室までついてくるのではないかと恐れていた。でも、そんなことはなかった。そこにいたのはウィルだけで、感じたのは彼のそばにいるといつも味わえる絶対的なよろこびだけだった。

服をどこに脱ぎ捨てたのかほとんど覚えていないが、たぶんキッチンとダイニングルームのあいだのどこかだ。クローゼットから黒いシルクのローブを出してはおり、廊下に出た。居間に入っていくと、犬たちが寝ぼけ眼でサラを見あげた。ベティはクッションの上で眠っている。ビリーとボブは、三日月形にベティを囲んでいた。ウィルはあと一時間で出勤しなければならないので、一緒にシャワーを浴びるわけにいかない。昨日、病院でのあの事件のあと、同僚に明日は休んだほうがいいと言われたときは大丈夫だと答えたものの、今朝になってみんなの厚意に甘えてよかったと思った。この状況をじっくり考える必要がある。それに、ウィルが仕事へ向かうときは送り出してあげたい。

サラの服はきちんとたたんでカウンターに置いてあった。サラは、ようやくダイニングルームのテーブルの有効な利用法が見つかったと思い、顔をほころばせた。コーヒーメーカーの電源を入れる。犬のフードボウルのそばの壁に、黄色い付箋が貼ってあった。中央にスマイルマークを描いたのはウィルだ。もう一枚の付箋が、リードの上に貼ってあった。サラが眠っているあいだに、男が犬たちに餌をやって散歩に連れていったことを示すイラストが描かれている。サラはブルーのインクで描かれた、目を示すふたつの点と、笑っている口を示す弧を見つめた。

だれかひとりの男を追いかけたことはない。いつも言い寄られる側だった。けれど、ゆうべは自分から動かなければなにも起きなかったはずだ。なにかが起きてほしかった。長いあいだ、ウィルよりほしいものなどなかった。

ウィルは最初、遠慮がちだった。自分の体を見せるのを恥ずかしがっているようだった。とてもきれいな体をしているのだから、気にすることはないのだけれど。脚は引き締まっていてたくましい。肩にもしっかりと筋肉がついている。腹筋ときたら、タイムズ・スクエアの下着の広告モデルも務まるほどだ。でも、それだけがウィルの魅力ではない。ウィルはサラのどこに触れるべきか正しくわかっていた。唇の感触がすばらしかった。舌もすばらしかった。ウィルのすべてが最高だった。まるで鍵を鍵穴に差しこむようにしっくりきた。二度と男に対して心を開くことはないだろうと思っていたのに。

比較するものがあるとすれば、それは以前の自分といまの自分だ。自分のなかでなにかが変わった。変わったのは、倫理観だけではない。ウィルに対する気持ちが変わった。ベッドをともにしたこの男について、いますぐなにもかも知りたいと思わなくなった。過去にどんな虐待を受けたのか、答えを知らなくてもいいのではないかと思うようになった。生まれてはじめて、待とうという気持ちが芽生えた。日曜学校で先生に口答えして追い出された小娘が、地球上のあらゆる事象について知りたいという飽くなき欲求で両親や妹や、義弟までもいらだたせた女が、ついに肩の力を抜くすべを覚えたのだ。

もしかしたら、ウィルの縫合された口元のポラロイド写真を見たせいで、無理やり詮索してもいいことはないと思い知ったのかもしれない。いや、人生とは過去の失敗から学ぶようにできているのかもしれない。とりあえずいまは、ウィルのそばにいるだけで満ち足りていた。あとは、なるようになる。なるようにならないかもしれない。どちらにせよ、驚くほど気持ちは充足している。

だれかが玄関のドアをしつこくノックしていた。たぶん、むかいの部屋に住んでいるエイベル・コンフォードだろう。弁護士のエイベルは、駐車場の専制君主気取りだ。アパートメントの理事会に出席すると、かならずエイベルが最初に訪問者の駐車場利用マナーについて文句を言う。

サラはローブの帯を締めなおしてドアをあけた。そこにいたのは、むかいの住人ではなく、フェイス・ミッチェルだった。

「ごめんね、いきなり」フェイスはサラを押しのけて入ってきた。だぶだぶのネイビーブルーのパーカーのフードを目深にかぶっている。黒いサングラスが顔の半分を覆っていた。ジーンズとコンバース・オールスターで、コーディネートは完璧だ。ＰＴＡママが空き巣に入ろうとしたら、こういう格好をするだろう。

サラはやっとのことで尋ねた。「どうやって入ったの？」

「おむかいさんに警察だって言ったら入れてくれた」

「最悪」サラはつぶやいた。逮捕されたという噂がアパートメントじゅうに広がるのは時間の問題だ。「なにかあったの？」

フェイスはサングラスをはずした。顔の周辺部の五カ所に、小さな痣があった。「あたしのかわりにウィルに電話をかけてほしいの」窓辺へ行き、駐車場を見おろす。「一晩ずっと考えてたの。ひとりじゃ無理。あたしひとりじゃ手に余る」まだ朝日はのぼりきっていないのに、目の上に手をかざした。「あたしがここへ来たことは、だれも知らない。見張り役のジンジャーは眠ってるし、テイラーはゆうべ帰ったから。こっそり出てきたの。裏庭から。ロズ・レヴィの車を借りてきた。あたしの携帯も盗聴されてる。見張られてるの。でも、こんなことをしてるのはばれてない。あたしがだれに話したかも、あいつらにはわからない」

低血糖症を起こした人の見本だ。サラは優しく言った。「座らない？」

それでも、フェイスは駐車場の見える場所を離れなかった。「子どもたちはよそにやったの。兄にあずかってもらってる。おむつ一枚替えたことのない人なんだけど。ジェレミーには責任が重すぎるから」

「そう。その話を聞かせて。こっちへ来て、一緒に座りましょう」

「サラ、あたしは絶対に母を取り返す。どんなに大変でもかまわない。どんな手を使っても、母を取り戻すの」

フェイスのお母さん。サラは、ウィルがコースタル州立刑務所でロジャー・リンに言われたことを聞いていた。「フェイス、座りましょう」

「座ったら二度と立てなくなるもの。ウィルを呼んで。頼むから、電話をかけてくれない？」

「呼んであげる。約束するから、まず座って」サラはフェイスをキッチンのカウンターの前へ連れていき、スツールに座らせた。「朝は食べたの？」

フェイスはかぶりを振った。「胃がむかむかする」

「血糖値は測った？」

フェイスはかぶりを振りかけてやめた。後ろめたそうな表情が答えになっている。

サラはきっぱりとした声で言った。「フェイス、ひとまず血糖値を安定させてからでなければ、わたしはなにもしませんからね。わかった？」

フェイスはおとなしく従った。彼女の一部は、自分が助けを必要としていることを承知しているのだ。ジャケットのポケットをまさぐり、飴《あめ》をひとつかみ取り出してカウンターに置いた。そのあと、大きな拳銃と財布、筆記体のLをかたどった金色のキーホルダーにつけた鍵一式が出てきた。そしてようやく、血糖値の測定セットが見つかった。

サラは血糖値モニターのメモリーをスクロールし、血糖値の変化をたどった。フェイスはどうやらこの二日間、〝キャンディ・ルーレット〟をしていたようだ。糖尿病患者のあいだでよく使われている方法で、飴を食べて低血糖をやり過ごすのだが、あとで高血糖を起こす。つらい時間を乗りきる方法ではあるが、確実に昏睡状態に陥るための方法でもある。「いますぐ病院へ連れていかなくちゃ」サラは血糖値モニターを握った。「インスリンは持ってる？」

フェイスはまたポケットに手を入れ、使い捨てのインスリン・ペンをカウンターに置いい。使い方がわからない。教えてもらったけど、いままで使ったことがないし、すごく高かったから、失敗して無駄にしたくないの。ケトン体の数値は大丈夫だった。ゆうべと今朝と、検査したから。あたし、インスリンポンプをつけたほうがいいかも」

「悪くない考えね」サラは試験紙をモニターにつけた。「ゆうべはちゃんと食べたの？」

「ええまあ」

「食べてないってことね」サラはぼそりと言った。「軽食は？　なにか食べたでしょ？」

フェイスは頭を手で支えた。「ジェレミーとエマがいなくなって、まともに頭が働かなくなってしまったの。今朝、ジークから電話があって。ふたりとも落ち着いてると言ってたけど、ジークが迷惑がってるのはわかる。あの人、子どもが苦手だから」

サラはフェイスの指を取り、血糖値測定キットを用意した。「落ち着いたら、あなたが医師の指示に従わないことについて、じっくり話しましょう。いま話せばストレスになるどころじゃないだろうから。だけど、糖尿病は魔法のように治る病気じゃないのよ。視力、血液循環、運動能力……」最後まで言わなかった。同じことを何人もの糖尿病患者に説教してきたので、もはや台本を読みあげているような気がする。「自分できちんとケアしないと、目が見えなくなったり、車椅子の生活になったり、ひどいとそれじゃすまなくなるのよ」

「あなた、雰囲気が変わった」

サラは自分の頭にさっと手をやった。後頭部の髪が逆立っていた。

「なんだか輝いてるみたい。妊娠してるの？」

サラは意外な質問をされて笑った。二十代のころに子宮外妊娠をして、子宮の一部を摘出した。ウィルにも奇跡は起こせないだろう。「百三十だっけ？」

「百三十五」

サラはインスリン・ペンのダイヤルをまわして、投与量を調節した。「これを注射して。わたしは朝食を作ってあげる。全部食べるまで、ほかのことはさせないからね」

「あのコンロとオーブンだけでも、あたしの家よりお金がかかってる」フェイスはカウンター越しに身を乗り出した。サラはフェイスを押し戻した。「いったいいくら稼いでるの？」

サラはフェイスの手を取り、インスリン・ペンを持たせた。「はい、注射して。ウィルを呼んでくるから」

「ここで電話すればいいでしょ。あの人になにを言うのかわかってるし」

フェイスはいま、なにを聞いても理解するのに苦労しているようなので、サラはあえて説明しなかった。カウンターから服を取り、寝室へ向かった。ウィルが鏡の前でシャツを着ていた。彼の広い胸板が鏡に映って見えた。電気火傷の黒い跡が、平らな腹からジーンズのなかまで点々と続いていた。ゆうべ、あの体のすみずみにキスをしたのに、いま明るい部屋で彼のそばにいると、気恥ずかしさが拭えなかった。

ウィルは鏡のなかのサラを見た。サラはローブの前をかきあわせた。ベッドメイクが終わっている。ヘッドボードに枕がきちんと立てかけてあった。こんな朝の光景は、いままで思い描いたこともない。

「どうした?」ウィルが尋ねた。

サラはたたんだ服をベッドに置いた。「フェイスが来てるの」

「えっ?」ウィルがくるりと振り向いた。ほとんどパニックに陥っている。「なぜ? どうしてばれたんだ?」

「ばれてないわ。あなたに電話をかけてほしいと言いにきたの。自分の電話は盗聴されてるって、怯えてる」

「イヴリンのことはもう知ってるのか?」

「たぶん知らないと思う」サラは胸に手を当て、その下になにも着けていないことを意識して、またローブをきっちりとかきあわせた。「監視されてるって言ってるの。ちょっと被害妄想的になってる。血糖値も安定していない。いまインスリンを注射してる。なにか食べさせれば落ち着くはずよ」

「食べるものを買ってこようか?」

「なにか作るわ」

「ぼくが――」ウィルはひどく気まずそうな顔で口をつぐんだ。「ぼくが作るよ。その、フェイスの分だけ。きみはあとでぼくのためになにか作ってくれないか」

蜜月は終わりだ。おとといの晩、なぜボブがスクランブルエッグのにおいをさせていたのか、理由がわかった。「わたしはここにいるから、ふたりで話して」

「できたら……」ウィルは口ごもった。「きみも一緒にいてくれたら助かる。フェイスにお母さんのことを話さなければならないから」

「アマンダは、まだ話すなって言ったんでしょう」

「アマンダの言うことの多くには賛成できないんだ」ウィルは、先に出てくれと合図した。サラは廊下を歩いていった。すぐ後ろにウィルがいるのを感じた。ゆうべあんなことになったのに――はじまりは、まさにこの廊下だった――彼が見知らぬ人のように感じた。サラはローブの前をつかみ、ちゃんとした服に着替えてくればよかったと後悔した。

フェイスはまだカウンターのスツールに座っていた。緊張がいくぶんおさまっているように見えた。フェイスはウィルに気づいて声をあげた。「あら」

ウィルは恥ずかしそうにした。サラも同じ気分だった。だから、ウィルはよそよそしかったのかもしれない。イヴリン・ミッチェルが大変なときに、ふたりで会っていたのは不謹慎だと思われそうだ。

けれど、フェイスは言った。「よかったね。あたしもうれしい」

ウィルはそのコメントになにも返さなかった。「ドクター・リントンから聞いたよ、なにか食べないと」

「その前に話をしたいの」

ウィルがサラを見た。サラはかぶりを振った。

「先に朝食だ」ウィルは食器洗浄器をあけてフライパンを取り出した。卵とパンをそれぞれの置き場から見つけた。フェイスは料理をするウィルを見ていた。ひとこともしゃべらない。放心状態なのか、なにを言えばいいのかわからないだけなのか。おそらくその両方だろう。サラ自身、自分の家でこんなに居心地の悪い思いをするのははじめてだ。ウィルが卵を割り、トーストにバターを塗っている。あごに力が入っている。サラのほうを見ようともしない。サラは、自分は寝室にいたほうがよかったのではないかと思った。

ウィルは戸棚から皿を三枚取り出し、卵を盛りつけた。サラとフェイスはカウンターの前に並んで座っていた。椅子は三脚あるのに、ウィルは座らずにカウンターに寄りかかった。サラは料理をつついた。フェイスは卵を半分と、トーストを一枚食べた。ウィルは自分の分をたいらげると、フェイスとサラが残したトーストを食べ、残りをごみ箱に捨てて皿をシンクに重ねた。卵をほぐしたボウルを洗い、フライパンに水を入れてから手を洗った。

ようやくウィルが口を開いた。「フェイス、きみに伝えなければならないことがある」

フェイスはかぶりを振った。覚悟をしているのだろう。

ウィルはカウンターに背中をあずけた。カウンター越しに身を乗り出してフェイスの手を取ったりしなかった。フェイスのそばへ来て、隣に腰をおろしたりもしなかった。彼はいきなり率直に話しはじめた。「ゆうべ、コースタル州立刑務所に行った。ドラッグ業界の大物に会ってきたんだ。ロジャー・リンという男だ」ウィルはフェイスだけを見ている。「彼の言ったことをそのまま伝えるよ。きみのお母さんが殺されたと言った。頭を撃たれたと」

最初、フェイスはなんの反応も示さなかった。カウンターに両肘をつき、だらりと手をおろして、口をあけていた。しばらくして、やっと声を発した。「ううん、そんなことない」

「フェイス――」

「遺体は発見したの?」

「いや、だけど――」

「いつ?　いつ聞いたの?」

「ゆうべの九時ごろだ」

「その話はでたらめよ」

「フェイス、でたらめじゃないんだ。リンはよくわかっている。アマンダも認めて――」

「アマンダが認めたとか関係ない」フェイスはふたたびポケットをまさぐった。「アマンダはなにもわかってない。あなたが会った男は嘘をついたのよ」

　ウィルがサラをちらりと見た。

「ほら」フェイスは携帯を取り出した。「これを見て。ジェレミーのフェイスブックだけど。犯人グループから何度もメッセージが来てる」

　ウィルはカウンターから体を起こした。「なんだって？」

「ゆうべ、犯人グループのひとりに会ったの。スーパーマーケットで。これ、そいつにやられたんだ」フェイスは顔の痣を示した。「母が生きてる証拠を見せろって、そいつに言ったの。今朝、ジェレミーのフェイスブックのアカウントを通して、この写真を送ってきた」

「なんだって？」ウィルがまた声をあげた。顔から血の気が引いている。「ひとりで会ったのか？　なぜぼくを呼ばなかった？　もしも――」

「ほら、見て」フェイスはウィルに携帯電話の画面を見せた。サラには画面がよく見えなかったが、音声が聞こえた。

　女の声が言った。「いまは月曜日の朝。五時三十八分」いったん、女が黙った。背後で物音がした。「フェイス、よく聞きなさい。彼らの言いなりにならないで。信用してはだめ。とにかく関わらないで。あなたのお兄さんと子どもたちは、わたしの家族なの。あなたたちだけが、わたしの家族……」突然、声が力強くなった。「フェイス、これから大事な話をするわ。あのころのことを思い出してほしいの。ジェレミーが生まれる前、一日じゅうふたりで家に閉じこもってたでしょう――」

「ここで途切れてる」フェイスが言った。

ウィルが尋ねた。「なにが言いたかったんだろう？　いつの話だ？」

「わたしが妊娠していたころの話」二十年がたつのに、フェイスは頬を赤らめた。「母がずっとそばについていてくれた。母は……」かぶりを振る。「母がいなかったら乗り越えられなかった。母はいつも励ましてくれたの。つらいことはいつか終わる、そのあとはなにもかもうまくいくって」

サラはフェイスの肩に手をかけた。フェイスが耐えた苦しみは想像もつかない。

ウィルは携帯電話の画面をじっと見つめていた。「イヴリンの後ろのテレビはなにをやってる？」

「『グッドデイ・アトランタ』。放送局に確認したの。この画面は、三十分前に放送された天気予報のコーナーだった。放送局のロゴの上に、時刻表示があるでしょう。この動画ファイルは、撮影された時刻から二分後に届いてる」

ウィルはサラに携帯電話を差し出したが、あいかわらず目をそらしている。

サラの弱点は好奇心だ。読書用眼鏡がカウンターに置いてあった。サラは眼鏡をかけて画像の細部を見た。画面には、大きなプラズマテレビのそばに座っているイヴリン・ミッチェルが映っていた。テレビの音は聞こえないが、キャスターが五日間の予報を棒で指しているのが見える。イヴリンの視線は、カメラではなく、撮影している男に向けられているようだ。顔は血だらけだった。全身に痛みがあるのか、動きがぎこちない。「いまは月曜日の朝」と話しはじめたときも、発音が不明瞭だった。

サラは動画を最後まで見て、携帯電話を置いた。

フェイスがじっとこっちを見ている。「あなたから見て、母の様子はどう?」

サラは眼鏡をはずした。画質の悪い映像だけで医学的な見解を述べるのは無理があるが、イヴリン・ミッチェルがすさまじい暴行を受けていることは、だれの目にも明らかだった。それでも、サラは答えた。「よく持ちこたえているように見える」

「わたしもそう思ったの」フェイスがウィルに向きなおった。「正午に犯人グループと会いたいと持ちかけたの。でも、あっちは十二時半がいいと返信してきた。母の家で会うことになってる」

「お母さんの家で?」ウィルは繰り返した。「まだ現場検証は終わってないだろう」

「もう立ち入り禁止ではなくなったのかもしれない。市警からはなにも言ってこないけど。メールを探すから待ってて」フェイスはまた携帯電話の画面の上で親指を動かし、ウィルに返した。「ちょっと待って」携帯電話に手を伸ばす。「忘れてた――」

「いいよ」ウィルはカウンターからサラの読書用眼鏡を取ってかけた。数秒間、画面をじっと見つめた。メールを読んだのか、それとも当てずっぽうなのか、サラにはわからないが、彼は顔をあげて言った。「金を要求しているんだ」

フェイスはウィルから携帯電話を受け取った。「お金なんかないんだけど」

ウィルはなにも言わずフェイスを見返している。

「それは勘違いよ」フェイスが言った。「もともと勘違いだったのよ。なにも証明できなかったでしょう。母は潔白よ。ボイドたちは私腹を肥やしたけど、母はなにも盗《と》っていない」

「フェイス」ウィルが言った。「きみのお母さんは銀行口座を持っていた」

「だからなに？　だれだって持ってるでしょ」

「州外の銀行口座だ。お父さんの名義だ。お母さんはいまもその口座を使っている。ぼくが調べたかぎりでは六万ドルくらい入っていた。ほかの州にも、ほかの名義で口座を持っていたかもしれない。確証はないけど」

フェイスはかぶりを振った。「そんなの嘘よ」

「どうしてぼくが嘘をつくんだ？」

「母のことを勘違いしていたと認めたくないから。母は罪を犯してない」フェイスの目が潤んだ。真実に気づいているのに、認めることのできない人間の顔をしている。「母は潔白よ」

　また玄関からノックの音がした。サラは、今度こそエイベル・コンフォードが駐車場にルール違反の車を見つけたのだろうと身構えた。ところが、今度もそうではなかった。

「おはよう、ドクター・リントン」通路に立っているアマンダ・ワグナーは、機嫌がよさそうではなかった。目が充血している。鼻だけメイクがはげていた。ファンデーションとチークでカバーした頬だけ色が濃い。

　サラはドアを大きくあけた。もう一度ローブの前をかきあわせながら、不安だからついこうしてしまうのだろうかと思った。そうかもしれない。黒いシルクはクレープペーパーのように薄く、その下はなにもつけていない。今朝はホームパーティをする予定ではなかったから。

　フェイスはアマンダの姿を見てカッとしたようだった。「なにをしに来たんですか？」

「ロズ・レヴィから電話があったの。あなたに車を盗まれたって」

「書き置きしました」

「なぜかロズは、それがなにかを借りるときの正しいやり方だとは思わなかったみたいね。幸い、わたしが説得したから、警察には黙っていてくれるそうよ」アマンダはウィルににっこり笑いかけた。「おはよう、ドクター・トレント」

ウィルは急にキッチンのフロアタイルに魅せられたふりをしている。

「ちょっと待ってください」フェイスが言った。「なぜあたしがここにいるとわかったんですか？」

「ロズは車に盗難車追跡装置をつけてるの。コールセンターに問いあわせたらすぐにわかったわ」

「追跡装置？　あの九百年もののコルヴェアに？　せいぜい五ドルくらいの価値しかないのに」

アマンダはコートを脱いでサラに渡した。「朝からお邪魔して悪いわね、ドクター・リントン。その髪型、素敵よ」

サラは無理やりほほえみ、クローゼットにコートをかけた。「コーヒーはいかが？」

「ありがとう、いただくわ」アマンダはウィルとフェイスに向きなおった。「このパーティにわたしだけ招待されなかったなんて、傷つくべきかしら？」

だれも答えることができなかった。サラは戸棚からマグカップを三個取り出してコーヒーを注いだ。フェイスが新しいゲストのために携帯電話の動画を再生しはじめたらしく、イヴリン・ミッチェルの声が聞こえた。

アマンダはもう一度はじめから再生するようにいい、三回観てから尋ねた。「これはいつ届いたの？」

「三十分ちょっと前です」

「一緒に送られてきたメールを読んで」

フェイスは読みあげた。「リトル・ジョン三三九へ十二時半に来い。金は黒のダッフルバッグに入れろ。だれにも言うな。監視してるからな。指示に従わなければ、人質を殺す。おまえと、おまえの家族全員を殺す。おれの言ったことを忘れるな」

「ロジャー・リンのやつ」アマンダの声は怒りで張りつめていた。「あの人でなしが嘘をついてることはわかってた。あんな連中がなにを言おうが信用してはいけなかったのよ」

アマンダは自分の言葉がいろいろな意味に取れることに気づいたらしく、はっと口をあけた。「イヴリンは生きてるのね」声をあげて笑う。「ああ、あのしぶとい人が簡単にあきらめるはずがないのよ、わかってたのに」胸に手を当てる。「一瞬でもそれを疑うなんて……」かぶりを振る。満面に笑みがこぼれ、アマンダは手で口元を隠した。

ウィルがもっと重要な質問をした。「なぜきみのお母さんの家を金の受け渡し場所に指定したんだろう？　危険だろう。彼らに利点はない。筋が通らないんだが」

フェイスが答えた。「よく知ってるからでしょ。監視しやすいし」

「でも、まだ現場は立ち入り禁止じゃないのか。普通は検証に何日もかかる」

アマンダが口を挟んだ。「犯人グループは、わたしたちの知らないことを知ってるのよ」

「試しているのかもしれませんよ。鑑識が引き揚げたら、フェイスが警察に密告したことになる。もしくは、ぼくたちに」ウィルはフェイスに向きなおった。「家の前に車を停めて、外に出た瞬間から、きみは格好の標的になる。家に入れば、彼らが待ち受けている。どうすれば、きみが撃たれずにすみ、金も取られずにすむんだ？　戦術部隊も配備できないんだろう？」

「なんとかなるわ」アマンダが強い口調で言った。「イヴリンの家へ行くには、三種類のルートしかない。彼らがどこから来てもいいように、武装した人員を三カ所に配置すればいい」

ウィルはアマンダの強がりを聞き流した。冷蔵庫のそばの抽斗をあけて、ペンとメモ用紙を取り出す。ウィルは左利きだが、ペンの持ち方が変だった。ペン軸を中指と薬指のあいだに挟んでいる。ウィルはメモ用紙に大きくT字形の線を引き、二個のいびつな四角形を描き足した——一個はTの横棒の上に、もう一個は縦棒の根元につけた。サラが思っていたよりも、ウィルは方向音痴ではなさそうだが、フェイスの自宅を何度も尋ねているのかもしれない。

ウィルは図の説明をした。「フェイスの家は、この角にある。イヴリンの家はリトル・ジョン・トレイルのここだ」二軒をL字形の線で結んだ。「このスペースががら空きだ。犯人グループは、ここのT字路をふさいでフェイスを拉致するかもしれない。もしくは、ここに車を停めて待ち構え、遠距離から狙撃する可能性もある。こっちから走ってきたフエイスが、彼らの黒いワゴン車の前にさしかかる。彼らは倉庫でカスティーロにやったように、頭に二発撃ちこむ。もしくは拉致して、五分後には州間高速道路かピーチツリー・ロードに出る。それとも、もっと簡単に――」イヴリンの家のそばに長方形の四角形を描いた。「これはロズ・レヴィの家のカーポートだ。ここにある低い塀にライフルを設置する。二軒のバスルームの窓は向かいあっている。ミセス・レヴィの家のほうがイヴリンの家より高い位置にある。ミセス・レヴィのカーポートから、こっそりイヴリンの家の勝手口の奥まで見通すことができる。フェイスが現金の入った鞄《かばん》を持って玄関から入ってきたら、勝手口越しに狙撃できる」

アマンダはペンを取り、Tの根元から曲線を延ばした。「リトル・ジョン・トレイルはループになってるのよ。このあたり一帯をぐるぐるまわってる」さらに数本の曲線を描き足した。「これはノッティンガム・ウェイ。フライア・タック・ロード、ベヴァリー・ロード、ライオネル・レーン」終点に大きな×を書いた。「ベヴァリー・ロードはここでピーチツリーに合流する。どの車もここをかならず通って出ていく。反対側へ行けば、アンスリー・パークのなかをぐるぐるまわるはめになる。ライオネル・レーンも同じ。おまけに、ここは道幅が狭いの。住人が通りに駐車してるから。十台車両を配置しても、だれも気づかないわ」

ウィルは言った。「逃走路はどうでもいいんですよ。ぼくは、フェイスがひとりでイヴリンの家に入るのを心配してるんです。ほんとうにイヴリンの家を監視しているなら、警察が警備をはじめればすぐにわかる。ほぼ丸三日、もしかするとそれ以上、この近辺の地形を調べる時間があったんです。CSUが引き揚げていれば、一帯に出入りした人数を数えるでしょう」

アマンダはメモ用紙をひっくり返した。家の間取りを大雑把《おおざっぱ》に描き、各部屋を指し示しながら説明した。「フェイスが勝手口から入っていく。玄関ホールはここで、居間のなかが見える。本棚が左側――わたしから見て左側にある。壁一面が本棚。ソファがこの向きに置いてあって、ウィングバックチェアが右側にある。ここと ここにも椅子。ステレオはここ。玄関ホールと反対側にガラスの引き戸がある」ペンで主寝室の場所をたたく。「フェイスがお金を持って現れるまで、彼らはイヴをここに閉じこめておく。フェイスが来たら、居間へ移動する。ここが人質と身代金の交換の場所になることは明らかよ」

「明らかなことはひとつもありません」ウィルがペンを奪い取った。「ぼくらは正面の窓を監視できない。なぜなら、どこでだれが見ているかわからないからです。家の裏手もそうです。裏庭は見通しがよくて、どの部屋の窓からも丸見えですから。メンバーがあと何人残っているのかも定かではない。ひとりかもしれないし、百人かもしれない」ペンを置く。厳しい口調で続けた。「やっぱりぼくはいやだよ、フェイス。ひとりで行かないでくれ。相手の言いなりになるな。ほかの方法を考えよう。前もって監視態勢を敷いて、きみの安全を確保できるような場所をこっちから指定できないか」

アマンダがいらだちをあらわにした。「どうしてそう決めつけるの、ウィル。あと六時間あるわ。わたしたちはみんな家の間取りを知ってる。敵だけじゃなくて、わたしたちにとっても有利なのよ。わたしは昔からの住人を知りつくしてる。あそこは住宅地だもの。ジョガーとか配達人とかケーブルテレビの工事人とか、電力会社の社員とか郵便配達とか、なんならただ散歩している人とか、変装のネタはいくらでもある。二時間もあれば、だれにも気づかれずに四チームを配置してみせるわ。わたしたちは『キーストン・コップス』じゃないのよ。わたしたちならいい方法を考えつく」

「ぼくが行きます」ウィルの言葉に、サラは心臓が喉まで跳びあがったような気がした。

「あなたがフェイスに化けられるわけがないでしょ」

「犯人グループに、ぼくが金を持っていくとメールしましょう。ロジャー・リンはぼくの外見を知っている。関与していなくても、高みの見物を決めこんでいるはずです。彼は犯人グループのメンバーを知っている。彼から、ぼくが行くと伝えてもらってもいい」

サラは、ウィルが言い終わる前にアマンダがかぶりを振りはじめたのを見て安堵した。

ウィルは食いさがった。「こうするほうが安全です。フェイスにとって安全だ」

いつものように、アマンダは歯に衣《きぬ》を着せなかった。「あなたの口から聞いたことのなかでも一、二を争うばかげた言いぐさね。この二日間でなにがわかったか思い出しなさい。

こんなの素人演芸でしょうが。ジュリア・リンのところで目の当たりにしたでしょう。わたしたちが相手にしているのは、警察だろうがギャングだろうが手玉に取れると勘違いしている、ばかな若造たちよ。徹底的にたたきのめしてやれば、自分たちが敵にまわしたものの大きさに気づくわ」

ウィルは揺るがなかった。「若いかもしれませんが、怖いもの知らずです。もう何人もの人間を殺している。無謀なリスクも冒している」

「フェイスのかわりにあなたを行かせるほど愚かなことはないわ。それこそ人が死ぬことになる」アマンダは決定をくだした。「わたしのプランでやる。人員を戦略的に配置して、フェイスから目を離さないようにする。犯人グループがイヴリンを連れて現れるまで待機。フェイスはイヴリンと身代金を交換する。それから、連中が逃亡しようとしたところで一網打尽にする」

ウィルは屈しなかった。頑として譲らない。「だめです。フェイスをひとりで行かせることはできません。ぼくに行かせてくれないのなら、別の方法を考えましょう」

フェイスが言った。「あたしがひとりで行かなければ、母が殺される」

ウィルは床を見おろした。イヴリン・ミッチェルがすでに殺された可能性を捨てきれないらしい。サラはひそかにウィルに賛同していた。アマンダの案は、イヴリンを取り戻す計画とは思えない。むしろフェイスを死なせる計画ではないか。アマンダは友人を救いたい一心で、二次被害まで考えが及んでいない。

サラはコーヒーを配ることをすっかり忘れていた。自分のカップを取っておき、ウィルとアマンダにカップを渡した。

「ありがとう」ウィルはぎこちない態度で受け取った。手が触れあわないように気を遣っているようだった。

フェイスが言った。「ウィルはコーヒーを飲まないの。あたしがもらうね」

サラは頬が急に熱くなるのを感じた。「いまカフェインはとらないほうがいいかも」

ウィルが咳払いした。「いいよ。ときどきは飲むんだ」カップのコーヒーを口に含んだ。顔をしかめて飲みこんだ。

サラはこれ以上耐えられなかった。アコーディオンを取り出してポルカを歌いだしでもしないかぎり、いま以上に自分が場違いに思えることなどないだろう。「わたしはむこうへ行くから、三人で話して」

アマンダが引き止めた。「ドクター・リントン、迷惑でなければ、新たな視点の持ち主にも聞いてほしいの」

三人そろってサラを見ている。ありえないことに、サラはますます素っ裸でそこにいるような気がしてきた。ウィルに目顔で助けを求めたが、彼は銀行の窓口係か資源ごみを取りにきた作業員に向けるような、なんの感情もない顔をしている。

しかたがない。サラはフェイスの隣に座った。

アマンダが反対側の椅子に腰をおろした。「では、いままでにわかった情報を共有しましょう。ウィル、みんなに説明して」

ウィルはカップを置き、話しはじめた。イヴリンが拉致されてから昨日までの経過をフェイスに語った。現場検証の詳細、医療刑務所でボイド・スパイヴィと面会したこと、ヴァルドスタ州立刑務所にいる二名からはなにも聞けなかったこと。ロズ・レヴィがイヴリンの〝いい人〟の写真を撮っていたことを話すと、フェイスは驚いて口をぽかんとあけた。それでも黙ったまま、サラが病院で襲われたことや、ジュリア・リンの工房の銃撃戦について聞いていた。ウィルの話が終盤にさしかかったとき、サラはなじみのある息苦しさを覚えた。ウィルの耳に切り傷ができた原因がわかった。彼の頭からほんの二センチはずれたところを銃弾が飛んでいったのだ。

ウィルが言った。「リカード・オーティズとヒロノブ・クウォンは同じ学校に通っていた。ウェストミンスターだ。おそらくジュリア・リンの家具工房でも一緒に働いていた。やがて、独立してビジネスをはじめようと考えるようになった。工房の従業員たちから仲間をつのったようだ。リカードはスウェーデンへ行き、ヘロインを仕入れてきた。ロジャー・リンの話では、リカードたちは調子に乗っていた。そこで、〈イエロー・レベルズ〉の用心棒だったベニー・チューがリカードを捕まえて、さんざん痛めつけた。とどめを刺そうとしたとき、リカードかヒロノブが大金のあるところを知っているとベニーに話した」

フェイスはそれまで静かに聞いていたが、ここではじめてつぶやいた。「母のところね」

「そのとおりだ。チャック・フィンとヒロノブ・クウォンは、同じリハビリ施設で一カ月ほど毎日顔を合わせていたらしい。クウォンに金の話をしたのはチャックと見てまちがいない。リカードがベニーに殺されかけたから、クウォンが〝百万ドル近い現金が手に入る方法がある〟とかなんとか持ちかけた。ベニーは誘いに乗った」

アマンダがあとを引き取った。「だから、彼らはイヴリンの家を荒らしたの。イヴリンが自宅に現金を隠していると思っていたから。でも、イヴリンが抵抗したから、連れ去った」

アトランタ屈指のドラッグ王のいとこであるヘクター・オーティズが、イヴリンの車のトランクから遺体となって発見されたことを飛ばしたけれど、それでいいのだろうかとサラは思った。よけいな口を挟むべきではないのかもしれないが、ここは自分の家だし、この三人組はいきなりやってきたし、サラも礼儀正しくすることに飽き飽きしてきた。「では、ヘクター・オーティズはなぜイヴリンの家にいたんでしょうか」

アマンダが片方の眉をあげた。「さあ、なぜかしらねえ？」

サラはアマンダの部下ではない。遠慮は無用だ。「質問には答えてくださらないんですか？」

アマンダの口元にワニのような微笑が浮かんだ。「いまもっとも大事な問題は、彼らの目的が身代金だということでしょう。金目当ての相手は交渉の余地がある」

ウィルが言った。「金目当てではありません」

「あなたの女の勘につきあってるひまはないの」アマンダはにべもなく切り捨てた。

ウィルは声こそ疲れているが、いっこうに譲らない。「フェイスをイヴリンの家に誘き寄せるのは、なにか理由があるからです。その理由がわからないまま進めば失敗します。われわれ全員にとって、最悪の結果になりかねない」ウィルの言い分は完璧に筋が通っているが、アマンダが納得していないことは傍目にもわかる。それでも、ウィルは説得を続けた。「もし金目当てなら、初日に身代金を要求していたはずです。まわりくどく何度もフェイスブックでやりとりする必要はなかった。スーパーマーケットで、リスクを冒してフェイスと対面する必要もなかった。もっと簡単なやりとりになったはずだ。電話をかける。金を受け取る。人質をどこかに置き去りにする。あとは自由だ」

やはりウィルの仮説に穴はない。それなのに、アマンダは今度も無視した。

「隠れていた秘密が終盤で明らかになるなんてありえない。連中は現金がほしいの。だったら、くれてやればいい。喉の奥まで札束を突っこんでやって、刑務所までずっと紙の糞をたれさせてやればいいのよ」

「ウィルの言うとおりです」フェイスはいままでぼんやりと前を見つめたまま黙っていたが、ようやく低血糖症から回復し、捜査官らしく頭を働かせることができるようになったようだ。「銀行口座は調べたんですか？」

アマンダは立ちあがり、コーヒーのおかわりを注ぎに行った。「銀行口座は関係ないわ」

ウィルは反論したそうに口を開いたが、思いなおして黙っていた。

アマンダがフェイスに言った。「あなたのお父さんは賭博が大好きだったの」

フェイスはかぶりを振った。「そんな事実はありません」

「毎週ポーカーをやっていたでしょう」

「小銭を賭けていただけです」フェイスは首を横に振りつづけた。「父は保険のセールスマンでした。リスクを冒すのを嫌っていました」

「リスクは冒してなかったわ。とても慎重だった」アマンダはアイランドカウンターをまわってフェイスの隣に座った。「あなたが子どものころ、お父さんとケニーおじさんはよくラスヴェガスに出かけていたでしょう？」

フェイスはまだ半信半疑だった。「仕事の出張だったんです」

「ビルは論理的にギャンブルをやっていたの。あの人はなんに対してもそうだった。あなたも知ってるでしょう。勝負どころがわかっていたし、引き際も心得ていた。ケニーはそこまで賢くなかったのよ。その話はまた今度ね」アマンダはウィルを見た。「ビルはギャンブルの勝ち金から税金を払っていなかった。だから、秘密の銀行口座を持っていたの」

サラはウィルの表情を見て、彼も自分と同じくらいとまどっていると感じた。ラスヴェガスだろうがどこだろうが、合衆国内の合法カジノでは、勝ち金が一定額を超えれば、かならず税金を取られる仕組みになっている。

だが、フェイスは、そこには頓着しなかった。「父がそんなリスクを冒すとは思えません。父は賭博を嫌っていました。そのことでいつもケニーを非難していたし」

「ケニーは経済観念ってものを持ってなかったからよ」アマンダの苦々しげな口調から、サラは彼女が以前ケニーとつきあっていたことを察した。「ビルにとって賭博はただの娯楽だった。ストレス解消の手段であって、大金を稼ぐこともあれば、少しは損することもあった。ただ、決して深入りはしなかったわ。ビルは賭博に依存していなかった。あくまでも気晴らしだったの」

ウィルがついに言葉を発した。「四年前の捜査で、なぜイヴリンはぼくにそのことを教えてくれなかったんでしょう?」

アマンダはほほえんだ。「あのときイヴリンはなにもかもあなたに話したわけじゃないわ」

「そうでしょうね。でも、話せば簡単に容疑を晴らすことができたのに——」

「最初からなんの容疑もかかっていなかったわ」アマンダがウィルをさえぎった。フェイスに向かって言う。「汚職を内部告発したのは、あなたのお母さんだったの。だから、お母さんはアルメッハと呼ばれていた。告げ口屋という意味でね」

「はあ？」フェイスは明らかに混乱していた。答えを求めるように、ウィルを見た。「なぜ母はわたしにも黙ってたの？」

アマンダが答えた。「あなたを守りたかったからよ。知らないほうが安全だから」

ウィルが尋ねた。「では、いまになってフェイスに話すのはなぜですか？」

アマンダは見るからにいまいましそうだった。「あなたがいつまでもこだわるからよ。あの口座は汚職とは関係ないと何度も言ったのに」

ウィルはカウンターにカップを置いた。ゆっくりとカップをまわし、取っ手をカウンターの壁と平行にした。

サラが考えていた疑問を、フェイスが尋ねた。「母はどうして部下が汚職していることに気づいたんですか？」

アマンダは肩をすくめた。「どうしても聞きたい？」

「聞きたいです」ウィルが答えた。アマンダの話に穴がないか確かめたいのだ。

アマンダは深呼吸をしてから話しはじめた。「街の南側にあるアパートメントを強制捜査したときのことよ。イースト・ポイントの浄化プロジェクトのひとつだった。イヴリンは部下を率いて家宅捜索に入った。早朝のことで、容疑者たちは二日酔いでまだ眠りこけていたわ。コーヒーテーブルには札束の山が置きっぱなしになっていて、象も殺せる量のコカインがあった」アマンダは話しているうちに楽しくなってきたのか、口元に笑みを浮かべた。「イヴリンのチームはその場の全員を逮捕して、通りへ連れ出した。容疑者たちは後ろ手に手錠をかけられて、パトカーのほうを向いてひざまずかされた。その場を仕切っているのはどっちか思い知ったでしょうよ。そこへマスコミが集まってきた。ボイドが取材を断るわけがない。容疑者たちを背景に、チームを並ばせて写真撮影に応じたの。チャーリーズ・エンジェルみたいにね。あなたのお母さんは、昔からマスコミ対応が大嫌いだった。マスコミが現れたら、さっさとその場を離れていた——たいていは署に戻って報告書を書いたりしていたわ。でも、そのときは通りが封鎖されていたから、現場のアパートメントをもう一度見ておこうと考えて、ひとりで戻ったの」アマンダは唇を引き結んだ。

「最初に気づいたのは、コーヒーテーブルの上の札束の形が変わってたこと。ドアを破って捜索に入ったときは、ピラミッド形に積んであった。知ってのとおり、強制捜査でいつも先頭を切るのはお母さんだった」フェイスがうなずく。「お母さんがすぐさま形の変化に気づいたのは、ジークが子どものころ、いつも——」

「ものをピラミッド形に積んでいたから」フェイスが言った。「十歳か十一歳ぐらいのころ、ものをピラミッド形に積みあげることにはまっていた時期があって——本とかレゴとかミニカーとか」

「お母さんは、ジークに自閉症的なところがあると言っていたわ。もしかするとそうなのかもね」アマンダは続けた。「それはそうと、お母さんは札束の山の形が変わっていることに気づいたというのが、この話の肝なの。アパートメントに戻ってきたとき、ピラミッド形がただの直方体になっていたのよ。それ以降、お母さんは部下を観察して、捜査の経過にも目を配るようになった。摘発が成功したケース、証拠や証人が消えて失敗したケース。やがて、確信が持てた時点で、わたしに相談してくれた」

ウィルが言った。「密告者は匿名だったと言っていたじゃないですか」

「イヴリンも部下たち同様に取り調べを受ける必要があったからよ。捜査対象はペーペーの使い走りじゃなかった。ボイドたちは大金を懐に入れていたし、賄賂をもらって犯罪に目をつぶっていた。そういうことに手を出すのは、ある意味、命懸けよ。下手すればイヴが危ない。だから、匿名の告発ということにして、部下たち同様に取り調べを受けさせたの」

フェイスが言った。「でも、母が告発したことは、みんな薄々感づいていたんじゃないですか。加担していなかったのは母だけだったんだから」

「疑うことと、知っていることとのあいだには、大きな隔たりがあるわ」アマンダの声が張りつめた。「それに、ボイド・スパイヴィがイヴを庇った。彼女は一切、関与していないと、はっきりと証言した。とことんイヴを守ったの。だからボイドは消されたと、わたしは思ってる。業界の大物にとっては、ＧＢＩや市警につきまとわれようが痛くも痒《かゆ》くもないかもしれない。でも、ボイドのような影響力がある人間は、警察には不可能な方法で、そういう連中の急所を握ってるのかもしれない」

フェイスは黙っていた。母親を守って命を落とした男のことを思っているのだろう。一方サラは、死刑囚として独房にいた男を暗殺するために、どれだけの時間と金が費やされたのだろうかと考えた。スパイヴィの暗殺を周到に計画し、実行した人物はイヴリン・ミッチェルの弱点を知っている。つまり、イヴリンの右腕だったボイド・スパイヴィ、娘のフェイス、親友のアマンダだ。話を聞けば聞くほど、ただの身代金目的ではなく、復讐が動機のような気がしてくる。サラには、ウィルもそう考えていることがわかる。けれど、いつものように、ウィルはようやく口を開いたとき、わかりきっていることには触れなかった。

かわりにウィルはアマンダに尋ねた。「ぼくのあげた報告書から、銀行口座については抜き取りましたね？」

「わたしたちは内国歳入庁《IRS》じゃないから」アマンダは肩をすくめた。「正しいことをした人を罰する理由はないわ」

ウィルは怒っているはずだが、やはりなにも言わなかった。興奮しているそぶりすら見せない。両手をポケットに突っこみ、カウンターに寄りかかっているだけだ。サラはウィルと言い争ったことがない。この先もそうなのか、いまはわからないけれど、彼を相手に口論するのは不毛だろうと想像がつく。

フェイスはアマンダの話に穴があることに気づいていないようだった。とはいえ、ここ数日、血糖値がピンポンのように激しく上下していたのだから、まっすぐ座っているだけでも驚きだ。だから、フェイスの次の言葉を聞いて、サラは自分の耳を疑った。

「あいつらはあたしの枕の下に母の指を置いていったの」

アマンダはまばたきひとつしなかった。「いまどこにあるの？」

「うちの薬棚に」口に手を当てた。いまにも吐きそうな顔をしている。サラは立ちあがってごみ箱を取ったが、フェイスは手を振った。「大丈夫だから」何度か深呼吸した。サラは棚からグラスを出して水を注いだ。

フェイスはごくごくと音をたてて水を飲み干した。

サラはもう一度グラスを満たしてフェイスの前に置いた。カウンターに寄りかかり、フェイスから目を離さないようにした。ウィルが少し離れたところに立っている。あいかわらず両手はポケットのなかだ。サラは、彼とのあいだに冷たい風が吹いているような気がした。

フェイスは水をひと口含んで、続きを話した。「犯人グループはジェレミーも狙っていた。だから、兄にあずけたの。エマも。それから、スーパーマーケットへ行って、トイレであの男に襲撃された」

アマンダが尋ねた。「男の特徴は？」

フェイスは男の身長、体重、服装、話し方について詳しく語った。「たぶんヒスパニック系。でも、瞳はブルーだった」サラを見る。「それってよくあること？」

「多くはないけれど、めずらしいというほどでもない。メキシコにはスペインからの移住者が大勢入ってきたでしょう。なかには、ネイティブ・アメリカンと結婚した人もいた。メキシコ人の全員が、褐色の肌で黒い髪とはかぎらない。ブロンドで白い肌の人もいる。ブルーやグリーンの瞳の人も。遺伝形質としては劣性だけど、外に現れるときもある」

アマンダが尋ねた。「その男はブルーの瞳だったのね？」

フェイスがうなずいた。

「タトゥーはあった？」

「首に蛇のタトゥーがありました」

今度はアマンダがうなずいた。「その男を広域手配しましょう。とりあえず、十八歳から二十歳のヒスパニック系男性で、ブルーの瞳という特徴で抽出できる」なにかを思い出したようだ。「タトゥーパーラーを調べたけれど、なにも出てこなかった。マーセラス・エステヴェスに大天使ガブリエルのタトゥーを入れた人物は、州外にいるか、もぐりで営業しているか、そうでなければ黙ってるってこと」

「昨日会った男を知っているような気がするんです」フェイスが言った。「以前、逮捕したことがあるのかもしれないと思ったけど、男はちがうと言っていました」

「それは男の言っていることが事実だと思うけれど」アマンダはブラックベリーを取り出し、メールを打ちながらしゃべった。「あなたが担当した事件をすべて調べさせるわ。あなたがうちへ来る前に担当した事件について、こっそり調べてくれる知り合いが市警にいるから」

「たぶん、なにも出てこないでしょうね」フェイスはこめかみを揉んだ。「男はジェレミーと同じくらいの年齢でした。もしかしたら、ジェレミーの知り合いかもしれない。学校が同じだったとか。どうかな」

アマンダがメールを打ち終えた。「ゆうべ、ジェレミーに訊いてみた？」

フェイスはうなずいた。「ゆうべ、大雑把な特徴は教えました。でも、心当たりはないそうです。思い出せるかぎりですけど」

ウィルが尋ねた。「ほかにきみが覚えていることはないか？」

どうやら、あるようだ。フェイスはためらっていた。「ほんとうに、ばかばかしいことだけど。たぶん……」サラを見やる。「血糖値がずっとめちゃくちゃだったでしょう。だから、幻覚を見たのかもしれない」

サラは尋ねた。「どうしたの？」

「あたし――」フェイスはかぶりを振った。「ばかみたい。カトラリーの抽斗の中身が、いつもとちがってる気がしたの」自嘲する。「どうでもいいことよね。忘れて」

「続けて。どこがちがってたの？」

「フォークの向きが反対だった。スプーンも。それから、ペンがいつもと別の場所にあった。いつも同じ場所にしまってあるのに……それから、居間に入ったら、スノードームが全部、壁のほうを向いていた。普段は表を向いてるのに。大事にしてるものなの。父の形見だから。毎週、埃を払ってる。ジェレミーにはさわらせない。ジークは近づきもしないし。でも……」フェイスはかぶりを振った。「自分でもよくわからないの。ゆうべ、自分で逆に向けておいて、覚えていないだけかもしれない。思い過ごしかもしれないし。でも、ひとつひとつ、元の向きに戻したのは覚えてる、だから……」両手で頭を抱えた。「母が拉致されてから、精神的に不安定になってるのがわかるの。なにが現実で、なにがそうじゃないのか、区別がつかない。もしかしたら正気じゃなくなりかけてるかも。幻覚だったのかな？」

サラは言った。「血糖値は不安定だけど、代謝異常を起こすほどではないわ。脱水症状もそこまで進んでいない。でも、大きなストレスがかかっていたことはたしかね。風邪をひいたか、熱が出ているような気分がする？」フェイスはかぶりを振った。「錯乱することはあるわ、現にあなたもその兆しを見せていた。妄想もありうる。でも、完全な幻覚ではないと思う」もうひとつ、つけたしたほうがよさそうだ。「スノードームの向きを変えるって、周囲の気を引きたい子どもがやりそうなことね。ジェレミーじゃないのは確実？」

「ジェレミーには訊いてない。こんなの、しゃべるのも気が引けて。きっと、なんでもないよね」

アマンダが首を横に振っていた。「ジェレミーはそんなことをしないわ。とくに、いまこの状況ではね。あなたにますますストレスをかけるようなことは、あの子はしない。それに、もうすぐ二十歳でしょう。そんないたずらをするような歳じゃないわ」

「たぶん、あたしの思い過ごしです。スノードームの向きを変えるなんて、意味がないでしょう」フェイスはほかのことを思い出したようだ。「それから、電球がゆるんでいた」

アマンダはため息をついた。「もういいわ、フェイス。そろそろ計画をまとめなくちゃ」腕時計を見る。「もうすぐ七時。しっかり計画を練りましょう」

フェイスが言った。「ウィルの言うとおり、犯人グループは母の家を監視していました。うちも監視されていたとわかってます。市警があちこちうろついていたら――」

「そんなばかなことをするもんですか」アマンダがさえぎった。「チャック・フィンが関与しているかどうか、これから調べなければならないわ」フェイスが口を開いて反論しかけたが、アマンダは手をあげて制した。「チャックだけは、ほかの連中とちがって無理やり汚職に引きこまれたのだと思ってるんでしょう？　でも、罪の重さに変わりはないわ。彼も分け前をもらったの。そして、それを使った。罪を認めたけれど、いまもどこかで大金が必要な悪癖から抜け出せずにいる。それから、まだ市警にチャックの友人がいることを忘れないで。友人がいなければ、買収するかもしれない。こんなことは聞きたくないでしょうけど、チャックがヒロノブ・クウォンにイヴリンのことを話したか、陰で若い連中の糸を引いてるかどちらかだと考えざるをえないのよ」

フェイスは言い返した。「チャックらしくありません」

「強制捜査で押収した現金を横取りするのも、チャックらしくないでしょう。でも、現実はこうよ」アマンダはウィルに向かって言った。「あなたはロズ・レヴィの家からイヴリンの家がよく見えると言っていたけれど、犯人グループはロズの敷地に入れない。足を踏み入れたら最後、ロズに撃ち殺されるもの」

「ええ」フェイスがうなずく。「ミセス・レヴィは鷹の目で通りを見張ってるから」

ウィルは抵抗した。「それなのに、隣家で射殺事件と拉致事件が起きたのに、気づかなかったんですね」

アマンダはまた聞き流した。「ウィル、肝心なのは、わたしたちにも犯人グループに負けず劣らず地の利があるってことよ。あなたとライフルが入るようなばかでかい箱はないんだから、どうやってロズ・レヴィのカーポートへこっそり運びこめるか考えなくちゃ」

フェイスを見る。「ほんとうに、ここまで尾行されてない？」

フェイスはうなずいた。「細心の注意を払いました。尾行はされていません」

「いい子ね」実行すべきことがわかったいま、アマンダは水を得た魚のようにいきいきし、ほとんど笑いださんばかりだった。「何本か電話をかけて、イヴリンの家の現状を確認するわ。市警のＣＳＵがまだ現場検証に励んでいたら、犯人グループが受け渡しの場所に指定してくるわけがない。チャーリーにも動いてもらいましょう。それがだめでも、奥の手がある。ゾーン６の昔馴染みが、よろこんで若造たちに玄人のやり方を見せてくれるわ。ドクター・リントン」

サラは名前を呼ばれてびっくりした。「はい？」

「つきあってくれてありがとう。このパーティのことはだれにも言わないでくれる？」

「もちろんです」

フェイスがアマンダに続いて立ちあがった。「ありがとう。今回も世話になったわ」

サラはフェイスを抱きしめた。「気をつけてね」

次はウィルだ。彼は手を差し出した。「ドクター・リントン」

サラはその手を見おろし、フェイスの幻覚が伝染したのだろうかと思った。ウィルは握手で別れるつもりなのだ。

「協力に感謝するよ。みんなでいきなり押しかけてきてすまなかった」

フェイスがなにかぼそぼそつぶやいているが、サラには聞こえなかった。

アマンダがクローゼットをあけた。彼女が頰をゆるめているのは、自分のコートが見つかってうれしいからではないだろう。「イヴリンの近所の人たちはほとんど知り合いよ。もう引退してる人ばかりだし、むかいの小うるさいばあさんを除けば、よろこんで自宅を貸してくれるわ。とりあえず現金が必要ね。なんとか集められると思うけど、時間が足りないわ」コートをはおる。「フェイス、自宅で待機していなさい。たぶん、しばらくして銀行をまわってもらうことになる。ウィル、あなたも家に帰って着替えてきなさい。襟がほつれているし、ボタンもひとつなくなってる。家に帰っているあいだに、トロイの木馬を造って、ロズ・レヴィに取り入る方法を考えることね。あのばあさんは、一時間前にはフェイスを逮捕させようとしたのよ。今朝どんなむしゃくしゃしたことがあったのか知らないけど」

「了解」

サラは玄関のドアをあけてやった。アマンダがエレベーターへ向かった。いつも紳士のウィルは、脇にどいてフェイスを先に通した。

サラはフェイスが出たあとにドアを閉めた。

「え――」ウィルが不思議そうな顔をしたが、サラは彼の唇に指を当てた。

「ダーリン、仕事に行かなきゃいけないのはわかるし、危険な仕事だってこともわかってるけど、ゆうべあんなことをしておきながら握手で別れられると思ってるのなら、今日これから待ち受けてることよりよほど命を危険にさらすことになるからね。いい？」

　ウィルはごくりと唾を呑みこんだ。

「あとで電話して」サラはウィルにさよならのキスをして、ドアをあけてやった。

17

ウィルは何種類もの自動車雑誌を予約購読している。写真を見たくて買うのだが、ときどき記事を読みたくてたまらなくなる。だから、ロズ・レヴィのアボカド・グリーンの一九六〇年型シボレー・コルヴェア七〇〇セダンが、フェイスの見積もり額の五ドルよりはるかに価値があると知っていた。

コルヴェアは、古きよきアメリカの自動車メーカーの製品らしい、美しい車だ。リアマウントのアルミ製空冷式水平対向六気筒エンジンは、市場で人気を博すようになっていたコンパクトなヨーロッパ車に対抗すべく設計された。スイングアクスル式後輪サスペンションが革新的だと評判になったが、のちにラルフ・ネーダーが『どんなスピードでも危険な自動車』で、丸一章を費やして安全性に問題があると批判した。普通はエンジンが搭載されているボンネットのなかに、スペアタイヤと車内暖房用のガソリン燃焼式ヒーターが備えられている。冬は終わったのに、ガソリンタンクはいっぱいだ。なぜウィルがそのことを知っているかといえば、いまフェイスがミセス・レヴィの家へ走らせているコルヴェアの前部荷室のなかで、金属のタンクに頬を押しつけているからだ。岸辺に打ちつける波の音のように、ガソリンがちゃぷちゃぷと音をたてている。言い換えれば、厚さ一ミリもない錆びた金属の板一枚を挟んで、ウィルの顔のすぐ横で揮発性の高い燃料が揺れているということだ。

国家道路交通安全局は、車のトランクに人が閉じこめられた場合に備えて、二〇〇一年までにすべての車両に暗闇で発光する緊急脱出用レバーを備えることと定めたが、この車が製造されたのはそれよりずっと昔だ。深さはあるが狭いトランクは、ペリカンのくちばしに似ている。スペアタイヤとスーツケースが数個入る程度の空間に――それも一九六〇年代のスーツケースで、現代の人々が週末に家財道具一式を入れて高原へ持っていくようなキャスター付きスーツケースではない――ウィルは体を折ってもぐりこんでいた。

ヒンジの周囲のゴムパッキンの隙間から、薄く光が差しこんでいた。ウィルは携帯電話を顔の前に掲げて時刻を確かめた。このトランクに閉じこめられて二時間近くたつが、あと三十分は出られない。両脚に挟んだライフルが、もはや邪魔でしかたがない。パドルホルスターもずれて、グロックがしつこい指のように脇腹を突き刺す。フェイスがくれたミネラルウォーターは、とっくに空になっている。この金属の墓穴のなかは超高温炉のようだ。両手と両足の感覚はなくなってしまった。やっぱり、このアイデアはまずかったのではないだろうか。

そもそもウィルがこんな方法を考えついたのは、アマンダの〝トロイの木馬〟という言葉のせいだ。ロズ・レヴィに電話をかけると、彼女は一切協力してくれないということがわかった。フェイスが勝手に車を使ったことにまだ腹を立てていて、だれだろうが自宅には入れないと、きっぱり言いきった。そこで、めずらしくウィル自身がこの愚かな方法を提案したのだ。まず、フェイスがコルヴェアをカーポートに戻す。ウィルは、身代金受け渡しの時刻の少し前までトランクに隠れている。ミセス・レヴィがごみを出しに行くついでに、トランクの蓋をあける。ウィルはトランクから出て、フェイスの援護に行く、という手はずだ。

ロズ・レヴィがこの代替案にあっさり賛同したので、ウィルは彼女の真意を怪しんだが、そのときすでに一時間が経過していたし、ほかに選択肢はなかった。

トロイの木馬は、ほかにも用意された――そのほとんどが、ウィルより賢明な方法で忍びこんでいる。アマンダの昔馴染みの長所は、歳を重ねた女性ばかりであるところだ。このような状況で期待されるタイプではない。見るからに血気盛んな短髪の若者がうろつけば、一帯を監視している犯人グループもすぐに警察だと気づくだろう。アマンダは、六人の昔馴染みを近隣の住宅に送りこんだ。彼女たちは耐熱皿だのケーキスタンドだのを抱えたり、腕にハンドバッグをぶらさげたりして、それぞれの家を訪れた。聖書を持っていった者もいる。だれが見ても普通の訪問客だ。

周辺の道路には、ケーブルテレビ局のトラック、移動ペットサロンのワゴン車、自尊心のある警官なら絶対に乗らない真っ黄色のプリウスを配置した。その三台で、ミッチェル家へ通じる二本の道路の車の出入りを監視している。

それでもウィルは、アマンダの計画に不満があった。なにもしないよりましだが、警官が現場にいないのはまずい。フェイスを無防備なまま、現場に行かせたくない。武装しているし、いざとなったら躊躇せず引き金を引くとわかってはいるが、やはり無防備だ。ウィルは内心、アマンダの見方はまちがっているという考えを捨てていなかった。金目当ての犯行ではない。表面上はそうかもしれない。犯人グループのメンバーたちすら、身代金のためだと思っているかもしれない。けれど、どう考えても行動が動機と矛盾している。これは個人的な怨恨だ。だれかが復讐しようとしている。チャック・フィンが、そのだれかである可能性がもっとも高い。彼の手下は金がほしい。チャックは復讐したい。双方にとってメリットのある計画だ。フェイスは大きな犠牲を払うことになるが。

そして、一九六〇年型コルヴェアのトランクに閉じこめられた間抜けも。

ウィルは姿勢を変えようとして顔をしかめた。背中がずきずきする。鼻はむず痒い。尻は二時間も硬い金属の板に全体重をかけて押しつけていたかのように感じる。思い返せば、ウィルをトランクに押しこめるなど、いかにもアマンダが考えそうなことだ。つらくて屈辱的で、ひどい結末が目に見えている。自分は希死念慮のようなものを抱いていたにちがいない。いや、たんに灼熱《しゃくねつ》の空間で二時間ほどぐつぐつ煮られたかったのかもしれない。そうでもしなければ、自分がなにに足を突っこんでしまったか、じっくり考えるひまもなかった。しかも、足を突っこんでしまったのは車のトランクではない。

ウィルは煙草を吸ったことがない。いかなる違法ドラッグもやっていない。アルコールの味は嫌いだ。子どものころから、それらにはまって人生を台無しにする人々を目の当たりにしてきた。警官になってからも、依存症で身を持ち崩した人間を何人も見ている。煙草やドラッグやアルコールに誘惑されたことはない。だから、ドラッグのもたらす快楽がほしくてたまらず、次の一発のために命すら差し出し、大事なものを手放す人々のことが理解できない。彼らは盗みを働く。体を売る。わが子を捨てたり、売ったりする。人を殺す。禁断症状を避けるためになんでもする。体がドラッグを欲するあまり自身を攻撃するようになるのが禁断症状だ。筋肉が痙攣する。腹部に刺すような痛みを感じる。目もくらむような頭痛がする。喉が異常に渇く。動悸がする。手のひらに冷や汗をかく。

いま、ウィルがその全部に苦しんでいる原因は、ミセス・レヴィのコルヴェアの狭いトランクに閉じこめられているせいだけではない。

サラによる禁断症状だ。

こんな状況でサラのことを考えるなど、普通の人間ならありえないことだとわかっている。このままでは笑い者になってしまう。ただでさえそうなのに。サラのそばにいると、どうすればいいのかわからなくなる。とにかく、抱きあっていないときはぎくしゃくする。ゆうべは長いあいだ抱きあっていたから、自分があきれるほどばかだということがとうとうサラにばれるまでに、少し時間がかかったようだ。それにしても、サラになんという情けないところを見せてしまったのだろう。オープンハウスの不動産屋よろしく、別れ際に握手をするとは。アマンダとフェイスすら、エレベーターホールで待っているあいだ黙りこくっていた。仲間のばかさ加減に、口もきけなかったらしい。

ひょっとしたら自分は病気なのだろうかと、ウィルは思いはじめていた。フェイスと同じ糖尿病の兆候はないだろうか。フェイスはいつも、ウィルが昼にべとつくパンを食べるとがみがみうるさい。階下の自動販売機で買えるチーズナチョスは第二の朝食で、大好物なのだが。ウィルは現在の体の症状を考えてみた。ひどく汗をかいている。次から次へと脈絡のない考えが浮かぶ。頭が混乱している。喉が渇いていて、しかもいますぐトイレに行きたくてしかたがない。

別れの挨拶をしたとき、サラは怒っているようには見えなかった。ダーリンと呼んでくれたし。そう呼ばれたことは一度しかないし、そのときもそう呼んでくれたのはサラだった。それから、キスをしてくれた。情熱的ではなく――軽いキスだったけれど。一九五〇年代のテレビドラマで、帽子をかぶって出勤する夫に妻がするようなキスだ。サラは、あとで電話をくれと言っていた。ほんとうに電話をしてほしいのだろうか、それともただの当てつけだろうか。そばにいる女たちにストレス発散の的にされることには慣れている。それにしても、あとで、とはどういうことだろう？　今夜ということか、それとも明日？　今週中でもいいのか？

ウィルはうめいた。自分は三十四歳の一人前の男で、仕事を持ち、飼い犬の面倒も見ている。しっかりしなければならない。サラに電話などしている場合ではない。今夜だろうが、来週だろうが。こんな野暮《やぼ》な自分は、彼女にはふさわしくない。社交下手だし。彼女と一緒にいたくて必死すぎるところもだめだ。ほんとうにほしいものがあるときは、できるだけ頭から追い出すこと、なぜなら手に入らないからだと、身をもって知っている。だから、サラのことも忘れるべきだ。恋煩いの女学生じゃあるまいし、ぐずぐず悩んでいては撃ち殺されるか、フェイスが殺されるはめになる。

最悪なのは、アンジーの言葉がすべて正しかったことだ。

いや、すべてではないかもしれないけれど。

たとえば、サラは髪を染めていないし。

携帯電話が振動した。ライフルで自分を去勢しないように、なんとかブルートゥースのイヤフォンを耳に差した。トランクは防音されているも同然だが、声をひそめて応答した。

「もしもし」

「ウィル？」まさにいま自分が必要としているものだ——頭に響くアマンダの声。「いまなにしてるの？」
「汗をかいてます」ウィルは小声で返した。これ以上、くだらない質問はしないでくれ。
当初の予定では、スーパーヒーローのようにトランクから飛び出すはずだった。いまでは
もう、牛の舌よろしくだらりと外に這い出さないようにするのがやっとだとわかっている。
「わたしたち、アイダ・ジョンソンの家で待機してるの」イヴリンの家の裏に住んでいる
協力者だ。アマンダはいったいどんな手を使って、警官の群れを家に入れてもらうことに
成功したのだろうか。二度とフェイスに裏庭で麻薬ディーラーを射殺させたりしませんな
どと約束したのかもしれない。「いま無線が入ったの。イースト・アトランタで、走行中
の車から狙撃される事件が起きた。死者二名。アビディ・ミタルのチームが、現場検証の
ためにイヴリンの家から出ていったわ。これは騒がれるでしょうね。被害者は女性と子ど
も。白人、ブロンド、中産階級、美人」
犯人グループがイヴリンの家を無人にする方法は、これだったのだ。アマンダは数時間
前にしかるべき筋に電話をかけ、ＣＳＵがあと三日は現場に残ることを確認していた。犯
人グループが走行中の車から狙撃する腕を持っていることはわかっていた。これで、彼ら
が無関係な人々を簡単に殺すことも明らかになった。しかも、アトランタじゅうの放送局
が番組を中断して現場を中継するような被害者を的確に選んでいる。
ウィルにとってもっとも気になったのは、彼らが母子を殺すことになんのためらいも見

せなかったことだ。

アマンダが言った。「イヴリンの家の裏庭が掘り返されていたわ」

暑さのせいだろうか。ウィルは、犬が骨を捜しているところを思い浮かべた。

「イヴリンが裏庭に金を埋めたと話したのよ。あちこち穴があいてる」

ウィルも以前はそう思っていた。いまではそれがいかにばかげた勘違いだったかわかる。庭に穴を掘って金を埋める人などいない。イヴリンですら銀行口座を持っている。現代は、なにもかもコンピューターで処理される。

ウィルは引きつづき低い声でしゃべった。「ミセス・レヴィは、だれかが穴を掘るところを見ていないんですか？」

アマンダはめずらしく黙りこんだ。

「アマンダ？」

「電話をかけても出ないのよ。たぶん昼寝をしてるんだと思うけど」

唾が呑みこめなかった。ほんとうにこのまま死ぬかもしれないと思うと、もはや笑えない。

「目覚ましをかけてるはずよ」

電話の音が聞こえないのに、目覚ましの音が聞こえるだろうか。ウィルは、心配するのをやめた。どうせ死ぬ前に、熱中症で意識を失うのだ。

アマンダが言った。「ここにわたしの昔馴染みがふたりいて、もうひとりは外にいる。フェイスがイヴリンの家に入るまで見守ってくれることになってる。ベヴはシークレット・サービスなの。郵便トラックに乗ってる」

ウィルはもっと驚くことができればいいのにと思った。たとえホワイトハウスの昔馴染みに電話をかけて核爆弾発射のパスワードを聞いたと告げられても、ただうなずいただけだろう。

「準備は万端よ」アマンダは、捜査が大詰めに入るとおしゃべりになる。いまも例外ではない。「フェイスは自宅で待機してる。貸金庫の話がほんとうだと見せかけるために、さっきまで銀行を三軒まわってたのよ。最後の銀行で、なんとか現金を用意してもらったわ。すべての札の番号を控えてあるし、ダッフルバッグの内側に発信器をつけた」アマンダはつかのま黙った。「フェイスなら大丈夫だと思う。サラのおかげでいまのところ落ち着いてるし。ただ、自分を大事にしてくれればいいんだけど」

ウィルもそのことは心配していた。いつもフェイスは不滅だと思っていた。彼女はどんな危機にも対処できるように見える。それはたぶん、心の準備もできていないのに、いきなり母親にならなければならなかったからだろう。フェイスの妊娠は近隣一帯を揺るがす騒ぎになったというミセス・レヴィの話が、あれから何度も思い出された。フェイス自身、いまでも恥の意識を抱えているようだ。サラにイヴリンからの動画メッセージの意味を話したとき、顔を赤らめていた。イヴリンは、あのメッセージが遺言になるかもしれないから、少しでも娘の罪悪感を減らそうとしていただけなのかもしれないが。フェイスの人生は妊娠が原因でいったんばらばらに壊れてしまった。それでも、フェイスは壊れた破片をひとつひとつ拾い集めた。イヴリンも支援したのだろうが、もっとも苦労したのはフェイスだ。一般教育修了検定に合格した。ポリス・アカデミーに入学した。大学に入った。子どもを育てた。フェイスほど強い女性を、ウィルはほかに知らない。ある意味、アマンダより強い。

だから、真実を知る権利がある。

ウィルは小声で尋ねた。「どうしてフェイスにお父さんが賭博をしていたと嘘をついたんですか？」

アマンダは答えなかった。

ウィルは同じ質問を繰り返そうとした。「どうしてフェイスに――」

「ほんとうのことだからよ」アマンダは言った。「今朝あの話をしたときは、人はお金ではないものを求めて賭けをすることがあると、あなたもわかってると思ってたのに」

ウィルは最後に残ったわずかな唾を呑みこんだ。いまはアマンダの謎かけに応じる気分ではない。「イヴリンは金を受け取っていたんでしょう」

「彼女は大昔に大きなまちがいを犯したの。でもいままでずっと、その償いをしてきた」

ウィルは声を荒らげないよう必死に我慢した。「やはりイヴリンは――」

「約束するわ、ウィル。イヴリンを救出したら、本人がほんとうのことを洗いざらい話してくれる。一時間、ふたりきりで会わせてあげる。どんな疑問にも答えてくれるわ」

ウィルはトランク内に目を走らせた。ゴムパッキンの隙間から、薄く光が差しこんでいる。「もし救出できなければ？」

「もはや真実など問題ではなくなるわ、そうでしょう？」アマンダの背後で話し声がした。「もう切るわ。なにかあれば連絡する」

ウィルはもう一度ライフルをずらして電話を切った。目を閉じて、気持ちを落ち着けようとした。背中を玉の汗が伝い落ちる。サラに引っかかれた背骨の付け根がひりひりする。ぶるりとかぶりを振って、ゆうべの映像を頭から追い払おうとした。ライフルに性的暴行で告発されたら困る。ライフルが証言台に座って、スコープから流れる涙を引き金で拭っているところを想像した。

もう一度、首を横に振った。この暑さにはもう耐えられない。集中力を途切れさせないために、事件について最初から見なおすことにした。アマンダはいつも、最初から順番に報告しろと言う。見落としているものに気づくには、そうするのがいちばんだ。ウィルは、この三日間のことをひとつひとつあらゆる角度から眺めた。裏の世界の住人が語った嘘と真実の一部だけでなく、アマンダがつむいだ嘘と真実の一部についても、すべて検証した。

やはり今回も、チャック・フィンが重要人物として何度も浮かびあがる。消去法で考えるとそうなる。イヴリンの部下のなかで、チャックだけが居所不明だ。また、ヒロノブ・クウォンと同時期に〈ヒーリング・ウィンズ〉でリハビリを受けていた。ロジャー・リンにチャックルベリー・フィンと呼ばれていたから、おそらく彼と面識がある。

それから、蛇の頭がどうこうというロジャーの言葉もある。犯人グループには、中心人物がひとりいるはずだ。チャックがその人物である可能性が高い。そう考える根拠はいくつもある。彼は自分を告発したイヴリン・ミッチェルを恨んでいるかもしれない。彼女のせいでつらい刑務所生活を送るはめになった。警察官として敬われていたのに、シャワールームで自分の尻を守らなければならなくなった。

おそらく彼は刑務所のなかでドラッグを覚え、仮釈放されたとたんに歯止めが効かなくなった。ヘロインとコカインを両方やれば、恐ろしく高くつく。いまはもうやっていないとしても、手持ちの金はとうに底をつき、困っているはずだ。ウィルが捜査した六名のなかで、チャックがいちばん目立たなかった。彼は贅沢な旅行に金を使っていた。世界のあちこちへ億万長者のような旅をしていた。アフリカ旅行だけで十万ドルを費やしている。ウィルの知るかぎり、チャック・フィンの逮捕にもっともうろたえていたのは、旅行代理店の社員だった。

チャックがほんとうに黒幕なのかは、まもなくわかるはずだ。カーポートの横のドアがあき、寝室用スリッパがコンクリートをこする音が聞こえた。トランクの蓋が薄く開き、陽光が水のように流れこんできた。ミセス・レヴィが白いごみ袋を手に、すり足で歩いていくのが見えた。プラスチックのごみ箱にごみを放りこむ音がした。

ウィルは片方の手でライフルをつかみ、反対の手でトランクの蓋を支えた。体の動きは、予想どおりだった――かっこよく飛び出すスーパーマンというよりは、だらしなくコンクリートに垂れる牛の舌だ。ロズ・レヴィが横を通り過ぎた。彼女はなに食わぬ顔でまっすぐ前を向いていた。手を伸ばして、目立たないようにすばやくトランクの蓋を閉じる。ウィルに一瞥もくれず、家になかに入ってドアを閉めた。残されたウィルは、あの老女が冷静に夫を手にかけたうえに、十年間アマンダに面と向かって平然と嘘をついていた可能性はおおいにあると思った。

しばらくその場に腹這いになったまま、冷たいコンクリートの感触を味わい、コルヴェアの後部から漏れたオイルのにおいのする新鮮な空気を吸いこんだ。両肘をついて体を起こす。カーポートの様子は記憶にあるとおりだったが、ほとんど役に立たないことがわかった。陸橋の下の交差路のように正面から奥まで見通せるので、思っていたよりも危険だ。カーポートはロズ・レヴィの家の側面に位置している。家屋と反対側に一メートル二十センチほどの高さの煉瓦塀があり、塀の両端から突き出た金属の柱がカーポートの屋根を支えている。車の下から通りが見えるが、自分が見られているかどうかはわからない。

横に目を向けると、プラスチックのごみ箱が煉瓦塀と車のちょうど中間ほどの位置に置いてあった。なにか動くものがあれば、見ている者はすぐ気づくだろうが、選択の余地はない。ウィルは低く腰を屈めた。ぐずぐずしている余裕はないと覚悟を決め、息を詰めて大きなごみ箱の裏へ突進した。

弾丸は飛んでこなかった。大声もあがらなかった。自分の心臓が胸郭をたたく音だけが聞こえた。

まだ煉瓦塀まで九十センチほど距離がある。ウィルは次の動きに出るべく身構え、ふと考えなおした。ほかにもっといい方法があるのではないか。煉瓦塀に寄りかかって座っていれば、ここに標的がいますよと頭上に矢印のネオンサインを掲げるようなものだ。ウィルはしゃがんだままよちよちと歩いて少しずつごみ箱を押し、車と煉瓦塀の隙間をふさいだ。ごみ箱は防壁にはならないが、とりあえず通りから見えないように隠してはくれる。問題は、裏庭だ。煉瓦塀はイヴリンの家からの狙撃からは守ってくれる。だが、敵が裏庭から近づいてきたら、格好のターゲットにされてしまう。

いつまでもしゃがんでいられない。片方の膝をつき、思いきって煉瓦塀のむこうを覗いた。だれもいない。イヴリンの家はゆるやかなくだり斜面の先にある。ウィルが家を設計したとしても、バスルームの窓をこれ以上都合よく配置することはできなかったかもしれない。窓は壁の高い位置にあった。おそらくシャワーのコーナーだろう。小さな子どもならくぐり抜けられそうだが、あいにく大人は無理だ。とくに、育ちすぎた男は。だが、ブラインドはあがっていて、廊下まではっきりと見通せた。ライフルのスコープを覗くと、イヴリンのカーポートに通じるドアのざらざらした質感までわかる。ドアは閉まっていた。白い表面が、指紋採取用の黒い粉で汚れている。

これからのことは、フェイスと打ちあわせておいた。フェイスは、あの白いドアから家に入ることになっている。

ウィルの携帯電話が振動した。ブルートゥースのイヤフォンを耳に押し入れる。「位置につきました」

「ベヴァリー・ロードに黒いワゴン車が入ってきた。ピーチツリー方面から来たわ」

ウィルはライフルを持つ手に力をこめた。「フェイスはどこですか？」

「いま自宅を出たところ。徒歩で向かってる」

返事をする必要はなかった。それが計画とちがっていることは、ふたりともわかっている。フェイスは徒歩ではなく、車で来るはずだった。

通りからエンジンの音が聞こえてきた。黒いワゴン車が歩道の脇に止まった。犯人グループのものであることはすぐにわかった。サイドパネルが銃痕だらけだ。ウィルはライフルのレバーをスライドさせて、発射の準備をした。ワゴン車の中央部に狙いを定めたと同時に、サイドドアがあいた。ワゴン車のなかを覗いたウィルは驚愕《きようがく》した。

アマンダに小声で伝えた。「犯人グループはふたりしかいません。イヴリンはいます」

「発砲を許可する」

許可されても、どうすればいいのか。ふたりの若い男が両脇からイヴリン・ミッチェルを捕まえ、空いているほうの手で銃口を彼女の頭に突きつけている。見るからに危なっかしい。どちらかひとりが引き金を引けば、死ぬのはイヴリンだけではない――銃弾はイヴリンの頭を貫通して、仲間の頭にめりこむだろう。ふたりの大天才に挟まれているのが親友でなければ、アマンダはこれぞ奇跡だと言ったにちがいない。

ふたりはイヴリンを盾にしながら、ワゴン車から乱暴におろした。イヴリンが痛みに悲鳴をあげ、その声が静かな午後の住宅地に響き渡った。イヴリンは縛られてはいないが、どう見ても逃げられそうになかった。片方の脚に、二本に折った箒《ほうき》の柄を添えてダクトテープで固定してあった。重傷を折っていることがひと目でわかる。ふたりの若者は少しも気にかけていない。

ふたりとも黒いジャケットと黒いベースボールキャップをかぶっていた。きょろきょろと首をめぐらせ、あたりをうかがっている。ふたりはイヴリンを前後から挟み、固まって歩いてきた。しんがりの男が馬を追い立てるようにイヴリンの脇腹にグロックを突きつけ、無理やり歩かせた。イヴリンは自力で歩けないようだ。グロックの男がイヴリンの腰に腕をまわして立たせていた。一歩進むごとに、イヴリンは顔をゆがめて後ろの男に寄りかかった。前にいる男は、膝を曲げて歩いていた。イヴリンは男の肩につかまって、なんとかバランスを取っている。男はよろめきもしない。ＴＥＣ‐９の銃口を左右に振り、警戒している。現在は失効している連邦攻撃武器規制法によって製造元が廃業に追いこまれて以来、ウィルはＴＥＣ‐９の実物を見たことがなかった。コロンバイン高校の乱射事件で使われた銃だ。セミオートマチックだが、マガジンに五十発も入るので、サブマシンガンのように使える。

一瞬、ウィルはスコープから通りへ視線を移した。通りは無人だった。チャック・フィンの姿はない。黒いジャケットに黒いベースボールキャップの若者集団もいない。ふたたびスコープに目を戻す。胃袋がずっしりと重くなった。たったふたりのはずはないのだが。

アマンダの声はきびきびとしていた。「撃てる？」

スコープはＴＥＣ‐９の男の胸をとらえている。もしかしたら、このふたりの若者はまったくの素人ではないのかもしれない。ＴＥＣ‐９の男はイヴリンのすぐ前にいる。自分を狙って発砲すればイヴリンにも弾が当たるように計算している。後ろからイヴリンを追い立てているグロックの男も同じだ。頭を狙うのは論外だ。ＴＥＣ‐９の男を倒すことができても、ウィルがグロックの男に狙いを定めるより先にイヴリンを殺される。どちらを狙っても、人質を殺してしまうことになる。「撃てません」アマンダに返した。「危険すぎます」

アマンダは、無理強いはしなかった。「いつでも電話に出られるようにしておいて。フェイスがそっちに到着したら知らせるから」

ウィルは三人がカーポートのなかに消えるまで、目で追った。さっと向きを変え、ライフルをイヴリンの家の勝手口に向け、息を詰めて待つ。やがて、勝手口のドアが勢いよくあいた。ウィルはトリガーガードに指をかけたまま、イヴリン・ミッチェルがよろよろとキッチンへ入ってくるのを見ていた。グロック男があいかわらず後ろにいて、イヴリンを抱えあげた。顔が緊張している。TEC-9男はいちばん前で腰を落として歩きつづけた。帽子のてっぺんがイヴリンの胸の高さと同じだった。ウィルはイヴリンの顔を観察した。片方のまぶたが腫れてつぶれている。頬が切られていた。

三人は玄関ホールに出た。グロック男がイヴリンをどすんと床におろすと、彼女は顔をしかめた。イヴリンは太っていないが、それなりに重い。グロック男は息を切らし、頭をがっくりとイヴリンの背中にあずけた。TEC-9男と同様に、彼も一人前の男というよりまだティーンエイジャーのように見えた。

玄関ホールの明るさが変わり、薄暗くなった。正面の窓のブラインドをおろしたのだろう。日光を完全にさえぎらないプラスチックのブラインドなので、ウィルには三人の姿がはっきりと見えた。イヴリンは半分抱えられ、半分突き飛ばされながら、居間へ入った。黒い帽子、その上で揺れているTEC-9の先端が見えた。そのあと、彼らは見えなくなった。ウィルの視線の先には、だれもいないキッチンがあった。

「三人は居間にいます」ウィルはアマンダに報告した。「三人全員です」アマンダの杜撰《ずさん》な計画が早くも軌道からはずれかけていることは、あえて指摘しなかった。イヴリンは寝室に閉じこめられなかった。彼らは堂々とイヴリンを家の中心に据えてフェイスを迎えるつもりなのだ。

アマンダが言った。「イヴを盾にしているわ。裏のカーテンは閉まってるから、裏庭からは手出しできない」ぼそりと悪態をついた。「なにも見えないわ」

「いまフェイスはどこです？」

「そろそろ到着するはずよ」

ウィルは痛む肩をほぐすために、体の力を抜いた。チャック・フィンはまだ姿を見せない。イヴリンは寝室に閉じこめられなかった。若者ふたりは、屋内に隠れている警官を捜そうともしなかった。自分たちの安全も確保していない。玄関にバリケードを築きもせず、侵入したときのように簡単に逃亡できるように用意をすることもない。

なにひとつ予想どおりに進んでいないせいで、フェイスの首にかかった輪縄がじわじわと締まっていくような気がする。

待つ以外に、なにもできない。

18

フェイスは自宅を出る前に、ジェレミーの携帯電話でふたりの子どもたちに宛てたメッセージ動画を撮った。まずふたりに、あなたたちを愛している、なによりも大事に思っている、今日このあとなにがあっても、自分が大切なふたりの髪の毛一本一本まで慈しんだことを知っておいてほしいと語りかけた。ジェレミーには、あなたを自分で育てたことは人生で最上の決断だった、あなたがわたしの人生そのものだったと話した。エマにも同じことを言い、ヴィクター・マルティネスはいい人だ、娘とお父さんが仲よくしてくれるとうれしい、とつけたした。

大騒ぎだな、とジークなら言いそうだ。フェイスはジークにもメッセージを残した。自分でも意外なものになった。「クソ野郎」という言葉が一度も出てこなかったのだ。それどころか、愛しているとまで言った。迷惑をかけてごめんなさいと謝りもした。

それから、母親に宛てたメッセージも録画しようとした。少なくとも十二回は途中でやめ、また撮りなおした。母親には言いたいことがたくさんありすぎる。まず、こんなことになってほんとうに残念だということ。それから、自分がしてきた数々の選択にがっかりしていないことを願っているということ。自分に少しでもいいところがあるとすれば、それは全部、両親から受け継いだということ。人生の唯一の目標は、母親のようによき警官、よき母親、よき女性になることだったということ。

だが、結局はやめた。イヴリン・ミッチェルが動画を観る可能性はとても低いからだ。

フェイスは完全に浮き足立っているわけではなかった。これから自分が向かう場所に罠が待っていることはわかっている。今朝、サラの家のキッチンで、アマンダはウィルの話には耳を傾けなかったが、フェイスは彼の言うとおりだと思った。今回の件がただの身代金目当ての誘拐ではないというウィルの意見は、筋が通っていた。アマンダは追跡のスリルにすっかり元気を取り戻し、身の程知らずにも親友を拉致した若造たちに、かならず罪を償わせてやると言い放つ機会を待ち構えている。ウィルはいつものように冷静だった。適切な質問の方法を心得ているし、もっと大事なことに、答えの聞き方がわかっている。

ウィルは理性的で、感情に流されることはない――とりあえず、フェイスはそう思っている。ただ、いまウィルの頭のなかでなにが起きているのかはわからない。気の毒に、サラ・リントンは、これから困難な仕事に取り組むことになるだろう。今朝、ウィルが握手で別れようとしたことなど序の口にすぎない。サラがアンジー・トレントを押しのけることができたとしても――フェイスの考えでは、そんなことは不可能に近いが――ウィルの頑迷さはちょっとやそっとでは変わらない。あんなにすぐ黙りこむ男に会ったのは、ジェレミーの父親に妊娠したと告げたとき以来だ。

いや、ひょっとしたら、自分はウィルのことを見損なっているのだろうか。フェイスは、ウィルが本を読めないのと同じくらい、パートナーである彼の心が読めない。唯一はっきり言いきれるのは、ウィルは他人の心の動きを不自然なほど感じ取るということだ。おそらく施設で育ち、目の前の相手が敵か味方かすばやく見極めなければならなかったからだろう。そして、普通の人なら見落とすようなささいな手がかりから事実をこねくりまわす巨匠でもある。ウィルなら遅かれ早かれ、以前イヴリン・ミッチェルになにがあったのか、真実を突き止めるだろう。フェイスがそのことを知ったのは、ついさっき、最後になるかもしれないと思いながらジェレミーの思い出の箱をあけたときだ。

もちろん、ウィルのテレパシーじみた捜査能力にすべてをまかせるわけにはいかない。なんに対しても主導権を握らなければ気がすまないフェイスは、今回の事件のあらましと動機について、ウィルに手紙を書いた。そして、三軒目の銀行に行ったあと、ウィルの家に届けておいた。ジェレミーのアイフォーンはアトランタ市警に調べられるだろうが、手紙に書いたことは永遠にウィルの胸にしまわれるはずだ。

ウィル・トレントは秘密を絶対に守る。フェイスは、心の底からそれを信じている。手紙のことを頭から締め出しながら、玄関を出た。母親のことも、ジェレミーやエマやジークのことも、いったん忘れなければならない——判断力が鈍るから。装備に隙はない。ダッフルバッグの札束のあいだに、包丁を忍ばせた。ジークのワルサーはパンツのウエストに差してある。アマンダから借りたスミス&ウェッソンが、ホルスターにおさまって足首にぴったりと密着している。金属が肌をこする。かさばるし、すぐにばれるような気がするけれど、とにかく足を引きずらないように気をつけなければならない。

ミニの前を通り過ぎた。実家に車で行くのはいやだった。エマと彼女の身のまわりのものを乗せ、実家までの一ブロック半を運転していく日常とは、きっちりと線を引きたかった。いままでずっと自分勝手に頑固にやってきたのだから、いまさら変えるつもりはない。今日も、少なくともひとつは自分の思うとおりにやりたい。

私道の端で左に曲がり、次に右に曲がって実家を目指した。前方に伸びる道路全体に目を走らせた。車はカーポートやガレージに入っている。どの家の玄関ポーチもひとけがないが、いつものことだ。この近隣には裏のポーチでくつろぐ人が多い。たいていの人は、他人の生活に干渉しない。

それはいまもそうだ。

右側に郵便配達のトラックが停まっていた。フェイスが横を通過すると、配達人が降りてきた。フェイスの知らない顔だ——白髪交じりのクリスタル・ゲイルのような長い髪を後ろでひとつに縛っている、ヒッピーじみた年配の女だ。背中で髪を揺らしながらミスター・ケイブルの郵便箱へ歩いていき、下着のカタログを突っこんだ。

フェイスはダッフルバッグを逆の手に持ち替え、左に曲がって実家のある通りに入った。キャンバス地の鞄と中身の現金の重さを合わせると、七キロ近くになる。現金は厚さ十センチほどの札束六個に分かれていた。すべて百ドル札で、合計五十八万ドルある。アマンダが調達できたのが、その金額だった。イヴリンが汚職に関与していたなら、それくらい持っていてもおかしくないだろう。

だが、イヴリンは汚職に関与していない。フェイスは母親の潔白を疑ったことはない。だから、アマンダの告白には、かえって動揺した。心のどこかでは、話にはまだ続きがあると感づいていたはずだ。母親が汚職と同じくらい重大な罪を犯したのではないかと。けれど、甘やかされて育ったフェイスは、長いあいだ見たくないものには目をつぶってきたから、真実がわからなくなっていた。

イヴリンは、このような否認を〝自発的に目をつぶること〟と言っていた。いつも引き合いに出すのは、ある種の愚かな行動を取る人たちだった——息子が強姦罪で二度も有罪判決を受けているのに、もう一度チャンスをくれるべきだと訴える母親、売春は被害者のいない犯罪だというのが持論の男。賄賂をもらうのは当然の権利だと考えている警官。そして、自分の問題にかまけて、周囲の人も苦しんでいることに気づかない娘。

実家の私道にたどり着き、フェイスは髪が風にそよぐのを感じた。郵便箱の前に、黒いワゴン車がとまっていた。前部座席は見たところ無人だ。後部に窓はない。金属のスライドパネルには、銃弾の痕がいくつもあいている。ナンバープレートはなんの変哲もない。クロームのバンパーに、色あせたオバマ・バイデンのステッカーが貼ってあった。

フェイスは、私道に張られた黄色い立ち入り禁止のテープをくぐった。母親のインパラがカーポートに停まっている。子どものころ、この私道で石蹴り遊びをした。ビル・ミッチェルが家の軒に取りつけた錆《さび》だらけの古いフープで、ジェレミーにバスケットボールのシュートのやり方を教えた。この四カ月は、ほとんど毎日エマをここへ連れてきて、母と娘の頬にキスをして仕事に向かった。

ダッフルバッグを持つ手に力をこめ、カーポートのなかへ入った。日陰でそよ風を浴びると、汗ばんだ体がひんやりした。周囲を見まわす。物置のドアはあいたままになっていた。エマがあの狭い空間に閉じこめられているのを発見してから、まだ二日しかたっていないのが信じられない。

家のほうを振り向く。勝手口のドアが蹴破られていた。蝶番からななめにぶらさがっている。母親の血の手形が見えた。薬指があるべき場所にない。まともに銃弾を食らうのを覚悟し、息を詰めてドアを押した。目もつぶって身構えた。けれど、なにも起きなかった。キッチンにはだれもいなかったが、血痕はあちこちに残っていた。

二日前に家に入ったとき、母親を見つけることに必死で、家の様子をきちんと見ていなかった。いまは、ここで起きた格闘の激しさがよくわかる。犯罪現場は何度も見ている。争いの様子が目に見えるようだ。洗濯室の死体はとっくに搬出されたが、いまでも倒れていた位置や服装や、床に投げ出された手を思い出せる。

ウィルが死んだ男の名前を教えてくれたが、思い出せない。メンバーのだれの名前も覚えていない——寝室で射殺した男の名も、ジョンソン家の裏庭で射殺した男の名も。

こんなことをした連中の名前など、忘れて当然だ。

フェイスはキッチンに目を戻した。ドアのない出入り口に人影はなかった。玄関ホールまで見通すことができた。まだ午後の早い時間なのに、玄関ホールは夕方のように薄暗い。寝室のドアはすべて閉まっている。玄関ドアの両脇にある大きな窓のブラインドはおりていた。日差しが入ってくるのは、バスルームの窓だけだ。シェードがあがっていた。フェイスはダイニングルームを通り抜け、玄関ホールに出た。右手に廊下、左手にキッチン。正面が居間だ。銃を抜いたほうがいいのかもしれないが、撃たれる気がしなかった。まだ、いまのところは。

居間も薄暗かった。カーテンが閉まっているが、生地は薄い。ガラスの引き戸の割れた部分から入ってくる風が、カーテンを揺らしている。室内はまだめちゃくちゃだった。以前はどんな部屋だったか、もう思い出せない。十八年間、ここに住んでいたのに。左手の壁には、本がぎっしり詰まった本棚が並んでいる。額に入った家族写真。スピーカーの雑音がうるさいステレオ。ふかふかのソファ。父親が読書をするときの指定席だったウィングバックチェア。いま、そこに母親が座っていた。左手は血で染まったタオルに包まれている。右手は人の体とは思えないほど腫れている。前にまっすぐ伸ばした脚には、二本の箒の柄を添えてダクトテープで固定してあった。白いブラウスは血で汚れていた。髪は頭にべったりとくっついている。口にもダクトテープを貼られていた。フェイスに気づき、イヴリンは目を見開いた。

「母さん」フェイスはささやいた。その声が頭のなかにこだまし、三十四年間の記憶が一気に呼び覚まされた。母親が大好きだったこと。喧嘩をしたこと。どなったこと。嘘をついたこと。母親の腕のなかで泣いたこと。母親から逃げたこと。また戻ったこと。そしていま。

スーパーマーケットで会った若い男が、左側の本棚に寄りかかっていた。三角形の頂点にあたる理想的な位置だ。イヴリンは男の左ななめ前にいる。フェイスはイヴリンから四メートル半ほど離れ、男から見て右手に位置している。男は影になっているが、銃を持っていることはすぐにわかった。TEC‐9の銃身はイヴリンのほうを向いている。三十センチはある五十発のマガジンが下から突き出ていた。男のジャケットのポケットからも数個のクリップがぶらさがっている。

フェイスはダッフルバッグを床に落とした。右手はワルサーを取り出したがっている。

手持ちの弾をすべて男の胸に撃ちこんでやりたかった。頭は狙わない。目を見つめ、悲鳴を聞きながら、男を銃弾でずたずたにしたかった。

「おまえがなにを考えてるのかわかる」男がにやりと笑い、プラチナの歯が室内のとぼしい光を反射した。「〝あいつが引き金を引くより先に、銃を抜けるかしら？〟」

フェイスは答えた。「無理よ」早撃ちには自信があるが、ＴＥＣ‐９の銃口はすでに母親の頭を狙っている。どう考えても不利だ。

「そいつの銃を取りあげろ」

後頭部に金属の冷たさを感じた。だれかが背後にいる。もうひとりの男だ。彼はジーンズのウエストからワルサーを抜き、ダッフルバッグを取った。ファスナーがあく。男の笑い声は、クリスマスの朝の子どものようだった。「すげえ、これ全部、金だ！」飛び跳ねるようにして仲間に駆け寄る。「やった！　おれたち金持ちだ！」ワルサーをバッグに放りこむ。「やった！」もう一度繰り返し、イヴリンにバッグを見せた。「見ろよ、ビッチ。どんな気分だ？　これはもうおれたちのもんだ」

フェイスはスーパーマーケットで会った若者から目を離さなかった。仲間の浮かれようにいまいましそうな顔をしている。案の定だ。やはり身代金目的ではなかった。ウィルは何時間も前に、そのことに気づいていたのに。

若者がフェイスに尋ねた。「いくらあるんだ？」

「五十万ちょっと」

若者は低く口笛を吹いた。「聞いたか、イヴ？　あんた、すげえ大金を盗んだんだな」

「ほんとうだ」仲間の男は札束を扇のように広げた。「二日前にありかを言ってれば、こんな目にあわずにすんだのにな、ビッチ。アルメッハってあだ名が似合うじゃねえか」

フェイスは母親を見ることができなかった。「持っていきなさい」若者に言った。「そういう約束でしょう。お金を持って、さっさと出ていきなさい」

仲間の男がそうしようとした。バッグをイヴリンの椅子の脇に落とし、床からダクトテープを拾いあげた。「なあ、早くバックヘッドへ行こうぜ。ジャガーを買って――」

二発、立てつづけに大きな銃声が響いた。ダクトテープが床に落ち、イヴリンの座っている椅子の下へ転がっていった。仲間の男の体が、その横に倒れた。男の後頭部はハンマーで殴られたように陥没していた。血が床に飛び散り、椅子の脚やイヴリンの足元にたまって広がっていく。

若者が言った。「こいつはしゃべりすぎだ。そう思わねえ？」

心臓の鼓動の音がうるさく、フェイスは自分の声もほとんど聞き取れなかった。足首のホルスターに隠したリボルバーが熱く、肌に焼きつくようだ。「あんた、ほんとうにここを生きて出られると思ってるの？」

若者はあいかわらずＴＥＣ‐９を母親に向けている。「おれがここを出ていきたがってると、どうして決めつけるんだ?」

フェイスは思いきって母親に目をやった。母親の顔から汗が滴っていた。ダクトテープの端が頬からはがれかけている。体を縛られてはいない。折れた脚では逃げられないからだ。それでも、母親は背筋をまっすぐにして座っていた。胸を張って。膝で両手を握りあわせて。どんなときもだらしない座り方をしない。なにがあっても感情をむき出しにしない――ただし、いまは例外だ。目に恐怖があらわになっている。銃を持った男が怖いのではなく、娘に秘密が明かされることを恐れている。

「あたし、知ってるよ」フェイスは母親に言った。「大丈夫。もう知ってるから」

若者は銃を横に倒し、目を細くしてイヴリンに狙いをつけた。「なにを知ってるんだ、ビッチ?」

「あんたのことよ」フェイスは答えた。「あんたがだれか、知ってるわ」

19

TEC‐9の銃声がしたとき、ウィルはライフルのスコープを覗いていた。まずまばゆいストロボが二回光ったような閃光《せんこう》が見えた。その直後、音が聞こえた。ウィルは思わず身をすくめた。ついそうしてしまった。もう一度スコープを覗くと、フェイスが見えた。それまでと変わらず、玄関ホールで居間のほうを向いて立っていた。体が揺れている。ウィルはフェイスが倒れるのではないかと思い、数を数えながら待った。フェイスは倒れなかった。

「いったいなんの騒ぎ？」

コルヴェアのむこうから、ロズ・レヴィの声がした。ウィルは車の下を覗き、磨きあげたニッケルめっきのコルト・パイソンの銃口と向かいあっていることに気づいた。ロズ・レヴィはよくあんな代物をしっかりと構えていられるものだ。銃身の長さはおよそ十五センチ。この三五七マグナムには、胸を撃つとその衝撃が伝わって脳出血を起こすほどの威力がある。

ウィルはなんとか穏やかな声で言った。「どうかそいつをよそへ向けてくれませんか?」

ロズ・レヴィは銃を引き、撃鉄をそっとおろした。「まったく、クソ迷惑だね」ぶつぶつ言いながら立ちあがった。「マンディが来たよ」

ウィルは、裏庭を走ってくるアマンダを見た。靴が脱げている。片方の手にトランシーバー、もう片方の手にグロックを持っていた。

「フェイスは無事です」ウィルはアマンダに報告した。「まだ家のなかにいます。だれが撃ったのか――」

「来て」アマンダはあっというまにコルヴェアの脇を走り過ぎ、ロズ・レヴィの家に入った。

ウィルは命令に従わなかった。もう一度、ライフルのスコープでイヴリンの家の廊下を見た。フェイスはまだそこにいた。両手を下に向けて前に出している。だれかを説得しているようだ。いまの二発は威嚇か、それともだれかを殺したのか? 走行中の車から狙撃するあの男は、好んで二発連続して撃つ。イヴリンが撃たれたのなら、フェイスはあんなふうに両手を出して突っ立っていないだろう。母親に万一のことがあったら、自分が倒れていないかぎり犯人に飛びかかっているはずだ。

「ウィル!」アマンダがどなった。

ウィルはライフルを体に添えて持ち、コルヴェアのそばを抜けてロズ・レヴィの家に駆けこんだ。ロズ・レヴィとアマンダが、かつては網戸を張ったポーチだったとおぼしき洗濯室に立っていた。ウィルがドアを閉める前に、ロズ・レヴィがアマンダに向かってどなりだした。

「そいつを返しな！」ロズはものすごい剣幕《けんまく》だった。

アマンダがパイソンを持っていた。「あなたにこんなものを持たせたら、わたしたち全員殺されるわ」薬室をあけて三八スペシャル弾を乾燥機の上に出した。「いますぐあなたを逮捕してもいいのよ」

「やれるもんならやってみなさいよ」

怒っているのはロズ・レヴィだけではなかった。ウィルは声を荒らげたいのを我慢しているせいで、喉が詰まりそうな気がしていた。「金と人質の交換は簡単に終わると言いましたよね。連中は金さえ手に入ればイヴリンを返すと――」

「黙って、ウィル」アマンダは空になったシリンダーを戻し、洗濯機の上に銃を放り投げた。

アマンダはウィルが命令に従って黙ったと勘違いしたにちがいないが、実際には怒りのあまり、まともに口をきく自信がなかった。いまアマンダと口論したところで、フェイスはあの家に閉じこめられたまま、脱出させるプランもないという事実は変わらない。いまとなっては、ＳＷＡＴの到着を待ち、これが自爆作戦ではなく人質解放交渉だというふりをする以外に、自分たちにできることはない。

ただ、ウィルみずから突入することはできる。ウィルはライフルを握った。自分が行くべきだ。二日前にフェイスがしたように、ドアを破って犯人を射殺しなければならない。

アマンダの手に、がっちりと手首をつかまれた。「この部屋を出ないで。勝手なまねをしたら、この手であなたを撃つからね」

ウィルは、あごが痛くなるほど歯を食いしばった。アマンダから離れた拍子に、部屋の真ん中にあった金属の庭用椅子にぶつかった。思わず周囲を見まわした。三脚を取りつけたハイスピードカメラが、ドアの窓の前に設置されていた。ロズ・レヴィは黒画用紙でレンズを覆い、その中央に穴をあけていた。ドアの脇にはショットガンが立てかけてある。ウィルを家に入れようとしなかったのも当然だ。せっかく隣を観察しているのに、ウィルに邪魔されたくなかったのだ。

ウィルはカメラのファインダーを覗いた。ライフルのスコープよりレンズの精度がいい。フェイスの顔の脇を汗が伝っているのが見える。彼女はまだなにかしゃべっている。犯人を説得しようとしているようだ。

発砲した者はひとり。立っている男がひとり。

イヴリンの家に入っていった男はふたりいた。どちらも黒いジャケットとベースボールキャップだった。そのうちひとりが撃たれたにちがいない。それだけは確実だ。先ほどふたりの若者がイヴリンを追い立てて、前庭から家に入っていくのが見えた。後ろにいたほうが力仕事を引き受けていた。おそらくリカードやヒロノブ・クウォンをはじめ、イヴリン・ミッチェルから金を取ろうとした連中と同じく、この男も捨て駒だ。

だが、この犯行のほんとうの目的は金ではなかった。暗幕に隠れた老獪《ろうかい》な魔術師などいなかった。裏で糸を引いていたのもチャック・フィンではない。暗幕に隠れた老獪な魔術師などいなかったのだ。ロジャー・リンが言っていた〝蛇の頭〟は、いまここにいる。TEC‐9を構え、なんらかの復讐を果たそうとしている青い瞳の若者だ。

ウィルは歯を食いしばりながら言った。「あとひとりだけです。最初から、彼の目的はこれだったんだ」

「そいつにあの金は一ドルたりとも使わせないわ」

ウィルは懸命に声を抑えた。「目的は金ではありません」

「だったらなに？」アマンダはカメラのファインダーを覗いているウィルの肩をつかみ、荒っぽく振り向かせた。「言ってみなさいよ、おりこうさん。なにが目的なのか言いなさい」

ミセス・レヴィがぼそぼそとつぶやいた。「あんたもわかってるんだろう」ふたたびリボルバーに銃弾を装填している。

「黙ってて、ロズ。これ以上あなたの相手はしてられない」アマンダはウィルをにらみつけた。「ほら、言ってみなさいよ、ドクター・トレント。ぜひご意見を拝聴したいわ」

「彼女を殺すことです。あの若者はふたりを殺したいんです」ウィルはついに、それまで使ったことのない〝だから言ったでしょうが〟的な口調で言い放った。「あなたが一度でもぼくの話を本気で聞いていれば、こんなことにはならなかったんだ」

アマンダは瞳を怒りで燃えあがらせたが、ウィルに先を促した。「続けて。全部吐き出しなさい」

彼女がようやく話を聞く姿勢を見せたことで、ウィルの忍耐は限界を超えた。「ぼくはもっと慎重にと言いました。無防備なフェイスを送りこむ前に、ほんとうの動機を探るべきだと言ったじゃないですか」アマンダに詰め寄り、洗濯機の前へ追いこんだ。「それなのに、あなたはぼくより自分の竿《さお》のほうが立派だと証明したいがために、一瞬たりともぼくの意見を顧みようとはしなかった」アマンダの息がかかるほど顔を近づける。「多くの血が流されたのは、アマンダ、あなたのせいだ。あなたがフェイスを追いつめたんだ。ぼくたちみんなを追いつめた」

アマンダは顔をそむけた。黙っているが、ウィルは彼女の目に真実を見て取った。彼女はウィルが正しいと認めている。

認めてもらえたからといって憤りがおさまったわけではないが、ウィルはアマンダから離れた。手が震えるほど力をこめてライフルを握り、小柄なアマンダに、いじめっ子のようにのしかかってしまった。恥ずかしさが怒りを追いやった。手とあごから力を抜いた。

「ハッ」ミセス・レヴィが笑った。「あんなことを言われて黙ってるの、ワグ？」パイソンに弾を戻し終えてシリンダーを戻すと、ウィルのほうを向いた。「昔はそう呼《ワ》ばれていたのよ――ワグってね。男がそばに来ると、黙って犬みたいにしっぽを振《グ》るから」

　ウィルは仰天した。これ以上、現実からほど遠いことなど想像もできない。

　ミセス・レヴィはパイソンを両手で持ちあげ、アマンダに言った。「竿といえば、二十年前に芽を摘むことができてたのにねえ、もしあんたがイヴにちゃんと――」

　アマンダは嚙みついた。「その殊勝ぶったたわごとにはうんざりよ、ロズ。わたしがあなたからクッキーレシピを取りあげなきゃ、あなたはいまごろ死刑囚監房にいるわ」

「あのときあたしは言ったよ。鳩《はと》と鶫《つぐみ》は交わらないって」

「あなたはなにもわかってない。いまも昔も」アマンダはトランシーバーで指示を出した。声が震えていたのが、この十分間で起きたことのなによりもウィルの不安を煽った。「黒いワゴン車を撃って、タイヤを全部つぶしてちょうだい。すみやかに近所の住人を退避させて。市警に応援を要請しなさい。それからＳＷＡＴの到着予定時刻を五分以内に報告して。できなければ、明日は仕事に来なくていいから」

　ウィルはまたカメラのファインダーを覗いた。フェイスはあいかわらず話しつづけている。とにかく口が動いている。両腕を胸の前で交差させている。ウィルは、いつのまにかロズ・レヴィのやや人種差別を思わせる言葉を思い出していた。鳩と鵜。ミセス・レヴィは古臭い格言をよく使う。たとえば、二日前にも〝女はスカートをまくりあげてたって、パンツをおろした男より早く逃げられる〟と言っていた。十四歳の少女が妊娠して十五歳で出産したことについて、普通はそんな言い方はしないのではないか。

ウィルはロズ・レヴィに尋ねた。「おとといイヴリンの家で銃声がしたとき、なぜそのパイソンを持って駆けつけなかったんですか？」

ロズ・レヴィは銃を見おろした。やや不機嫌な口調になった。「イヴに言われてたのよ、なにがあっても来るなって」

彼女がおとなしく言いつけに従うとは思えないが、ひょっとしたら見かけほど気性の荒い女ではないのかもしれない。毒殺は臆病者の手段だ。みずからの手を汚さずに、確実に人を殺《あや》めることができる。ウィルはもうひと押ししてみた。「でも、銃声は聞いたんですね」

「イヴが昔やり残したことにけりをつけてるんだろうと思ったのよ」ロズ・レヴィはアマンダのほうへ親指を向けた。「ほら、イヴはあの女にも助けを求めなかったんだよ」

アマンダはトランシーバーにあごをつけた。鍋が沸騰するのを待っているかのように、ウィルを見ていた。アマンダはいつもウィルの十歩先にいる。ウィルがなにを考えるか、本人より先にわかっている。

「イヴリンがまたヘクターと会いはじめていたのは知ってたわ」アマンダがロズ・レヴィに言った。「しばらく前に教えてくれたの」

「そんなはずはないね。ヘクターの写真を見せたとき、あんたは仰天してたじゃないの」

「どうでもいいことじゃない、ロズ？　いまさらどうでもいいことでしょう？」

ロズ・レヴィはどうでもよくないと思っているようだった。「イヴがたった十秒の快楽のために人生を賭けたのは、あたしのせいじゃないよ」

アマンダはあきれたように笑い声をあげた。「十秒？　あなたが亭主を殺すのも無理はないわね。あの男は、なに——十秒しかもたなかったんだ？」辛辣だが、悲しげな口調だった。三十分前に、ウィルと電話で話したときと同じだ。

人はお金ではないものを求めて賭けをすることがある。

あのときアマンダは、ウィルとサラのことを言っていたのだ。人を愛するにはリスクがかならずついてくる、と。

ふたたびウィルはファインダーを覗いた。フェイスがしゃべっている。ミセス・レヴィは今日、このカメラを設置したのだろうか、それともずっとここにあったのか？　イヴリンの家のなかがよく見える。二日前、ミセス・レヴィはなにを目撃したのか？　サンドイッチを作っていたイヴリン。そこへヘクター・オーティズが買い物袋をさげて入ってくる。ふたりは仲睦まじげにしている。なぜなら、ふたりには過去があるから。イヴリンは、子どもたちにそのことを知られたくなかった。

鳩と鶫。

ウィルは、はっとカメラから顔をあげた。「彼はイヴリンの息子だ」ふたりの女が、そろってしゃべるのをやめた。

「ヘクターが父親ですね？　二十年前にイヴリンが犯した過ちとはそれだ。ヘクター・オーティズの息子を産んだんだ。銀行口座は、息子のためのものだった」

アマンダがため息をついた。「だから言ったでしょう、口座は汚職と関係ないって」

ロズ・レヴィがいまいましげに鼻を鳴らした。「でもまあ、これでもう秘密を守らなくていいんだね」上機嫌でウィルに言う。「イヴに肌の茶色い赤ん坊を育てられるわけがないでしょう？　あたしはいつも言ってたのよ、フェイスの子と取り替えてしまいなって。あの子は奔放だったからね。あの子ならどこかのメキシコ移民とつきあってたって、だれも驚かない」ショックを受けているウィルを見て、ミセス・レヴィは高らかに笑った。

「二十年たって、やっぱりそうしたじゃないの」

「十九年よ」アマンダが訂正した。「ジェレミーは十九歳」ロズ・レヴィがこの部屋でなにをしていたのかようやく理解したらしく、室内を見まわした。「まったく」ぼそりとこぼす。「最前列で見物していたのなら、見物料をもらうべきだったわ」

ウィルは尋ねた。「息子はどうなったんですか？」

アマンダはカメラのファインダーを覗いた。「イヴリンは、市警の同僚に赤ん坊を託したの。サンドラ・エスピシート。旦那も警官だった。でも、なかなか子どもが生まれなくてね」

「そのふたりをここへ呼べませんか？　彼を説得してもらうんです」

アマンダはかぶりを振った。「ポールは十年前に殉職したわ。サンドラも去年亡くなった。白血病よ。骨髄移植が必要だった。それで、息子になぜドナーになれないか説明しなければならなかった」ウィルに向きなおる。「息子は最初、実の父親の親族を調べたの。サンドラが、そのほうが受け入れやすいだろうと考えたんでしょうね。それで、ヘクターが息子を親族の集まりに呼んだ。息子はそこでリカードと知りあったのよ。それから〈テキシカーノズ〉の連中とつきあうようになって、ドラッグを覚えた。最初は大麻、次にヘロイン。そこまで来ると、もう後戻りはできない。イヴリンとヘクターは、何度か彼をリハビリ施設に入れたの」

ウィルは体の奥が熱くなるのを感じた。「〈ヒーリング・ウィンズ〉ですね？」

アマンダはうなずいた。「最後はそうだった」

「そこでチャック・フィンと知りあった」

「詳しくはわからないけど、たぶんそうでしょうね」

もっと早くにこのことがわかっていれば、フェイスをひとりであの家に行かせたりしなかったのに。フェイスを縛りつけてでも阻止したのに。アマンダをミセス・レヴィの車のトランクに閉じこめてやったのに。国内のあらゆる警察組織にSWATの出動を要請したのに。

アマンダが言った。「どうぞ、怒りなさいよ。甘んじて受け止めるわ」

すでにアマンダをどなりつけて貴重な時間を使ってしまったので、これ以上はだめだ。

「家の裏はどうなっていますか?」

アマンダは質問の意味がわからないようだった。「どういうこと?」

「イヴリンの家の裏側です。フェイスは玄関ホールに立っています。居間のなかを見ている。居間の奥の壁には窓があって、ガラスの引き戸もある。カーテンは閉まっていたんですよね。でも、薄いコットンです。影とか、なかの動きは見えませんか?」

「見えないわ。外が明るいし、室内の明かりはついていないから」

「SWATはいつ到着予定ですか?」

「なにか考えがあるの?」

「ヘリが必要です」

アマンダははじめてあれこれ尋ねなかった。トランシーバーで、SWATの隊長にじかに連絡を取った。

ウィルはファインダーを覗きながら、アマンダが交渉するのを聞いていた。フェイスはまだ玄関ホールにいる。もう話をしていない。「イヴリンがヘクター・オーティズの子どもを産んだことをぼくに黙っていたのは、なにか理由があるんですか？」

「フェイスを死ぬほど苦しめることになるから」アマンダは、その言葉の皮肉に気づいていないようだった。次の言葉は、どちらかといえばロズに向けられていた。「それに、イヴリンはだれにも知られたくなかった。他人には関係のないことでしょう」

ウィルは携帯電話を取り出した。

「なにをするの？」

「フェイスに電話します」

20

ポケットで携帯電話が振動した。フェイスは動かなかった。ひたすら母親を見つめていた。母親の顔には、とめどなく涙が流れている。

「大丈夫よ」フェイスは言った。「たいしたことじゃないよ」

「たいしたことじゃないよ？」男がおうむ返しに言った。「言ってくれるね、姉貴」

フェイスはそう呼ばれてびくりとした。あたしはなにも見ていなかった。自分勝手だった。いまとなっては、合点がいくことばかりだ。母親が長期休暇を取ったこと。父親が突然出張へ出かけるようになり、いつも不機嫌そうに黙っていたこと。イヴリンが太ったのは、後にも先にもあの数カ月だけだった。それから、ジェレミーが生まれる前に、母親がアマンダと旅行へ出かけたこと。あのとき、フェイスは腹を立てた。八カ月近く一緒に引きこもり生活をしていたのに、母親がマンディおばさんと一週間ビーチへドライブ旅行に行くと言いだしたのだ。裏切られたような気がした。見捨てられたと思った。いまは自分のばかさ加減を実感している。

あのころのことを思い出してほしいの。ジェレミーが生まれる前、一日じゅうふたりで家に閉じこもってたでしょう——。

動画のなかで、母親はそう言った。あれは、思い出をたどっているのではなく、フェイスに手がかりを渡そうとしていたのだ。あのころのことを思い出して。ほんとうはなにがあったのか、記憶を探りなさい——あなたではなく、わたしになにがあったのか。

あのころ、フェイスは自分の殻に閉じこもり、あたしだけがひどい目にあっている、人生がめちゃくちゃだ、将来の希望もなくなったと、そんなことばかり考えていた。いま思い返せば、明らかな兆候があった。母親は昼間出かけなくなった。家にだれか来ても玄関に出ていかなくなった。夜明けと同時に目を覚まし、街の反対側のスーパーマーケットへ買い物に行った。何度も電話がかかってきたのに、出ようとしなかった。外の世界から孤立していた。世間とつながりを断ち切っていた。夫婦の寝室で眠らなくなり、居間のソファで寝ていた。それでもずっと、どんな子どもでもひそかに望んでいるものをフェイスに与えていた——フェイスに自分を独占させていた。

その後、母親がアマンダとの旅行から帰ってきてから、すべてが変わった。母親はあの旅行のことを〝骨休め〟と呼んでいた。まるで湯治に出かけていたかのようだった。帰ってきた母親は変わっていた。肩から重い荷物をおろしたかのように、晴れ晴れとしていた。フェイスは、すっかり変わって気楽そうにしている母親に嫉妬した。旅行の前は一緒に自己憐憫に浸っていたのに、どうして母親は一抜けたとばかりに変わってしまったのか、理解できなかった。

当時はジェレミーの出産直前だったが、母親の生活は元どおりになった——不機嫌で甘やかされた、妊娠中のティーンエイジャーとの同居生活ではあったけれど。また近くのスーパーマーケットに買い物へ行くようになった。骨休め旅行のあいだに何キロかやせ、その後も厳しいダイエットと運動を続けて体重を元に戻した。フェイスにも昼食後に長い散歩へ行かせ、ついには友人たちに電話をかけるようになった。母親が最悪の時期を乗りきり、もうすぐすべての片がついたら、捜査の現場に戻るつもりだと考えていることは、その口調からわかった。ソファから母親の枕がなくなり、夫婦のベッドに戻った。ジェレミーが生まれたら職場に復帰すると市警にも伝えた。髪型を変え、ショートカットにした。要するに、以前の母親に戻った。いや、以前の母親の更新版になった。

ただ、ときどきその幸せそうな外見には、細かいひびが入っていた。いまやっとわかったことだけれど。

ジェレミーが生まれて数週間は、イヴリンは彼を抱くたびに泣いていた。フェイスは、ロッキングチェアでジェレミーを抱きしめてすすり泣いている母親の姿を覚えている。ジェレミーの息が詰まるのではないかと、心配になるほどきつく抱いていた。フェイスは母親がいつもジェレミーを抱いていることに嫉妬した。母親を罰し、ジェレミーと引き離す方法を考え、遅くまでジェレミーを連れて外をうろついた。ショッピングモールや映画など、赤ん坊を連れていくべきではない場所へさんざん連れていった――母親に意地悪をするために。母親を心配させるために。

そのあいだもずっと、母親は子どもに会いたくて苦しんでいたのだ。自分の子どもに。

その子は怒りに満ちた冷酷な若者になり、いま自分の頭に銃口を向けている。

フェイスは携帯電話の振動が止まったのを感じた。電話はまたすぐに振動しはじめた。

フェイスは母親に言った。「あのとき、わかってあげなくてごめんなさい」

母親はかぶりを振った。いいのよ。よくないよ。

「ごめんね、母さん」

母親は一瞬だけ足元に視線を落とし、またフェイスを見た。椅子の端に腰かけ、折れた脚をまっすぐ前にのばしている。母親の脚から五十センチほど離れた床に、死んだ男が横たわっている。パンツの後ろに、まだグロックが差しこまれていた。だが、何キロも距離があるようなものだ。いまの母親には、すばやく立ちあがって銃を奪うことなど不可能だ。それでも、手をあげて口をふさいでいるダクトテープをはがすことはできるはずだ。テープの粘着力はもう弱まっている。銀色のテープの角が反り返っている。それなのに、なぜ従順に黙っているふりをしているの？　なぜじっとしているの？

フェイスは母親をじっと見つめた。あたしにどうしてほしいの？　あたしになにができる？」

バサッと音がして、母娘《おやこ》はぎくりとした。若者を見やる。

若者は、本棚の本を一冊ずつ床に落としていた。「ここで育ってよかったか？」

フェイスは黙っていた。ここでこんな話をしてはだめだ。

「暖炉の前にママとパパが座ってて」若者は床の上の聖書を蹴った。聖書はページをはためかせて部屋の端へ飛んでいった。「毎日ミルクとクッキーのある家に帰れるって、すげえ幸せだよな」銃を向けたまま、イヴリンのほうへ歩いていく。途中できびすを返し、まっすぐ戻っていく。言葉遣いがまた汚くなっている。「サンドラは毎日働いてたからな。家に帰ってきても、おれの宿題を見る時間もなかった」

イヴリンもそうだった。ビルは自宅で仕事をしていた。だから、ジークやフェイスのおやつや宿題の面倒を見てくれたのは、父親だった。

「おまえ、クローゼットにがらくたをためこんでたな。なんであんなもんを取っとくんだ？」

ジェレミーの箱のことだ。フェイスはまだ黙っていた。ジェレミーのものを取っておいたのは、母親にそうするといいと言われたからだ。フェイスにとっていつか子どもの思い出の品がなにより大切になるとイヴリンは知っていたのだ。

フェイスは母親を見た。「ほんとに、ごめんなさい」

イヴリンはまた死んだ男とグロックをちらりと見おろした。フェイスには、母親の意図がわからなかった。フェイスと死んだ男とは、四メートル半は離れている。

「おれはおまえに訊いたんだ」若者が足を止めた。部屋の中央、フェイスの真正面に立つ。TEC‐9がまっすぐフェイスのほうを向いた。「答えろ」

真実は教えたくなかったので、最後にはまったパズルのピースがなんだったのか、若者に伝えた。「髪の房を取り替えたのはあんたね」

若者の笑みに、フェイスの血が凍りついた。今朝、ジェレミーの髪は時間の経過で色が濃くなったのではないと気づいた。髪を縛った水色のリボンは、ジェレミーの髪を縛ったリボンとは別物だった。フェイスはエマの妊娠中、あの髪の房をお守りのようになでていたので、リボンの端がほつれてしまったのだが、それがきれいになっていた。

それから、カトラリー。ペン。スノードーム。サラの言うとおりだった。たしかに、注目してほしい子どもの行動だった。スーパーマーケットのトイレではじめてこの若者と対面したとき、彼の特徴を覚えるのに必死で、すぐそこにあるヒントに気づけなかった。ジェレミーと同じくらいの年齢。ジェレミーと同じ、唇を嚙む癖。虚勢の張り方はジークそっくりだ。そして、イヴリンの青い瞳。

同じアーモンド形の目。緑色の斑点が散った深いブルーの瞳。

フェイスは言った。「あんたもお母さんに愛されていたのね。だからお母さんは、髪の房を取っておいたのよ」

「どっちの母親だ？」その質問は、フェイスの不意をついた。

イヴリンはこの男の髪をずっと取っておいたのだろうか？　病院で、すぐに別れなければならないわが子を抱いている母親の姿が頭に浮かんだ。鋏を借りてこようと思いついたのはアマンダだろうか？　アマンダが、髪を切ってブルーのリボンで縛るのを手伝ったのだろうか？　母親は二十年間、それを保管して、ときおり取り出して、赤ん坊特有のやわらかな髪に触れて慰められていたのだろうか？

もちろん、そうしていたに決まっている。

わが子を手放した親なら、死ぬまでずっと、一日たりともその子のことを忘れることはない。忘れられるわけがない。

若者が尋ねた。「おまえ、おれの名前を訊こうともしないんだな」

フェイスの膝は震えていた。しゃがみたかったが、ここから動いてはいけない。いまフェイスは玄関ホールにいて、左手にキッチンの出入り口がある。背後に玄関のドア。右に廊下がのびている。廊下の突き当たりがバスルームだ。バスルームのむこうでは、ウィルがコルトAR15A2を構えている。ここまであの若者を誘き寄せることさえできれば。

若者はいかにもギャングらしく銃を横倒しにして、フェイスに狙いを定めた。「おれに名前を訊けよ」

「なんて名前なの？」

「なんて名前なの、弟くん、だろ」

すっぱいものがこみあげた。「なんて名前なの、弟くん？」

「ケイレブだ。ケイレブ。エゼキエル。フェイス。うちのママは聖書の名前が好きなんだな」

そのとおりだ。ジェレミーのミドルネームはアブラハムだし、フェイスのファーストネームはハナだ。あたしはなぜ、母親の習慣に敬意を払わず、ただきれいな響きだからというだけで、娘をエマと名付けたのだろう？　母親はエリザベスかエスターかアビゲイルがいいと言ったのに、フェイスは頑固に聞き入れなかった。ほかのやり方を知らなかったからだ。

「ここであいつも育ったんだろ？」ケイレブは銃をぐるりと振った。「おまえの大事なジェレミーも」

こんなやつの口から息子の名前を聞きたくない。拳で彼の喉に押し戻してやりたいくらいだ。

「テレビを観て。本とか読んで。ゲームをして」ケイレブは本棚の下の抽斗をあけた。フェイスから目を離さず、ボードゲームを取り出して床に放り投げた。「モノポリー。クルー。人生ゲーム」声をあげて笑う。「勘弁してくれよ！」

「なにが目的?」

「くそっ、おまえもあの女と同じことを言うんだな」ケイレブは母親のほうを向いた。「あんたもおれにそう言ったよな、ママ? 〝なにが目的なの、ケイレブ?〟って。金でおれを厄介払いできると思ってんのかよ」フェイスに目を戻す。「あの女は、おれに金をくれるって言ったんだ。どう思う? 手切れ金一万ドルだってよ」

嘘だ。

「あの女が守りたいのは、おまえとあのどら息子だけなんだよ」薄明かりのなか、プラチナの歯が光った。「子どもはふたりなんだっけ? ママは茶色い肌の子どもを自分で育てられなかったのに、おまえは許されるんだ」

「時代が変わったのよ」母親の妊娠はだれにも知られずにすんだが、フェイスは家族に一生分の恥をかかせた。父親は長年の顧客を失った。兄は実家を出なければならなかった。そのうえイヴリン・ミッチェルが明らかに夫の子ではない子どもを育てていたら、どうなっていたか。ほかにどうしようもなかった。母親がどんなに苦しんだか、フェイスには想像もできない。「あのころのことは、あんたにはわからないでしょうね」

「二打数二安打。またママと同じことを言ったな」フェイスのポケットを指差す。「出ろよ」

また携帯電話が振動していた。「出てほしいの?」

「SOPだ」標準業務《SOP》。「おれの要求を知りたいんだろ」

「あんたの要求は？」

「電話に出ろよ、答えてやるから」

フェイスは手のひらを膝にこすりつけて汗を拭い、携帯電話を取り出した。「もしもし」

ウィルが言った。「フェイス、その男は――」

「だれかはわかってる」フェイスはケイレブをまっすぐに見据えた。彼に対する憎しみのすべてを本人に見せつけたかった。「要求があるそうよ」携帯電話をケイレブに差し出す。さあ、こっちへ取りにきなさい。

ケイレブは、根が生えたように動かなかった。「ミルクとクッキーがほしいな」考えこむように言葉を切る。「毎日、学校から帰ってきたら、ママに家にいてほしい。いつか、毎朝ミサに引っぱり出されて、膝がすりむけるくらい毎晩ひざまずいてお祈りしなくてもいいところに行きたいな」彼の手が本棚のほうへ弧を描いた。「山羊さんとお月さまの本をママに読んでほしいな。ジェイバードにはそうしてやったんだろ？」

フェイスはかろうじて声を出した。「あの子の名前を呼ばないで」

「かわいいジェイを公園とか遊園地とかディズニー・ワールドとか海とかに連れてったんだよな」

ケイレブはジェレミーの箱に入っている写真を全部覚えているのだ。いったい何時間うちで過ごしたの？　何時間その汚い手でジェレミーのものをさわったの？「あたしの息子の名前を呼ぶのはやめなさい」

「やめなかったらどうする？」ケイレブは笑い声をあげた。「早くおれの要求を伝えろよ。おれもディズニーワールドに行きたいな」

携帯電話を差し出した腕が震えていた。「なんて言えばいいの？」

ケイレブはうんざりしたように鼻を鳴らした。「べつに要求とかねえよ。家族と一緒にいるんだもんな。ママとお姉ちゃんと。ほかになにが必要なんだ？」本棚の前へ戻って寄りかかった。「人生はすばらしいね」

フェイスは咳払いした。電話を耳に当てる。「要求はないそうよ」

ウィルが尋ねた。「大丈夫か？」

「大丈夫――」

「スピーカーを使え」ケイレブが言った。

フェイスは携帯を見おろし、スピーカーフォンにした。ウィルに伝えた。「彼にもあなたの声が聞こえる」

ウィルはつかのまためらった。「お母さんは大丈夫か？　ちゃんと座ってるのか？」

手がかりを求めているのだ。「母は父の椅子に座ってる。でも安心できない」フェイスは深呼吸した。母親と目を合わせる。「これが長引いたら、インスリンが必要になるかも」

ケイレブはフェイスの家の冷蔵庫も覗いている。糖尿病のことは知っているはずだ。「今朝の血糖値は一八〇〇だった。この家には一五〇〇の分しかないの。最後に注射したのは正午よ。次の注射は遅くても十時には打たないと、血糖値が不安定になってしまう」

「わかった」ウィルはそう答えた。彼が惰性で答えたのではなく、ほんとうにメッセージをわかってくれていますようにと、フェイスは祈った。

「ねえ、あなたの携帯に――」頭の回転がのろすぎる。「もしなにか必要なものがあったら、あなたに電話をかけていい？　あなたの携帯に」

「いいよ」ウィルは言葉を切った。「五分でインスリンを届けられる。必要だったら電話をくれ。ぼくに」

ケイレブの目が険しくなった。しゃべりすぎたうえに、フェイスもウィルも、この手のことは苦手だ。

「気をつけて」演技をする必要もないほど、フェイスはほんとうに怯えていた。努力をしなくても、声が震えた。「彼はすでに仲間を殺してる。それから――」

「切れ」ケイレブが言った。

フェイスはボタンを探した。

「早く切れよ！」ケイレブがどなった。

手から携帯電話がするりと落ちた。フェイスはあわててしゃがんだ。足首にとめたリボルバーを思い出す。指に触れたスミス&ウェッソンは冷たい。

「だめよ!」母親が叫んだ。大きく口をあけたせいで、ついにダクトテープがはがれた。

ケイレブが母親のそばへ駆け寄り、脇腹に銃口を突きつけた。空いているほうの手で、母親の折れた脚を押す。

「やめて!」母親が金切り声をあげた。フェイスは、こんな人間の声を聞いたことがなかった。母親の口からこれほどつらそうな声があがるのを聞き、胸のなかにもぐりこんできた手に心臓をつかみ出されたように感じた。

「やめて!」フェイスは懇願し、立ちあがって両手を差し出した。「お願い、やめて! どうか――どうかやめて!」

ケイレブは母親の脚から少しだけ手を浮かせた。「銃をこっちへ蹴ってよこせ。ゆっくり動けよ。言うとおりにしないと、この女を殺すぞ」

「わかった」フェイスはひざまずいた。全身が発作を起こしたようにわなないている。

「あんたの言ったとおりにする。言ったとおりにするから」パンツの裾を持ちあげ、人差し指と親指で銃をつまんだ。「これ以上、母を傷つけないで。ほら」

「ゆっくりだぞ」

ケイレブが元の位置に戻りますようにと祈りながら、フェイスはななめ左前を狙い、銃を床にすべらせた。だが、ケイレブは銃にはかまわず、イヴリンのそばに残った。

「二度とおかしなまねはするなよ、ビッチ」

「しない」フェイスは答えた。「約束する」

ケイレブはTEC‐9の銃口をイヴリンのほうへ向け、椅子の背に載せた。イヴリンの口元からテープがぶらさがっている。ケイレブはそれをはがした。

イヴリンは懸命に息をした。折れた鼻からヒューヒューと音がした。

「新鮮な空気にあまり慣れすぎないほうがいいぜ」

「娘を解放しなさい」イヴリンの声はしわがれていた。「娘は必要ないでしょう。なにも知らなかったのよ。ほんの子どもだったの」

「おれも子どもだった」

イヴリンは咳きこみ、血を吐いた。「早く娘を解放して、ケイレブ。あなたが罰したいのはわたしでしょう」

「おれのことを考えたことがあるのか?」ケイレブは銃口をイヴリンの頭に向けたまま、かたわらにひざまずいた。「この二十年間、あの父親のいないちび野郎のそばにいて、おれのことは忘れてたんだろう?」

「あなたを忘れたことなどない。一日たりとも——」

「たわごとだ」ケイレブはまた立ちあがった。

「サンドラとポールは、あなたを実の子のように愛した。あなたを崇《あが》めていたと言ってもいい」

ケイレブは顔をそむけた。「あいつらはおれをだました」

「あなたに幸せでいてほしかったのよ」

「いまのおれが幸せに見えるか?」床の上の死んだ男を指す。「仲間はみんな死んだ。リッキーもヒロもデイヴも。みんな死んだ。生き残ったのはおれだけだ」自分が仲間の死をもたらしたことを忘れている。「偽の親父《おやじ》も死んだ。偽のお袋も死んだ」

「サンドラのお葬式で泣いていたわね。あなたがポールとサンドラを愛していたことは知ってる――」

ケイレブはイヴリンの後頭部を平手でたたいた。フェイスは思わず動いた。TEC-9をすばやく向けられ、フェイスはぴたりと止まった。

母親を見やると、がっくりとうなだれていた。口から血が垂れている。「わたしはあなたを忘れなかったわ、ケイレブ。あなたも心のどこかではわかっているはず」

ケイレブは、今度はイヴリンの頬を平手打ちした。

「やめて」フェイスはすがるように言った。母親とケイレブのどちらに頼んでいるのか、自分でもわからなかった。「どうかもうやめて」

イヴリンがささやいた。「わたしはずっとあなたを愛していたのよ、ケイレブ」

ケイレブはTEC-9を持ちあげ、銃把でイヴリンの側頭部を殴った。衝撃で椅子が倒れた。イヴリンが床に転がり落ちる。脚がねじれ、イヴリンは悲鳴をあげた。箒の柄が折れた。膝から骨が突き出ている。

「母さん！」フェイスは駆け寄ろうとした。

ビシッという音がした。木片が床から飛び散った。

フェイスは凍りついた。撃たれたのだろうか。フェイスに見えているのは、床に倒れている母親と、拳を握りしめて母親を見おろしているケイレブだけだった。ケイレブが母親を蹴った。激しく蹴った。

「やめて」フェイスは哀願した。「お願いだから――」

「黙れ」ケイレブが天井を見あげた。最初、フェイスはそれがなんの音かわからなかった。ヘリコプターだ。ブレードが空を切る音が鼓膜を震わせていた。

ケイレブがＴＥＣ‐９をフェイスに向けていた。「さっきのは威嚇だ。次はおまえの眉間をぶち抜く」

フェイスはそばの床を見おろした。穴があいている。一歩さがり、喉から漏れそうな悲鳴を呑みこんだ。ヘリコプターが上昇しているのか、ブンブンという音が遠ざかっていく。

フェイスはなんとか声を絞り出した。「お願いだから母さんを痛めつけないで。あたしになにをしてもいいから、母さんは……」

「ああ、すぐにおまえも痛めつけてやるよ、姉貴。めっちゃくちゃにしてやる」ケイレブは舞台にいるかのように、両腕を広げた。「そのためにこんなことをしたんだぜ。おまえの大事な息子に、母親なしで生きてくってどういうことか教えてやる」銃口はまだフェイスのほうを向いている。「昨日はすげえ剣幕であいつを追いかけてきたな。あともうちょっとで、あいつを殺せたんだけど」

胃のなかのものが逆流してきた。

ケイレブがスニーカーをはいた足で母親を押した。「なぜおれを手放したのか、こいつに訊け」

口をあけたら吐いてしまう。

「なぜおれを手放したのか訊けって」ケイレブが繰り返した。足をあげ、母親の折れた脚をさらに蹴ろうとしている。

「わかったから！」フェイスは叫んだ。「なぜその子を手放したの？」

ケイレブが訂正した。「なぜその子を手放したの、母さん？」

「なぜその子を手放したの、母さん？」

母親は動かない。目も閉じている。フェイスのなかで恐怖が湧きあがりはじめたとき、母親の口が動いた。「ほかに選択肢がなかった」

「おい、この一年、おれに言ってたこととちがうんじゃねえの、ママ？　だれにでも選択肢があるんだろ？」

「あのころはちがった」いいほうの目があいた。上下のまつげが貼りついている。母親はフェイスを見あげた。「ごめんね、ベイビー」

フェイスはかぶりを振った。「母さんは謝ることなんてない」

「泣けるね。母と娘の新たな絆《きずな》か」ケイレブが椅子を壁にたたきつけ、後ろの脚が折れた。「そいつはおれを恥じていた、だから手放したんだ」本棚のほうへ歩いていき、また戻ってくる。「茶色い赤ん坊が股のあいだから出てきたなんて、人に言えなかったのさ。おまえとちがってな。時代は変わったよ」またうろうろしはじめた。「おまえは父親っ子だったんだってな。こいつにあの男がなんて言ったか教えてやれよ、ママ。あいつがあんたになにをさせたのか、話してやれ」

イヴリンは脇腹を下にして目を閉じ、両腕を前に出していた。胸が浅く上下していることが、生きていることを示す唯一のしるしだった。

「おまえの大好きな親父は、自分を取るかおれを取るかどっちかにしろとこの女に迫ったんだ。それってどうよ？　六年連続で〈ガルヴェストン保険〉の最優秀代理店に選ばれたおまえの親父は、女房に赤ん坊を手放せと言ったんだ。そうしないと、ほかのふたりの子どもには二度と会わせないってな」

フェイスは、とうとうケイレブに急所を突かれたことを悟られないように我慢した。ほんとうに、父親が大好きだった。甘やかされたパパっ子らしく、父親を絶対視していた。

けれど、大人になったいま、ビル・ミッチェルが妻にそのような最後通牒《つうちょう》を突きつけるところを容易に想像できる。

ケイレブは本棚のそばの元の場所に戻った。銃は脇にさげているが、いつまた構えてもおかしくない。ガラスの引き戸のほうへ背中を向けている。イヴリンは彼から見て左側の床に倒れたままだ。フェイスは彼から三メートル半ほど離れた対角線上で、天地がひっくり返るのを待っている。

ウィルはメッセージを理解してくれただろうか。フェイスはこの部屋を時計に見立てた。フェイスは一八〇〇時、つまり六時の位置にいる。イヴリンは一五〇〇時、三時の位置だ。ケイレブは、十時から十二時のあいだを行ったり来たりしている。

フェイスはここ一カ月のあいだに、少なくとも二十回はウィルに携帯電話の時刻表示を二十四時間制から十二時間制に変更してあげると持ちかけた。そのたびに断られた。ウィルは頑固だし、自分の苦手なことに関して、恥ずかしさとプライドの入り混じった複雑な感情を抱いている。いま、ウィルはバスルームの窓越しにこの現場を見守っている。さっきの電話で、チャンスが来たら合図しろと言っていた。フェイスは髪をかきあげるふりをして、人差し指と親指でOKのサインを作った。

床に横たわっている母親を見おろす。母親はあいているほうの目でフェイスをじっと見あげていた。フェイスがウィルに合図したのがわかっただろうか？　これからなにが起きるか、予測できているだろうか？　呼吸をするのも苦しそうだ。唇には水ぶくれができている。首も絞められたらしい。黒い痣が首を一周している。側頭部には切り傷。頬の切り傷から血がじくじくとにじみ出ている。突然、フェイスは自分のなかから大きな波のような愛情が湧きあがり、母親が横たわっている場所へ押し寄せていくのを感じた。まるで自分の体が発光したようだった。あたしは何度、この人に助けを求めただろう？　あたしは何度、この人の肩を借りて泣いただろう？

　回数が多すぎて、とても数えきれない。

　母親が片方の手をあげた。指が震えている。その手で顔を覆った。フェイスは振り返った。家の正面の窓から、まばゆい光が差しこんでいた。薄いブラインドをものともせず、家のなかをスポットライトのように照らしている。

　フェイスはとっさに伏せた。何年も前の訓練を、筋肉が記憶していたのかもしれない。いやな予感がしたらできるだけ体を縮こめようとするのは、人間の本能なのかもしれない。すぐにはなにも起きなかった。一秒、二秒と、時間が過ぎていく。フェイスはいつのまにか数を数えていた。「……一……三……四……」

　ケイレブを見あげる。

　ガラスが割れた。ケイレブが、だれかに肩を殴られたかのようによろめいた。ショックと苦痛の入り混じった顔つき。フェイスは床に両手をついて立ちあがった。ケイレブに突進する。ＴＥＣ‐９の銃口が振り向いた。フェイスは銃口をまっすぐに見据えた。短い銃身の真っ黒い目が見返してくる。フェイスのなかで燃えている怒りが、あいつにつかみかかれと駆り立てる。ケイレブを殺したい。喉に嚙みつき、引き裂いてやりたい。心臓をえぐり出してやりたい。母親を、家族を、日常を壊したこの男を同じように壊して、その目に苦痛の色が浮かぶのを見たい。

けれど、その機会はない。

ケイレブの側頭部が破裂した。両腕がびくりとあがる。ＴＥＣ‐９が発射した銃弾が、天井から白亜の雨を降らせた。身体が記憶しているのだろうか。連続して二度、パンパンと銃声があがった。

ケイレブはゆっくりと倒れた。フェイスには、彼の体が床に衝突する音しか聞こえなかった。最初に彼の腰が、次に肩が、最後に頭が、硬い木の床にぶつかった。目はあいたままだった。深いブルーの瞳。なつかしい瞳。生気の消えた瞳。

さ、さ、さよなら。

フェイスは母親を見た。母親は壁に寄りかかっていた。まだ右手にグロックを握っている。銃口が下を向きはじめた。重さを支えきれないのだ。母親は力なく腕をおろした。グロックがゴトンと音をたてて床に落ちた。

「母さん……」フェイスは立っているのもやっとだった。這うようにして、母親のもとへ歩いた。どこに触れればいいのかわからない。骨折や打ち身のない部分がわからない。

「おいで」母親がささやいた。フェイスを抱き寄せ、背中をさすった。フェイスはこらえきれず、子どものように泣きだした。「大丈夫よ、ベイビー」母親はフェイスの頭のてっぺんに唇をつけた。「もう心配しなくていいからね」

木曜日

21

ウィルはポケットに両手を入れ、イヴリン・ミッチェルの病室へ歩いた。疲れすぎて、かえって気分が高揚していた。視界はくっきりとあざやかで、ブルーレイの画像を見ているようだ。耳のなかでは、甲高い金属音が響いている。全身の毛穴の位置がわかる。だから、コーヒーは飲まないようにしているのだ。小さな町の電力ならまかなえそうなほど興奮している。この三日間、毎晩サラと過ごした。ほとんど地に足が着いていない。

イヴリンの病室の前で立ち止まり、花でも持ってくるべきだっただろうかと考えた。財布に現金が入っている。くるりと後ろを向き、エレベーターへ引き返した。売店で風船くらいは買えるだろう。風船が嫌いな人間はいない。

「ねえ」フェイスがイヴリンの病室のなかからドアをあけた。「どこへ行くの?」

「お母さんは風船が好きかな?」

「七歳のときは好きだったと思うけど」

ウィルはほほえんだ。最後にフェイスと会ったとき、フェイスは母親の腕のなかで泣いていた。いまは少し元気を取り戻したように見える。でも、完全ではない。「お母さんの具合はどう?」

「まあまあ。ゆうべはおとといよりちょっとましだった。でも、まだ痛みがひどいの」

ウィルには想像することしかできない。イヴリンは、警察の全面的な協力を得てグレイディ病院に救急搬送された。手術は十六時間に及んだ。彼女の脚には、子ども用工具〈エレクター・セット〉のデラックス版に入っているのと同じくらい大量の金属が埋めこまれた。

「きみは大丈夫か?」

「受け入れなきゃいけないことがたくさんあって」フェイスは壁に背中をあずけた。「母にとって、ほんとうにつらいことだったよね。あんなふうに耐えるのは。わが子を手放すなんて、あたしには想像もできない。すぐさま自分の心臓をえぐり出すかも」

ウィルはフェイスの肩越しに、無人の廊下を見やった。

「ごめん。心ないことを言っちゃった――」

「いいんだ。知ってるか、親に捨てられた人間が刑務所行きになったケースは、驚くほど多いんだぞ」ウィルは有名な例をあげた。「アルバート・デサルヴォ。テッド・バンディ。ジョエル・リフキン。サムの息子」

「たしかアイリーン・ウォーノスも両親に捨てられたのよね」

「それはみんなに知らせないと。女性もいてよかった」

フェイスは笑ったが、本気でおもしろがっているわけではないことは一目瞭然だった。ウィルはまたフェイスのむこうの廊下を見た。花束を抱えた大柄な看護師が歩いてくる。

フェイスが言った。「あたし、あの家から生きて出られないと思ってた」

その口調から察するに、フェイスは家族に起きたことをまだ消化できていないようだ。どんなに忘れたくても忘れられないことはある。

「ああいう事態に備えて、もっとましな暗号を考えておいたほうがいいかもな」

「あなたがわかってないんじゃないかと思って、ほんと怖かった。あなたの携帯の時刻表示を変える変えないで、さんざん喧嘩しといてよかったよね」

「じつは、わかってなかったんだ」愕然としたフェイスに、ウィルはにんまりと笑ってみせた。あのとき、ウィルは携帯電話をスピーカーフォンに切り替えてフェイスとやりとりしていた。電話を切ったとたん、ロズ・レヴィが、部屋を時計に見立てているんじゃないか、なんならパイソンを持っていって、十二時の位置にいる若造を始末してやるよと言い放ったのだ。

「そのうち自力でわかったんじゃないかと思いたいけどね」

「血糖値が一八〇〇もあったら、あたしはとっくに死んでるか昏睡状態だってことを知らないの？」

「いや、それは知ってたよ」

「まったくもう」フェイスはつぶやいた。「あたしたちって息が合わないなあ」

ウィルは言わずにいられなかった。「ヘリはぼくのアイデアだぞ。赤外線カメラで、きみたちの位置がわかったし、もうひとりの男が死んでいることも確認できた」それがどうしたと言いたそうなフェイスに、ウィルは言い募った。「ライトだってぼくのアイデアだ」

パトカーを二台並べ、キセノンライトで正面の窓を照らした。ケイレブの影がカーテンに映り、それが標的となった。

「まあ、彼を撃ってくれたのはありがたかった」フェイスはウィルの表情を読み取ったようだ。「えっ、ウィル、あなたじゃなかったの？」

ウィルは長々とため息をついた。「アマンダに、タマをひとつ返してやるからライフルを貸せって言われたんだ」

「それ、書面にしておけばよかったのに。アマンダだって、大当たりってわけじゃなかったよ」

「ぼくのライフルのせいにしていた。ぼくは左利きだからとかなんとか」

ライフルはどちらの手が利き手でも関係ないデザインだが、フェイスはとやかく言わなかった。「まあ、あなたがいてくれてよかった。安心できた」

ウィルはほほえんだが、自分がいなくても結果は変わらなかっただろうと思っている。

アマンダはいろいろな手を持っているし、自分はフェイスが命を賭けているときに、ほとんど塀の裏に隠れていたのだから。

フェイスが言った。「サラとつきあえてよかったね」

ウィルは、にやにやしたくなったのをこらえた。「彼女がもっと賢明な判断をするまでは、このままでいようと思うんだ」

「いまの、冗談だと思いたいけど」

ウィルもそうだ。サラがよくわからない。なにがサラを動かしたのか、なぜ自分とつきあう気になったのか、見当もつかない。でも、こうなった。それだけではなく――サラはうれしそうにしている。今朝もずっと笑いっぱなしで、別れ際のキスをするときも、唇を閉じるのに苦労していた。ウィルは、剃刀で切ったあごに、トイレットペーパーの屑でもついているのだろうかと思ったが、サラはあなたといるのがうれしいから笑うのだと答えた。

その言葉をどう受け取ればいいのだろうか。意味がわからない。

フェイスは、そんなウィルの頬のゆるみを止める方法を知っていた。「アンジーはどうするの?」

ウィルは肩をすくめた。アンジーは自宅の電話にも携帯電話にも大量のメッセージを残していて、どちらのボイスメールもいっぱいになってしまった。メッセージはどんどん卑劣になっていた。脅し文句がますます深刻さを増していった。ウィルはすべてのメッセージを聞いた。聞かずにはいられなかった。銃口をくわえたアンジーが、まだ頭に焼きついている。バスルームのドアをあけ、バスタブで手首を切っているアンジーを発見するところを想像し、胸が騒ぐのを止められない。

ありがたいことに、フェイスは不穏な話題をすぐに打ち切ってくれた。「チンパンジーを怖がってること、サラに話した？」

「まだその話になってない」

「そのうちなるわ。親しくなるってそういうことだもの。いやでもいろいろなことが起きる」

ウィルはすかさずうなずいた。そうすれば、フェイスが黙ってくれるのではないかと思ったからだ。だが、思惑どおりにはいかなかった。

「聞いて」フェイスは母親の声になった。ウィルに背筋を伸ばしなさいと言ったり、ネクタイが曲がっていると注意するときに、この声になる。「なんでもだめになることばかり考えてると、だめになるものよ」

この話を続けるくらいなら、ミセス・レヴィの車のトランクにまた閉じこめられるほうがましだ。「心配なのはベティなんだ」

「あらそう」

「サラにすごくなついてしまってね」それはほんとうだ。今朝、ベティはサラの家から帰りたがらなかった。

「とにかく約束して。サラに愛していると伝えるまで一カ月は待つこと」

ウィルは長々と息を吐いた。外と遮断されたコルヴェアのなかがなつかしい。「〈バイエル〉がヘロインの登録商標を持ってたって知ってる？」

フェイスは、ウィルの逃げ口上にかぶりを振った。「アスピリンの会社？」

「第一次世界大戦のあとに商標を失った。ベルサイユ条約を通して、規制されるようになったから」

「毎日新しい雑学を仕入れるんだ」

「〈シアーズ〉のカタログには、あらかじめ注射器に入れたヘロインが載ってたんだ。二本で一ドル五十セント」

フェイスはウィルの腕に触れた。「ウィル、ありがとう」

ウィルはフェイスの手の甲をぽんと軽くたたき、それだけでは悪いような気がして、もう一度繰り返した。「お礼を言うならロズ・レヴィだ。きみの暗号メッセージを解いてくれたのは彼女だから」

「あの人、かわいいおばあちゃんって感じじゃないでしょう？」

それは控えめに過ぎる表現だ。あの老いた雌鶏《めんどり》は、イヴリンにとって最大の悪夢が展開されるのを、嬉々《きき》として見物していた。「まあ、困った人だな」

「あなたも鳩と鵜のお説教をされた？」

そのとき、話し声が聞こえ、フェイスは振り返った。病室のドアがあいた。ジェレミーと、そのあとから軍隊風に髪を短く刈った、四角いあごの男が出てくるのを見て、ウィルはすぐさま〝ジャーヘッド〟という海兵隊員の蔑称を思い出した。男は広い肩の一方にエマを抱いていた。エマは高層ビルにぶらさがっている冷凍豆のようだった。しゃっくりのせいで、ときどき体をびくりと揺らした。

「おもしろいことになっちゃった」フェイスはうめき、壁に手をついて体を起こした。

「ウィル、兄のジークよ。ジーク、こちらは――」

「このクソ野郎がだれかは知ってる」

ウィルは手を差し出した。「あなたのお話はしょっちゅううかがってます」

エマがしゃっくりした。ジークは顔をしかめた。ウィルの手を取ろうとしない。

ウィルは軽い雑談に挑戦した。「お母さんが助かってよかったですね」

まだジークは顔をしかめている。エマがまたしゃっくりした。ウィルはジークが気の毒になった。チワワの飼い主として、小さくてかわいらしいものを抱いたまま男らしくふるまうことの難しさはよく知っている。

ジェレミーがにらめっこから解放してくれた。「こんにちは、ウィル。来てくれてありがとう」

ウィルはジェレミーと握手をした。ジェレミーは外見こそひょろりとしているが、握力は強い。「おばあちゃんの具合がだいぶよくなったそうだな」

「おばあちゃんは強いよ」ジェレミーはフェイスの肩に腕をかけた。「うちの母さんもね」

エマがしゃっくりをした。

「行こう、ジークおじさん」ジェレミーはジークの肘をつかんだ。「おばあちゃんに、おれのベッドを一階におろしておくって言ったんだ。退院したら、母さんがおばあちゃんの世話をするだろ」

ジークはしばらくウィルをにらんでいた。やがて甥を追いかけることにしたのは、エマのしゃっくりがなかなか止まらないことが関係していたかもしれない。

「ごめんね」フェイスが謝った。「あの人、ときどきほんとうに失礼なの。でも、不思議なことにエマはなついてる」

それはたぶん、ジークの発する言葉がわからないからだろう。

フェイスが尋ねた。「母と話す?」

「まだいいよ、きみに挨拶するつもりで来たから」

「もう二回ほど、ウィルはまだ来ないのかって訊かれたの。話したいんだと思う」

「きみと話さなくていいのか?」

「だいたいのことはわかってるから。細部のいやな部分まで聞かなくてもいいでしょ」フェイスは無理やり笑った。「アマンダから、一時間あげると約束したって聞いたよ」

「本気で言ってるとは思わなかったな」

「ふたりは四十年のつきあいだもの。約束は守るの」フェイスはもう一度ウィルの腕を軽くたたき、歩きだした。「来てくれてありがとう」

「待ってくれ」ウィルはジャケットのポケットから、今朝郵便ポストで見つけた封筒を取り出した。「ぼくは手紙をもらったことがないんだ。請求書以外の手紙ははじめてだ」

フェイスは封の破られていない封筒を見た。「あけてないんだ」

あける必要はない。読めるという前提でフェイスが手紙を送ってくれたことが、自分にとってどんなに大きな意味を持つか、彼女には決してわからないだろう。「あけようか?」

「ううん、いい」フェイスは封筒をウィルからひったくった。「ジークとジェレミーに、あの動画を見られただけでも最悪なのに。自分があんなみっともない泣き虫だなんて思いもしなかった」

それにはウィルもうなずかざるをえない。

「さて」フェイスは腕時計に目を落とした。「インスリンを打って、なにか食べなくちゃ。なにかあったら、カフェテリアに呼びにきて」

ウィルは廊下を歩いていくフェイスを見送った。彼女はエレベーターの前で立ち止まり、ウィルのほうを振り返った。ウィルの見ている前で、封筒をふたつに破り、さらに破った。ウィルはフェイスに敬礼し、病室のドアをあけた。ほとんどの平面もあらゆる種類の花で覆われていた。ウィルは、むせかえるような香りに鼻がむずむずしはじめるのを感じた。

イヴリン・ミッチェルがウィルのほうを向いた。ベッドに横たわっている。折れた脚は宙に吊るされ、硬いギプスからフランケンシュタインのようにボルトが飛び出ていた。手はV字形の発砲スチロールにのっている。薬指があるべき部分にはガーゼを当てられていた。体から何本ものチューブが伸びている。頬の傷は白いバタフライテープでとめてあった。ウィルの記憶にあるより、ひとまわり小さくなったように見えたが、体重が激減するような試練を生き延びたのだから、それも当然だろう。

イヴリンの唇はひび割れ、赤く腫れていた。話すときは、あごをなるべく動かさないようにしていた。だが、声はウィルが思っていたよりしっかりしていた。「トレント捜査官」

「ミッチェル警部」

イヴリンはモルヒネ・ポンプのスイッチを見せた。「これを我慢していたの。あなたと話をしたかったから」

「我慢しないでください。ぼくのためにこれ以上の痛みに耐えることはないです」

「それなら、どうぞかけて。あなたを見あげていると、首が痛くて」

ベッドのかたわらに椅子が置いてあった。ウィルはそれに腰をおろした。「お元気そうでよかった」

イヴリンの唇はほとんど動かなかった。「ほんとうに元気になるのは、もう少し先のことだけどね。なんとかへこたれないようにするわ」

「なによりです」

「マンディから、あなたが今回どんなことをしてくれたのか聞いたわ」きっと大幅に短縮した話だったのだろう。「娘を守ってくれてありがとう」

「フェイスを守ったのはぼくではなくてあなたですよ」

イヴリンの目が潤んだ。痛みのせいか、フェイスをもう少しで失いかけたのを思い出したためか、ウィルには判じかねた。

そのとき、イヴリンがもうひとりの子どもを失ったことに気づいた。「つらかったでしょうね」

イヴリンは見るからに苦しそうに唾を呑みこんだ。首は痣でほとんど真っ黒だった。イヴリン・ミッチェルは一度ならず二度までも、ビル・ミッチェルともうけた家族とヘクター・オーティズとのあいだに生まれた息子のどちらかを選ぶよう迫られた。そのどちらも、彼女は同じ選択をした。二度目は、ケイレブ本人のおかげで迷わずにすんだかもしれないが。

「あの子はほんとうに不安定だった。どうすればよくなるのか、わたしにはわからなかった。抱えている怒りが大きすぎたわ」

「その話はしなくてもいいんですよ」

イヴリンの喉から、しわがれた笑い声が漏れた。「みんながそう言うのよ。あの子がだいなくなったみたいに思いたいのかしらね」テーブルの上に置いてある水を見た。「悪いけど――」

ウィルは吸い飲みを取り、イヴリンの口に飲み口を傾けてやった。イヴリンは自力で頭を起こすことができない。ウィルはそっと頭を支えてやった。

イヴリンはしばらく水を飲み、口を離した。「ありがとう」

ウィルはまた椅子に座った。むかいのテーブルに飾ってある花を眺めた。白いリボンに名刺がついている。アトランタ市警のロゴだ。

「ヘクターはCIだったの」コンフィデンシャル・インフォーマント――情報屋のことだ。「いとこの動向を探って報告してくれた。ふたりはギャングのメンバーだったの。最初は小さなグループだった。テレビゲームをするお金ほしさに、車上荒らしや置き引きをしていたんだけど、あっというまに大きくなった」

「〈ロス・テキシカーノズ〉ですね」

イヴリンはゆっくりとうなずいた。「ヘクターは足を洗いたがっていた。わたしはいつもあの人の相談に乗っていた。自分のキャリアに役立つと思ったから」けがをしていないほうの手を宙で振った。「そして、いろいろあってあんなことになった」イヴリンは目を閉じた。「わたしは保険の営業マンと結婚していた。とても優しくていい父親だった。でも……」切れ切れに息を吐いた。「あなたもわかるでしょうけど、現場で犯罪者を追っていると、胸がどきどきして全世界が自分のものみたいな気分になる。だけど、家に帰ると――どう？　料理をして、シャツにアイロンをかけて、子どもたちをお風呂に入れて」

「ヘクターを愛していたんですか？」

「いいえ」イヴリンはきっぱりと答えた。「愛してはいなかった。でも不思議なことに、失いかけるまではビルを心から愛していたことに気づかなかったの」

「でも、ビルはあなたと離婚しなかった」

「彼の出した条件を呑んだからね。わたしに交渉の余地は残されていなかった。ビルはヘクターと会って、紳士協定を結んだの」

「銀行口座のことですね」

イヴリンは天井に目を向けた。ゆっくりと目を閉じる。ウィルは、イヴリンが眠ってしまったのだと思ったが、彼女はふたたび口を開いた。「サンドラとポールは、故郷の親族の生活を支えるために借金をしていたの。もし自分たちの子どもが生まれていたとしても、養う余裕はなかった。あの口座に入っていたお金の一部は、ヘクターからのものよ。残りはわたし。給料の十パーセントを入れていた。十分の一税みたいなものね。教会のためじゃないけれど――でも、罪の償いにはちがいないわね」口角があがり、微笑にも似た形になった。「サンドラは教会にあのお金から毎週献金していたんじゃないかしら。あの夫婦はとても敬虔《けいけん》だったから。カトリックよ。ビルはそれがいやだったみたいだけど、わたしは気にしなかった。おかげであの子がしっかりとした道徳心を身につけるんじゃないかと思っていたから」イヴリンは笑い声のようなものをあげた。「結局、そうはならなかったわね」

「ケイレブがあなたのことを知ったのは、サンドラが病気になってからですか？」

　イヴリンはウィルを見た。「サンドラから電話があったの。警告するような内容だったけれど、意味がよくわからなかったから、わたしは聞き流してしまった。サンドラの葬儀で、大人になったあの子にはじめて会ったわ」思い出してかぶりを振った。「あの年頃のジークにそっくりだった。正直に言えば、ジークよりハンサムだけれどね。そして、ジークより怒りっぽい。そこが問題だった」首を左右に振りつづけた。「でも、そのことに気づいたときには手遅れだった。打つ手がわからなかった」

「葬儀でケイレブに声をかけたんですか？」

「話をしたかったんだけれど、あの子は答えてくれずに立ち去った。それから何週間かたって、家の掃除をしていたときに、いろいろなものの場所がいつもとちがうことに気づいたの。書斎を調べられていた。あの子はなかなかいい仕事をしていたわ。わたしもあるものを捜していなかったら、気づかなかったでしょうね。わたしはあの子が赤ちゃんのときの髪を、子どもたちに見つからないように隠し持っていたの。それがなくなっていたのよ。そのときに気づけばよかった。あの子がわたしに執着していることに気づくべきだったの。わたしを憎んでいることに」

イヴリンは息を継いだ。疲れていることが傍目にもわかる。だが、イヴリンは話を続けた。「わたしはヘクターに電話をかけて会った。サンドラが病気になってから、ときどき連絡を取っていたの。ゆっくり話すようなひまはなかったけれどね。知り合いに見られないように、空港のそばの〈スターバックス〉で会っていた。昔となにも変わっていない——人目を忍んで。家族に知られないように、こそこそとね」イヴリンはまた目を閉じた。

「ケイレブはいつも問題を起こしていた。わたしはあらゆる手を打ったわ——費用を出してあげるから、大学へ行かないかと提案したこともある。フェイスは苦労してジェレミーの学費を稼いでるわ。それなのにわたしはあの子に全額出してあげるつもりだった。あの子はわたしに面と向かって笑い飛ばした」口調が苦々しい怒りのこもったものになった。

「その次の日に、麻薬捜査課の古い知り合いから連絡があったの。ケイレブは、かなりの量の薬物を所持していたところを逮捕された。わたしはマンディに電話をかけて、なんとかしてくれないかと頼んだ。マンディには断られたわ。あの子には何度もチャンスをあげてもだめだったじゃないかと言われた。それでも、わたしはマンディに懇願したの」

「コカインよ。ヘロインだったらわたしにもどうしようもなかっただろうけど、コカインならまだなんとかなる。結局は、リハビリ施設に入ることを条件に起訴を猶予された」

「ヘロインですか？」

「それで、彼は〈ヒーリング・ウィンズ〉に入ったんですね」

「ヘクターがわりに近いところに住んでいるの。あの人のいとこの息子、リカードも、あの施設に入っていたことがあるのよ。チャックもそうだった。チャックも気の毒にね」イヴリンは言葉を切り、咳払いした。「今年のはじめごろ、チャックから電話があって和解したの。彼は薬物を断って八カ月目だった。チャックが〈ヒーリング・ウィンズ〉でカウンセリングを担当していると聞いて、わたしはケイレブもあそこなら大丈夫だろうと思った」

「チャックは彼らに過去を話したんでしょう」

「それもあの子たちの動機のひとつになったようね。チャックがあの子たちにお金の話をしてしまった。もちろん、わたしが無関係だったことは話してくれたけれど、あの子たちは信じなかった」

「あの日、病院にいたのはチャックでした。刺された若者が助かるかどうかサラに尋ねた警官は、彼だった」

イヴリンはうなずいた。「ニュースでわたしのことを知って、なにか協力できないかと思って、来てくれたの。でも、あの前科があったらだれも信用してくれないということがわかっていなかったのね。チャックの保護観察官に取りなしてくれるよう、マンディに頼んでおいたわ。チャックを巻きこんでしまったのはわたしだもの。わたしの部下はみんな、自分が困ることになっても、かならずわたしを庇ってくれた」

「ケイレブも仲間たちのように、あなたも賄賂をもらっていたと考えていたんでしょうか？」

イヴリンはその質問に驚いたようだった。「いいえ、トレント捜査官。あの子がそんなふうに考えていたとは思わない。ただ、あの子は、わたしのことを冷淡な人間で、母親なのに愛してくれなかったと思いこんでいた。わたしから唯一受け継いだのは、黒い心だと言っていたわ」

ウィルは、フェイスがイヴリンの家の前に車を止めたときに鳴っていた曲を思い出した。

「『バック・イン・ブラック』」

「あの子のテーマソングだったのね。歌詞を聞けとしつこく言われたわ。あのわめき声じゃ、なにを言ってるかわからないのにね」

「あれは、自分を虚仮にした連中に復讐してやるという曲なんですよ」

「なるほど」イヴリンはようやく理解できてほっとしたようだった。「あれをうちのキッチンのCDラジカセで繰り返しかけていたわ。そのうちフェイスが帰ってきたから、音楽を止めた。わたしは怖くてたまらなかった。あんなに長いあいだ息を止めたことは、たぶんはじめてだと思う。でも、あの子たちの目的はフェイスじゃなかった。ケイレブの仲間にとってはね。ベニー・チューが、あとは自分にまかせろと言って、リカードと寝室にこもった。リカードのおなかに入っていたヘロインを放っておくわけにいかないもの。ほかの子たちは、ベニーにわたしを連れてさっさと逃げろと命令されて、そのとおりにしたの」

ウィルは犯行場面の確認をしておきたかった。「ケイレブはフェイスが帰ってきたときに、どこにいましたか？」

「窓からフェイスを見ていたわ」イヴリンの声が震えた。「あのときほど怖かったことはない。あのときまではね」

ウィルもその種の恐怖はいやというほど知っている。「フェイスが来るまでのことを教えてください。あなたはサンドイッチを作っていましたよね？」

「フェイスが遅くなるのはわかっていた。研修はたいてい長引くものでしょう。かならず最前列に座って、さも熱心そうに講師を質問攻めにするやつがいるのよね」イヴリンはしばらく黙って考えていた。「ヘクターがスーパーマーケットにわたしを捜しにきたの。わたしの日課を知っていたから。そういう人なの。話をちゃんと聞いてくれる人だった」愛人だった男を思っているのだろうか、しばし黙りこんだ。「ヘクターは、施設へケイレブに会いに行ったら、出かけていると言われて、わたしを捜していたの。あの施設は、患者を閉じこめたりしないの。ケイレブも簡単に出てくることができた。わたしたちはさほど驚かなかったわ。その時点で、リカードが彼自身にとっても仲間にとってもよくないことに首を突っこんでいるらしいと聞いていたから」

「ヘロインですね」

イヴリンはゆっくりと息を吐いた。「ヘクターとわたしはうちへ車を走らせながら、ケイレブの行き先を考えた。わたしたちは、リカードがジュリアの工房で働いているのは知っていたし、あの子たちが集まったらとんでもないことをしかねないとも思っていた。フォリアドゥってやつね」

ウィルもその言葉は聞いたことがある。一見普通の人間が集団になると同じ妄想を共有するようになる精神障害のことだ。マンソン・ファミリー。ブランチ・ダヴィディアン。集団の中心には、かならず精神的に不安定なリーダーがいる。ロジャー・リンは、そのリーダーを蛇の頭になぞらえた。ロジャー・リンのような男なら知っていても不思議ではない。

「わたしは心のどこかで、フェイスに早く帰ってきてほしいと願っていたのかもしれない。あの子がヘクターと鉢合わせすれば、なにもかも説明せざるをえなくなるから」

「ヘクターを殺したのはケイレブですか?」

「そうだと思う。こそこそした、卑怯なやり方だった。わたしは発砲音を聞いて——サイレンサーをつけた銃の音は、一度聞いたら忘れないでしょう——カーポートを覗いた。車のトランクが閉まっていて、だれもいなかった。わたしはすぐさま行動した。こうなることはずっと予期していたのかもしれない。エマを抱いて物置に連れていった。銃を持って戻ってきたら、洗濯室に男がいた。男が口を開く前に射殺したわ。振り返ると、ケイレブがいた」

「ケイレブと格闘したんですか?」

「あの子を撃つことはできなかった。丸腰だったから。それに息子だもの。でも、あの子はわたしへの怒りにとらわれていた」イヴリンは負傷した手を見おろした。「あの子はわたしの指を切ろうとしたとき、あんなに激しい抵抗にあうとは思っていなかったでしょうね」

「そのときに切ったんですか?」そのあとのやりとりで切断されたのだろうと考えていたが。

「ケイレブは仲間をわたしの背中に座りこませて、指を切断したの。パン切り包丁でね。木を切るみたいに、何度も刃を前後させて。たぶん、わたしの悲鳴を楽しんでいた」

「彼から包丁をどうやって取りあげたんですか?」

「よくわからないの。考えずに体が動くことってあるでしょう。現に、そのあとどうなったかはっきりと覚えていないのよ。とにかく、のしかかってきた子のおなかに包丁が刺さった感触は覚えているわ」イヴリンはヒュッと息を吸った。「エマを連れて逃げようと思って、急いでカーポートへ出た。そのとき、ケイレブの叫び声が聞こえたの。ママー、ママー、って」またいったん黙った。「けがをして痛がっているような声だった。自分でも、なぜ家のなかに戻ったのかわからない。包丁を奪ったときみたいに、なにも考えてなかった。でも、包丁を奪ったのは自己防衛本能だけど、このときは自己破壊衝動だったと言うべきね」イヴリンは必死に思い出そうとしているようだった。「わたしもわかっていたの――引き返してはいけないって。いまでも覚えているわ、車の脇を走り抜けて家のなかへ戻りながら、自分はいま人生で最大級に愚かなことをしていると考えていた。たしかにそのとおりだった。でも、やめられなかった。あの子がわたしを求めて泣く声に、走って引き返さずにいられなかった」

イヴリンは息を継いだ。ウィルは、太陽の位置が変わって日光がまともに当たるようになり、イヴリンがまぶしがっているだろうと思った。立ちあがり、ブラインドをおろした。イヴリンは疲れた様子で息を吐いた。「ありがとう」

「もう休みますか？」

「最後まで話すわ。この先、二度と話さずにすむから」

フェイスが言いそうなことだ。ウィルは賢明にもイヴリンに合わせた。また椅子に座り、

下させていた。

すぐには再開しなかった。一分間ほど、イヴリンは黙ったまま横たわり、呼吸で胸を上下させていた。

イヴリンが話を再開するのを待った。

ようやく続きがはじまった。「あの子が生まれて三年間くらいは、ビルと子どもたちに書類仕事があるからと嘘をついて、ときどき出かけたわ。たいてい日曜日で、家族が教会に行っている時間帯だった。楽に出られたから」イヴリンは咳きこんだ。声のかすれがだんだんひどくなっていく。「ほんとうは、通りの先の公園に行っていたの。公園に着いたら、ひとりでベンチに座る。雨が降っていれば、車のなかに残る。そして、思いきり泣いた。マンディもこのことは知らないわ。あの人にはなんでも打ち明けてきたけれど、このことは話していない」ウィルに意味ありげな目を向けた。「マンディがケニーとうまくいかなかったことは知らないでしょう。マンディは子どもを産めなかったけれど、ケニーは家族をほしがったの。血を分けた家族を。ケニーはそのことでマンディを悩ませた。だから、ケイレブに会いたいなんて、マンディにこぼすのは残酷でしょう」

ウィルはボスの個人的な事情を聞くことに少しばかり抵抗を覚えたので、拉致された日の話に戻したかった。「ケイレブは、あなたをだまして家のなかへ呼び戻したんですね。だから、エマは物置に置き去りにされたんでしょう？」

イヴリンはしばらく黙っていた。ウィルがわざと話を変えたことを察したらしい。「はぐらかされるのがいやな人間をはぐらかすことはできないわよ」

ウィルは、そんなことはないだろうと思ったが、とりあえずうなずいた。

「わたしはキッチンに駆けこんだ。ベニー・チューがいた。もちろん、若い子たちに入れ知恵したのはベニー・チューよ。家のなかは血の海でしょう。ベニーの本領発揮ね。わたしはベニーと取っ組みあって、結局組み伏せられた。むこうは味方がいたからね。ベニーはお金を要求した。だれもがお金目当てだった。家のなかは、お金を求める怒った男たちでいっぱいだった」

「ただし、ケイレブはちがった」

「ええ、ケイレブはちがった。あの子はソファに座って、サンドイッチ用の肉を袋からじかに出して食べながら、みんなが家を荒らしまわるのを眺めていた。おもしろかったんでしょうね。たぶん、あの子の一生であれほどおもしろいことはなかったんじゃないかしら――わたしは死ぬほど怯えていて、仲間は首を切り落とされた鶏よろしく駆けまわっている。そのうえ、彼らが必死に捜しているものはそこにはないと自分だけは知っているわけだから」

「椅子の裏面のAという文字は、なにを表していたんですか？」

イヴリンは細切れの笑い声をあげた。「あれは矢印よ。鑑識が見つけてくれると思ったんだけど。主犯はソファに座っていたと伝えたかったの。ケイレブの髪の毛か、服の繊維か、指紋か、なにか残ってるはずだから」

アビディ・ミタルのチームなら、そのメッセージを解読できただろうか。ウィルは見当はずれのことを考えていたが。

イヴリンが尋ねた。「あの子たちがうちの裏庭を掘り返したってほんとう？」

ミタルたちではなく、ケイレブの仲間のことだろう。「彼らに、金は裏庭に埋めたと話したんですか？」

イヴリンはくすくす笑った。暗闇のなか、シャベルであちこち穴を掘っている若者たちを思い浮かべたのだろう。「あの子たちがだまされるだろうと思って。映画ではよくあることだから」

ウィルは、自分もそんな映画を観すぎるくらい観たとは、あえて言わなかった。

突然、イヴリンの表情が変わった。天井を見あげる。タイルは茶色のしみがついている。とくにいい眺めでもない。ウィルは、だれかが忌避行動を取ったら、すぐにそれと気づく。

イヴリンがささやいた。「わたしはね、自分が息子を殺したという事実とずっと闘っているの」

「そうしなければ、あなたが殺されていました。フェイスもです。現に、何人もの人間を殺しています」

イヴリンはまだ天井を見つめている。「マンディに、射殺したときのことはあなたに話さなくていいと言われているの」

ケイレブ・エスピシートの射殺については警察が捜査中だが、フェイスのときと同じように、イヴリンもすぐに行為の正当性を認められるだろう。「あれは正当防衛です」

イヴリンはゆっくりと息を吐いた。「あの子はわたしに選択を迫ったんだと思う。あの子を取るか、フェイスを取るか」

ウィルは、ぼくもそう思うとは言わなかった。

「ケイレブは、父親のことは許すことができた。ヘクターは豊かな生活をしていたけれど、結婚していなかったし、ほかの子どももいなかった。でも、あの子はわたしが、そのどちらも手に入れたことを知って――わたしがなんとかビルと子どもたちとの暮らしを取り戻したことを知って、すさまじい怒りを抱いた。わたしを心底憎んだ」イヴリンの目が涙で光った。「こんなことになる前に、あの子に最後に話したの。そういう恨みにしがみつくのは、毒を呑みながら相手が死ぬのを待つようなものだって」

母親とは息子にそういうアドバイスをするものなのだろうと、ウィルは思った。不運にも、自分は身をもってそのことを学ばなければならなかった。「彼らに閉じこめられた場所について、なにか思い出せることはありますか？」

「倉庫だった。使われていない倉庫よ。死人も目を覚ますほど大声をあげたけれど、だれも来なかったから」

「あのとき、全部で何人の男がいましたか?」

「うちに? たしか八人ね。倉庫には、ケイレブを入れて三人しかいなかったけれど。あとのふたりはジュアンとデイヴィッドという名前だった。わたしの前で名前を呼びあわないように気をつけていたつもりらしいけれど、なにしろ慣れてなかったのね。わかるでしょう」

ジュアン・カスティーロは、ジュリア・リンの工房の外で射殺された男だ。デイヴィッド・ハレラは、イヴリンとフェイスの目の前で、無残に撃ち殺された。ベニー・チュー、ヒロノブ・クウォン、リカード・オーティズ、マーセラス・エステヴェス、フランクリン・ヒーニー。そして、ヘクター・オーティズ。合計八人が、ひとりの男が抱いた二十年分の怨恨のせいで命を落とした。

イヴリンも同じことを考えたようだ。すがりつくような口調になった。「もしかしたら、わたしにあの子を止められたんじゃないかと思う?」

事件を起こす前に彼を殺しでもしないかぎり、止めることなどできなかったのではないだろうかと、ウィルは思った。「あれほど激しい憎しみは、なかなか燃えつきませんよ」

イヴリンの慰めにはならなかったようだ。「ビルは、フェイスが妊娠したのはわたしのせいだと考えていた。わたしがヘクターと会って、ちゃんと子どもたちを見ていなかったからだと、はっきり言われたわ。ビルの言うとおりかもしれない」

「フェイスはしっかり自立しているじゃないですか」

「あの子はわたしに似ていると思うでしょう」ウィルは否定したが、イヴリンは手を振って一蹴した。「いいえ、あの子はわたしそのものよ。かわいそうにねえ」

「そんなにひどいことでもありませんよ」

「ふん」イヴリンはまた目を閉じた。ウィルは彼女の顔をしげしげと眺めた。輪郭がわからないほど腫れている。アマンダと同じくらいの年齢で、警官としては似たタイプだが、女性としてはまったく異なる。ウィルは、他人に両親がいるのをうらやましいと感じたことはほとんどない。自分に親がいたらと考えるのは、時間の無駄だ。だが、イヴリン・ミッチェルと話していると、彼女が子どもたちのためにどれだけのものを犠牲にしてきたのかがわかり、少しだけ嫉妬を覚えずにはいられなかった。

ウィルは立ちあがった。もうイヴリンを眠らせてあげようと思ったのだが、彼女は目をあけた。水差しを指差す。ウィルは、イヴリンに吸い飲みで水を飲ませた。今度はさほど喉の渇きは激しくないようだが、イヴリンの手がモルヒネのボタンを握りしめたのが見えた。

「ありがとう」イヴリンは枕に頭を戻した。またモルヒネのボタンを押した。

ウィルは立ったまま尋ねた。「失礼する前に、ほかにお手伝いすることはありますか?」

イヴリンは質問を聞いていなかったのかもしれないし、聞き流すことにしたのかもしれない。「マンディはあなたに厳しいようね。でも、それはあなたを気に入ってるからよ」

ウィルには、自分の眉がひょいとあがったのがわかった。もうモルヒネが効きはじめたのか。

「マンディはあなたを誇りに思ってるわ、ウィル。いつもあなたのことを自慢している。頭がよくて、強くて。あの人にとって息子のようなものよ。あなたが思っているより、いろいろな意味でね」

ウィルは肩越しに背後をうかがいたい気持ちに駆られた。ドアのところでアマンダが高笑いしているんじゃないか？

イヴリンはまだ続けた。「あなたを誇りに思って当然よ。あなたはいい人だもの。あなた以外に、娘のパートナーになってほしい人はいないわ。あなたたちが組んだときは、ほんとうにうれしかった。ただの仕事のパートナー以上のものになってくれるといいのにねえ」

ウィルはもう一度、ドアのほうを見た。アマンダはいない。向きなおると、イヴリンがじっとこちらを見つめていた。

「正直に言ってもいい？」

ウィルはうなずきながらも思った。いままで正直じゃなかったってことか？

「あなたは苦労人だそうね。いまのあなたのようにすばらしい人になるには、大変な努力が必要だったと思う。だから、あなたには幸せになる資格がある。でも、あの奥さんと一緒にいたら、幸せになれないわ」

いつものように、最初はついアンジーを庇ってしまった。「彼女もいろいろつらい思いをしてきたので」

「あなたにはもっと幸せになる権利がある」

ウィルは、どうしても言わずにはいられなかった。「ぼくのなかにも悪魔はいます」

「あなたの場合は、いい悪魔でしょう。あなたを強くしてくれるような」イヴリンはほほえもうとした。「〝悪魔をみんな殺したら、天使まで殺してしまう〟」

ウィルはあてずっぽうで言った。「ヘミングウェイですか？」

「テネシー・ウィリアムズよ」

ドアがあいた。アマンダが腕時計をトントンとたたいた。「時間切れよ」ウィルを手招きする。

ウィルは携帯電話で時刻を確かめた。きっかり一時間だ。「どうしてぼくがここにいるのを知ったんですか？」

「歩きながら話しましょう」アマンダは両手を打ち鳴らした。「われらがイヴを休ませてあげないと」

ウィルはイヴリンの肘に触れた。包帯もなく、チューブにもつながれていないのは、肘だけだったからだ。「ありがとうございます、ミッチェル警部」

「元気でね、トレント捜査官」

廊下に出たとたん、アマンダに突き飛ばされ、通りかかった看護師にぶつかりそうになった。

アマンダが言った。「イヴを疲れさせたわね」

「だって、むこうから話をしたいと」

「イヴはひどい目にあったのよ」

「ケイレブ・エスピシートを射殺した件で、なにか問題がありそうなんですか？」

アマンダはかぶりを振った。「唯一、逮捕の心配をすべきなのはロズ・レヴィよ。わたしにまかせてくれれば、公務執行妨害で逮捕してやるのに」

ウィルに異論はないが、ミセス・レヴィは老獪だ。きっと、彼女を有罪にできる陪審などこの世に存在しない。

「いつかあのばあさんをとっ捕まえてやるわ」アマンダがきっぱりと言った。「棒みたいな女よ――騒ぎをかきまわして大きくする」

「たしかに」ウィルは話を締めくくろうとした。サラは五分前に勤務を終えているはずだ。今朝、一緒に昼を食べないかと提案したのだが、覚えてくれているだろうか。ウィルはアマンダに「では、明日」と声をかけ、エレベーターへ歩きだした。残念なことに、アマンダもついてきた。

「イヴリンはなにを話したの？」

ウィルは歩幅を大きくしてアマンダを振りきろうとした。それが無理でも、少しは骨を折ってもらいたい。「真実、だといいんですが」

「真実はどこかに埋まってるわ」

楽々と心のなかに疑惑の種をまくアマンダが腹立たしい。イヴリン・ミッチェルとアマンダは親友なのに、どうしてこうも似ていないのか。イヴリンは駆け引きなどしない。他人に恥をかかせて楽しんだりしない。「ぼくの知りたいことには答えてくれたと思います」

エレベーターの階下行きボタンを押した。もう我慢できない。「あなたがぼくを誇りに思っていると言っていましたよ」

アマンダは大笑いした。「あらそう、わたしのことじゃないみたいねえ」

「そうですね」ふと、ある考えが浮かんだ。やはり、イヴリンは真実を遠まわしに伝えようとしていたのではないか？　ひそかに手がかりを渡してくれたのでは？　急に吐き気が襲ってきた。

あの人にとって、息子のようなものよ。あなたが思っているより、いろいろな意味でね。

ウィルはくるりとアマンダのほうを向き、人生最悪の日になるのを覚悟した。「もしかして、あなたがぼくのほんとうの母だとか言いませんよね？」

アマンダの笑い声が廊下じゅうに響き渡った。倒れそうになったのを、壁に手をついてこらえている。

「もういいです」ウィルはまたエレベーターのボタンを押した。もう一度。そしてまたもう一度。「わかりました。つまらない冗談です」

アマンダは涙を拭った。「ああ、ウィル、わたしの子がほんとにあなたみたいな男になると、本気で思ってるの？」

「ひとつ言っておきます」ウィルは身を屈め、アマンダの目を覗きこんだ。「それはほめ言葉と受け取ります。そうじゃないと言っても無駄ですから」ウィルは非常階段へ歩いた。

「感謝しますよ、アマンダ、最高のほめ言葉です」

「戻ってらっしゃい」

ウィルは階段口のドアを押した。「いつまでも忘れません」

「わたしから逃げようなんて許さないわ」

ウィルは逃げた。階段を一段飛ばしにおりる。小柄なアマンダの足では、とても追いつけまい。

22

サラは読書用の眼鏡をはずして目をこすった。二時間以上、医師用ラウンジのテーブルの前に座っていた。タブレットでカルテを読んでいたのだが、字がぼやけてきた。この四日間で合計六時間しか寝ていない。この疲れ方は、研修医時代を思い出す。あのころは、よくナースステーションの隣の掃除道具用物置に置いてある寝台で仮眠した。寝台はあいかわらずそこにある。グレイディ病院では、サラがＥＲで研修医として勤めていたころから、何百万ドルもかけて改築が続いている。だが、研修医の生活レベル向上に予算をかける病院などない。

看護学生のナンが、今日もソファに座っている。半分食べてしまったクッキーの箱を隣に置き、反対側にはポテトチップスの袋も置いてある。親指が目にもとまらぬ速さでアイフォーンをタップしている。数分ごとにくすくす笑うのは、おそらく新しいメールが届くのだろう。なんだか目の前でナンがどんどん若くなっていくように見えるが、そんなことがありうるのだろうか。唯一の慰めは、あと数年すれば、ナンがこよなく愛しているジャンクフードが問題になりはじめるだろうということだ。

「どうしたんですか？」ナンが電話を置いて尋ねた。「大丈夫ですか？」

「ええ、大丈夫」サラは、またナンに話しかけられたことに、なぜかほっとした。病院での狙撃事件について、サラには生々しい詳細を話す気がないと知って、ナンはずっと拗ねていたのだ。

ナンは立ちあがり、スクラブから食べかすを払った。「お昼は食べました？　クラカウアー先生が〈ピザハット〉にオーダーしてくれることになってますけど」

「ありがとう、でも予定があるの」サラは腕時計を見た。ウィルがランチに連れていってくれることになっている。はじめてのデートではない。睡眠不足がウィルのせいだということを考えると、最近のサラの生活がどうなっているかよくわかる。

「じゃあ、お先に」ナンはドアを押しあけるというより、肩を勢いよくぶつけてあけた。

サラはつかのま、ラウンジの静けさをありがたく思った。ポケットから折りたたんだ紙を取り出す。今朝、うっかり眼鏡を車に忘れてしまったので、駐車場まで階段をのぼって取りに行かなければならなかった。そのとき、ワイパーの下に紙を見つけた。おかしなことに、だれかがサラの車に〝ヤリマン〟という文字を置いていったのは、これがはじめてではない。今回は塗料を鍵で引っかいて書かれていないだけましだ。

メモを筆跡鑑定に出さなくても、アンジー・トレントが書いたのだということはわかる。

昨日の朝も、車にメモが置いてあった。ただ、今回はいつものように、アパートメントを出るときに見つけたのではない。アンジーはどんどんエスカレートしている。今日届いた二通目は、昨日の〝売女《ばいた》〟というつまらない言葉より威力がある。

サラは紙を丸めてごみ箱めがけて投げた。もちろんはずした。立ちあがって、紙を拾いに行く。もう一度ごみ箱に捨てる前に、紙を開いて文字を見つめた。不愉快だが、自分はこういうことを言われてもしかたがないのだと思った。情熱のさなかには、ウィルの薬指にはまっている結婚指輪のことを考えないようにしていた。けれど、昼間に冷静になると、そうはいかない。ウィルは既婚者だ。法的な縛りがなくても、ウィルとアンジーは強く結びついている。サラには決して理解できないつながりがある。

それに、アンジーが優雅に退場するつもりがないことは、はっきりしている。はっきりしていないことはただひとつ、アンジーがサラを醜悪の極みに引きずりこむまでに、どのくらい時間があるかということだ。

ドアをノックする音がした。

サラはごみ箱に紙が入っているのを確認してから、ドアをあけた。ウィルがそこにいた。両手をポケットに入れている。最近は時間があるかぎり会うようにしているのに、いつも最初の十分間はぎこちない。たぶん、ウィルはいつまでも、まずサラが動くのを待っている。まだサラが自分に飽きていないというサインをほしがっている。

「邪魔したかな？」

サラはもっと大きくドアをあけた。「ぜんぜん」

ウィルはさっとラウンジのなかを見渡した。「ぼくもここに入ってもいいのか？」

「わたしたちは例外」

ウィルはラウンジの中央に立った。まだポケットに手を入れている。

サラは尋ねた。「イヴリンの具合はどう？」

「悪くない。と、ぼくは思う」ポケットから両手を出したが、今度は結婚指輪をいじりはじめた。「フェイスはしばらく休暇を取って、お母さんの世話をするらしい。ふたりで過ごす時間ができて、いいと思うんだ。いや、かえってよくないのかな。そのときにならないとわからないな」

サラは我慢できなかった。ごみ箱のなかの丸めた紙を見やる。なぜウィルはまだ結婚指輪をはずさないのだろう？　きっと、アンジーがサラの車にメモを残していくのと理由は同じだ。

ウィルが尋ねた。「どうしたんだ？」

サラはテーブルのほうを示した。「座らない？」

ウィルは先にサラが座るのを待ち、むかいの椅子に腰をおろした。「なんだかいい話じゃないみたいだな」

「ええ」

ウィルはテーブルを指先で小刻みにたたいた。「きみの言いたいことは、たぶんわかってる」

それでも、サラは声に出して言った。「あなたのことは好きよ、ウィル。ほんとうに、ほんとうに大好き」

「でも？」

ウィルの手に触れ、結婚指輪に指をのせた。

「ああ」ウィルは言い訳をしなかった。弁解しなかった。指輪をはずして捨てるよとも言わなかった。ポケットに左手を突っこむことすらしなかった。

サラは自分を奮い立たせた。「あなたにとってアンジーがとても大きな存在だということはわかる。それは尊重する。彼女があなたにとって大事な人だということを」

サラはウィルがなにか言うのを待ったが、彼はいつまでも黙っている。そして、サラの手を取った。親指でサラの手のひらをなぞる。サラは体が反応するのを止められなかった。つながっているふたりの手を見おろす。ウィルの袖の内側へ指をすべりこませる。指先に、盛りあがった傷跡を感じた。ウィルについて知らないことはまだたくさんある――彼がどんな虐待に耐えてきたのか。自分をどんなに傷つけてきたのか。アンジーはいつもウィルのそばにいて、彼の痛みを間近で見てきた。

「わたしは、アンジーには勝てない」正直に認めた。「それに、あなたがほんとうはアンジーと一緒にいたいんじゃないかと心配しながらそばにいることはできない」

ウィルは咳払いした。「ぼくは彼女と一緒にいたくない」サラは、きみと一緒にいたい、という言葉を待った。だが、彼は黙っている。

サラはたたみかけた。「わたしは、二番目にはなれない。わたしがどんなにあなたを必要としていても、あなたはいつもアンジーを優先させるかもしれないでしょう」

ふたたびウィルがなにか言うのを待った——なんでもいい、自分は二番目ではないと確信させてくれる言葉なら。時間が刻々と過ぎていく。沈黙はほとんど永遠に続きそうだった。

ついに口を開いたウィルは、やっと聞き取れるほど静かな声で話した。「彼女は狼少年みたいなんだ」唇を舐める。「子どものころの話だけど」サラが聞いているか確かめるように、ちらりと目をあげ、またふたりの手に視線を落とした。「ぼくたちは同じ場所で暮らしていたことがある。里親の家だ。家というより、工場式農場みたいなところだった。金のために子どもをあずかるんだ。とにかく、その家の奥さんはそういう人だった。夫のほうは、十代の女の子が目当てだった」

サラは喉が詰まりそうな気がした。思わずアンジーに心を寄せそうになったのをこらえた。

「でも、さっき言ったようにアンジーは狼少年並みに嘘をついた。だから、里親に虐待されていると訴えても、ケースワーカーは信じてくれなかった。調査すらしなかったんだ。今回は嘘じゃないと、ぼくが訴えても聞いてくれなかった」ウィルは肩をすくめた。「ときどき、夜にアンジーの悲鳴が聞こえた。あいつにひどいことをされて、悲鳴をあげていたんだ。虐待はひどかった。でも、ほかの子どもたちは目をつぶった。自分たちじゃなくてよかったと思っていたんだろう。でも、ぼくは……」言葉が途切れた。サラの手のひらをなでる自分の親指を見つめている。「ぼくは、かならず調査が入るのはどんな場合か知っていた。それは、子どものだれかが里親にけがをさせられたときだ。もしくは、子どもが自傷したとき」サラの手を握りしめる。「だから、アンジーに言ったんだ。ぼくがそうすると。で、やった。薬戸棚から剃刀を出して、腕を切った。中途半端なやつじゃだめだとわかっていた。きみも見たよね」引きつった笑い声を漏らす。「中途半端じゃないだろ」

「ええ」痛みで気絶しなかったのが不思議なほどの重傷だった。

「それで、ぼくたちはその家から出ることができて、その夫婦は里子をあずかることを禁止された」ウィルは顔をあげ、何度かまばたきした。「いつかの晩に、アンジーに言われたんだ。ぼくはきみのためにあんなことをしないだろう――あんなふうに、自分の体を切ったりしないだろう、と。ぼくもそう思う」ウィルの微笑は悲しげだった。「きみを大事に思っていないからじゃなくて、きみは絶対にぼくをそんな状況に追いやったりしないからだ。きみはぼくにそんな決断を迫ったりしないだろう」

　サラはウィルの目を見つめた。窓から入ってくる日差しが、ウィルのまつげを白く見せている。彼が剃刀を取らずにいられないほど追いつめられるまで、どんなことに耐えてきたのか、サラには想像もできない。

「そろそろきみを仕事に戻してあげないと」ウィルは身を屈めてサラの手にキスをし、しばらくそのまま唇を当てていた。体を起こしたとき、彼はどこか変わっていた。声がはっきりとして力強くなった。「これだけはわかっておいてくれ。きみがぼくを必要としたら、かならずそばにいる。ほかになにがあってもそうする。きみのそばにいる」

　最後の別れのような口調だった。なにもかも片がついたと言わんばかりだ。ウィルはほっとしているようにすら見えた。

「ウィル――」

「いいんだ」いつものように、彼はぎこちなく笑った。「ぼくの並外れた魅力にも免疫がついたんだろ」

　喉に塊がこみあげた。ウィルがこんなにあっさりあきらめるなんて信じられない。闘ってほしかったのに。テーブルに拳をたたきつけ、絶対に終わらせたくない、そんなに簡単にきみをあきらめるものかと言ってほしかった。

　けれど、彼はそうしなかった。サラの手を放して立ちあがった。「ありがとう。お礼を言うのは変だけど」サラをちらりと見て、ドアに目をやった。「でも——ありがとう」

ウィルがドアへ歩いていく足音がして、ドアがあいたとたん、廊下の物音が入ってきた。サラは目を押さえて涙を止めようとした。ウィルのあきらめ方がつらかった。彼が自分はそういう運命だと受け入れているのが悲しかった。ウィルがなぜアンジーの話をしたのか、サラにはわからなかった。アンジーをかわいそうに思ってほしかったのだろうか？　ウィルがアンジーを救うためなら命を賭ける覚悟だということをロマンティックだと思えと？

いまなら、ウィルはジェフリーに似ているとわかる。そんなことは認めたくないけれど。自分が好きなのは、警官ではなく消防士なのかもしれない。ウィルもジェフリーも燃え盛る建物に飛びこんでいく傾向がある。この一週間だけでも、ウィルはギャングに狙撃され、異常者に脅され、少なくとも三人の女に悩まされ、他人の前でばかにされ、車のトランクに何時間も閉じこめられ、殺されるかもしれないと承知のうえで危険な状況に身を置いた。世の中の人を救うことばかり考えていて、自分が救いを必要としていることをわかっていない。みんなに利用される。みんながウィルの人のよさ、礼儀正しさ、優しさにつけこむ。ウィルがどうしたいのか気にする人はひとりもいない。

ウィルはずっと陰のなかを生きてきた。自分のことを知られるのを恐れて、教室の隅におとなしく座っていたきまじめな子どもそのままだ。そして、アンジーが自分の欲求を満たすためにウィルを暗闇に引きとめつづけた。はじめてウィルと会ったとき、彼の愛し方をほんとうに知っている人がひとりもそばにいなかったのだということが、すぐにわかった。サラに別れを切り出されてあっさり受け入れたのも無理はない。ウィルは、自分にとっていいことは長続きしないと決めつけている。だから、あんなふうにほっとしていたのだ。彼は崖っぷちにいた。そこから跳ぶのを恐れて動けなかったのは、ほんとうに落ちた経験がないからではないか。

サラは、はっと口をあけた。自分もみんなと同罪だ。ウィルに闘ってほしいと望むあまり、ウィルもわたしが闘うのを待っているのだということが見えていなかった。

理屈に邪魔される前に、ドアから飛び出て廊下を走った。いつもどおりERはごった返している。点滴のバッグを抱えて走っている看護師。飛ぶように走りすぎるストレッチャー。サラはエレベーターを目指した。早く開けと念じながら、階下行きのボタンを立てつづけに何度も押す。階段をおりれば病院の裏手に出る。駐車場は正面だ。建物をまわって駐車場に走っても、ウィルには追いつけないだろう。いまごろウィルは立体駐車場のそばを歩いているにちがいない。立体駐車場は三カ所。それぞれ六階建てだ。もしかしたら、大学と共有している駐車場に車を停めたかもしれない。だったら、道路で待ったほうがいい。頭のなかに道路地図を描く。ベル・ストリート。アームストロング・ストリート。いや、ひょっとしたらグレイディ鑑別所に駐車したかもしれない。

ようやくエレベーターの扉があいた。警備員のジョージが銃に手をかけて立っていた。隣にウィルがいる。

ジョージが尋ねた。「大丈夫ですか、先生?」

サラはうなずくのがやっとだった。

ウィルが恥ずかしそうな顔をして降りてきた。「ベティをあずけているのを忘れていた」

あのなつかしい、ぎこちない笑み。「カントリー歌手みたいに聞こえるだろうけど、きみにぼくの心はあげても、犬はあげられないんだ」

サラは背後から救急医療士にぶつかられた。ウィルの胸に両手をつく。彼はポケットに両手を突っこんだまま、不思議そうな笑みを浮かべてサラを見おろしている。いままでだれかがこの人の味方だったことはあるのだろうか? 彼を州の施設に捨てた親はちがう。彼を消耗品としか見ていなかった里親もちがう。切れた唇で実験した医師も、ディスレクシアを怠慢だと勘違いしていた教師もソーシャルワーカーも、彼の味方ではなかった。そして、簡単にウィルに命を賭けさせるアンジーも、絶対にちがう。大切なウィルの命を。

「サラ?」ウィルが心配そうな顔をしていた。「大丈夫か?」

サラはウィルの肩へ両手をすべらせた。シャツの生地越しに、すでに手のひらになじんでいる引き締まった筋肉と、肌の熱さが伝わってきた。今朝、ウィルのまぶたにキスをした。彼のまつげは金色でやわらかく、とても繊細だ。眉や鼻やあごに唇を這わせると、髪が彼の顔や胸を覆った。この一年、ウィルの唇の傷跡に唇をつけるとどんな感触がするだろうかと、どんなに想像したことか。ウィルの腕のなかで目覚める朝を夢に見た夜が幾度あったことか。

何時間も想像した。毎晩のように夢見た。

サラは爪先立ち、ウィルの目を覗きこんだ。「わたしと一緒にいたい？」

「いたい」

そのきっぱりとした口調がうれしかった。「わたしもあなたと一緒にいたい」

ウィルはかぶりを振った。悪い冗談のオチを待っているかのような顔をしている。「どうしてか、さっぱりわからない」

「あれのせいよ」

「あれ？」

「あなたの並外れた魅力」

ウィルが目をすっと細くした。「魅力？」

「わたしね、考えなおしたの」

ウィルはまだサラの言葉が信じられないようだ。

「キスをして」サラは言った。「わたし、考えなおしたんだから」

謝辞

いつものように、エージェントのヴィクトリア・サンダーズと、編集者のケイト・ミシャクとケイト・エルトンに、最大級の感謝を。もちろん、アンジェラ・チェン・カプランにも。いつも支えてくださる出版社のみなさんにも感謝します。ジーナ・セントレロ、リビー・マクガイア、おふたりと知りあえてほんとうによかった。アダム・ハンフリー、あなたをさんざん困らせたのに、こらえてくれてありがとう。あなたを打ちのめして、恥をかかせたのに、よくぞ我慢してくれました。クレアは当然のことだと思っているけれど。

一九七〇年代のアトランタの話でわたしを大いに楽しませてくれた、比類なきヴァーノン・ジョーダンにも感謝します。あなたは伝説です。デイヴィッド・ハーパー、サラを医師らしくするためにあなたが助けてくれるようになって、もう十年はたちますね。いつもながら、あなたの協力に心から感謝するとともに、物語を進めるうえで起きてしまった誤りがあれば謝罪します。ジョン・ヘイネン特別捜査官、あなたにも感謝申しあげます。銃に関するまちがいがあれば、すべてわたしの責任です。ジョージア州捜査局の方々、とくにピート・スチュアート、ウェイン・スミス、ジョン・バンクヘッド、ヴァーノン・キーナン局長にも感謝を。みなさんは、貴重な時間を割いてくださいました。また、職務に情熱をもって当たっていらっしゃるみなさんとお会いするのは、大きなよろこびです。デイヴィッド・ラルストン議長、いつも変わらないご支援をありがとうございます。

この本には、あまり多くの父親が出てきませんが、すばらしい父親でいてくれるわたしの父に感謝したいと思います。父さんの物語を書きたいのだけど、父さんがいかにいい人か、だれも信じようとしないでしょうね。いい人といえば、DA——いつまでもあなたはわたしの大事な人です。

読者のみなさん、本書はフィクションです。わたしは人生の半分以上をアトランタで暮らしてきましたが、作家でもあります。通りの位置や、建物の外見や、住宅地の描写は、わたしの悪意に満ちた要求に合わせて改変しています(怒らないでよ、シャーウッド・フォレスト、あなたは変えられてもしかたないよね!)。

訳者あとがき

ジョージア州捜査局《GBI》特別捜査官フェイス・ミッチェルは、大学生の息子と生後四カ月の娘を育てているシングルマザー。その日、実家の母親イヴリンにあずけていた娘を迎えにいったフェイスを待ち受けていたのは、凄惨な光景だった。血まみれのキッチン、隣の洗濯室には頭を撃ち抜かれた男の死体。家じゅうがめちゃくちゃに荒らされているが、母親の姿がない。フェイスは母親を捜し、寝室で見知らぬふたりの男と遭遇するも、やむをえずどちらも射殺するはめになり、母親の行方を聞き出すことはできなかった。

イヴリンはなぜ、そしてだれに誘拐されたのか？　彼女は元アトランタ市警の警部だが、フェイスの上司、アマンダ・ワグナーの数十年来の親友でもある。アマンダは縄張り意識をむき出しにする市警を出し抜き、フェイスのパートナーであるウィル・トレントとともに捜査を開始する。

本書『血のペナルティ』（原題〝FALLEN〟）はアメリカの人気作家カリン・スローターによる〈ウィル・トレント〉シリーズの第五作にあたる。

スローターの諸作の特徴は残酷な暴力の描写と、事件の真相の苦さだが、むしろ彼女の本領は、人物と人間関係の描き方に発揮されるということは、多くの読者の認めるところだろう。登場人物のひとりひとりに厚みがあり、読んでいると目の前に本人が立ち現れてくる。前作『サイレント』（ハーパーBOOKS）のあとがきで訳者の田辺千幸氏が指摘しているように、スローターは鋭い人間観察力の持ち主にちがいない。彼女と実際に会ったらどんな目で観察されるのだろうかと想像すると、背筋がひやりとするものがある。

リアルな登場人物たちだからこそ、彼らの織りなす関係は微妙に入り組んでおり、物語に奥行きを与えている。たとえば、単発作品の『プリティ・ガールズ』（ハーパーBOOKS）は、猟奇ポルノ殺人という残虐な犯罪を扱いつつも、疎遠だった姉妹のシスターフッドが心に残る作品であったし、本シリーズも主人公のウィルを中心とした人間関係が魅力のひとつである。第三作の『ハンティング』（ハーパーBOOKS）は、ウィルとフェイスが異常な犯罪者を追うサイコスリラーでありながら、ふたりのパートナーシップを描いたバディ小説でもあった。

そんなスローターが本書で焦点を当てたのは、親子関係と母性だ。

フェイスは十四歳で妊娠して、周囲に白い目で見られながらも、母イヴリンのサポートを受けて息子のジェレミーを出産した。子どもを育てながら大人にならなければならなかった彼女は、イヴリンと衝突を繰り返す。それでも母の背中を追うように、みずからも警官になり、女手ひとつでジェレミーを育ててきた。

ところが、イヴリンが誘拐され、フェイスは小さな子どもに戻ったような心細さにつぶれそうになる。しかし、ジェレミーに不安な思いをさせないよう、母親である自分を奮い立たせなければならない。やがて、誘拐犯がジェレミーにも接触していることを知ったフェイスは、野生の獣じみた激しさで子どもたちを守ろうとし、犯人に立ち向かう。

そのころ、イヴリンは犯人に拷問を受けながらも必死に抵抗していた。長年、警部として麻薬捜査課を率いてきたイヴリンは、過去に大きな過ちを犯し、それをずっと隠してきた。その過ちのせいで、いますさまじい暴力の的になっているのだが、フェイスのためにも生き延びなければならない。自分が死んで秘密が明らかになったら、フェイスをひどく傷つけてしまう……。

一方、生後数カ月から児童養護施設で育ったウィルは、母親を知らない。だが、上司のアマンダ・ワグナーが、ある意味では彼の母親のようでもある。いつも部下をがみがみどなりつけているアマンダは、ウィルに言わせれば〝ディンゴ並みの母性本能〟しか持ち合わせていないらしいが、それでもふたりの関係を見ていると、アマンダにとってウィルは頼りない息子のようなものではないかと思えてくる。

イヴリン、フェイス、アマンダ。本書では三者三様の母性の持ち主にスポットライトがあたり、ウィルはアマンダにこき使われるサポート役に徹しているが、ウィルのよさはマッチョとは正反対の男であるところだ。サディスティックなアマンダだけではなく、姐御肌のフェイス、悪妻の——と、ひとことで片付けられない事情があるのだが——アンジーに囲まれて難儀しているウィルは、女難の人としか言いようがない。だが、彼女たちに振りまわされてため息をつきながらも、事件のささいな手がかりに気づき、いつも誠実で優しく、人の痛みに敏感であるウィルは、やはり正真正銘、本シリーズの主人公なのだ。

ウィルには、学習障害の一種である読み書き障害（ディスレクシア）の特性がある。ディスレクシアとは、知能に遅れはないが、文字を読み書きすることに困難のある障害であり、アメリカでは一割前後の児童が該当するといわれている。第二作の『砕かれた少女』（オークラ出版）では、ウィルのディスレクシアが事件解決の鍵となるなど、この障害は彼を語るときに欠かせない要素だ。

一様にディスレクシアといっても、その症状には個人差があり、読字の困難、書字の困難の程度もさまざまである。ウィルのように、とっさに左右がわからない、比較的簡単な暗算ができないといった症状が併存する人もいる。それでも、支援を受けて学びつづけ、大学に進学することも可能だ。教育の分野では、学習障害（Learning Disorders あるいは Learning Disabilities）とは、学習方法のちがい（Learning Differences）であるとする考え方が少しずつ広まってきている。

アメリカは障害のある子どもの教育では先進国だが、ウィルが育った時代はおそらく学習障害の概念が浸透しておらず、しかも彼は児童養護施設と里親の家庭を転々として育ったため、障害に気づかれることがなかった。本シリーズを訳すたびに、文字が読めないことを絶対に知られないよう、教室の隅でじっと授業をやり過ごしている少年の姿が浮かんで胸が痛む。ウィルは持ち前の知性で工夫し、だれの助けも借りずに自立したが、やはりコンプレックスをぬぐいきれず、ひたすら障害を隠している。障害のある人たちがウィルのように苦労や葛藤を強いられずにすむ社会になるよう、願ってやまない。

カリン・スローターは、もともと医師で検死官のサラ・リントンが主役のシリーズを書いていた。その〈グラント郡〉シリーズがいったん終了し、『三連の殺意』（オークラ出版）から始まる〈ウィル・トレント〉シリーズとクロスオーバーし、ウィルとサラが出会ったのが、前述の第三作『ハンティング』である。本書でようやくウィルはサラとの関係を一歩前進させるが、アンジーの存在もあり、前途はなかなか多難そうだ。

次作〝CRIMINAL〟は、ウィルの過去の一部が明らかになる模様。こちらもハーパーBOOKSから刊行が二〇一八年に予定されているので、楽しみに待ちたい。

二〇一七年十一月

鈴木美朋

訳者紹介　鈴木美朋

大分県出身。早稲田大学第一文学部卒業。英米文学翻訳家。主な訳書にスローター『ハンティング』、キャメロン『ぼくは君を殺さない』（以上ハーパーBOOKS）、バーネット『小公女』（ヴィレッジブックス）など。

ハーパーBOOKS

血のペナルティ

2017年12月20日発行　第1刷

著　者　カリン・スローター

訳　者　鈴《すず》木《き》美《み》朋《ほう》

発行人　フランク・フォーリー

発行所　株式会社ハーパーコリンズ・ジャパン
東京都千代田区外神田3-16-8
03-5295-8091（営業）
0570-008091（読者サービス係）

印刷・製本　大日本印刷株式会社

定価はカバーに表示してあります。

ISBN978-4-596-55076-7

カリン・スローター
KARIN SLAUGHTER
PRETTY
プリティ・ガールズ 上
GIRLS

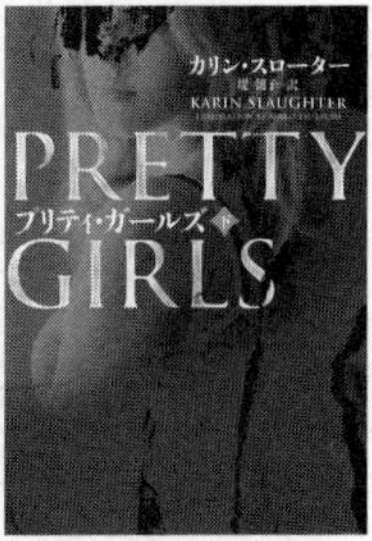
カリン・スローター
KARIN SLAUGHTER
PRETTY
プリティ・ガールズ 下
GIRLS